王鏊詩文選

杨维忠　编著

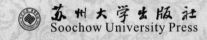

图书在版编目(CIP)数据

王鏊诗文选/杨维忠编著. —苏州：苏州大学出版社, 2015.7
ISBN 978-7-5672-1418-7

Ⅰ. ①王… Ⅱ. ①杨… Ⅲ ①. 诗集–中国–当代
Ⅳ. ①I227

中国版本图书馆 CIP 数据核字(2015)第 192680 号

王鏊诗文选

杨维忠　编著

责任编辑　倪浩文

苏州大学出版社出版发行
(地址：苏州市十梓街1号　邮编：215006)
苏州恒久印务有限公司印装
(地址：苏州市友新路28号东侧　邮编：215128)

开本 700 mm×1 000 mm　1/16　印张 27.5　字数 370 千
2015 年 7 月第 1 版　2015 年 7 月第 1 次印刷
ISBN 978-7-5672-1418-7　定价：50.00 元

苏州大学版图书若有印装错误，本社负责调换
苏州大学出版社营销部　电话：0512-65225020
苏州大学出版社网址　http：//www.sudapress.com

前 言

王鏊(1450—1524),字济之,号守溪,世称震泽先生,晚年自号拙叟,苏州洞庭东山人,明代政治家和文学家,也是被门生唐寅誉为"海内文章第一,山中宰相无双"的一代名臣。

明成化十一年(1475),王鏊殿试高中一甲第三名,探花及第,入翰林院为编修,从偏僻的太湖小岛跨入了紫禁城,至正德四年(1509)他被迫致仕还乡,安度晚年,历经宪宗、孝宗、武宗三朝。从翰林院编修、侍讲学士、吏部侍郎、户部尚书,直至武英殿大学士。正德元年(1506),王鏊曾入阁为相,位居三辅,可他在相位上只待了三年就退了下来。此前王鏊的官宦生涯大半是在翰林院度过的,其最高官职仅为吏部右侍郎(正三品),政治上无法有多大的作为,但坎坷出诗人,王鏊在文学上取得了巨大成就,其诗歌和文章在明代中叶的文坛上均有举足轻重的地位。

王鏊早年文学"三苏",后来则学习韩愈与孟子,开创文学新风,自成一家。其诗则各体兼备,犹擅律诗。特别是就制义来说,王鏊的影响更为巨大。万斯同《明史》称他"少年善制举义,后数典乡、会试,程文为一代冠。取士专尚经术,险诡者一切屏去,弘、正间文体一变,士习以端"。王守仁称他"公之文规模昌黎,以及秦、汉,雄伟俊洁,体裁截然,振起一代之衰"。王鏊在朝和乡居期间,还与吴地的文人组织了许多社团,如朝中的文字会、五同会,乡间的六老社等等,这些团体虽相对松散,但对吴中文人或多或少产生过影响。同时,王鏊的文风对其家族也影响巨大,清沈德潜评说:"吾乡王文恪(王鏊)以名德著,成、弘间子姓能文世其家,吴中文献者必首推洞庭王氏。"此外,王鏊在方志、书法、金石、刻书等方面都有一定的成就。

王鏊定稿的著作有近十种之多，主要分成四类，第一类是诗文集，他晚年自号"震泽"，并结集名为《震泽文集》。集中还包括正德十二年（1517）成书时所撰《山居杂著》等。《震泽文集》收录王鏊一生的主要诗文，嘉靖年间由其子孙编入诗文集，共三十六卷。第二类是笔记，即《震泽长语》《震泽纪闻》等。这两部笔记都是他晚年所著，分上、下两卷。明张凤翼《重刻震泽长语序》云："其目一十有三，其条则百五十有奇。凡纪纲之兴废，经术之续绝，礼乐之隆污，人事之得失，休咎之徵应，咸凿凿有据，可以广见闻，可以资笔舌。"第三类是方志、家谱，有他主编或修纂的《姑苏志》《震泽编》，以及在他父亲光化公编纂的基础上定稿流传的《王氏家谱》。第四类是摘编著作，包括《春秋命词》《古单方》等。

王鏊诗文全集名称曾几经变更，最早明嘉靖刻本名《震泽先生集》，继万历刻本名《王文恪公集》。文恪是王鏊卒后的谥号。清乾隆年间，文渊阁、文津阁《钦定四库全书》抄本，又更名《震泽集》。此外，明清刻印本中，也有题写《王震泽全集》或《震泽先生集》的。后由王卫平主编、吴建华校点王鏊诗文三十六卷、笔记两种（外收王鏊重孙王禹声的笔记《续震泽纪闻》），以及有关王鏊著作的部分序跋、部分王鏊传记、年谱，包括兼具传记与题跋的《名公笔记》在内，统称《王鏊集》，2013年由上海古籍出版社出版。《王鏊集》中，收有王鏊诗九卷，六百七十二首；文二十七卷，五百二十四篇，另加上王鏊笔记《震泽长语》上下卷、《震泽纪闻》上下卷，凡四卷，六十二篇，一共五百八十六篇。王鏊诗文与笔记资料价值很大，反映了明代中期吏治、科举、边关、经济、民生、医学、文学、艺术等诸多方面的内容，是明史研究的重要资料。

《王鏊诗文选》选取《震泽集》中诗四百多首，文八十多篇。其中诗选根据诗歌的内容分为君情辑、师情辑、亲情辑、乡情辑、民情辑、友情辑、风情辑等七个方面。《震泽集》中，王鏊所作的序、记、奏疏、碑、志铭、赞、传、书等文章有五百多篇，而本书中仅收录其文八十多篇，大多是与王氏家族和东山及苏州有关的内容。其中有些诗文是在地方明清方志和东山大族一些家谱中新发现的,如制文《百姓足,孰与不足》、诗《题福济观古桧》及王鏊为东山万氏、许氏、葛氏等大族所撰的家谱序,也收录了诗文选中,使之内容更为丰富。同时,诗文选还对其诗文创作与所撰的年代进行了考证,对背景做了必要的交代,就其诗意又进行了浅释,以方便读者理解。

编 者

2015 年 6 月

元和縣志卷之三十

藝文

弔闔閭賦　　　明 王鏊

昔闔閭之霸吳兮牽託體乎茲邱　恆徒跡於日湮兮
曾不可乎復求峯崟紛環合兮浮屠臺殿昔以相繆
叶忽乎岡之斯裂兮劒池瀯洿而深黑蕭莫測其所
窮兮俯不見乎白日兩崖嶻嶭而閟醫兮又巉巖而
千絕信天造之險巇兮神怪之窟宅將肇首而閟
其淺深兮先魂驚而膠慄彼吳氏之雄哮兮方驅石

目 录

诗 选

君 情 辑

迎驾 …………………………………………… 003
春日应制 ……………………………………… 003
夏日应制 ……………………………………… 004
辽城怀古 ……………………………………… 005
元耶律丞相墓 ………………………………… 006
谒文丞相祠 …………………………………… 006
恭送孝穆皇太后梓宫迁茂陵 ………………… 007
始预经筵次匏庵韵 …………………………… 008
诸葛武侯 ……………………………………… 009
朝孝陵 ………………………………………… 010
游京城西山 …………………………………… 010
朝陵行 ………………………………………… 011
郊祀斋宫次仲山韵 …………………………… 012
宿樊都尉翠微山庄 …………………………… 013
和莫日良早朝之作 …………………………… 013
次韵马少卿经筵纪盛 ………………………… 014
送周驸马祭告孝陵 …………………………… 014
内阁赏芍药 …………………………………… 015
内阁赏芍药 …………………………………… 016
赠曹铭 ………………………………………… 017

长安新堤成	018
经筵次林祭酒韵	019
三忠祠	019
庚申长至有事于东陵	020
郊祀斋居次韵倪冢宰	020
庆成宴	021
孟秋夜，陪飨太庙，值雨	022
中元朝陵值雨	022
送韩亚卿谒陵	023
秋日斋居值雨，已而大雪	024
奉和屠侍郎元勋谒陵	025
癸亥岁二月八日看牲	026
孝宗皇帝挽章	026
入阁次仲山见寄之韵	027
五月七日陪祭泰陵	028
恩赐玉带麒麟服	029
有事景陵，归途作	029
己巳正月十三日夜，分献星辰二坛作	030
十四日庆成宴上作	031
奉次杨、靳二阁老见寿之韵	031
丁丑十一月得宣府报	032
观福建内臣进花鸟赋	032
胡太守冬季存问谢之	033
题画	034

师情辑

送彭阁老还江西	037
寄福建戴方伯	037

谢尚书挽词	038
送林教授致政闽中	039
沈石田寄《太湖图》	039
冢宰三原王公寿词	040
送倪尚书之南京	040
赠少傅徐公挽词	041
尹冢宰寿词	043
送刘司马时雍	044
次沈石田《松石图》	044
故顺庵骆先生挽词	045
石田学蒙泉阁老画葡萄	046
送杨尚絅、杨名甫、毛贞甫、陆全卿进士归省	046
送石邦彦知汜水	048
送曾侍读士美之南京	049
送杨润卿给事按贵州边储	050
送陈进士恪知宿松	050
天昭子希周失解	051
送刘以初下第还常熟	051
送吴大章还宜兴	053
赠杨君谦	053
送薛金下第还江阴	054
送华昶下第归无锡	055
送盛进士应期归娶吴中	056
送夏璪下第还江阴	056
送李文选唯诚册封岷府	057
送王懋伦佥事之蜀	057
送李茂卿大理还嘉鱼	058
送史进士巽仲归省溧阳	059

贺李谕德子阳五十得子 …………………………………… 060
送唐子畏之九仙山祈梦 …………………………………… 060
修书馆晚秋白莲一朵忽开 ………………………………… 061
歌风台 ……………………………………………………… 062
过子畏别业 ………………………………………………… 062
送尤宗阳进士之京 ………………………………………… 063
送李给事贯使占城 ………………………………………… 064
阳山大石联句 ……………………………………………… 064
贺师邵初授御史 …………………………………………… 067
唐子畏临李成《群峰霁雪图》 …………………………… 068
徵明饮怡老园有诗次其韵 ………………………………… 068
次韵徵明失解兼柬九逵 …………………………………… 069
谈海虞胡令之政者，为赋诗 ……………………………… 070
喜玄敬少卿致仕 …………………………………………… 070
黄勉之明水草堂 …………………………………………… 071
至乐楼诗，为大学士费公赋 ……………………………… 072
卢侍御师邵来谒予山中 …………………………………… 072
送王守会试 ………………………………………………… 073
送贺志同少参之广东 ……………………………………… 073
杜允胜偕陆子潜兄弟携酒至园亭 ………………………… 074
内翰严维中奉使三湘，过吴 ……………………………… 075
次饮文徵明见赠之作 ……………………………………… 075
胡太守孝思奉诏存问，过太湖 …………………………… 076

亲 情 辑

吕纯阳渡海像 ……………………………………………… 079
桧轩 ………………………………………………………… 079
三十五初度 ………………………………………………… 080

独坐 …… 081

送王宠 …… 081

送秉之还吴 …… 082

对月有怀秉之 …… 083

陈给事玉汝羞鳖见邀 …… 084

早起 …… 085

除夕 …… 085

古愚 …… 086

送表兄叶存仁回洞庭 …… 087

白髭叹 …… 088

秉之送至京口别去,有诗和之 …… 088

归省过太湖 …… 089

宿迁别安隐兄 …… 090

送表兄叶志通 …… 090

病间偶成 …… 092

纪梦 …… 092

怀山 …… 093

病起 …… 094

八月十六日夜,鲍庵携酒过宜晚轩 …… 095

和秉之再到京口有怀,别时之作 …… 095

哭逊之、振之两仲兄 …… 096

闻蛩 …… 097

延喆初就外傅 …… 097

延喆冠 …… 098

饮徐氏新楼 …… 099

铜炉 …… 100

和秉之得子 …… 100

与秉之登郡城楼 …… 101

次韵秉之咏走马灯	102
除夕喜雪	102
己巳东归	103
赠写真	104
洞庭新建厅事	105
题旧写真	106
和秉之塘桥郊居自适之韵	106
徐氏薜荔园	107
慰秉之	108
庭前柏树有露有脂,其味如饴	108
庭前牡丹盛开	109
酒熟志喜	110
得孙,喜而有作	110
八月十五日夜再得孙,复次前韵	111
延喆使归,自福建,得衢州锦川石,立于庭前戏作	112
与弟侄辈泛太湖,将游石蛇山	112
侄延学作亭湖上	113
再至天王寺有感	114
己卯开岁九日,弟镠宅观灯	115
闰中秋观月,仍两度生辰,喜而有作	116
志喜,和秉之韵	116
米南宫《苕溪春晓图》	117
金氏亭上赏菊,昔曾于此看牡丹	118
送女至京口	119
重阳后五日,延陵奉菊为寿	119
复生	120
知乐亭	121

乡 情 辑

静观楼成众山忽见 …………………………… 125
登西马坞 ……………………………………… 125
云山图 ………………………………………… 127
送僧归洞庭 …………………………………… 128
青山 …………………………………………… 129
送蔡进之还洞庭 ……………………………… 129
送僧归西山 …………………………………… 130
郑氏钟秀楼 …………………………………… 130
归自西洞庭阻风登鼋山顶 …………………… 131
登缥缈峰 ……………………………………… 131
自西山归东洞庭 ……………………………… 132
过西洞庭徐氏 ………………………………… 133
林屋洞 ………………………………………… 133
游吴郡西山 …………………………………… 134
洞庭新居成 …………………………………… 135
游太湖 ………………………………………… 136
赠横山人王清 ………………………………… 137
过故状元施宗铭坟 …………………………… 137
天平山 ………………………………………… 138
灵岩玩月 ……………………………………… 139
游虎丘 ………………………………………… 139
谢人送杨梅 …………………………………… 140
自横山归洞庭 ………………………………… 141
宿法华寺 ……………………………………… 142
饮横山吴氏醒酣亭 …………………………… 142
晚渡白洋湾 …………………………………… 143
宿尧峰寺 ……………………………………… 144

次韵贺宪副泽民会老诗 …………… 144
过黄墅望洞庭 …………… 145
越来溪怀古 …………… 145
宿卢氏芝秀堂 …………… 146
游能仁寺 …………… 147
宿华岩寺 …………… 148
灵岩山 …………… 148
登龙门 …………… 149
夜过西虹桥 …………… 149
登莫厘峰 …………… 150
登猫鼠山 …………… 151
栲栳墩 …………… 152
湖心亭 …………… 153
偃月岗 …………… 153
碧螺峰 …………… 155
天平范氏坟 …………… 155
象鼻岭 …………… 156
游毛公坛宿包山寺 …………… 157
舟山望昆山 …………… 157
至太仓欲观海不遂 …………… 158
还至维亭 …………… 159
消夏湾 …………… 160
明月湾石板 …………… 160
石公山石洞 …………… 161
石公山试剑石 …………… 161
林屋洞口古井 …………… 162
乙亥新正十日过陈湖 …………… 162
二月真适园梅花盛开 …………… 163

虎山桥	164
七宝泉	164
野人献菊	165
陆羽泉	166
重游一云寺	167
游穹窿山	167
过虎丘	168
登上方山	169
题福济观古桧	169

民 情 辑

雨钱	173
雨后长安街忽成巨浸	173
舟次张秋，冒雨上读徐武功治水碑	173
题手植树	174
立春	174
弃妇怨	176
相城谣	177
送高良新知归州	177
喜雨	178
雪	179
戊申岁	180
和玉汝谢橘	180
送汝行敏之南安任	181
沽头行三首赠陈水部	182
赠河南巡抚杨贯之	182
送陈尧弼知会稽	183
送严太守永浚知西安	184

二月雪	184
苦热	185
和蜀秫饭	185
菜根诗和之	186
陆风刲股愈母疾	186
送陈御医公尚	187
壬戌九月	188
看雪	189
橘荒叹	189
海塘谣	190
燕巢叹	191
次行相城有感	192
苦雨	193
癸酉春雪	194
金泽僧辨如海年八十九矣,手制莼菜饼见贻	195
钱世恩乞归养母	195
甲戌春偶成	196
二月十二日雪	197
苦雨施鸣阳	198
避暑偃月冈	198
酬鸣阳苦热韵	199
赠况山人	200
八仙献寿图	200
伤庭梧	201
瑞橘诗	202
挽施仁德	203
五色菊	203
悯松	204

怀恃诗为归仁赋 ………………………………………… 205
送高德元还越 …………………………………………… 206
飓风起 …………………………………………………… 207
只愁风雨似今朝 ………………………………………… 207
禽言 ……………………………………………………… 208
六月苦热，壬子日得雨甚喜 …………………………… 209
毛给事玉高祖母、曾祖母魏双节诗 …………………… 209
谢郭长洲惠橘 …………………………………………… 210
和东冈憎蝇 ……………………………………………… 210

友 情 辑

自都下还吴寄翰林刘景元、谢二乔同年 ……………… 215
陪夏宪副正夫游石湖 …………………………………… 215
送戚时望佥宪之湖广 …………………………………… 216
试院赠外帘吕推官 ……………………………………… 217
送杨侍读维立之南京 …………………………………… 217
寄严守邵文敬 …………………………………………… 218
送同年范以贞还任宁国 ………………………………… 218
送吴禹畴副使还吴江觐省 ……………………………… 219
送刘侍读景元交南 ……………………………………… 220
送吕丕文给事使交南 …………………………………… 220
送徐季止还南雍 ………………………………………… 221
送刘御史还蜀 …………………………………………… 222
半舫斋种竹 ……………………………………………… 223
奉和匏庵谢橘 …………………………………………… 223
送周院判原己还任南京得杲字 ………………………… 224
哭原己 …………………………………………………… 225
送建德尹蒋文广致政还光福 …………………………… 225

题竹赠陈御史瑞卿 …………………… 226

送冯原孝知扬州 ……………………… 226

送钱正术还姑苏 ……………………… 227

送陈汇之正郎出知曹州 ……………… 227

匏庵惠鹤 ……………………………… 228

送张学士廷祥之南京 ………………… 229

兴济阻风,速沈方伯时旸饮 ………… 230

舟次直沽,别沈方伯,次其韵 ……… 230

赠梁都宪巡抚四川 …………………… 232

哭同年刘景元谕德 …………………… 232

送张叔亨御史按云南 ………………… 233

海月庵观灯 …………………………… 234

寄陈一夔 ……………………………… 234

杨侍读介夫得子 ……………………… 235

送吴禹畴之任广东兼柬仲山 ………… 236

过南夫内翰于玉延亭 ………………… 236

送徐司空致仕 ………………………… 237

送钟钦礼还会稽 ……………………… 237

送苏伯诚编修佥江西提学 …………… 238

送杨应宁副使还秦中 ………………… 239

送同年袁德宏还任汉中 ……………… 239

送同年何汝玉知赣州府 ……………… 240

送彭都指挥督饷南还 ………………… 240

招姚存道 ……………………………… 241

和马少卿见慰独居之韵 ……………… 241

送王参政还河南 ……………………… 242

送王尚书之南京户部 ………………… 243

寄萧给事文明 ………………………… 243

调韩侍郎	244
韩亚卿贯道见示屠冢宰诸公倡和之作	245
次韵玉汝春寒有感	246
次匏谓木奴与鸭脚子同至,不宜见遗,仍次前韵	246
赠郭指挥使宏守备永平	247
次韵匏庵谢橘	247
匏庵作板屋诗以落成	248
送刘都宪廷式巡抚宁夏	249
送马良佐学士还南京	250
送沈世隆	250
赠郭孟丘	251
次韵玉汝五老会	252
顾都宪竹间书屋	252
赠郑克温	253
韩文公蓝关图	254
送吴县簿董仁之任鄞丞	255
送毛百朋之北京应举	255

风 情 辑

金山	259
望海行	260
风琴	260
昌平刘谏议祠	261
游华严祠	261
咏并蒂莲	262
胡人归朝歌	263
海虾图	264
雨中对梨花	264

兰竹	266
顾氏三辰堂	266
中秋超胜楼玩月	267
谢氏三亭之韵	267
鹦鹉	268
太平鸟	269
寄题拱北楼	270
题明秀楼	270
小适园桃花忽开	271
花落又作	272
杨柳青舟中见月	272
淮口值风舟几覆	273
过扬子江	273
宿龙潭驿	274
舟发龙潭驿	274
观音山	275
至金陵	275
中秋夜	276
鹿鸣宴	277
陈朝旧城	277
过长江	278
玉汝看葵见寄	278
抱子猿、长啸猿	279
避暑傅氏山庄	280
宜晚轩	281
饮云龙山放鹤亭	281
种竹	282
宜兴张氏双桂堂	282

己未岁南归至德州	283
饮德州郑主事分司园亭	283
焦山	284
雪后怀小适园	284
韩侍郎庭中芍药盛开	285
兰竹石	286
碧桃花	286
登毗庐阁	287
香山	287
游功德寺	288
题画牛	288
善权寺	289
重到宜兴	290
宿毗陵驿	290
甘露寺	291
杏林	291
庭前白牡丹一枝独开	292
水仙花	292
西湖	293
夜泊方桥	293
玉林	294

赋

吊阖庐赋	297
去思赋并序	298
槃谷赋	298
登吴子城赋	299
洞庭两山赋	301

文 选

记

静观楼记	307
五湖记	307
七十二峰记	309
登莫厘峰记	310
壑舟记	311
安隐堂记	312
永思堂记	313
吴县修和丰仓记	314
兴福寺山居记	316
高真堂记	316
醒酣亭记	317
东望楼记	318
且适园记	319
尧峰山佛殿记	320
吴江城楼记	321
新建太仓州城楼记	322
石记	324
芝秀堂记	324
从适园记	325
苏州府重修学记	326
虎丘复第三泉记	328

序

应天府乡试录序 …………………………… 331
乡试同年会序 …………………………… 332
会试录序 ………………………………… 332
会试录后序 ……………………………… 334
丙辰进士同年会序 ……………………… 335
王氏家谱序 ……………………………… 337
古单方序 ………………………………… 338
赠徐子容序 ……………………………… 338
姑苏志序 ………………………………… 339
沈氏家谱序 ……………………………… 341
苏郡学志序 ……………………………… 342
万氏宗谱原序 …………………………… 343
许氏家谱序 ……………………………… 344
武峰葛氏家谱序 ………………………… 345

墓志铭

公荣公墓志铭 …………………………… 349
继室张孺人墓志铭 ……………………… 350
郑处士廷吉公墓表 ……………………… 351
陆处士墓志铭 …………………………… 353
伯兄警之墓志铭 ………………………… 354
石田先生墓志铭 ………………………… 355
亡妹故叶元在室墓志铭 ………………… 357
河南彰德知府严君经墓志铭 …………… 358
云南按察司副使贺公元忠墓志铭 ……… 359
亡弟杭州府经历中隐君墓志铭 ………… 361
亡女翰林院侍读徐子容妻墓志铭 ……… 363

文

南人不可为相论	367
仙释	369
梦兆	372
教太子议	375
性善对	378
讲学篇	379
吴中赋税书与巡抚李司空	381
与李司空论均徭赋	383
风闻言事论	386
百姓足,孰与不足?	388

附录 王鏊与官员、师友酬诗明细表 ……… 390

诗选

君情辑

始预经筵次匏庵韵

锦函初展御前题,剑佩分行再拜齐。
鹤唳无声香案侧,马蹄分赐掖垣西。
文章正仰周家盛,玄默仍看汉道跻。
圣主崇儒方此始,不才真复愧提携。

王鏊一生曾同三位君主有过直接交注，与他们有着较为亲密的君臣之情。他曾陪伴成化皇帝吟过诗，留下了《春日应制》与《夏日应制》等御制诗，诗中不乏"太平有象群方乐，宵旰虽勤也不妨""多少苍生方病旸，为霖须仗傅岩翁"等祈盼天下太平的名句。他也曾多次给弘治帝讲课，在讲到《无逸篇》时，以"文王不敢盘游于田"的历史典故，反复规劝帝王要勤政亲民，上听之，为之罢游。诗歌《始预经筵次博庵韵》就是王鏊描写给弘治帝讲课时的情景及感受。诗写在天子面前展现所讲的经史，众臣列队向皇帝行礼。文华殿浪安静，香案上摆放着香烛。景仰周朝文章学说之兴盛，宗法汉代之无为而治。武宗朝，王鏊曾入阁为相，替年少的正德帝处理天下大事，以其特殊的政治地位，同以刘瑾为首的阉党进行了针锋相对的斗争，挽救了数以百计忠臣良将的生命，为国家保存了一批精英。

集皇姑（实为姨夫）、帝师、宰相于一身的王鏊，还参与了许多皇家的祭祀活动。他曾参加过孝穆皇太后梓宫迁葬茂陵，陪同皇室成员朝祭过孝陵、东陵、泰陵、景陵诸帝陵，也留下了大量的诗篇：或描写祭陵时的情景，或记述朝祭的经过，或表露谒陵时的心情。此外，王鏊还参加了许多宫廷盛会，如《内阁赏芍药》《庆成宴》《斋居》等，也为后人留下了一定数量的诗作。本集《君情辑》中，选取了王鏊《震泽先生集》中四十五篇诗歌，这些诗作，可为我们今天研究明代皇家文化提供珍贵的史料。

迎 驾

象辇奔腾马辇驰,后来人辇独逶迤。
绯袍夹道千官立,银甲分行万国随。
太液风微旗尽旆,蓬莱云近仗潜移。
太平二十年天子,正是文章极盛时。

【浅析】此诗作于成化二十年(1484),时王鏊为翰林院修撰。迎驾,乃迎接皇帝车驾。诗写皇室车驾非常雄伟壮观。跟随车驾之后,乃皇室仪仗队。穿着朱袍的大臣,夹道迎驾。护驾之卫队及各国使节随之于队伍之后。宫殿内外风和日丽,旗帜鲜艳。车驾慢慢接近宫殿,一派祥和气氛。成化帝立朝二十年,国家无战事,正是文盛之朝。此诗描写大臣们迎贺圣驾之盛况,表露了作者能参加迎驾盛会的喜悦心情。

春日应制

一

奉天朝罢晓曈昽,敕使传宣御苑东。
好雨晴时三月里,銮舆遥过百花中。
东皇默运无言化,南国新收不战功。
归坐明堂还布德,豫游分与万方同。

二

宫阙沉沉昼漏长,步从黄道坐青阳。
六龙整驭天行健,万象含晖地道光。
雨足渐薹杨柳色,风回合殿杏花香。
太平有象群方乐,宵旰虽勤也不妨。

【浅析】此诗作于成化二十年(1484)春,王鏊在翰林院任事已是第九个年头。成化帝游后苑,命侍臣赋诗,鏊奉诏作《春日应制》。前诗写早朝罢,天还蒙蒙亮,奉诏侍于君侧。雨过天晴,百花盛开。帝王与民同乐,世道太平。后诗写白天在宫中,时光显得很长。从帝王所行之道上走过,千骑扬彩虹,合殿杏花香。国家风调雨顺,丰收在望。太平盛世,百姓安居乐业。应制诗为奉帝王之命而作诗文,内容多为粉饰太平,略显苍白。此诗中亦有"太平有象群方乐,宵旰虽勤也不妨"这样的名句,寄托了诗人的美好愿望。

夏日应制

一

水晶宫殿昼沉沉,别院春归碧树深。
南陆迎长钦驭日,东皋旱久望为霖。
历中星火修尧令,弦上薰风识舜心。
风务了时多暇日,试开黄卷一披寻。

二

峥嵘日脚火云红,竹馆荷亭坐晚风。
天下谁为无暑地,月中宁有广寒宫。
冰颁玉并恩施溥,露忆金茎渴思空。
多少苍生方病旸,为霖须仗傅岩翁。

【浅析】此诗为成化二十年(1484)夏时所作,亦为王鏊奉帝王之命而作的应制诗。前诗写夏日帝皇所居之宫殿,似水晶宫般闷沉,宫中庭院皆在树荫遮蔽下。各地干旱,望老天普降霖雨。当今尧舜之世,修仁政,得天时,并重教化,淳民心,定能感化天公,普降甘霖。自己公务毕,尚有余暇能读书。后诗写天气炎热,普天下哪里有清凉之处。渴望早日天气转凉,却总是落空。百姓贫困,毒日下多中暑者。盼望早出贤人,救百姓于苦难之中。此诗与《春日应制》略同,亦寓作者盼风调雨顺、黎民安康之愿望。

辽城怀古

一

并马寻凉过远郊,偶从野叟问前朝。
雨催故垒逢遗镞,月暗芒坛梦堕翘。
千古河山还王气,一时人事忆金辽。
如何宋纪三百年,独让周师过瓦桥?

二

小桥一一空流水,往事悠悠只断垣。
冠盖六州皆石晋,河山百战又金源。
黍离不尽行人恨,木叶空归杜宇魂。
千古登临成一慨,幽燕今日是中原。

【浅析】 此诗作于成化二十年(1484)。辽城,泛指幽燕之地。前诗写同好友吴宽并马至远郊寻凉,遇到一位老者,探访前朝之事。古代的堡垒已被风雨所摧毁,当年之箭头尚存。月光照在废墟塌楼上,地上还能找到古代妇女所遗之首饰。昔日燕幽京都,今日终于还我大汉。登临此地,不禁使人忆起辽金历史。为何宋代三百年来,未能收复中原失地,而独让北周大军在瓦桥关一战取得胜利?后诗写小桥下,千古历史随流水而去,只留下残墙断垣。当年燕云之州,皆为依附石晋之奸人。石晋失败后,金又替代辽,与宋朝反复征战,可燕辽之地尽在北人之手。行人过此,道不尽的遗恨。今日一游,心胸为之一畅,燕幽之地终于回归正统。此诗系凭吊古迹之作,感叹帝王无道,造成了国家疆土分离。

元耶律丞相墓

西山几度只空还，好事怀贤厚我颜。
蒙古有公方用夏，居庸从此不为关。
犹闻窀地三髯委，自笑登高两足顽。
今日幽燕归圣代，可怜埋骨尚荒山。

【浅析】此诗作于成化二十三年（1487），为王鏊同吴宽陪祀茂陵所作组诗之一。耶律丞相，名耶律楚材。契丹人，元太宗时为一代重臣。诗写作者几次去西山寻找古迹，均无功而返。这次来吊耶律丞相墓，怀对前贤的敬仰之情。蒙古能统一与统治中国数十年，全靠耶律之策，用华夏制度统之。元朝一统江山，险峻的居庸关从此不再为关隘。细细观之，耶律塑像长髯垂地，十分威武。自己年事渐高，登高爬山，两足已觉力不从心。昔之元都腹地，今已归入大明版图。可惜一代贤相，死后未能归葬故土，暴于大明朝之荒山野岭。其死后为何落到如此下场？此诗寄寓着诗人对历史和现实的深刻思考。

谒文丞相祠

义气横天白日阴，巍然遗像学宫深。
千秋不化苌弘血，百折难回豫让心。
自昔奸谀谁不死，如今元社亦销沉。
黄昏柴市风沙惨，回首行人泪不禁。

【浅析】此诗作于成化二十三年（1487），亦为王鏊同吴宽陪祀茂陵所作组诗之一。文丞相，南宋末年丞相文天祥。元至元十九年（1282）十二月，文天祥就义于大都柴市（今北京市东城区府学胡同一带），后人在该地建祠祭祀文丞相。诗写文天祥祠建于学宫之基，其忠烈

文天祥祠　倪浩文摄

殉国,豪气千秋长存。元兵威逼他变节,文丞相为国捐躯之决心,百折不挠。自古以来,贪生怕死、卖国求荣之徒,最终仍难免一死。谒拜文丞相祠,想起他的忠烈之举,禁不住泪湿衣襟。该诗表达了作者对爱国忠臣文天祥的敬仰之情。

恭送孝穆皇太后梓宫迁茂陵

露宿千官绕,风悲万木号。
配天同浩荡,起圣亦劬劳。
红日低黄屋,青山映白袍。
谁云金口远,还接茂陵高?

【浅析】此诗作于弘治元年(1488)。孝穆皇太后,纪姓,明宪宗(成化)朱见深之淑妃,明孝宗弘治帝之生母。据传纪淑妃生下孝宗后被万贵妃所谋杀,孝宗登基后追封她为孝穆皇太后,迁葬茂陵。茂陵,明宪宗之陵墓,为十三陵之一。诗写孝穆之祭,同天悲号。其葬与先帝之祭一样,亦浩浩荡荡,极为壮观。弘治帝登基,勤于政事。太阳光照在陵寝上,送葬文武百官,皆身穿白袍。金口离茂陵不远,在那里能看到茂陵的高墙。此诗描写恭送太后梓宫迁葬时的盛况,如一幅有声有色的画卷展现在眼前。

始预经筵次匏庵韵

锦函初展御前题,
剑佩分行再拜齐。
鹤唳无声香案侧,
马蹄分赐掖垣西。
文章正仰周家盛,
玄默仍看汉道跻。
圣主崇儒方此始,
不才真复愧提携。

【浅析】其诗作于弘治元年(1488)。经筵,为帝王听讲经史而特设之御前讲座。是年,王鏊擢右春坊、右谕德、侍讲经筵官。始预经筵,即为弘治帝讲课。匏庵,即吴宽,有《初开经筵》一诗寄王鏊,作者次其韵。诗写在天子

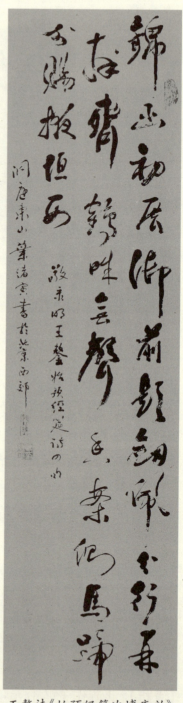

王鏊诗《始预经筵次博庵韵》
叶绪寅书

面前展现当天所讲的经史内容,众臣列队向皇帝行礼。文华殿很安静,香案上摆放着熏炉、香烛。景仰周朝文章学说之兴盛,宗法汉代之无为而治。弘治皇帝崇重儒术,自己才疏学拙,有幸被提携侍讲经筵,非常惭愧。此诗反映了作者给皇帝讲课时的喜悦心情,给人以春风得意之感。

诸葛武侯

汉家鹿走奔群豪,中原独峙当涂高。
江东割据紫髯叟,大耳惶惶何所逃?
南阳南去隆中里,草屋数间而已矣。
悠然梁甫日长吟,忍作卧龙终不起。
平生伊吕伯仲间,自比管乐真谦耳。
交觳三访何太坚,不臣不见礼则然。
幡然一日起驱策,海宇三分指顾间。
永安宫中翠华逝,王业偏安岂天意?
关张颠蹶赵云亡,汉阼终衰枉经济。
《前出师》,《后出师》,孤臣沥血书肝脾。
渭滨故退大星坠,千古英雄空泪垂。

【浅析】其诗作于弘治三年(1490),为王鏊读《诸葛武侯传》而作。诗写汉室衰败之际,许多豪杰逐鹿中原。时曹魏崛起中原,孙权割据江东,而刘备惶惶不知去处。诸葛孔明藏之卧龙岗,终日不出山。刘备三顾茅庐,请其辅佐大业。孔明始出,奠定三分天下之大势。刘备病死永安宫,关羽、张飞接踵而亡,继而赵云亦病故。蜀汉终于衰败,枉孔明一生治理。前后《出师表》乃诸葛亮呕心沥血所写成,惜他六出祁山,病卒于渭水之滨。诸葛亮大业未成而身亡,常使后世英雄泪沾襟。此诗写诸葛孔明对蜀汉"鞠躬尽瘁,死而后已"的忠诚,读来使人肃然起敬。

朝孝陵

碧城睥睨断山根,山势东来耸独尊。
天上龙文成五彩,地中乾象应三垣。
平成万世功思禹,冠带于今制改元。
圣烈神谟三百册,小臣瞻拜复何言?

【浅析】此诗作于弘治五年(1492)。孝陵,即明孝陵,洪武帝朱元璋陵墓,在南京。诗写明孝陵凿山而成,规制宏大。其山脉从东逶迤而来,非常壮观。朝祭之时,天上有五彩鱼鳞云,为吉祥之兆。陵园中的规制与皇宫相同。朱太祖生前自谓安排万事妥帖,如大禹之功,九泉下可高枕无忧。其实不然,朱元璋死后,即起靖难之变,叔侄骨肉相残,何称安排妥帖?明太祖驱逐蒙古鞑子,使中原重建汉族政权。明初所著之书,达三百册之多。在先皇此等遗著前,自己唯能瞻拜于下。此诗朝陵有感,有责朱明叔侄相残之意,读来发人深思。

游京城西山

一

赏心多与宦情违,三载来游一日归。
树下杯行殊草草,水边人去更依依。
郊原却略青骢度,天水苍茫白鸟飞。
回首青山应笑我,漫将尘土涴苔衣。

二

三年渴思玉山泉,濯足盘陀一爽然。
寒漱石根鸣决决,光摇云影静娟娟。

诸贤好作山阴会,老子仍工水底眠。
汲得一瓢城里去,需为甘雨洒炎烟。

三

出郊风物两闲闲,眼底江南顿觉还。
金阙五云浮王气,玉亭千古识龙颜。
地除扬子应无水,天尽中原合有山。
何事宋家三百载,只披图志望巑岏?

【浅析】此诗作于弘治五年(1492),为朝陵时归途所作。京城西山,诗中指香山。第一首诗写人生赏心乐事与官宦生涯相抵触,等待三年,才得游北京西山,且一日而还。与同行人在树下野餐,草草了事。坐骑越过原野,鸟儿高飞,天水茫茫。第二首诗说三年来渴望饮玉泉之水,坐在磐石上,用玉泉水濯足,非常爽快。天光云影,世间静谧。同行诸人,吟诗联句,非常惬意。自己喝得酒醉,正想带一瓢玉泉水回城,化作大雨,浇灭炎热。第三首诗写一出郊原,天地为之宽广。南方河流多浩荡,北方山岭多壮丽。笑宋代三百年,竟把北方大好河山拱手让于异族,使人感到汗颜。此诗用白描的手法,勾勒出游西山的感受。

朝陵行

山行自好况清明,朝陵偶作东门行。
青山百里恣奇览,怪哉风伯何无情。
怒木惊沙鸣不息,四野无人日地色。
垂头阖眼信马行,咫尺有山看不得。
昌平少憩朝跻登,眵眼一洗犹瞢腾。
夜深星斗光若动,黑云肤寸从东升。
归程复指昌平郭,万窍号呼止还作。

曾闻飘风不终朝，我行三日三日恶。
平生万事多乖违，感尔风伯能追随。
前日相迎今相送，眷恋岂要赓前题。
还家颒面坐未定，天日融合风寂静。

【浅析】此诗作于弘治五年（1492）。朝陵，谒祭皇陵。《明孝宗实录》载："弘治五年三月辛未朔，清明节，遣驸马都尉周景、蔡震分祭长陵、献陵、景陵……文武衙门各分官陪祭。"诗写清明时节去山行，自然是件美事。在昌平稍事休息，即登山朝陵。是夜宿于皇陵，将眼睛洗干净。深夜满天星斗，不久就有变化。东方涌起黑色云气，似将下雨。朝陵毕，归程依旧取道昌平，突然风雨大作。朝陵三日，连续三日狂风。上次朝陵也遇狂风，想我生平之事多不如意。回到家中，刚洗脸毕，天气转晴，风和日丽。此诗作者从朝陵气候的变化无常产生联想，叹官宦仕途坎坷，人生变化难以预料。

郊祀斋宫次仲山韵

炉烟起处望行宫，狭陛登呼拜舞同。
九色绣旗斜晃日，两行银甲俨趋风。
圜丘绝壑飞桥过，杰阁凌虚复道通。
获睹明禋夸盛事，不才深愧后诸公。

【浅析】此诗作于弘治五年（1492）。郊祀斋宫，即大祀天地，为古代帝皇祭天地之礼仪。是年正月初八，上御奉天殿祭神灵，文武群臣致斋三日，大祀天地于南郊。仲山，即徐源，王鏊朝中同乡。诗写郊礼斋宫之盛典，远望只见斋宫上空香烟缭绕。大臣们在斋宫向皇帝致礼，同祭上天。斋宫之排场，壮丽雄伟。一桥飞架圜丘前之深壑，其建筑高大雄伟，各宫室有复道相通。亲眼看见大祀典礼，朝臣斋宫南郊，愧落诸公之后,诗尾为作者自谦之句。

宿樊都尉翠微山庄

攒峰缺处望亭台,石室金堂为客开。
坐见野云从地起,卧闻山雨到窗来。
秋声飒沓惊涛淘,暝色龙丛远壑哀。
自笑诗人能好事,连宵抱被宿崔嵬。

【浅析】此诗作于弘治六年(1493)。樊都尉,即驸马樊凯,明代安阳人,成化八年(1472)尚广德公主。奉命统率禁军,升殿侍尉。都尉,明代武职官名,在将军之下。正德初,以不附刘瑾,被罢职。翠微山庄,位于北京西郊翠微山。诗写高山缺口处,望见一座楼阁。山庄建在高处,白云在四周缭绕。夜睡山楼中,能听到夜雨打窗之声。晚间云雾蒸腾,远处山谷因风吹过,而发出哀声。笑自己太喜欢此山间景色,是夜竟宿于山中。此诗写游览翠微山庄的情景和夜宿的感受。

和莫曰良早朝之作

澹河残月影层楼,玉树初惊一叶秋。
阊阖洞开天语近,觚棱斜转日华浮。
仕途一任王融笑,清世空怀贾传忧。
误矣腐儒无寸补,终年簪笔傍螭头。

【浅析】此诗作于弘治七年(1494)。莫曰良,名莫骢,无锡人。成化十年(1474)应天乡试举人,为王鏊乡试同年。二十年(1484)进士,时任兵部郎中。弘治六年,王鏊、顾惟庸、莫曰良、叶文粹、张济民等九人,在京结同乡同年会。早朝,指官员早晨上朝。诗写天空中星月已残,宫殿尚在曙色中。树木为白霜所覆盖，一片洁白。宫门已经洞开，将有皇帝诏令下达。旭日斜照在宫殿之顶，想自己迟暮尚未仕进，只能任凭王融所笑。尚属盛世盛年，却空怀忧国忧民之志，终日以词臣身份侍候帝王，虚度年华。此诗表露作者虽入朝多年却仕途不达的心理。

次韵马少卿经筵纪盛

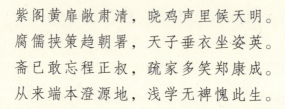

紫阁黄扉敞肃清，晓鸡声里候天明。
腐儒挟策趋朝署，天子垂衣坐姿英。
斋已敢忘程正叔，疏家多笑郑康成。
从来端本澄源地，浅学无裨愧此生。

【浅析】此诗作于弘治七年（1494）。马少卿，名绍荣，因慕范仲淹之品学，取号景范。苏郡常熟人，亦为王鏊同乡同僚。成化元年（1465）试书中选，时任太常寺少卿。诗写去宫中侍讲经筵，天未明即候在宫外，闻远处阵阵鸡鸣。自己携带书籍入宫，为皇帝讲经筵，而天子也垂衣端坐听讲。经筵中，每一句不离儒家正宗。对于经典之解释，自己冀无大错，亦不为郑玄所笑。教导影响帝王成为贤明之君，自知责任重大。思自己学识浅显，担当这样的职责，非常惭愧。作者为官清廉，学识渊博，此诗严求自己，读来使人感到诗人谦逊的胸怀。

送周驸马祭告孝陵

三日风雷偶示愆，骏奔千里属亲贤。
天心仁爱乃如是，圣德馨香岂此然？
北固江山龙虎壮，南州人物凤麟先。
归来宣室承清问，应为苍生席屡前。

【浅析】此诗作于弘治七年(1494),这是王鏊第二次陪祭孝陵。周驸马,名周景,字德章,河南安阳人。天顺六年(1462)尚重庆公主。明孝陵,在南京,为洪武帝朱元璋和马皇后合葬之墓。诗写接连三天风雨雷雪,莫非是上天对人类过失的警告?因此周驸马受朝命奔驰南京,祭告明孝陵。当今皇上有仁爱之心,可谓圣德远播。南方多英雄豪杰,往往占得先机。祭告孝陵毕回朝,皇上必详询民情,请阁下为黎民多多仗言。此诗为作者受皇家恩宠,送皇室周驸马祭祀先帝陵墓而作,寄寓了诗人对天下黎民百姓的情怀。

内阁赏芍药

一

玉殿东头紫阁阴,仙葩香暖五云深。
栽培尚荷宣皇力,开落聊观造化心。
香葩受风红矮坠,柔条上雨绿侵寻。
谢公诗好难为和,绕砌空阶尽日吟。

二

东皇倩汝送将归,小雨花间密复稀。
色因凤池分晓润,香薰芸阁撷春菲。
金盘露滴九重回,玉碗风欹一尺围。
不拟江南三月见,萧萧篱落野人扉。

三

养花天气半晴阴,紫艳看看逐日深。
南国浪夸金作步,广平曾是铁为心。
芙蓉江上色堪并,桂子月中香莫寻。
回首扬州那可到,凭栏休作越人吟。

四

紫泥封后未言归,半下朱帘昼漏稀。

郑国由来歌芍药，
卫人何用采蒛菲？
开齐似剪霞色添，
盛极惟恐月灭围。
闻说花时多胜集，
阁门向晚尚留扉。

【浅析】此诗作于弘治八年（1495）。内阁，指置于皇宫内之官署。芍药，多年生草本观赏植物。是年五月，帝令群臣集内阁赏盛开之芍药。顾清《东江家藏集》载有诗《内阁赏芍药次韵二首》，与王鏊诗韵同。第一首诗写宫殿

梵门桥弄吴宅（王鏊故居旧址）

东之隐蔽处，芍药盛开，香飘四方。芍药承恩，愿为皇室效力。清风拂动花朵，红得令人心醉。枝条被雨打湿，绿色愈亦深沉。同僚谢公好诗，而自己拙而难和，只能在阶下绕花而觅句。第二首诗云，芍药花香堪比桂花，因赏芍药而思想南方的家乡。第三首诗说，芍药花期常有小雨，时稀时密。其花朵特大，周围可达一尺。此时正值江南三月，草长莺飞，野芍药开放。最后一首诗写花期多雅集，宫门关闭晚，以便阁臣回家。

内阁赏芍药

一

药阑正对禁城幽，诏使先春特地修。
便觉恩光生叶底，旋添颜色上枝头。

仙姿不负持杯赏,胜景还须著句搜。
花下几人今日醉,日斜欲去理迟留。

二

张席阶前对凤池,天香还发去年枝。
春归禁地偏应早,花到今年分外奇。
锦幔不收风力软,玉盘频昃露华滋。
扬州胜事何须说,黄阁今成几卷诗。

【浅析】 此诗作于弘治九年(1496)。前年宫中芍药盛开之后,第二年春天,芍药再次开放,内阁又集群臣前往赏花。前诗写花阑正对着宫殿,这是皇帝降诏所修建。持着酒杯赏花,苦苦思索佳句,吟诵酬答,只盼夕阳迟下。后诗说在芍药花前铺席设宴,赏花吟诵,直至月亮西斜。皇宫春天来得早,故花亦开得格外鲜艳夺目。玉兔已升中天,内阁同人集诗已有数卷,只待御召吟咏。大臣被召御前赏花赋诗,是朝廷的恩宠。此诗第二次咏在内阁赏花之盛况,表露了作者的感恩之心。

赠曹铭

冰崖雪壑想崟崎,别后时从梦见之。
邺郡清门今尚在,襄陵遗泽亦堪思。
主家留客琅玕旧,震器惊人鹭鹭奇。
八景分明似吴下,南音何必效锺仪?

【浅析】 此诗作于弘治九年(1496)。王鏊在诗题注"铭,吴人。其父尚襄郡主,家山西"。曹铭之父珙,字仲璜,世家苏之吴县。后尚襄陵庄穆王之女清涧县主,因家于山西。诗写梦中见曹铭,想象山西冰天雪地之景色。三国时曹魏称王,即建都于此,如今邺城名门尚在。曹铭好客,宴友于兰堂,人皆与之交往。曹家宅院,仿吴中景色构造八景,因而不必

王鏊纪念馆门厅

动辄苦思家乡。此诗赞曹铭乐操土风,不忘故乡的情愫。

长安新堤成

新筑沙堤镜面光,五更行处月如霜。
爬沙稳衬青骢软,缭绕斜依玉署长。
正喜将军能了事,敢云丞相独相当。
回头笑指成河处,六月霖霪也不妨。

【浅析】 此诗作于弘治九年(1496)。长安新堤,即北京长安街之堤岸。诗写新筑的长安街路面平整光洁,平日通行之大路不再泥泞。夜间经过,月色如霜,一片洁白。车马行在沙堤上很稳当。沙堤绕至各官署,乃李锦衣所筑。考唐朝沙堤,为宰相所专用,至明代百姓皆可通行。昔日每遇大雨,雨水辄涨成河,道路泥泞难行,现已得到根治。即使六月雨季,大雨不停也无妨。此诗用前后对比的方法,抒发了作者对长安新堤的赞叹。

经筵次林祭酒韵

从来王所赖居州，对越方勤合少林。
雨脚坏期仍改日，天心纳谏信如流。
重瞳屡瞩情无压，精义敷陈语不浮。
海内人人夸盛事，大书谁合秉春秋。

【浅析】此诗作于弘治十年（1497），王鏊诗小序曰："国朝经筵之开，月三，三旬之二是也。然孟夏朔，有事太庙，次日辄从免。弘治十年四月，太庙飨罢。有旨改是月之三日，至日，雨，又改四日。盖圣学之勤，不以事而辍也。是日，鏊与大司成林亨大同讲，有诗，因次韵。"林祭酒，名林瀚，字亨大。明代闽县人。成化二年（1466）进士。历官南京兵部侍郎、浙江参政等。诗写经筵因祭祀而暂停，改日为之。可改日又遇大雨，再改日。弘治帝纳谏，故谏信如流。帝王认真听经筵，经筵官专心讲经史。谁来秉笔将此事载入史书，当然自己应义不容辞。此诗就经筵改日而寄情，赞扬弘治帝的求学精神。

三忠祠

力挽中原志可吞，悲哉星陨渭滨屯。
郾城诏下黄龙远，燕狱诗成白日昏。
义气悬知千古合，纲常都仗数公存。
如今混一归真主，尚慰孤臣地下魂。

【浅析】此诗作于弘治十一年（1498）。三忠祠，在北京崇文门外，祀汉代诸葛亮、南宋岳飞与文天祥。诗写三位忠臣异代而同志，皆为恢复中原之英雄。诸葛武侯六出祁山，终至出师未捷身先死。岳武穆大破金兵，陷京汴梁已指日可收复，却被朝廷十二道金牌召回，遗恨千古。文丞相被囚大都,不屈被害。三人皆忠肝义胆,为后世树立典范。今天下统一,国家强大,或许能慰藉三忠臣之魂魄。此诗高度赞扬了三忠贤浩然正气与日月共存的民族精神。

庚申长至有事于东陵

古木荒城谏议祠,旧游犹认壁间诗。
河山气概宸游后,星月光芒祼献时。
灯火穿林人散乱,冰霜横道马差池。
寒郊风物那须问,夜下襜帷信所之。

【浅析】此诗作于弘治十三年(1500)。是年,王鏊进吏部右侍郎。庚申,弘治庚申。东陵,明太祖长子朱标陵墓,在南京。长至,即冬至。自夏至后日渐短,冬至过后日又渐长,故称长至。诗全名《庚申长至有事于东陵,倪冢宰、吴、韩两少宰俱有诗赠行,和之》。是年冬至,朝廷遣驸马黄镛、齐世美分祭东陵、长陵、献陵、裕陵……文武衙门各分官陪祭。倪冢宰,即倪岳,时为吏部尚书。吴、韩两少宰,即吏部侍郎吴宽、韩文。诗写一路所见皆古树荒城,壁间古人有诗题之。皇帝亲自祭陵,常抵此地。仪式在晚上举行,结束后人们穿越树林回客舍。冰天雪地,马匹经常失蹄。放下车上帷帐,任马车所之。此诗为作者陪祀东陵的见闻。

郊祀斋居次韵倪冢宰

幸接天曹玉笋班,南郊祼献复追攀。
清谈得奉斋三日,道院平分屋半间。
残雪土膏春意透,夕阳庭树鸟飞还。
玉盘试手青丝菜,又为东风一破颜。

【浅析】 此诗作于弘治十四年(1501)。郊祀,古代祭祀天地之礼仪。斋居,又名"斋宿"。据黄佐《翰林记》载:"凡郊祀,洪武二十年定斋戒日期。宗庙社稷亦致斋三日,惟不誓戒。所谓斋戒者,不饮酒,不食葱、韭、蒜,不问病,不吊丧,不理刑名,不与妻妾同处也。"诗写有幸与朝廷重臣一起,为郊祀而斋居。斋居三日,得以同倪岳长谈。大地春意萌动,候鸟飞还。春天来临,万物复苏,使人感到高兴。此诗把参加皇家祭祀礼仪描写得惟妙惟肖,使人有亲临其境之感。

庆成宴

一

万舞葳蕤远缀班,天魔十八杳难攀。
声腾夷夏欢呼里,气合君臣际会间。
袍染炉烟当宸拜,帽欹墀日戴花还。
年来自愧阶频进,坐捧瑶觞却厚颜。

二

瞳眬曙色自东方,玉殿分行坐两旁。
百辟趋跄同虎拜,九重肃穆俨龙光。
卿云近日偏流彩,积雪先春早应祥。
大祀礼成歌既醉,年年正月纪春王。

【浅析】 此诗作于弘治十四年(1501)。庆成宴,正月大祀天地于南郊。礼毕,上御奉天殿,大宴文武群臣及各国使节。前诗写在宴会中奏天魔十八拍乐曲,其美妙之声使人难以言表。太平盛世,上外夏夷,一片欢呼。君臣之间意气相投,治国方略一致。群臣衣袍带着熏香,向君王致礼。酒醉后不觉帽子歪斜,插一朵花戴回家中。后说写东方既白,众臣分左右排列。百官趋前朝拜天子。肃穆之宫中,君王神采飞扬。年年正月祭祀天地,年年正月有庆成宴。此两首诗为作者受宠恩参加国家最高宴会庆成宴,所见所闻尽入诗中。

孟秋夜,陪飨太庙,值雨

金门放钥夜蒙胧,虎旅当关路仅通。
雨脚森森只对越,灯光闪闪俨歌雍。
立殊陛楯人谁代,出后函关客正穷。
他日庙廊端委立,泥涂莫忘两人同。

【浅析】此诗作于弘治十四年(1501)。孟秋,秋季首月。诗全名《孟秋夜,陪飨太庙,值雨,礼成趋出门且闭,归途水几没膝。是夜,惟予与谢亚卿同之》。谢亚卿,即谢铎,时任礼部右侍郎。诗写夜祀太庙,祭毕启门放行回家,已是晚上。禁卫军把门,仅一条窄道可入。森森大雨似乎在对应天地神灵,威严而神圣。太庙内灯光闪闪,音乐尚在继续。自己是文职官员,没有护卫军士,因大雨而回家艰苦。他日同韩亚卿一齐立于朝廷之时,别忘了今日同在泥泞中回家的情景。此诗富含情趣,想不到朝廷高官享祀太庙,因下雨而变得如此狼狈,读后使人感到太庙之飨亦不为乐事。

中元朝陵值雨

一

世途难料是阴晴,自昔朝陵怯此行。
山指白浮惟鸟去,寺逢黄土有僧迎。
岂知平陆江湖在,借问车梁岁月成。
北望昌平无十里,看山犹自未分明。

二

木鱼声里报新晴,睡稳僧房未辨行。

灯底夜深愁欲滴，马头山色喜先迎。
三千世界阴霾净，百二神京体势成。
凉月纷纷如白日，归途灯火若为明。

【浅析】此诗作于弘治十四年（1501）。中元，农历七月十五日。朝陵，朝谒皇陵。开斋，久雨天晴。诗全名《中元朝陵值雨，已而开斋，次倪、韩二长官韵》。《明孝宗实录》载："弘治十四年七月，中元节，遣驸马都尉游泰、齐世美分祭诸陵。"倪韩二长官，即倪岳、韩文。前诗写远山隐在一片白雾中，寺前道路泥泞，有僧出迎。江山犹如昨日，桥梁何时才能落成。后诗说天明木鱼声声，天气转晴。在僧房刚睡醒，准备打理回程。山色微光映入眼中，大千世界阴霾扫尽。月色清冷，明亮如同白日，月光似灯火照亮归途。此诗描写雨夜朝斋的前后过程，也写出了自己的独特感受。

送韩亚卿谒陵

短日寒无辉，阴云黯将雪。
夫君欲何之，燕山路超忽。
至日诏分官，禋祀缀前列。
亦知非远行，始作三日别。
三日岂云多，我心如参戌。
北风振高岗，仆子肤欲裂。
狐帽紫貂裘，檐间鸣轧轧。
薄暮始下车，野寺暂投息。
村肴与市沽，亦足慰疲苶。
归途雪正晴，峰峦互明灭。
琼林玉树枝，乃若为诗设。
山行亦诚劳，高兴滋逸发。

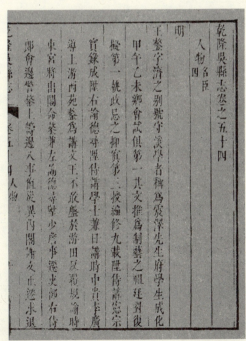

乾隆《吴县志》中关于王鏊的记载

到家解行装，赠我有长札。

【浅析】 此诗作于弘治十五年(1502)。韩亚卿，名文。是年十一月冬至，朝廷又遣驸马都尉黄镛、崔元分祭诸皇陵，王鏊送韩文时所作。屠勋《和王守溪长至日谒陵》，其诗韵与该诗全同。诗写云层昏暗将下雪，韩侍郎欲去何地。谒陵之路漫长，韩在谒陵官员之列。乘坐肩舆，一路前行。途经村舍，食平民百姓之酒菜，可消除疲劳。看群山因角度改变，峰峦互有隐显，奇观也。树林覆雪，如琼似玉。路途劳累，因山景之美，使人容光焕发。韩亚卿谒陵归来，必有长诗赠我。此诗语言平易清新，抒情真率，表达了作者与韩文的深厚友谊。

秋日斋居值雨，已而大雪

一

玄冥敞秋令，穷阴黯如积。
厢房三日斋，正值霖淫迫。
谁将千万愁，化作日夜滴。
晨厨无炊烟，书枕多警席。
檐花添霏微，庭草洺狼籍。
亦知官曹尊，咫尺千里隔。
仍闻穷檐下，无复四壁立。
人事岂偶然，天意亦难识。
惟应伫高谈，庶用破愁寂。

二

愁霖何当晴，怪雪忽已积。
狂风九日晦，无乃太急迫。
宁当大庭贺，终作虚檐滴。
不知堆为盐，但未大于席。

为祥或为灾，众口纷籍籍。
已闻半月前，何论一日隔。
愁吟欲附火，块坐惟面壁。
得无袁安僵，除是张华识。
饱食亦已多，敢恨斋房寂。

【浅析】此诗作于弘治十五年（1502）。诗全名为《秋日斋居值雨，已而大雪，呈韩亚卿二首》。斋居，开斋后居于原处。是年全国气候极其反常，先是六、七两月，南京、凤阳淫雨，大风摧毁孝陵神宫。继南京、顺德、济南、东昌等地又发生地震，疑为天庭震怒，故有此祭祀。前诗写三日斋居，正值雨雪，寒气逼人。斋室与官衙虽近在咫尺，却似远在天涯。斋居非偶然，而天意不可知。唯有一味高谈阔论，消遣时光。后诗写雨雪不止，使人忧愁。宁在朝中办事，不愿在此听檐下滴水声。大雪究竟是灾是祥，众说纷纭。终日饱食，安于斋居很是寂寞，诗中流露出作者对斋祀的疑虑、欲归不能的无奈心情。

奉和屠侍郎元勋谒陵

郁葱佳气绕诸陵，玉室金堂见始曾。
倦足行惊冰栈滑，瘦肩吟对晚山嶒。
月斜殿角东西磬，星散林间远近灯。
抱膝何人发长啸，石门我欲访孙登。

【浅析】此诗作于弘治十五年（1502）。屠元勋，名勋，别号东湖。明代平湖人。成化五年（1469）进士，时为刑部左侍郎。诗写明皇陵风水吉祥，自己亦曾多次参与谒陵，有所见识，皇陵富丽堂皇的建筑使人惊讶。此去皇陵途中，山路又长又险，山中栈道冰冻难行，稍有不慎将后果难料。然危境亦可取，面对险山正可纵情吟诗。当月亮挂在祭殿檐角时，传来一片鼓乐之声。见到谒陵结束之仪式，屠侍郎当有吟诗，可来随吟诗唱和。作者送友人谒陵，联想自己多次陪祭皇陵的亲身经历，描绘出一幅妙趣横生的图画。

癸亥岁二月八日看牲

元戎小队夜分曹，漠漠轻寒上绣袍。
十里火城人散乱，一天风月鬓萧骚。
琳宫转觉行来熟，茧栗如从看后高。
中使留门更漏滴，我行虽数敢辞劳？

【浅析】此诗作于弘治十六年（1503）。癸亥岁，即弘治癸亥年。看牲，视看牲口，挑选祭祀所用之牛羊。黄佐《翰林记》载：凡郊祀，京城五品以上官例得看牲。"牲牢三等：曰犊、曰羊、曰豕，大祀前一月之朔，躬诣牺牲所视牲，每日大臣一人视牲。"诗写京都禁卫军小队夜间巡逻，祭祀之夜城中灯火辉煌，如不夜之火城。月夜霜下，人群散乱。因数次看牲口，故轻车熟路。三次看牲，用以祭祀之小牛已长高。守门中官更改关闭城门的时辰，看牲归来亦很劳累。此诗描写了看牲市场之热闹，官员看牲之辛苦。虚实相间，别开生面，读来富含情趣。

孝宗皇帝挽章

一

宽仁延二纪，兵甲偃三垂。
问膳长秋数，求衣昧爽迟。
懋昭汤不迩，端拱舜无为。
莫绘乾坤象，谁为太史辞？

二

官车仍跸路，陵寝却因山。
天意悲风惨，皇图化日闲。
圣神三代上，礼乐百年间。
北望飞龙远，髯弓动莫攀。

明孝宗像

【浅析】此诗作于弘治十八年（1505）。是年五月，明孝宗朱祐樘卒。时王鏊远在东山家中守父丧。从京城传来弘治帝驾崩的消息，诗人极为悲痛，作其诗悼之。前诗写孝宗帝宽厚仁慈，临天下二十年，三边无战事，百姓安居乐业。孝宗饮食简单，每日拂晓即起，治理国事。弘扬正气，为政清明，可惜朝中还没有写这段历史的人。后诗写丧车出宫，禁肃道路，泰陵因山而起。孝宗在位国家太平，百姓安宁。乃三代积善而后，才兴盛百年。北望孝宗已经逝去，再不能追随其左右。有龙下迎，黄帝乘之升天。此诗流露出作者与弘治帝的深厚感情。

入阁次仲山见寄之韵

云窗雾阁隐楼台，梦里依稀似到来。
异数极知蒙帝力，凡躯深讶住天台。
承明召数晨先入，阊阖归迟晚特开。
正是商家调燮地，盐梅独愧傅岩材。

【浅析】此诗作于正德元年（1506）。仲山，即徐源，作者同乡好友，时以山东都察院右副都御史致仕。王鏊幸以入阁,徐源寄诗以贺,鏊还诗次其韵。诗写天宫隐于云雾间,高不可攀似曾梦中到过。新皇恩赐己入内阁,乃特殊之礼遇。平庸凡人之躯,怎能如此高贵?同帝皇议事而晚归,宫门已闭,特为开启。内阁为宰相施政之处,自愧无傅岩治理国家之才能。贵为宰辅,助帝处理国事,何等荣耀。此诗表露了作者的兴奋之情。

五月七日陪祭泰陵

一

星楼月殿夜沉沉,烛影炉烟俨若临。
北极紫微尊自在,西清黄伞梦难寻。
苍梧天远孤臣泪,玉帛星驰万国心。
十九年中游幸绝,仰思王度式如金。

二

万方争睹励精辰,便殿从容召对频。
凭几似闻宣末命,属车无复望清尘。
志存二帝三王上,恨掩青山碧涧溽。
天在有形谁画得,空然二妃厕朝绅。

【浅析】此诗作于正德元年(1506)。泰陵,明孝宗之陵,在昌平笔架山东南。是年五月,朝廷遣驸马都尉林岳祭泰陵,王鏊受诏陪祀。前诗写在泰陵祭宫过夜,烛光中好似孝宗驾幸。帝王昔日游幸之情,在梦中难以追寻。孝宗驾崩,可惜自己丁忧,只能遥望哭祭。弘治帝十九年的清明之治已结束,其德行如玉如金,可为后继者之榜样。后诗写全国各地争睹孝宗励治之局面,他经常在便殿召见臣下,听取意见。先帝之德政,与二帝三皇相同。如今孝宗早亡,华夏大好江山,谁为之谋划?诗尾作者表露出无限担忧,隐含对正德帝的不满。

恩赐玉带麒麟服

一

宝月团团甫琢成,老臣何德比琼英?
蟠惊夜室流虹影,行眩天街积雪明。
芍药献围曾有兆,蒹葭倚坐若为荣。
皇恩锡处如山重,肯换秦家十五城?

二

锦袍错落绣轮囷,天上恩先借近臣。
一角获怜西畴陋,九章制爱尚方新。
文明有象昭皇化,报称无能愧病身。
拜赐归来人尽羡,好将勋业画麒麟。

【浅析】此诗作于正德二年(1507)。正德元年四月,王鏊丁忧满期,应召回朝任吏部左侍郎。十月,与焦芳入内阁,时首辅李东阳托病不出,焦仍兼部事,内阁有事,必推三辅王鏊。是年朝廷对王鏊宠恩不绝,正月,上恩赐玉带一束、麒麟苎纱罗各一袭。八月,遣祭先师孔子。十一月,《通鉴总类》成,有白金文绮之赐。玉带麒麟服,亦称蟒衣,为朝廷所赐特殊荣誉。前诗写新制成的玉带麒麟服,绣宝月图案。自己有何德能,可当此殊荣?蟒袍上麒麟盘曲,虽在夜室,犹有光彩。穿其衣行于道路,积雪更为明亮。皇恩如山重,此麒麟服十五座城池不换。后诗写国家祥瑞,该奉祀天神。新纪元开始,天下充满文采光明。自愧有病无才,难以报答此恩赐。希望能为朝廷建立一番功业,不负身上之玉带麒麟。

有事景陵,归途作

严程西指日边霞,平野苍茫集晚鸦。

湖色破寒犹惨澹，山容得雪若矜夸。
　　谁当游衍还承诏，可惜风光不近家。
　　坐啜玉泉怀六一，漫将名品许浮槎。

【浅析】此诗作于正德二年（1507）。此诗全名《十一月廿七日被诏有事景陵，归途作》。景陵，明宣宗朱瞻基之陵寝，在北京昌平东北天寿山。神主，古代帝后、诸侯死后之牌位，以木或石制成，上书尊号，以供后人祭祀。是年十一月，王鏊奉命往景陵题汪后神主，作内制《景皇后尊谥敕》，又《代礼部上景皇后尊号议》《遣祭景皇后文》等。诗写行程紧迫，日暮赶路。原野上晚鸦云集，鸣声以解路途烦闷。在玉泉小憩，饮此泉而想起南方之六一泉。将名贵之杯投入泉中，任其如小舟般漂行。此诗描写了作者归程急迫，暗寓身在官场不能由己的心态。

己巳正月十三日夜，分献星辰二坛作

　　钟声忽断燎烟升，玉履西来甲士层。
　　蓦地灵风生彩旆，满天凉月浸华灯。
　　夜阑仙乐闻三奏，老去崇阶试再登。
　　愿得繁禧均海宇，老臣何以助灵承？

【浅析】此诗作于正德四年（1509）。是年正月十三日郊祀，王鏊任分献官。明日，享宴庆成。分献，古代祭礼仪式，向受祭者行礼。这一年分献祭仪，有文武大臣近侍官共二十四人参加。时为刘瑾盗权，大张虐焰，意犹未慊，遣逻者大肆淫威。诗写钟声忽地中断，分献礼开始。自己穿过列队护卫的士兵，来到祭坛前。忽一阵神灵之风飘来，使场上彩旗飞飘。月亮与地上万家灯火相辉映，似乎闻有仙乐声传来。自己已年老，再登祭坛高阶，确是一种显贵。诗尾作者表露，但愿天下百姓均能幸福，是老臣的心愿。

十四日庆成宴上作

列席分衣黼座前，坐中几度听传宣。
花枝半妥杯还洽，雉羽低回舞队旋。
总为台司当近地，每疑广乐奏钧天。
好风晴日新正后，盛事谁书己巳年？

【浅析】此诗作于正德四年（1509）。郊祀天地结束后，参加大臣享皇家盛宴，王鏊在庆成宴上任分献官，这是极高的荣誉。诗写大臣们都列队坐于御前，宴席间，随时倾心听君王宣召。席间击鼓传花助饮，若所传花枝落停谁手，罚以饮酒，气氛甚为欢快热烈。更有歌舞助兴，舞者头插野鸡毛，在舞池里旋转表现，色泽艳丽。乐队所奏钧天广乐，方天宫之音。自己离舞台最近，观之最适。新年以后天气晴好，谁来记载己巳之年的盛事？作者有诗记之，使人看到皇家盛宴的欢和气氛及魅力。

奉次杨、靳二阁老见寿之韵

只今廊庙有居州，
野渡宜横一叶舟。
月上东山成独饮，
花明西苑共谁游？
杜陵卧病伤今雨，
宋玉怀人感暮秋。
多谢新诗寄林下，
寿筵无地献觥筹。

杨一清像

【浅析】此诗作于正德九年（1514）。杨、靳二阁老，即杨一清与靳贵。时靳贵为阁臣,其子靳懋仁为王鏊之婿。杨一清为吏部尚书,还未入阁。十年(1515)闰四月,一清才以吏部尚书入阁供部事,诗题为后来追改。是年王鏊六十五岁寿辰,杨、靳两人在朝寄诗贺寿。杨一清赠诗《寄寿守溪王先生》,王鏊寄诗以谢。诗写当今朝堂之上已有贤者,自己可安心居于野。隐居生活甚为惬意,仍思念昔日之友人。偶有小恙,至深秋易感伤之季,皆为思念朝中新旧友好。多谢你们和贺诗,而在寿筵上无法为二位敬酒。诗中多典故,表达了作者对杨、靳两阁臣的殷殷之望。

丁丑十一月得宣府报

土木垂殷鉴,俄传北狩音。
泪缠寰宇痛,坐压法官深。
洛汭歌钧石,祁招度式金。
谁扶鳌极正,持慰杞人心。

【浅析】此诗作于正德十二年(1517)。是年,江彬等诱武宗西北之行,亲督诸军御虏于应州。是役,乘舆几陷,武宗差点被蒙元军队俘获。十一月,消息传至东山,老臣王鏊非常震惊。诗写武宗以北征为借口,车驾驻宣府,欲出游北边诸关。难道忘记了土木堡之辱,而武宗却执意要北狩。大臣们无法劝谏,只能坐守宫城而惊惶。洛汭有钧石之约,望武宗能守信、爱民,为国事着想。有谁能劝阻天子北行,以慰我杞人忧天之心。诗中"谁扶鳌极正,持慰杞人心"之句,体现了作者身在山野,仍关心社稷安危的忧国忧民之心。

观福建内臣进花鸟赋

玄猿呈艺宛如人,孔雀鹓雏貌总真。

怪石铅松曾入贡，名花异卉总横陈。

藩方故事修应旧，圣主当阳德正新。

一路光荣人莫羡，已闻千里罢还民。

【浅析】此诗作于正德十六年（1521）。明代朝廷派内官镇守各地，为皇帝采集收罗花鸟好玩，进贡于宫中。镇守太监往往权倾一方，肆虐地方百姓。此为王鏊观镇守福建的太监进花鸟而赋。诗写贡物中有耍杂技的猴子，如人一般。终于能一见孔雀、鸂雏之真鸟。贡物中还有怪石铅松、名贵花木满地皆是，杂陈横列。地方向朝廷进贡为旧例，这些帝王之耳目更是神通广大，无所不能。新帝继位，朝政一新，面南向阳而治。藩方进献花鸟贡物，一路观者如潮。然已闻一道诏书千里而下，命将贡物还于百姓。此诗作者借观内臣进贡花鸟之物，称赞朝政变化。

胡太守冬季存问谢之

退傅闲居正稳眠，忽闻优诏下林泉。

玄纁束帛皇恩重，驷马旌旄太守虔。

三代引年闻有礼，闲身报国块无缘。

独怜葵藿心犹在，愿得回光遍海堧。

【浅析】此诗作于嘉靖二年（1523），即王鏊逝世前一年。该诗全名《胡太守孝思奉诏存问，过太湖有作，次其韵》。胡太守，即胡缵宗，字思孝，陕西秦安人。正德三年（1508）进士，为王鏊主考会试所取之士，时为苏州知府。有诗《泊太湖呈座主守溪相国》赠王鏊，作者以诗答谢。诗写自己告退在家闲居，忽闻圣上有诏存问。所赠礼物虽不多，但皇恩如山重。太守车驾临宅，虔诚有礼。惭愧自己一致仕闲官，已是报国无门，可对朝廷之忠心犹在。皇恩浩荡，竟惠泽如此偏僻之地。此诗再次表露了老臣王鏊的感恩之心。

题 画

一

杏花如雪满长安,起视星河夜未阑。
为惜秾华宛相似,临风先折一枝看。

二

坐着冰轮碾玉池,夜深欲去更迟迟。
广寒宫里谁为伴,特为姮娥住少时。

【浅析】 此诗作于嘉靖二年(1523)。这是作者晚年的一首题画诗,前诗写画面上,长安街夜晚月色下,杏花飘落如雪,与天上繁星相映成趣。盛开的花朵如此艳美,我先折一枝以赏。后诗写在花街上观月,其月色晶莹纯洁,似白玉所雕,夜深仍不忍离去。可叹嫦娥在广寒宫无人做伴,故自己在此多待一会,陪伴这月中女神。作者一生,有三十五年是在紫禁城中度过的,亦对自己的官宦生活怀有特殊的感情。此诗赏画生情,回忆自己在朝的宫廷岁月,表露了深深的留恋。

师情辑

送全卿赴浙江宪副

春城折柳赠南还,两浙由来一水间。
将母得归君自喜,见贤不举我何颜?
道傍明月投谁顾,江上清风去莫扳。
此去功名初发轫,未须挂笏望西山。

王鏊的少年和青年时代均在故乡求学,东山陆巷私塾、华严寺校、苏城县学、府渐及国子监都留下过他刻苦读书的身影。王氏私塾中的翁师、县儒学教谕文洪、苏郡府学教授林智、国子监学官陈音、礼部厢房的侍郎叶盛、提督南畿学政的戴珊,都曾是他敬重的师长。一日为师,终身为父,王鏊中探花,入翰林后,梦见翁师,仍惊道:"吾今者尚畏翁乎?"还有王鏊参加乡试的主考谢一夔、同考郑环、会试主考涂溥、同考傅瀚,殿试主考涂溍、尹旻等都被王鏊尊为师长,并对他们有着深厚的感情,每当老师或座师们寿宴或致仕,王鏊都赠诗庆贺及为之送行。此外,阁臣彭时,尚书王恕、倪岳、刘大夏等也都是王鏊敬重的前辈与师长,王鏊与他们诗文酬答不绝,留下不少佳作。

《师情辑》在《震泽集》中共选诗五十首,其中十二首是王鏊赠给师长的,而三十八首则是王鏊与他的学生及门生之间相互酬答的诗作。王鏊在朝曾主考及同考过五次乡试、会试,其中主考会试两次,而正德三年(1508)他曾代正德帝进行过殿试,因而王鏊的门生遍天下。长洲人陆完曾从王鏊游,成化二十三年(1487)考中进士,为王鏊同考会试所取之士,也是王鏊最寄厚望的门生之一。陆完,字全卿,弘治十五年(1502)经王鏊举荐,擢陆完任浙江监察御史,称宪副。临行王鏊作诗《送陆全卿赴浙江宪副》相送,现其书轴藏于北京故宫博物院。

"吴中四子"唐寅、祝允明、文澂明、涂祯卿,都曾从王鏊游,是王鏊吴中门生中的代表,其中祝允明还是王鏊主考应天乡试所取之士。涂祯卿为弘治进士,官国子监祭酒,唐寅中举人后参加会试受挫,文澂明一生在科举上未取得功名,只是晚年赴朝任过几年翰林院待诏,他们和老师王鏊感情浪深,相互酬答的诗歌多达上百首,而唐寅为王鏊墓上所撰的墓联"海内文章第一,山中宰相无双"则是对老师王鏊一生最好的总结。

送彭阁老还江西

白麻新拜内尚书,黄阁沉沉仰步趋。
四海谢安何日起,一年司马要人扶。
相门北阙存衣钵,祖帐东门入画图。
知有寸心尤捧日,不殊廊庙与江湖。

【浅析】此诗作于成化二十三年(1487)。彭阁老,名时,江西安福人。正统十三年(1448)状元,官至吏部尚书、文渊阁大学士,入内阁辅政近三十年。成化十一年廷试考官,录取王鏊为一甲三名探花,因而被鏊誉为座师。诗写彭时卒于阁老任上,朝廷用白麻纸颁诏书致哀。回忆自己刚入朝,跟于彭阁老后。彭阁老致仕,朝廷上弟子门生众多。在东门为其饯行,盛况空前。彭阁老虽致仕离朝,但他心中仍装着天下黎民百姓,对朝廷忠心始终如一。此诗为作者尊敬师长之作。

寄福建戴方伯

东南士子说先生,风裁森严鉴赏精。
再顾市中烦伯乐,一言堂下识融明。
台中自后人难继,吴下如今俗顿更。
东望三山云万里,春风朔雪不胜情。

【浅析】此诗作于弘治元年(1488)。方伯,泛指地方长官。戴方伯,即戴珊。其诗小序曰:"戴以御史董学政于东南,特承奖拔于布政使。"诗写戴方伯风纪严整,识人精准。在地方能发现人才,可称伯乐。自己在堂下,因一言而结识戴方伯。他离任御史台,台中自后无人矣。戴方伯治理吴中,其地风俗一新,更为淳良。

东望福州,云山相隔万里。时下福州已春风拂柳,可北京仍飞雪飘飘。此诗作者采用寓情于景的手法,寄寓感物思人的情怀。

谢尚书挽词

长啸乾坤内,如公复几人?
科名皆自邻,文字本先秦。
海内瞻丰采,朝端惜老臣。
履声依北斗,庙貌填南闽。
发为忧民种,家从入仕贫。
人方起安石,帝欲昪衡钧。
国计訏前箸,工虞鄙算缗。
忽为箕尾客,昔添鹿鸣宾。
传授会期质,褒扬却愧诜。
平生怀旧泪,不敢污车茵。

【浅析】此诗作于弘治元年(1488)。谢尚书,即谢一夔,江西新建人。天顺四年(1460)状元。历官礼部右侍郎、工部尚书。成化二十三年(1487)得痰疾卒,享年六十三岁。主考南畿乡试,得王鏊为冠。诗写世间如谢尚书者,能有几人。一夔得秦代真传,写得一手好字,今去世,使朝廷痛失一位老臣。他敢于直谏,为朝臣称道,因而成化帝十分熟悉其音容。一夔为民而忧,头发逐渐秃去。他入仕为官,家境清贫。自己当初乡试中举时,曾得到过他的提拔。此诗说谢尚书对作者有知遇之恩,自己要学他的品行,并能得到他的学问云云。

送林教授致政闽中

乌石冈头碧水滨，十年不见发如银。
特从岭峤辞天子，乞与林泉作主人。
九牧衣冠还独盛，七闽风月未全贫。
都门晓望车尘远，惭愧当年老却诜。

【浅析】此诗作于弘治二年（1489）。林教授，即林智，正统十三年（1448）进士，成化八年（1472）曾任苏州府学教授，弘治二年从广东任上致仕归闽中。林智苏课时得王鏊卷，评鏊为"邓林一枝"。其典故出自《晋书》："武帝于东堂会送，问邓诜曰：'卿以为何如？'诜对曰：'臣举贤良对策，为天下第一，犹桂林之一枝，昆山之片玉。'"诗写林教授在福州乌石山湖滨，治理地方有政绩。闽中风光淳美，致仕后可独享那里的林泉之胜。自己碌碌无为，辜负了当年林教授赞誉奖掖之深情。此诗作者回忆往事，赞林先生栽培之德，诗尾"惭愧当年老却诜"之句，实为诗人之谦辞。

沈石田寄《太湖图》

远寄萧萧十幅图，霞明雨暗雾模糊。
眼着觉我无云梦，胸次知君有太湖。
溪壑怀人如有待，烟云入手若为逋。
黄金万树秋风裹，拨棹西来莫滞濡。

【浅析】此诗作于弘治八年（1495）。沈石田，即沈周，长洲县湘城人。擅画山水，其画笔墨坚实豪放，为"吴门派"领袖，尤以四十岁后所作大幅画最负盛名。沈周既是王鏊的老师，又为忘年交。《太湖图》为沈周名作之一，寄予挚友王鏊。唐寅在画上题诗曰：

"萧萧美人脱凡俗,蕉姓称罗名碧玉。"诗写十幅《太湖图》,笔意萧疏淡泊。每幅图各有姿态,或霞明,或暗雾,或秋雨模糊。画家对太湖之热爱,已融入胸怀之中。太湖山水等待自己归去,然其画烟云缭绕,无法回归故乡。画中洞庭柑橘已经成熟,一片金黄。莫滞留,快归去,犹如故乡在召唤。此诗作者从太湖图的景色写到对家乡的思念,画中有诗,诗中有画,气韵不凡。

冢宰三原王公寿词

勋名金匮得全收,刚度人间八十秋。
洛社温公甘独乐,江湖范老足先忧。
何年更为苍生起,此日聊从黄石游。
杜衍去来多内降,六箴谁与献宸旒?

【浅析】此诗作于弘治八年(1495)。冢宰,周代官名,为六卿之首,亦称太宰。明代则称吏部尚书。三原王公,即王恕,明正统十三年(1448)进士,累官大理评事、吏部尚书。时王恕年八十岁,故诗中有"刚度人间八十秋"之句。王恕与丘濬有矛盾,虽丘濬是王鏊的座师,但作者诗之立意还是站在王恕一方。诗写三原王恕之功名、学问皆可流传后世。退居后闲适的生活,可同于宋之司马光。王公忧国忧民,如宋之范仲淹。如今你无官一身轻,尽可与黄石公同优游闲适。王公经常退还帝王之赏赐,对朝廷亦多劝谏。此诗作者把王恕作为学习的师长,诗中亦多赞赏之词。

送倪尚书之南京

暂携堂印过江东,冢宰权分位望同。
留守地当分陕重,为官谁在故乡中?

家传旧有尚书履，
保副新加太子官。
半世趋朝今少憩，
钟山闲对黑头公。

倪岳像

【浅析】 此诗作于弘治九年（1496）。倪尚书，名岳，字舜咨。江苏上元（今南京）人。天顺八年（1464）进士，是王鏊的前辈与师长。是年四月，朝廷改倪岳为南京吏部尚书，时为翰林侍讲的王鏊作诗相送。诗写南京吏部尚书同北京吏部尚书名望相同，去那里任职责任更加重大。倪尚书在故乡为官，乃天大福分。倪家世代为官，均位至尚书。其半世勤于朝事，今可得小憩。暇日可游览名胜钟山，望吟作不少新诗来。作者对师长既尊为学习楷模，又寄予殷切之望。

赠少傅徐公挽词

德公住襄阳，梅福逃吴市。
往迹久复淹，高风在天地。
徐公本南州，阀阅自前世。
黄琬器夙成，黔娄孝天至。
三年诏狱冤，万里儋州泪。
破浪鲸不奔，开山虎旋逝。
由也能尽思，参乎真养志。
孝哉闾里称，远近辞不二。
推财见薛包，起废惭郑吏。

却曲变周行，瀹沦免深济。
荆溪隐在渔，把钓本无意。
山风与海月，丽落见胸次。
连城蒙在璞，廊庙登主器。
台斗司具瞻，霖雨望皆慰。
郊原沐涣汗，石兽瞻赑屃。
我生苦太晚，不及爷光霁。
宰树封已勤，生刍莫靡致。
东望瑞云山，怀人涕空泗。

【浅析】此诗作于弘治九年（1496）。徐文靖，名徐溥，江苏宜兴人。景泰五年（1454）进士，在内阁十二年。鏊会试主考，亦为鏊座师。徐溥父渔隐先生，孝义尤著，乡人称为厚德长者，因子贵赠少傅，卒于弘治九年。诗写徐父如庞德公隐于襄阳，其高风亮节

少年王鏊读书（左一）塑像

溢于天地间。徐氏为阀阅门第,徐父早年即聪慧,但经历坎坷。他不重浮财,重在德行。长子徐溥成为栋梁之材,琳因子而荣,得百姓称颂,皇帝恩赐。与此诗同作的《徐太夫人挽词》,均为作者对恩师父母的赞誉。

尹冢宰寿祠

一

天寿还平格,名园独乐中。
朝廷需寇老,启事忆山公。
白日悬名在,浮云过眼空。
定知青史上,人物首山东。

二

饱玩人间世,苍松晚不彫。
经纶闲国手,花岳想风标。
洛下耆英会,齐东子午桥。
怀贤仍感德,不尽野人谣。

【浅析】此诗作于弘治十四年(1501)。尹冢宰,名尹旻,字同仁。明代济南历城人。正统十三年(1448)进士。历官左侍郎、尚书、太子太保等。鳌会试主考官。时尹旻八十辰寿,李东阳亦作诗《寿太宰尹公八十》。前诗写尹冢宰德高望重,致仕后可过悠闲自适之生活。其冢宰之名如日中天,可他视名利同浮云,过眼即空。后诗写尹冢宰老而弥坚,本有治国良才,然致仕后不再问及朝政,可同耆老雅集相乐。怀念其才,感其道德。他的德行不是民谣所能述。诗中充满了对座师的敬仰。

送刘司马时雍

纷纷末路竞先驰,安石东山起独迟。
声望在人真不偶,功名到手可终辞。
虚襟且愿收群策,备力仍烦治乱丝。
中国于今相司马,边陲得似去年时。

【浅析】此诗作于弘治十四年(1501)。刘时雍,名大夏,号东山,明代湖南华容人。天顺八年(1464)进士。历官浙江布政使、户部侍郎、兵部尚书等。德才兼优,为鏊之前辈,亦为师长。诗写世人纷纷竞名逐利,而时雍独隐居东山迟迟不出。刘司马隐居后复出,其声望独一无二。时雍不恋功名,急流勇退,并虚怀若谷,能采纳众人之谋策。朝廷选择时雍为兵部尚书,完全是正确的,边陲可以安宁如以往。是年刘大夏隐居后复出,升兵部尚书,作者以此诗庆贺。

次沈石田《松石图》

长松落落,白石凿凿,根株联蜷皮驳荦。
悬崖倒挂蛟龙僵,干云直上雷风作。
仲圭死,石田生,后先意匠同经营。
想拈秃笔快一挥,势与碣石争峥嵘。
堂堂十八公,冰霜阅雄俊。
巍巍石丈人,不缁亦不磷。
两翁抱奇迹,结交亦相近。
我非米南宫,每见思拜之。
我非陶隐居,听此心自怡。
方今大厦连云起,

松石图　沈周绘

柱础明堂独须此。
纷纷匠石正求材，
胡为弃置深山里。

【浅析】此诗作于正德十六年（1521），为王鏊观图诗之一。沈周《松石图轴》，作于明成化十六年（1480），是其中年时的作品，现藏于北京故宫博物院。诗写白石翁之《松石图》，白石高峻，枝杆佶屈，颜色斑驳。其松倒挂悬崖，好似卧龙。当年石田作此画，有横扫秋风之势。当今朝廷正造高楼，须白石做柱础。现长松、白石却被弃于深山，无人问津，实为可惜。诗中一句"势与碣石争峥嵘"，一语双关，赞颂先生沈周不畏权势的高尚品德。

故顺庵骆先生挽词

泮水从游处，重来尚宛然。
古台犹有柏，坏沼已无莲。
讲授春风地，弘歌夜雨天。
四方多弟子，深愧表新阡。

【浅析】此诗作于正德十六年(1521)。骆顺庵先生,王鏊昔日老师。诗写作者重至苏州府郡庠,见房屋宛然如旧。古台边柏树犹在,而池沼已坏,昔日莲花不再生长。骆先生当日讲课,如春风化雨,深入学子之心。骆先生桃李满天下,自己并非是先生最有才的学生。没有能为先生撰写墓表,深感愧意。此诗写师生情谊,落笔在未为先生撰写墓碑上,为传神妙笔。

石田学蒙泉阁老画葡萄

虬髯诘屈干鳞皴,二老含毫阔出新。
试看山亭秋雨里,不知若个得渠真。

【浅析】此诗作于正德十六年(1521),亦为王鏊观图所作之诗。是年沈周逝世纪念日,作者观先生之画,见画轴生情而赋此诗。蒙泉阁老,即岳正,顺天府漷县人。明正统十三年(1448)探花,英宗朝曾入阁参机预。岳正喜画葡萄,精于观摩,遂称绝品。他还作《画葡萄说》一文,亦为佳作。诗写石田、蒙泉两师长画葡萄,各有新意。"虬髯诘屈干鳞皴",形容两老蜷曲之络腮胡须。画中葡萄在山亭秋雨里,难辨出谁画得更逼真。此诗为作者赏画而赋,抒发对两位师长的怀念。

送杨尚絅、杨名甫、毛贞甫、陆全卿进士归省

一

朱书华烛夜纵横,忽见篇章眼独明。
暗里投珠人莫顾,空中悬鉴我何情。
相逢一笑平生友,此去重来几日程。
路指娄江东下急,夷亭斜日暮潮生。

【浅析】此诗为成化二十三年（1487）送杨尚絅归省而作。杨锦，字尚絅，苏州府嘉定人。成化丁未科进士，是科王鏊例当会试同考官，是作者同考会试所取之士。历官刑部主事、郎中、江西副使。诗写王鏊夜间批阅会试考生之答卷，在众多考生答卷中，读到杨锦的卷子，忽地眼中一亮。但朝中无人器重尚絅的卷子。自己义无反顾地把答卷荐于朝，不使人才流失。与尚絅相逢一笑，已觉是平生好友。今杨奉旨急归南方，送至苏州夷亭（即唯亭），已是夕阳西下，正是太湖潮起之时。

二

南宫笔势见翩翩，固也平生意岂然。
不伐子甘为孟后，虚名吾自愧庐前。
杏花燕市春随马，枫叶钱塘夜泊船。
旧日和凝今老矣，登庸衣钵尚须传。

【浅析】此诗作于成化二十三年（1487），送杨名甫归省。杨名甫，浙江慈溪人。成化丁未科进士，为王鏊同考会试所取之士。先后知昆山、常熟等县，皆有政绩，称循吏。诗写见名甫的答卷，觉得很秀气。名甫平生之意，从翩翩笔势中露出来。自己徒有虚名，愧居前辈之列。名甫这次归省，正值江南杏花春雨、马蹄得意之时。归里之途，必经钱塘，可与老父相聚。名甫家族世代科举中试，须代代相传。我今老矣，或名甫可继承自己之衣钵。

三

接官长傍驿边河，来往君家较独多。
已向交情交鲍叔，岂因笔势误东坡？
还乡未觉关河远，感旧无如岁月何。
南望吴门君独去，西风落木洞庭波。

【浅析】此诗为成化二十三年(1487)送毛贞甫南归而作。毛珵,字贞甫,吴郡人。成化丁未科进士,官南京工科给事中、浙江左参政、鸿胪寺太仆等职。为王鏊同考会试所取之士,后又成为姻亲。诗写经常在驿河边迎送客人。自己与贞甫间有深厚的友情。贞甫字体不佳,但不可以字体之优劣,耽误有才学之士。这次你归省家乡,再远的路也不觉得累。如今你到吴中去,我的故乡太湖洞庭山正是秋天黄叶飘落之时。

四

文章一见一回妍,玉树分明在眼前。
记得陆机年二十,亲看贾谊策三千。
杏花燕月人俱远,枫叶吴霜思独悬。
南去河流干欲断,关津先放彩衣船。

【浅析】此诗为成化二十三年(1487)送陆全卿南归而作。陆完,字全卿。成化丁未科进士,官江西按察使、兵部尚书等。为王鏊同考会试所取之士。正德六年(1511),曾平定刘六、刘七之乱。因与宁王反叛有连,被捕论死,后议功减死戍边。诗写读到全卿的文章,眼前为之一亮。文如其人,全卿长得高大俊美。同昔日陆机一样,年少且有才干。贾谊年少入朝,而且有疏章。你可知南方大旱,要多关心民瘼。运河上各关卡,先放行归家省亲之官船。此诗均为作者对学生的叮咛与嘱咐。

送石邦彦知汜水

春雨南宫夜,双珠得并收。
科名夸大宋,茂宰说中孚。
赤县前朝事,清河近日讴。
折腰君莫厌,凫写岂淹留。

王鏊故居九狮壁局部

【浅析】此诗作于弘治元年（1488）。石邦彦，名瑶，河北真定府人。成化二十三年（1487），鏊任会试同考官，邦彦与其兄石玠同举进士，属王鏊同考会试所取之士。官至吏部尚书兼文渊阁大学士，入内阁为相。汜水，属开封府郑州。诗写邦彦与兄同中进士，可谓双珠并收。其家属在宋代已有显赫之功名，实为官宦之家。邦彦为县官，至诚至信。其父官山东按察使，有政绩。你到汜水为一县令，乃大材小用，但不必介意。有才华者，日后必得大用，此诗为作者对学生鼓励，也对其寄予很大希望。

送曾侍读士美之南京

十年左掖共追趋，春殿曾传第一胪。
梁颢成名谁谓晚，匡衡抗疏未为迂。
从来杞梓多从楚，近日衣冠总向吴。
最爱金陵好山水，他年玉署肯容无？

【浅析】此诗作于成化二十三年（1487）。曾士美，名彦，江西太和县南溪人。成化十四年（1478）状元，时年已五十四岁。历官翰林院修撰、南京翰林院侍读等。诗写与士美同朝、师生情谊有十年之久。士美高中状元，殿试后被皇上召见。早年屡试不第，曾发奋苦读，五十四岁夺魁未为晚。自古以来优秀人才多出于楚地，近日翰林院有三人一起出任南京官职，若他年南京官署有空缺，能否容纳自己？此诗为送友赴任之作，诗末借题发挥"最爱金陵好山水，他年玉署肯容无?"思念南方及家乡之情跃然诗间。

送杨润卿给事按贵州边储

翩翩文彩映珊瑚,炯炯丰标玉不如。
才入琐门司谏草,又从荒服按边储。
鱼由丙穴应持酒,雁到衡阳好寄书。
回首前程云万里,此行真是发轫初。

【浅析】此诗作于弘治二年(1489)。杨润卿,名瑛,松江嘉定人。成化二十三年(1487)王鏊同考会试所取之士,亦为作者同乡。给事,明代官职,属六科,仅七品。边储,指边防储备粮食之处。诗写杨给事仪表不凡,是一位翩翩公子。可他柔中有刚,出任谏官,又奉朝命出使边境,处理物资储备诸事,责任重大。那里丙穴产鱼,可烹饪而品尝鱼鲜,且痛饮一杯。望杨给事途中能有书信寄回,并嘱其应尽心尽职,无限前程正从此开始。作者对门生的殷切希望溢于言表。

送陈进士恪知宿松

春风江上动牙桅,凫写南来面若霜。
皖水绕城横宛宛,灊山当县正苍苍。
才名小试新磨剑,笔势曾惊古战场。
他日宿松还爱我,邻封咫尺是桐乡。

【浅析】此诗作于弘治二年(1489)。陈进士,名恪。成化二十三年(1487)进士,为王鏊同考会试所取之士,授宿松知县。历官江西左布政使、大理寺卿。宿松,明代属安庆府。诗写陈恪中进士后,在春日乘船去宿松上任。陈知县秉公执法、面若冰霜,为百姓办事一定公正。

该县皖水绕城而过,而灊山耸立于县城旁。陈进士初露锋芒,就取得了政绩。他日我也想去宿松任职,因为宿松之邻县就是桐乡,离我的家乡洞庭东山不远。此诗再现作者的思乡之情。

天昭子希周失解

前修未有力须追,中道无缘忽自疑。
名似甘露殊未蚤,器如马援不妨迟。
卑高在手谁能定,冷暖于人只自知。
莫怪羲义羡怀祖,瑶环重映碧梧枝。

朱希周像

【浅析】此诗作于弘治二年(1489)。朱天昭,名文云,苏州昆山人。官山东按察使。其子希周,字懋忠。弘治九年(1496)鏊主考会试所取之士,殿试状元及第,授修撰,进侍讲,充经筵讲官,后擢礼部右侍郎。失解,乡举落榜。诗写先人榜样近在眼前,你失解后仍须力追。希周不如楚国下蔡甘露早得功名,但必如东汉马援大器晚成。成败在于自己努力,非旁人所能决定。失解后,不必在乎别人冷言冷语,也不要计较别人超越自己而懊恼,仙女会献上碧梧所织成之桂冠。此诗亦为作者对后进的安慰与鼓励。

送刘以初下第还常熟

三年京邸不窥园,落笔翩翩动万言。
颇讶坡翁遗李豸,不同柳子贺参元。
暗中得失真难定,梦里输赢未足论。

王鏊诗《汉川落影》

月窟依然仙桂在,秋风独鹤看横骞。

【浅析】 此诗作于弘治二年(1489)。刘以初,名俶,苏州常熟人。在京曾师从王鏊游,乡试落第,后例贡入监。诗写刘以初在京三年,未外出游览京都风光。因其读书专一,文思敏捷,落笔便是长篇宏论。奇怪宋代苏轼遗漏了李豸之才,这样优秀的士子竟没有选拔。自己也并不是唐代柳宗元,因他人下第而祝贺。对于考试中的得失,就像梦里输赢一样,对落第不必耿耿于怀。下一次科举,以初必定能一鸣惊人。此诗是对考试失利学子的鼓励,如雪中送炭,使人动情。

送吴大章还宜兴

试罢彤廷便乞还,不教名字落人间。
小团龙凤春前雨,罨画楼台水面山。
文彩传来多似舅,功名老去只如闲。
洞庭东望无多路,楚颂亭成有旧颜。

【浅析】 此诗作于弘治三年(1490)。吴大章,名经,江苏宜兴人。徐溥之妹夫,屡试不第,后以贡入太学。其子吴克温,成化二十三年(1487)进士,为王鏊同考会试所取之士,官至南京吏部尚书。诗写大章会试下第,正好在家乡品尝雨前名茶。宜兴山色秀美,可在家静静享受。你既已归家,在悠闲中慢慢变老,而功名之心慢慢退去,可谓人生乐事。宜兴离洞庭山不远,可在太湖边高处筑一亭,眺望洞庭两山。此诗对落第学生安慰中亦含调侃之意。

赠杨君谦

夙怀抱悁独,行与世多忤。

京华二十年，壮志遂迟暮。
悠悠深巷中，尽日断来履。
扬子独何为，逝言远相顾。
移家浊沟上，破屋终不去。
人问何以终，无乃以故我。
朝过讲道玄，暮过话情愫。
君慕哀骀他，我思黄叔度。
相见各欣然，谁能诘其故？
我欲永从君，君且为我住。
无为忽去兹，云山恣高骛。
蓬蒿张蔚宅，依然还块处。

杨循吉像

【浅析】 此诗作于弘治五年（1492）。杨君谦，名循吉，明代吴中人。成化二十年（1484）进士，为王鏊同考会试所取之士，亦为作者同乡。官至礼部主事，善病，好读书，后退居苏州支硎山下，结庐读书，学识渊博。诗写君谦素来独自幽忧，所行与世俗多有触犯。你已在京为官多年，壮志难遂。为何难见其踪影，独自一人闷闷不乐，有何难事？以往早晨经过我家门，必入而讲道。而黄昏经过，亦必入一诉衷情。今你忽而迁移他处，好似高飞入云，渺无踪影，使我十分想念。王鏊与君谦亦师亦友，诗中深怀情义。

送薛金下第还江阴

河东三凤不须奇，又见瑶林不树枝。
桂子秋风真有种，杏花春雨岂无时？
陆家庄好应夸我，和氏衣存欲付谁？

江上幽亭人不到,青山相对了残诗。

【浅析】 此诗作于弘治六年(1493)。薛金,字子纯,江苏江阴人。弘治五年(1492)举人,为王鏊主考南畿乡试所取之士。弘治六年,薛金参加会试,却没有考中。诗写江阴薛氏子弟多才子,薛氏家族有河东三凤之称。今又见薛金才学超群,如瑶林玉树。薛金官宦世家,终将会进士及第。自己虽掌文柄,但须绝对公正无私。薛家祖上学问必传于你,还怕下科不能考中?江阴长江边环境幽静,你可面对青山,继续攻读诗篇。此诗为作者对下第门生的鞭策与鼓励,后薛金果不负先生之望,弘治十五年(1502)得中进士,授礼科给事中。

送华昶下第归无锡

一语曾看决壅川,十年文思涌如泉。
科名高讶居王后,鞭策加应在祖先。
安定苏湖吾偶尔,河汾房杜子其然。
鹅湖风月谁收管,知抱遗经夜未眠。

【浅析】 此诗作于弘治六年(1493)。华昶,字文光,常州府无锡人。弘治五年王鏊主考应天乡试所取举人,但第二年会试落第。诗写华昶文章脱颖而出,如江湖决堤,一泻千里。你十年寒窗,文思如涌,学识超群,希望很大。惊讶华昶会试没考中,名落孙山。你应如扬马策鞭一样加倍努力,向祖逊学习。今后只有苦学,才能取得大学问。知你会更加奋发努力,夜间还手捧诗书在灯下苦读。华昶早年就过湖随王鏊读书,德才皆优。弘治九年(1496)华昶中进士,官户部给事中,后升太仆寺少卿。在唐寅受牵连的弘治"科场案"中,华昶被人利用当枪使,但恩师王鏊还是原谅他,为华父撰志铭。

送盛进士应期归娶吴中

终生文彩弃缥辰,建业秋风擢桂新。
阙下杏花还属子,召南桃叶正宜人。
上章许得天颜笑,奠雁光生故里春。
大小登科俱入手,高堂况有黑头亲。

盛应期像

【浅析】此诗作于弘治六年（1493）。盛应期,字思徵,苏州吴江人。王鏊主考应天乡试所取举人。明年癸丑登进士第,旋乞奏归家娶亲。历官禄丰知县、副都御史、兵部侍郎等。诗写盛应期文采灿灿,在应天乡试中举,又在阙下进士及第。登第后得朝廷恩准,赐之回家完婚。这次回乡,为故里带去莫大荣光。大小登科,再加上洞房花烛之喜,你的父母头发还黑,真是福分早临。此诗对作者双喜临门赞赏不已。

送夏瑹下第还江阴

家声戚里流传久,才气科场挺出殊。
自昔昆山夸片玉,一朝沧海得双珠。
市中定价谁高下,暗里朱衣信有无。
归去江头养神骏,春风历块看过都。

【浅析】此诗作于弘治六年（1493）。夏瑹,字廷华,苏州昆山人。王鏊主考应天乡试所取举人,后参加会试失利,故称下第。诗写夏氏为名门望族,其声望已流传很久。才气超群,在科举上必显露出来。夏家世代皆有科举显达之人,如昆山之白玉般显耀。你兄弟同时中举,如沧海中的两颗珍珠引人注目。璪之才学与诸举人相比,孰知高下。科举中式,是否命中注定？会试失利不要沮丧,只要再接再厉,下科必能出人头地。此诗为作者对夏璪的鼓励,在下科夏璪果真如主考王鏊所料,得中进士,授耀州知州。

送李文选唯诚册封岷府

使节南行振玉珂,湘江木落洞庭波。
汉朝赤土分封远,楚国菁茅入贡多。
梦渚草长归眺望,芜湖家近好经过。
却嫌选步仍虚席,不得淹留奈尔何。

【浅析】此诗作于弘治六年(1493)。李文选,名赞,字唯诚。安徽芜湖人。成化二十年(1484)进士,历官员外郎、郎中、布政使参政、御史等。为王鏊同考会试所取之士。册封,帝王以爵位授予皇亲或赐之藩田。岷府,指四川成都府。诗写李赞出使岷府,所骑马头配有玉制饰物,行装很是显耀。此时木落洞庭,湖湘已入深秋。那里远离朝廷,各国进贡物品却很多。到了云梦泽,可眺望返京之路途。你未选择途经芜湖之路径,让家中亲人空等一场。此诗实为作者对门生李文选公而忘私精神的赞许。

送王懋伦佥事之蜀

君不见,唐永贞、宋熙宁,国权盗弄威恣行。
扶奸党秽摈异己,蛮荒瘴徼多公卿。
又不见,唐元和、宋元祐,天开公道明如昼。
海滨沦落皆归来,君小仓皇侣蛇犹。

人生行止岂偶然，宵人纷纷空作奸。
当时只异鬼谋秘，今日那知天道还？
送君此语君应笑，剑阁峨眉好登眺。

【浅析】此诗作于弘治七年（1494）。王敕，字懋伦，山东历城人。佥事，官职。成化二十年（1484）进士，为王鏊同考会试所取之士。殿试一甲三名探花。王敕因得罪权贵，自翰林外贬四川佥事，鏊作诗相送并进行鼓励。诗写唐永贞年间和宋熙宁年间，均为奸党操政，忠良之臣被放逐外地。而唐元和及宋元祐时，亦贬谪忠臣，使国力衰竭。而一旦圣君登位，被流放之公卿大臣大多能重回朝廷。世间善恶自有报，并非偶然。而时至今日，奸诈之徒阴谋有时也能得逞，在阁下遭人谗言而外谪之时，见此诗可以释然。你何不趁此机会，饱览蜀中名胜呢？此诗为王敕从外地进京述职之时，作者对门生的鼓励之作。

送李茂卿大理还嘉鱼

嗟哉何物名与利，奔走海内无穷已。
纷纷之中谁独超，嘉鱼两卿伯仲李。
仲卿见道何太先，三十不复举进士。
徒行万里访白沙，欲挽南溟供洗耳。
伯卿少贬来京师，三年大理何曾理？
支颐终日望西山，眼近簿书如著眯。
有时开口恣雌黄，上到周公下朱子。
瑰词异论骇傍人，造谤兴讹殊未止。
我生与世百无合，门报君来僅仆喜。
小斋款语每终日，仪部君谦昔参比。
君谦去矣君尚留，君今复去吾何以？
家居苦贫仍岁恶，往往人家半扉水。

午烟未起朝爨清，且趁官家五升米。
谓予不尔弟书来，黄公山下坛成矣。
从来一士系兴衰，胡为闲此两兄弟。
未论救败与扶颠，激懦廉顽功不细。
送君极目洞庭波，木落潇湘风暮起。

【浅析】此诗作于弘治八年（1495）。李茂卿，名承芳，明代嘉鱼人。曾从王鏊学，不久即退于乡间。弘治三年（1490）与弟李承箕同登进士第，授大理寺评事。诗写在追逐名利为重的当世，茂卿两兄弟能保持清醒。心中唯有学问，而不欲冒进。茂卿科举及第，然屈居大理寺职，心中屈而不悦。在其官署，颐望西山，心不在焉。其言论奇谈怪论，同自己有相似之处。君谦已退官而去，现尚有茂卿可交谈。自己家贫，且逢荒年，为生活计，更不能辞官，还需朝廷俸禄以养家。此去但愿为天下读书人做一洁身自好之榜样。嘉鱼县在洞庭湖东北，正值深秋时分，该是暮风四起，落叶纷纷之时。此诗有作者对学生仕途不顺，妄论朝政的批评，又以己为例进行规劝。尤其以诗中"家居苦贫仍岁恶""且趁官家五升米"之句，显出诗人家之清贫。

送史进士巽仲归省溧阳

行人犹指故侯庐，乔木森然是汉馀。
一见丰容钦阀阅，再惊文彩得璠玙。
濑阳江上应闻笛，显惠祠前好下车。
将子秋来期莫负，西风南望正愁予。

【浅析】此诗作于弘治十年（1497）。史巽仲，名知山。江苏溧阳南埭人。弘治九年（1496）进士，擢南京刑部给事中，为王鏊同考会试所取之士。诗写巽仲家称故侯庐，庭院中植有汉代乔木。世人敬仰其家族声望,更钦佩他文才华丽,品行端庄。此次巽仲归省,或为亡友事而归。你在史家显惠祠前下车,速速处理好家事,莫误了回朝之日期。我在西风下期盼见到你的身影。作者对学生殷切之望,使人感动。

贺李谕德子阳五十得子

　　一颗明珠入掌中,世间万事总堪空。
　　啼声惯试非凡种,瑞气先占隐若虹。
　　梁灏科名犹可绍,窦家世泽未应穷。
　　莫嫌五十为人父,比似尧夫尚可同。

【浅析】此诗作于弘治十四年(1501)。谕德,官职名,为翰林院属官。李旻,字子阳,浙江钱塘人。成化二十年(1484)殿试状元。为王鏊同考会试所取之士,时任左春坊左谕德,后升南京大理寺少卿。李旻年五十四岁得子,王鏊获喜讯赠诗以贺。诗写李谕德老来得子,为人生喜事,从此可把万事看轻。其子哭声洪亮,已隐有气贯长虹之兆。将来必能继承其父之功业,长大后取得功名。你五十得子尚不属晚,可同宋代理学家邵尧夫媲美。

送唐子畏之九仙山祈梦

　　人生出处天难问,闻有灵山试叩之。
　　三月裹粮真不易,一生如梦复何疑。
　　天台雁荡归时路,秋月春花别后思。
　　我亦有疑烦致问,苍生帖息定何时?

【浅析】此诗作于弘治十八年(1505)。唐寅,初字伯虎,更名子畏,号六如居士、桃花庵主。苏郡吴县人,"明四家"之一。明弘治十二年

(1499),唐寅卷入科场舞弊案遭罚黜后,"放浪行迹,翩翩远行,扁舟独迈祝融、天台、武夷,观海于东南,浮洞庭、彭蠡"。曾祈梦于福建仙游县九鲤湖之九仙洞。诗写人生之行止际遇,不可问天,听说有灵山可往叩问。九仙山祈梦来回路途遥远,须走三月之久,真是不易。人生本来如梦,有梦何必多疑子畏别后,每至秋月春风之好时辰,便十分思念。其实自己对人生也有许多疑问,无法解答,请你代为叩之。我最大的疑问是天下百姓何时能得安宁的生活。此诗为作者对唐寅九仙山祈梦探索精神的赞许。

唐寅像

修书馆晚秋白莲一朵忽开

埋盆若个便为池,玉花亭亭有一枝。
不以格高知者少,幸因开晚谢还迟。
庭前晓日自相媚,江上秋风空尔为。
我欲举杯同此赏,天高露下月明时。

【浅析】 此诗作于弘治十八年(1505)。修书馆,即修《姑苏志》之书馆。是年王鏊因父丧在家守孝,应苏州林知府所邀,与祝允明、文徵明、蔡羽等同修《姑苏志》,任主编。一天秋晚,池中白莲忽开,鏊作咏白莲诗,学生们和者甚众。诗写有一盆状形池塘,中有一枝白莲独开。此花并非标榜自己格调高雅,与众不同而迟迟开花。幸喜白莲开花迟,使池塘秋色晚艳。白莲与晓日相映,分外娇媚。在此秋高气爽,明月秋露下,我举杯畅饮。此诗咏白莲高洁,作者似乎从秋晚盛开的白莲花领悟到一种禅机,心地一片明净。

歌风台

銮舆翠盖始东巡,隆准依然泗上身。
父老已非丰沛旧,尘埃谁识帝王真?
八千子弟空歌楚,百二河山竟去秦。
莫道四方须猛士,商山闲杀采芝人。

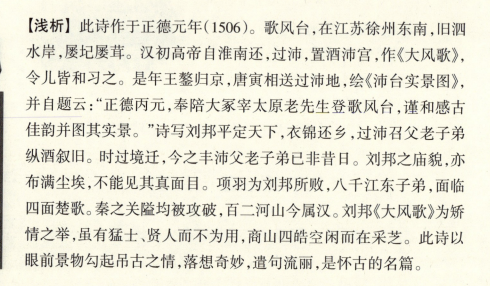

【浅析】此诗作于正德元年(1506)。歌风台,在江苏徐州东南,旧泗水岸,屡圮屡葺。汉初高帝自淮南还,过沛,置酒沛宫,作《大风歌》,令儿皆和习之。是年王鏊归京,唐寅相送过沛地,绘《沛台实景图》,并自题云:"正德丙元,奉陪大冢宰太原老先生登歌风台,谨和感古佳韵并图其实景。"诗写刘邦平定天下,衣锦还乡,过沛召父老子弟纵酒叙旧。时过境迁,今之丰沛父老子弟已非昔日。刘邦之庙貌,亦布满尘埃,不能见其真面目。项羽为刘邦所败,八千江东子弟,面临四面楚歌。秦之关隘均被攻破,百二河山今属汉。刘邦《大风歌》为矫情之举,虽有猛士、贤人而不为用,商山四皓空闲而在采芝。此诗以眼前景物勾起吊古之情,落想奇妙,遣句流丽,是怀古的名篇。

过子畏别业

十月心斋戒未开,偷闲先访戴逵来。
清溪诘曲频回棹,矮屋虚明浅送杯。
生计城边三亩菜,吟怀墙角一株梅。
栋梁榱桷俱收尽,此地何缘有佚材?

【浅析】此诗作于正德五年(1510)。子畏,即唐寅。祝允明《唐子畏寅墓志铭》云:"子畏罹祸后,归心佛事,自号六如,取四句偈旨。治圃舍北桃花坞,日般饮其中,客来便共饮,去不问,醉便颓寝。"别业,住宅

唐寅故居

之外另营之居所。诗写十月心斋尚未结束,忽而心血来潮访子畏别业。去访之路水道交错,经常迷路而返舟。子畏家中房屋低矮而明亮,浅饮几杯方里归。子畏生活贫困,全靠城东三亩菜地生活。国家应将有用人才召至重用,何以漏过了唐子畏?此诗写舟过唐寅别业之实况,再现了唐寅晚年生活的窘困。

送尤宗阳进士之京

南宫昔日谬持衡,笔势曾惊古战场。
今日林间还送别,九霄一鹗看高翔。
吴中世德纪延之,喜见春风入彀时。
莫怪崔公多自诧,美庄三百在于斯。

【浅析】此诗作于正德六年(1511)。尤樾,字宗阳,长洲县人。正德三年(1508)进士,官吏部主事、郎中。为王鏊主考南畿乡试,主考会试所取之士。诗写作者当年主考乡试,公正录取人才,宗阳得而中举。宗阳所写文章优美,震惊考场。今日自己退隐林间,来送宗阳进京,别有一番感慨。见你被朝廷重用,心中感到非常高兴。此诗为尤樾进京任职,王鏊以诗相贺。诗中有先生对门生的关爱与期望。

送李给事贯使占城

海外谁云更九州,明时还比古诸侯。
麒麟赐锦王人出,孔翠包茚职贡修。
鼍鼓八更惊永夜,鲸波万顷变安流。
举头南斗分明近,奇绝平生是此游。

【浅析】此诗作于正德六年(1511)。李给事,即李贯,福建晋江人。弘治十五年(1502)进士,为王鏊主考会试所取之士。占城,今之越南。正德五年八月,朝廷令礼科给事中于聪、行人刘宓、左给事中李贯出使占城。时刘瑾盗政,才数日,瑾败,聪以为言,仍令李贯前往。贯至徐州,遇盗割其发,奏乞养疾于家,俟发长仍行。诗写李给事新赐锦衣,出使占城。占城对我国之进贡,有孔雀与翠鸟。传说占城夜长,共有八更。在那里见到星辰,定比国内更近些。此次出使为平生奇迹,意义十分重大。此诗为王鏊送李贯出使占城所作。诗尾注:故吴参政惠使占城诗云:"夜闻铜鼓八更天。"说的是明宣德年间,广东参政东山人吴惠出使占城海上遇险的典故。

阳山大石联句

峻极惟松嵩,尝闻吉甫诵。(寅)
石今者何为,势若与之共。
偶来试春衣,跫足解尘鞚。(鏊)

登原路屡回，入门树争潊。（寅）
叠处譬为山，呀然勿成洞。（鳌）
横陈类涅槃，分峙譬翁仲。（寅）
啾啾猿度悲，跰跰鸟飞恐。（鳌）
跃冶祥金流，黝垩圣铁冻。（寅）
化工孰燃炉，气机潜理综。（鳌）
一整还一欹，谁迎复谁送？（寅）
阳山划中开，虎阜凛旁从。（鳌）
灵璧岂同侪，岐阳真异种。（寅）
仰窥天阙低，侧压坤维重。（鳌）
蹲猊怒将啮，奔马猛难控。（寅）
有井若肩随，或分如斗讼。（鳌）
龙像整法筵，鼩鼯失家弄。（寅）
凿须神禹功，炼待娲皇用。（鳌）
岩岩挹孟轲，侃侃立子贡。（寅）
洲边楼碎槌，江上城卧甓。（鳌）
凭焉或言晋，砰尔悠汤宋。（寅）
五丁安能驱，百神互相奉。（鳌）
负载赖鲲鲸，点化谢铅汞。（寅）
支倾力已疲，任大材堪中。（鳌）
攉𥬇鬼亦惊，秀灰天所纵。（寅）
好事来重寻，佳句时一讽。（鳌）
宁能辞脚茧，且得愈头痛。（寅）
泰禅偶遗吴，汉封当始雍。（鳌）
扛非九鼎雄，富比八珍供。（鳌）
咄叱起老羝，搏拊来仪凤。（寅）
太湖隐见澈，远山朝挹众。
沉船露危樯，败屋横折栋。

王鏊诗《送全卿赴浙江宪副》

苔古积成衣，藤枯倒穿缝。
戾戾下倒悬，嵌空旁或拥。
凌竞步艰难，瑟缩心屡动。
幔亭危冠颠，梵宇巧补空。
举酒欲浩歌，援琴时一弄。
云山殿阁浮，风发钟磬珑。
上帝阙九重，下界市一共。
目中无全吴，胸次有云梦。
便当结幽庐，采撷当月俸。（鏊）

【浅析】此诗作于正德七年（1512）。阳山，又名余杭山、万安山、蒸山、四飞山、白鳝山等，位于苏州浒墅关南，有太湖群山第二高峰之称。唐子畏，即唐寅。是年秋，王鏊与徐源、唐寅游城西阳山、天池山，作诗《登阳山大石》《游天池山和仲山韵》。此诗为其时与唐寅所作联句。诗写阳山秀丽雄峻的风光、悠久的历史及由此所产生的联想，给人以幽幽沧桑之感。

贺师邵初授御史

越溪芝秀丽春晴，瑞应人传豸府名。
一日文章惊豹变，百年风节爱冰清。
大廷纠劾当宸立，秘殿传宣傍辇行。
闻说马周工献替，九重还补舜聪明。

【浅析】此诗作于正德七年（1512）。卢雍，字师邵，吴中人。正德四年（1509）进士，曾随王鏊游。历官御史，四川提学副使。诗写越来溪畔芝秀堂春光明媚，传来师邵晋升御史的消息，正应灵芝瑞祥之兆。师邵取得非凡业绩，取得功名，更应秉持先祖风节，在朝廷保持冰清玉洁。在朝廷弹劾腐败失职官吏。你得天子恩宠,常随御驾同行。传闻马周有进谏之法,你可效仿之。此诗语重心长,表露了作者对学生的殷切之望。

唐子畏临李成《群峰霁雪图》

吾闻西域之西雪山高,六月积雪犹不消。
今之画图无乃是,是何山势汹涌如波涛?
大山崔嵬小山耸,万壑千岩光欲动。
营丘化去五百年,遗踪一见人皆疏。
六如胸次蟠轮囷,戏梭碎玉散作千嶙峋。
一重一掩分向背,营丘似是君立脚点身。
隆楼杰阁争相向,美人正醉销金帐。
岂知洛阳城中僵卧者,门外无人雪一丈?

【浅析】此诗作于正德十六年(1521)。唐子畏,即唐寅。李成,字咸熙,山东青州人。宋初画家,世业儒,为郡名族。画山水林木,时称第一。诗写李成已逝百年,见其遗作仍感疏敬。唐寅才高意广,构图下笔早已胸有成竹。所绘山丘,均恰如其分,好似营丘再生。画中冰天雪地,而豪宅之内,暖意融融,美人正醉卧帐中。朱门酒肉臭,路有冻死骨,穷人僵卧不起。诗作既是对门生唐寅高超画艺之赞,亦为对现实社会贫富不均的揭露。

徵明饮怡老园有诗次其韵

吴王消夏有残闉,特起幽亭据要津。
剩水绕时伤往事,短墙缺处见行人。
绿杨动影鱼吹日,红药留香蝶护春。

为问午桥闲相国，
自非刘白更谁亲？

【浅析】此诗作于正德十六年（1512）。怡老园，在苏州城西，王鏊长子延喆筑。正德十六年（1521），时已七十二岁的王鏊同门下士唐寅、祝允明、文徵明、陆粲、王宠等八人，宴于怡老园。酒酣，鏊取杜少陵句分韵，令各人为诗一章，后结为一集，名《怡老园燕集》，陆粲遂作《怡老园燕集诗序》。诗写怡老园故址，为吴王夫差消夏园残阙。其园建在要冲处，流水绕园而过，似在忆吴之伤心往事。风吹柳絮，轻拂池水，引来鱼儿追逐。芍药飘香，招至翩翩蝴蝶，如护春使者。自己最亲近者，非在座诸位俊才莫属。此诗描写怡老园幽静的环境和师生们的诗酒情趣。

次韵徵明失解兼柬九逵

野渡空横尽日舟，蒹葭生蒲白苹洲。
毛嫱自倚能倾国，姐稊宁知腾有秋。
学就屠龙谁与试，技同操瑟不相谋。
人间得失无穷事，笑折黄花插满头。

【浅析】此诗作于正德八年（1513）。徵明，即文徵明。九逵，名蔡羽，洞庭

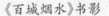

《百城烟水》书影

文徵明像

西山人，自学成才，亦有文名。两人均为王鏊门生。失解，未中举。诗写作者在野渡舟边，不得渡江。野渡口萧条，长满水草。毛嫱虽能倾国，但孰知不同者非之。姐稗虽为贱物，亦有丰收之道。徵明因才高而不能为用，然人间得失，无穷无尽，盼两人均能泰然置之。正德八年应天府乡试，文徵明与蔡羽参考均未中举，王鏊甚为惋惜，作诗慰之，对两人进行勉励。

谈海虞胡令之政者，为赋诗

> 有客谈胡尹，炎歊座上清。
> 吴侬遍感德，汉吏不求名。
> 正自催科拙，无如折狱平。
> 怀哉不可惜，送子若为情。

【浅析】此诗作于正德八年（1513）。海虞胡令，即胡巍，字世高，开州人。正德三年（1508）进士，为王鏊主考会试所取之士。正德五年至九年，胡巍曾任苏郡常熟县令。诗写听客谈胡巍，不觉间暑热已退，席间为之清凉。胡令之仁政，使常熟百姓感恩戴德。胡县令为官清廉，疾恶如仇。他同情贫者，拙于催科，不忍凌逼穷人。刚正不阿，使冤狱得以昭雪，罪恶得以严惩。可惜胡令不久将离去，百姓为之送别，吴地吴姓与他的感情胜似父子之情。此诗为作者对清廉官员的称颂。

喜玄敬少卿致仕

> 似人归来亦未迟，夫君得谢又先之。
> 清朝况旬悬高位，白社多缘赴凤期。
> 到处溪山同载酒，故园风物尽裁诗。
> 一场好梦今朝觉，却任旁人道是痴。

【浅析】此诗作于正德十年（1515）。玄敬，即都穆，苏城南濠街人。曾从王鏊游。弘治十二年（1499）进士，授工部主事，礼部郎中。"奉使至秦川"，著有《使西日记》。五十四岁致仕，此诗为王鏊贺其弃官归家而作。据说都穆因与唐寅科场案有连，以莫须有的告密之事，备受吴中士人蔑视。王鏊知此案事出有因，以都穆的德行，不可能做此等"莫须有"之事，故仍对他关心备至。诗写自己六十岁致仕归乡，而你挂印之年又早于我。你在朝为官清廉，归里后又与友人结诗社共乐。吴中山水风物皆可入诗，好梦早醒，我行我素，随旁人去说三道四吧。

都穆像

黄勉之明水草堂

虎阜峭奔入，天平秀特分。
轩窗通映水，几席欲生云。
读易已忘易，攻文不倚文。
闭门方习静，非是故离群。

【浅析】此诗作于正德十二年（1517）。黄省曾，字勉之，吴县人。曾从王鏊游。嘉靖十一年（1532）中举，累试不第。后从王守仁、李梦阳学诗文。博览群书，近古少见。《明史》有传。明水草堂，即王省曾兄弟之书斋。诗写明水草堂环境独佳，能借得虎丘、天平山之景。轩窗之下，溪水淙淙。桌席之上，有云雾升起。你读书会友两不忘，已达最高境界。攻读文章，又不以文章绝伦而傲人。勉之习静，为得安宁之心境，非独耐孤独，才能学有所成。此诗情景相融，对屡试不第意志有些消沉的学生给予鼓励。

至乐楼诗，为大学士费公赋

横林特地起高楼，楼上书多拟邺侯。
日与圣贤相对语，身于天地复何求。
三峰有意当窗见，一水无声绕槛流。
试问主人何所乐，本来无乐亦无忧。

【浅析】此诗作于正德十四年（1519）。费宏，字子充，江西铅山县人。成化二十三年（1487），王鏊同考会试所取之士，状元。正德初因反对恢复宁王护卫，得罪奸宦刘瑾，被迫致仕，在家筑一亭，曰"至乐"，日课诸子读书。刘瑾败，费宏复起，入阁为相。诗写费宏家藏书特起高楼，胜过唐代李泌。费公日夕与书中圣贤相伴，此生足矣。乐楼窗外，三峰高耸，溪绕书楼。人生啊，与世无争，唯读书为上，才是最大的快乐。此诗作于费宏被罢官居家时，是作者对学生避离官场的肯定，寄寓人生哲理。

卢侍御师邵来谒予山中

炎蒸一室困尘编，坐忆山房滴暗泉。
古寺晨游聊复尔，清溪夜发岂其然？
一天凉雨怀逋客，半壁残灯对老禅。
清旦坐谣还至夕，空余陇月各人圆。

【浅析】此诗作于正德十四年（1519）。卢雍，字师邵，吴县横金人。曾从王鏊游。正德六年（1511）进士，授御史，后为四川提学副使。王鏊告退后常隐居山中，卢雍欲往东山拜谒先生王鏊，因王家居于山坞，酷暑难当,鏊约其在山林中见面,以图凉爽。是日,鏊乘天未明,便发舟前往,恰雍已遣人送诗来。诗写山中酷热,在书斋难以读书,坐想山泉穿石之声,或许能给人一丝清凉。晨发舟游古寺,亦为无奈之举。可与你座谈至晚,月升中天而归。师生深情尽在诗中,读来使人动情。

送王守会试

双珠出南国,光曜珊瑚枝。
一入天府选,一嗟沧海遗。
连城总无价,韫椟亦有时。
雁行先后耳,去去勿复疑。

王守像

【浅析】此诗作于正德十四年(1519)。王守,字履约,吴县人。曾从王鏊游。明嘉靖五年(1526)进士,官至南京副都御史,抚郧阳,颇具政绩。此诗为作者送王守赴京会试所作。诗写王守、王宠兄弟,像南国的两颗明珠,光耀夺目。现一人中举,而赴京会试。双珠价值连城,不会因一时所隐而改变。两兄弟如雁行南国,排行虽有先后,但取得功名不必有虑。后王宠虽科举无望,然成为一代书画名家。与祝允明、文徵明并称"吴门三家"。王鏊卒于嘉靖四年(1525),王守第二年考中进士,惜作者未看到。

送贺志同少参之广东

越王台上柳毵毵,使节行行五岭南。
豸斧冰霜瞻旧吏,薇垣风月待新参。
槟榔蒌叶还随俗,包匦菁茅好贡柑。
自是隐之风节在,石门泉水不名贪。

【浅析】此诗作于正德十六年（1521）。贺泰，字志同，东山槎湾人。少参，即参政，官名。贺泰曾从王鏊学习古文辞，弘治十二年（1499）进士。正德初，因抗武宗收京城无赖二十七人为义子，被廷杖后赶出京城，被誉"弹皇御史"。刘瑾败后，贺泰擢广东参政，时王鏊已告老还乡多年，闻其事，喜而作诗为其送行。诗写少参赴岭南，正值柳枝茂盛之时。其处诸任前辈，均有严峻之操守。你须入乡随俗，与民为伴。你有吴门遗风，一定能成为名廉吏。先生王鏊虽寄殷切之望，可惜贺泰未赴岭南上任。

杜允胜偕陆子潜兄弟携酒至园亭

寻山何用过城西，屋后绕岩且共跻。
高柳暖风初罢絮，曲阑疏雨不成泥。
洛中雅自推三畟，王所端宁止一齐。
独乐有园今共乐，不妨诗酒日相携。

【浅析】此诗作于正德十六年（1521）。杜璠，字允胜。陆子潜，名陆粲，均为吴中文士，王鏊之学生。诗写游山玩水不必去城西，我家屋后即有悬崖可攀。初入夏，柳絮已不再随风飞飘。细雨刚过，曲栏处一片湿润，但路途未起泥泞，行走仍很方便。洛中数刘粹、刘宏、刘潢三兄弟为雅，在历史上留有美名。今园林很安静，独自一人，希自己园林能成共乐园，乡亲们均可来此诗酒欢会。此诗因两位学生的到来，作者有感而发，心中还装着父老乡亲。

陆粲像

内翰严维中奉使三湘,过吴

看遍苍梧山外山,吴中仍爱小屏颜。
如何地主反为客,多少荣途未得闲。
张席坐隈新竹粉,题诗才破古苔斑。
夕阳共下山门去,处处停桡未拟还。

【浅析】此诗作于正德十六年(1521)。严嵩,字维中,江西分宜人。时任翰林院编修,故称内翰。奉使赴三湘,路过苏城,看望老前辈师公王鏊,作者热情招待,携之游虎丘,作诗《余断送迎久矣,内翰严维中奉使三湘,过吴,治具邀余过虎丘,余不能辞也,赋诗一笑》纪之。诗写严嵩遍游湘南巨山峻岭,却喜吴中之小丘。他反客为主,宴请于虎丘石。严嵩前途远大,少有闲暇一游。拂去石壁上之青苔,题诗刻勒留念。夕阳中宴罢归舟,时时停桡不想归去。严嵩刚入朝,富有正义感,曾暗中支持王鏊与刘瑾之斗。同鏊之子延喆、延素及婿徐缙皆有交往。因他曾结庐钤山下读书,王鏊为其作铭。其子严世蕃之名,亦为鏊所起。严嵩嘉靖朝成为大奸,这是后事。

次饮文徵明见赠之作

十年稳卧碧山阿,姓字无缘落谏坡。
江上野凫元自佚,日边威凤况云多。
正逢圣理方更化,岂谓温纶亦漫波?
几度怀恩思自效,寒疲难进欲如何?

【浅析】此诗作于正德十六年(1521)。文徵明寄诗先生王鏊,有望鏊重出江湖之意,王鏊作诗答之,故名"次饮文徵明见赠之作"。诗写徵明十年稳卧于山间,不著官籍。你自由闲适,如野凫般安乐。而官场之中，繁杂事太多。当今正逢新朝，改革国纲政纪，教化百姓。故有招贤才之诏令，以振新朝。自己倍受皇恩，欲以报效国家，因衰疲而不能，自感惭愧。嘉靖新朝，两京科道、抚按使臣均交章举荐王鏊复出，嘉靖帝亦有召用之意。此诗为门生文徵明探问先生复出之态度，作者以诗赠之，表示否定。

胡太守孝思奉诏存问，过太湖

一

东南巨浸茫无外，吴越交争向此中。
漠漠雁飞愁欲堕，冥冥帆远若乘空。
楼台倒影星河动，花木交荫岛屿通。
倘休皇恩分一曲，他年请爵太湖公。

二

林屋峰前受一廛，渚凫汀鹭住相连。
久尘殿阁三台地，归占东南一洞天。
诏下屡沾新雨露，林间还与旧云烟。
自从白傅来游后，直到君侯两似仙。

【浅析】 此诗作于嘉靖二年（1523），王鏊逝世前一年。胡太守，即胡缵宗，字思孝。正德三年进士（1508），为王鏊主考会试所取之士。胡孝思时任苏州知府，奉诏至东山看望老臣及先生王鏊，有诗，鏊和之。两人往复再三，咸和成帙，被誉为吴下盛事。诗写太湖茫茫，为吴越的古战场。湖中小岛相通，花木茂盛。皇恩浩荡，赐我太湖一岛而居，当太湖寓公。自己辞官已久，后圣恩如雨露，屡有诏书存问。退隐湖山后，与旧时山云林木为伴。自从昔日白太守来游后，就是你胡君候来游太湖了。此诗再次表明了作者追随古贤、归隐湖山之志。

亲情辑

送吴文之会试

湖上轻帆驵去飚,燕云漠漠快鸿毛。
洛阳贾谊年犹少,蜀郡扬雄赋最高。
历块始知千里骏,当场谁是九方皋?
洞庭自昔钟灵秀,不用夷亭俟海涛。

东山莫厘王氏是个大家族,且亦耕亦读,以诗书传家,而王鏊外家吴氏、舅家叶氏,亦多饱学之士。王鏊入朝为官后,仍与亲属之间经常书信往来,诗文互酬,保持密切的联系。王鏊曾祖父彦祥公生五子:惟善、惟能、惟道、惟贞、惟德;祖父惟道公生三人:王璋、王琪、王琬;父亲王琬生铭、鏊、铨、镠四子,王鏊为其次子。王鏊虽在朝为官,却极重家族兄弟之间的情谊,成化末年,仲兄王銮在朱巷筑壑舟雅居,王鏊为之撰《壑舟记》,还邀请吴中名流至东山雅集,沈周、蒋春洲为之绘《壑舟图》;唐寅、祝允明等在图上和诗。胞弟王铨在水东塘桥购地筑且适园,王鏊为之撰《且适园记》。侄延学在陆巷建从适园,伯父王鏊作诗《侄延学作亭湖上,甚壮,欲予诗以落之,率成二首》及撰《从适园记》以赠。

《亲情辑》中,共选取王鏊诗歌六十首,有反映儿女亲情的《延喆冠》《延陵奉菊为寿》《送女至京口》《得孙,喜而有作》等诗作;有描写昆仲情怀的《宿迁别安隐兄》《对月有怀秉之》《弟王镠宅观灯》《哭逊之、振之三首》等诗歌;还有记述表兄弟及表侄之间交往的《送表兄叶存仁回洞庭》《桧轩》《送侄宠》等多首。《亲情辑》中还有多首是王鏊对人生的感叹和自勉,有《三十五初度》《白须叹》《病起》等,从各个方面思索人生的价值。

《送吴文之会试》是《亲情辑》中的一首代表作,并存有王鏊手迹。吴文之,名济,东山吴巷人,王鏊外家族侄,有神童之称,少年时曾从鏊游。正德十六年(1521),吴文之赴京赶考,时已致仕归家的王鏊作诗相送。诗写文之所乘之舟,飞飘过太湖,消失在云水中。其才如汉代贾谊、扬雄,只有多经磨炼,才能成为有用之才。洞庭东山自古地灵人杰,文之必能高中,不必如唯亭,海潮过后才能出状元。后吴文之果不负先生王鏊之望,考中进士。现王鏊书法手迹《送吴文之会试》诗书轴,藏于北京故宫博物院。

吕纯阳渡海像

扇作帆兮剑作舟,飘然直渡海阳秋。
饶他弱水三千里,终到蓬莱第一洲。

【浅析】 此诗作于天顺五年(1461),王鏊年仅十二岁,为其创作的第一首诗歌。王鏊早年学于翁师,后至东山岱心湾华严寺读书。是年苏州府学有学官至寺中,向学生以"吕纯阳渡海像"为题索诗,众学童皆茫然不能答,少年王鏊援笔立就,且甚为贴题。得诗者大为奇之,知其日后必为远器,成栋梁之材。诗写八仙过海,各显神通,以扇、剑作舟,克服重重险阻,终于到达目的地,传说中的蓬莱仙境。此诗想象丰富,构思奇妙,造句别致,留给读者无限的想象空间。

桧 轩

虎山鸠峰两岇崿,西金亭亭宛如凿。
间谁居者两吴君,结发清修老弥恪。
当年何人送桧栽,栽向庭前小芸阁。
时时兄弟坐两偏,偏袒吟哦双露脚。
我行十载还过之,翠壁苍崖人去貌。
庭中老桧挽天长,昔拱今来十围弱。
古苔驳落文章隐,苍玉拳奇根节错。
半空时战风雨声,平地恐作蛟龙跃。
万牛回首亦不动,遮莫千秋卧云壑。
木强取柱柔取束,社栎自全终自怍。
樊侯种漆已阔疏,魏王贻瓠还薄落。
何如种树还种德,德树同荣扫寥廓。
为君封殖表双高,他日山人过必作。

天平山王鏊咪弥岭摩崖

【浅析】此诗作于成化十七年（1481），王鏊在家守母孝时。桧轩，吴氏宅名，在东山武山之西金（现吴巷山村），为作者岳父所居之村。吴思复、思德昆仲，为鏊外家之舅氏，皆有诗名。诗作从舅氏家桧轩古宅桧树起笔，忆弱冠赴京赶考前至吴宅，吴氏兄弟以国士待之。当鏊科举及第，荣归故里经其庐，两隐士均已作古。而轩中桧树已有十围之粗，苔藓斑驳，枝干拳曲错节，木质坚硬，可取为栋梁之材。继而喻种树与种德并行，两舅氏品行高洁，德行与桧树一样高大。山人过其墓前，一定为感念思复、思德兄弟之德行，而受到感染与振奋。此诗抒发了作者怀古思亲之情。

三十五初度

人生七十古来少，嗟我如今已半之。
来日更添如许久，馀生能得几时多？
功名似鹢长遭退，学问如船逆上迟。
万事悠悠只如此，青山能负白云期。

【浅析】此诗作于成化二十年（1484）。初度，即生日，王鏊生日在八月十七日。是年作者任会试同考官，有举子以千金为赠，欲通关节，被怒却之。其人曰："当国者已见许矣。"是指宰辅刘吉、万安辈。鏊曰："当国者可，我固不可。"诗写作者感到人生也只不过七十年，而自己过了一半。仕途坎坷，还没有什么功名。学识浅陋，进步缓慢。如逆水行舟，不能速达。万事悠悠，人生苦短，自己真有负家乡的青山白云、父老乡亲。此诗作者感叹人生，直抒胸臆，严求于己，可见一斑。

独 坐

世事纷纷总未真，闭门聊看静中身。
郢人已去谁为斫，野老从知只爱芹。
前度刘郎非旧日，后来扬子定何人。
悠悠今古无穷事，归钓吴山楚水滨。

【浅析】 此诗作于成化二十三年（1487）。王鏊独坐家中，思念亲友。诗写世间事物不断变化，自己独坐家中，静观世事变化。友人已离去，自己对友人有所进言。友人去后，不知谁将继其职位，而其人又深不可测。友人学问可堪与汉代扬雄相比。自古以来，有学问的人不一定能到得重用，自己还不如辞归家乡，在吴山楚水间做一钓翁。此诗流露出诗人的归隐之心，是王鏊早期对坎坷仕途的感叹和思归之作。

送王宠

送别忱不忘，病别忱其那。
病也在汝身，痛也仍在我。
道途历崎岖，风涛恣轩簸。
欲留谅不能，欲去夫岂可。
起居饮食间，安得尽帖妥。

出入戒垂堂,旦暮亲药裹。
安心是良方,坡老语非左。
我生本衰迟,我命亦憾轲。
子行从此归,我去几时果。
霜天笠泽帆,夜月枫桥火。
故乡风土宜,见此病亦颇。
到家平安书,早寄北来舸。

【浅析】 此诗作于弘治元年(1488),亦名《送侄宠》。王宠,名延誉,字子嘉,王鏊胞兄王铭长子,故又称侄宠。其从小体弱多病,早岁能诗文,年二十四岁而卒,无后裔。诗写王宠因病告别作者而回乡,使人感到忧虑。路途遥远,长江与太湖风涛激荡,病体如何能承受?回家后须遵医嘱早晚服药,要记住,古人云:"因病得闲殊不恶,安心是药更无方。"自己年已老,今在外为官,亦不知何年何月才能回归故乡。继而诗人笔锋一转说,故乡在秋日长空下,太湖白帆点点,极有情趣。姑苏城外的枫桥,在夜月下渔火闪烁,一片静谧。你回到故乡,病情一定有所缓解,抵家后别忘了捎来平安的家信。此诗语重心长,既是诗人对晚辈的叮咛,也是作者对故乡的眷恋。表露了王鏊对侄儿的一往情深,无限关爱。

送秉之还吴

不见倏七年,相见只三月。
不知三月后,又作几时别。
别离苦多会苦少,风雨萧萧竹窗晓。
自笑闲官日日忙,夜短情长谈未了。
我生迂僻寡朋俦,坡云海内一子由。
只今子由又欲去,何以慰我平生愁。

子今去矣我何有，为买湖滨田十亩。
下栽禾黍上木奴，菱芡荷花绕前后。
读书稍暇来朝班，我欲归卧湖山间。

【浅析】 此诗作于弘治元年（1488），时王鏊三十九岁，在朝中任侍帝经筵官。秉之，即王铨，与作者同母所生。是年三月，弟秉之驰京看望兄长，六月别去还乡。诗写作者同弟离别时的情景，"不知三月后，又作几时别"。血浓于水的兄弟亲情，跃然字里行间。接着又道，我生性孤僻，少友人。四海之内，唯你们几个知心人。如今你要离去了，我的愁思将难以平慰。请你在故乡为我买田十亩，低处种粮食，高处栽橘柚，水塘内种上莲藕与菱角，绕池塘四周。别人读书后须去朝班，受尽拘束，而我只想隐归于故乡的湖山间。诗为心声，有感而发，作者由送弟归山，流露出自己厌恶官场生活、盼望归卧山间的心情。

对月有怀秉之

当时月出东海头，
我居燕南子苏州。
燕吴万里同见月，
两人不见心悠悠。
岂知今宵月如旧，
照我两人同举酒。
　今照两人喜，
　昔照两人悲。
临风举酒还问月，
悲喜惟应有月知。
月明三五圆又缺，
遂使人间有离别。

灵源寺王鏊《可月》碑

碣石南头震泽西，两地愁心还望月。
欲知乃兄别后何所为，月下杯酒长独持。

【浅析】此诗作于弘治元年（1488），即送胞弟王铨回吴后，王鏊望月而思念亲人。王铨《梦草集》"京邸唱和"，有《秉之将南归，同坐庭中，已而月上，有感约，援笔赋》之诗。诗写一过月半，月亮又渐亏缺，故人亦有悲欢离合。兄弟两人一南一北，正对月思念对方。秉之离去后，自己独自一人，在花前月下饮酒，倍思远在万里之外的亲人。"临风举酒还问月，悲喜惟应有月知"，是诗人此时寂寞心情的真实写照。

陈给事玉汝羞鳖见邀

虚负诗人折简招，满城风雨晚萧萧。
眼前世事犹难料，巷口人家且不远。
鼎谢缪公仍馈肉，蟹怜毕卓独持螯。
雨晴明日还相过，磊块胸中要一浇。

【浅析】此诗作于弘治元年（1488），原诗名《陈给事玉汝羞鳖见邀，雨不克赴，以鳖见馈，作诗谢之》。玉汝，名陈璚，吴中长洲县人。成化十四年（1478）进士，历官户部给事中、左副都御史，颇具政绩。陈璚同作者为姻亲，璚之女适鏊之次子延素。诗写因风雨失约于玉汝之邀请，玉汝居处就在巷口，离作者家不远。但为风雨所阻，仍不能赴约。感谢你冒雨派人送鳖来，可惜我只能一人独自享用。明日天晴，自己还去玉汝家中致谢。胸中磊块须饮美酒，才能一浇化解。姻亲之情跃然诗间，读来倍感亲切。

早 起

纸窗斜漏白，暗室未全明。
庭树鸟争噪，邻家鸡独鸣。
四墙犹酣睡，壮志独潜惊。
万古一昏晓，淹留何所成？

【浅析】 此诗作于弘治元年（1488）。早先王鏊的仕途并不顺达，从成化十一年（1475）入翰林院为官，至弘治元年仍为翰林院一展书官。诗写清晨早起，窗户上已有一白色，室内还昏暗。庭院树枝上，鸟儿啁啾。邻居家雄鸡，独自啼鸣。他人尚在睡眠之中，自己早已醒来。壮志未实现，心中独自动荡。万古虽长，而对于人的一生，不过仅一时晚而已。如此长久下去，何时才能有所作为？要珍惜光阴，加倍努力。懒在床上，将一事无成。作者勉励自己奋发向上，悟味人生哲理，读之余韵无穷。

除 夕

一

明朝成四十，今夜复斯须。
天末几年住，山中三径芜。
无闻良已矣，渐老欲何如。
未免王融笑，甘为武子愚。

二

明朝成四十，学道得蹉跎。
世事只如此，流光奈尔何。
发从前日短，愁向此时多。
独饮屠苏酒，临风一浩歌。

三

明朝成四十，万事付因循。

乍见少而老，相随病与贫。

年年仍故我，得得且随人。

鲍叔能知己，王融莫笑人。

【浅析】 此诗作于弘治元年（1488）除夕。第一首诗写过了除夕自己已年届四十，在京城一住就是十几年。洞庭山的家园常年未见，非常想念。年过四十，人将渐老，何以度日？自己碌碌无为，老大悲伤，未免为人所笑。第二首诗写四十岁之人，自己学问道行，蹉跎无成。头上之发已渐渐稀少，忧愁如此之多。除夕之夜，独饮一杯屠苏酒，发一浩歌，以代感慨。第三首诗写明朝四十岁，万事平常依旧，与少时友朋乍见，都觉老矣。相随自己的只有病体与不富裕的生活，请不要笑话我至今未得功名。此三首除夕诗为作者谦怀与自勉之作，读来令人敬佩。

古 愚

我自古愚人，还作古愚诗。

古贤不可作，古愚亦难而。

举世皆尚同，子独不知时。

举世夸疾走，子行独迟迟。

信口所欲之，信意所欲之。

衣不识寒燠，路不识险夷。

喧然众知人，指我为顽痴。

子知邈难及，我愚恒若兹。

【浅析】 此诗作于弘治二年（1489）。古愚，古代朴实厚道，亦被讽为

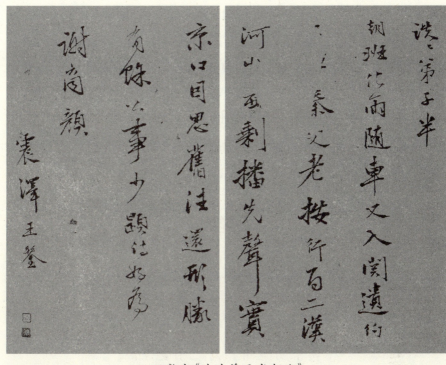

王鏊书《浃浃弟子半朝班》

愚蒙迂腐。诗写己是古愚之人,故作古愚之诗。古代圣贤不能起死回生,而古代风尚亦难以为继。举世皆奔趋浮靡之风,而自己却不合时宜。说自己想说的话,做自己想做的事,毫不矫情做作。穿衣不识寒暑,走路不避险阻,此惹恼众多智者,指责我为痴顽。人之高见,邈不可及,但我依然如故,做一古愚之人。此诗是作者孤独心境的流露,用古愚表达了一种知己难得、世不知我的孤寂感。

送表兄叶存仁回洞庭

小小真如同队鱼,相逢又见白髭须。
细询亲旧今谁健,闻说田园半已芜。
勤俭起家还仗子,文章鸣世独惭吾。
何年吴下相从去,烟月茫茫渺太湖。

【浅析】此诗作于弘治三年(1490)。叶存仁,王鏊舅家之子,他的又一位表兄。叶存仁因商贾游京师,拜访表弟王鏊,临行鏊以诗送行。诗写小时表兄弟之间非常亲密,童言无忌,排队行做游戏。今日相见,彼此胡须皆已花白。细细询问故里乡情,父老乡亲可好,田地有无荒弃。勤俭持家之训,还得全靠你们。自己虽文章于世,然徒有虚名,很是惭愧。不知自己何年才能辞官,与表兄一起回归故里,退隐在茫茫太湖之中,过自由自在的生活。

白髭叹

我年三十九,白髭有一茎。
当时初见之,妻子殊为惊。
今年四十二,白者日益多。
朝来明镜中,对之不复嗟。
人生天地间,老去会不免。
犹胜严终辈,终身不得见。

【浅析】此诗作于弘治四年(1491),王鏊四十二岁时。诗写自己三十九岁时,看到已有一茎白须。初见白须,妻子极为惊奇。今年四十二岁,白胡须日益增多。早晨照镜,白须已见怪不怪,不再惊奇嗟叹。人生于世间,皆会老去,无人可幸免。能见到自己的白胡须,说明其人已达较高之年龄,与短命之辈相比,已略胜一筹。岁月不饶人,当作者发现自己白须增多时,发出了"人生天地间,老去会不免"的感叹。

秉之送至京口别去,有诗和之

一

隔江相送望芜城,四海悠悠见汝情。

事独悲欢心易碎,别牵南北梦先惊。
日边莫负看花约,湖上还寻种橘盟。
惆怅金山一回首,秋风独作蓟门行。

二

相送不知远,直到江尽头。
遥遥一片心,随我江北去。
子心在江北,我心在江南。
身心不相谋,日夕长酣酣。

【浅析】此诗作于弘治五年(1492)。京口,古时镇江之别称。古代从吴越至京城,多在此渡江北上。是年王鏊奉朝命至应天主考南畿乡试,后又回故乡东山省亲,假满返京,胞弟秉之送兄至镇江,道别时以诗相赠。第一首七言诗写往事无论悲欢,故乡之情皆在心头,亲人离别之情思,睡梦中常常惊醒。别后虽兄弟天各一方,可还是奢望不辜负明年的看花之约。一句"湖上还寻种橘盟",道出了诗人家乡多以种橘为生,也暗喻作者期盼归隐生活。告别江中的金山,只有萧萧的秋风伴着他北行,给人一种离别时的伤感。后五言诗说,自己心在江南,身却在江北,从此以后,只有以酒来浇心中离愁之苦。读来使人感到怅惘不快。

归省过太湖

十年尘土面,一洗向清流。
山与人相见,天将水共浮。
落霞渔浦晚,斜日橘林秋。
信美仍吾土,如何不少留?

【浅析】此诗作于弘治五年(1492)。作者被朝廷命为江南乡试主考官,其间于乡间逗留数日,文徵明父文林设宴款待,沈周应邀作陪。临行,沈石田作送行图相赠,王鏊作《过太湖》诗题其上。诗写作者在官场沉浮十年,如今回故乡省亲,见太湖水依然那么清澈,七十二峰仍旧那么秀美,以湖水洗清旅途尘土,宦海风尘,感到说不出的痛快。"山与人相见",写得亲切感人,表达了作者同血地的感情。是啊,太湖之秋是如此之美,家乡故土又如此之好,宦海沉浮又何足留恋,而衣锦荣归又何足挂齿?此诗为作者深爱家乡的代表作,也是历代名贤歌颂太湖风情的佳篇。

宿迁别安隐兄

年年积相思,兄南弟在北。
一朝兄北来,弟作南归客。
弟北兄复南,草草途中见。
见时未交言,船开急如箭。

【浅析】此诗作于弘治五年(1492)。宿迁,明代应天府邳州属县,位于骆马湖南,大运河畔。安隐兄,即王铭,字警之,安隐为其号,鏊胞兄。清翁澍《具区志》称其:铭少随父仕光化,归山后绝迹城市,号曰"安隐"。鏊立朝三十年,州县不知其有兄也。是年七月,王鏊至南畿主考应天府乡试结束后,回乡探望父亲及亲朋好友,不巧大哥王铭正游燕地(经商),兄弟未及相见。王鏊北归京城,船只经过宿迁运河,同王铭的归舟擦船而过,可惜"见时未交言,船开急如箭",两船一南一北,驶向远方。此诗描写了兄弟相见未相言的惋惜之情。

送表兄叶志通

客从远方来,过我陋巷口。

王鏊祠

十年积相思，举此一杯酒。
少时同嬉戏，今已成皓首。
行云游四方，寒郊折衰柳。
中年常送别，不似此分手。
昔时秦康公，见舅如见母。
今我复何为，见兄如见舅。

【浅析】 此诗作于弘治五年（1492）。王鏊母亲叶妙澄为"东山北叶"叶广陵之女，叶志通之父为鏊舅氏。诗写表兄志通从远方来，路过家门陋巷口。十年表亲之间的思念之情，尽在酒杯之中。少年时表兄弟之间，经常在一起玩耍，可如今大家都头发已白。表兄游历四方，而自己在京为官，常与志通相，都没有这一次深情。当年秦康公见到舅氏，便好像见到了母亲。那么我今天见到你表兄，就如同舅氏相逢。此诗一片亲情充溢心间，而离别寄语更是作者流露出对舅氏的怀念之情。

病间偶成

悲风急景穷阴日,布帐匡床卧病身。
岂谓光阴还属我,如何造物亦欺人。
往来礼断翻为适,宠辱心忘不厌贫。
闻说伯恭还进学,病中真可养心神。

【浅析】 此诗作于弘治六年(1493)。是年,王鏊大病两月,作文《慎疾斋箴》,曰:"己丑之秋,予得疾,殆甚,辛丑岁则病,癸丑则病,而皆起于微。"使王鏊自己始料不及的是,凡遇丑年他总易得病。诗写作者患病在床,觉得悲风四起,好像人生已到了末日。病中虚度光阴,上天造物造人,竟又如此作弄人。自己因病而人际之烦琐交往一应断绝,反感惬意。因病告假无朝事,故亦无宠辱可言,此等日子,多多益善。听说当年伯恭病中还在读书进学,又可作得大段文章,我何不像他一样,读书养性,又可做文章。此诗为作者病中矛盾心境的真实写照。

纪 梦

有菀者树,其石惟磐。
有二道士,对坐俨然。
而我何为,亦参其坐。
有一道士,顾而贻我。
非药非石,错落璀瑳。
或从取之,我食其一。
觉而甘香,我病如失。
仰睇道士,雪山邈然。
安得从之,终身周旋。

【浅析】此诗作于弘治六年（1493）。诗写王鏊生了一场大病，病中梦见一棵茂盛的大树，树下有一大石。有两位道士，神色庄重而对坐。我何以亦坐于其间，他觉得十分奇怪。其中有一位道士，赠作者一盂。细看盂内，非药非石，外形错落璀璨。他从盂内取出一物，入口而食之。忽从梦中醒来，犹觉口中有余香，而病已痊愈。再仰看道士，已不见踪影。若能与两位道士过从来往，成为终身朋友，可为幸事。此诗暗喻作者得贵人相助，大病忽愈的仙道思想。

怀　山

我年四十四，须发已见白。
况复秋冬来，尫然抱羸疾。
强颜班中行，公私有何益？
既不能随时，又不任陈力。
独无百亩田，独无五亩宅。
一朝辞禄养，何以谋代食。
欲留谅不能，欲去且未得。
公私谅乖违，转展复反侧。
行藏去留间，贤者逝不惑。
若非太阿锋，割断利名索。
一朝复一朝，到老终役役。
古人邈已远，近事堪法式。
不见毛贞甫，四十挂朝帻。

【浅析】此诗作于弘治六年（1493）。怀山，怀念故山，即故乡也。诗写自己已四十四岁，须发见白。秋冬之际病倒，身子仍然孱弱。上朝强列于班中，于公于私均无益。想归辞故里，却未有隐退之宅与财产，故而进退两难。一旦辞朝归离，何以养家糊口？贤者从不迷惑，自己

亲情辑

为何不能达到此境界？与古人相比，自己遥遥不可及，眼前之贤人可作为榜样。难道没有看见，同乡毛贞甫四十岁即辞官归里？此诗为作者厌倦官场的代表作，也是王鏊在诗中再次流露出归田之意。

病 起

青青园中树，郁郁墙根草。
灼灼篱间花，霜前并妍好。
我行忽抱病，两月迹如扫。
今日下庭除，树衰草亦槁。
篱菊云耐寒，亦复不自保。
嗟嗟物皆然，人生得无老？

【浅析】此诗作于弘治六年（1493）。王鏊大病初愈，至庭园看到树青草萎，心情为之一振，心中有所感受而赋。诗写园中的树木花草，在他生病前皆生机盎然，多丽色，开在竹篱间，常常游之。自己忽然患病，两月方愈。今病体康复，再至庭园，见草木已枯萎，篱边最耐寒的秋菊亦不见了。叹花木事物皆有盛衰，人生哪能没有生老病死，这是谁也无法抗拒的自然规律。作者在诗中以草木盛衰比喻人的生老病死，感悟与品味人生，富含哲理。

王鏊书联

八月十六日夜,匏庵携酒过宜晚轩

一

新开竹径贮秋多,携酒烦公每见过。
月出未高公已去,夜深其奈月明何。

二

月夕花朝送酒频,朱周李赵陆徐陈。
十年亦是须臾事,对月今宵只二人。

【浅析】此诗作于弘治七年(1494)。宜晚轩,王鏊京城之住宅,为朝中同乡京官聚会之所。匏庵,即吴宽。前诗写自家新辟的宜晚轩,竹径中已露秋色。友人吴宽来访,饮酒于轩中。小饮即别,时月尚未升高。夜色已深,轩只有一人独赏。后诗说昔日七位志趣相近的同乡好友,皆在京为官,常聚饮宴会。至今已有十年,但仿佛只一闪间的事。如今七人或退隐,或病故,或放任外职,至今只剩下自己同吴宽二人。此诗为思念友人,感叹世事变化无常之作。

和秉之再到京口有怀,别时之作

长江不断流今古,客子重游感岁时。
白发催人来有信,青山笑我去无期。
城边灯火孤舟梦,天末楼台远道思。
风物依然人不见,月明双雁起前陂。

【浅析】此诗作于弘治七年(1494)。秉之,即王铨,王鏊胞弟。京口,镇江。是年,王鏊考满进奉直大夫右春坊右谕德(从五品),又请封父如其官,母叶氏诰赠宜人(五品),妻吴氏、继室张氏皆追赠宜人。王铨《再至京口有怀》云"去年兄弟京口别,今日重来复此时"之句。诗写面对长江，感到时光如东流之水入大海。白发催人老，岁月不饶人。青山嘲笑我困于官职，归家尚遥遥无期。晚间舟泊长江边，梦里回到故乡。在京城，所思亦是故乡。月色之中，见双雁南飞，那里就是我的家乡。作者日夜思念故乡及亲人跃然纸间，读来令人动情。

哭逊之、振之两仲兄

一

吾生终鲜甚，尚赖两三君。
故国多时别，凶音隔岁闻。
天涯相顾影，日暮独怀群。
南望无穷泪，青山空白云。

二

饯送望亭驿，栖迟震泽壖。
回思如昨日，少别遂终天。
转觉人生隘，空滋客泪悬。
小楼风雨夜，不忍读残篇。

三

少小嬉游熟，中年隔绝多。
兄今长已矣，吾此复如何？
书至犹疑信，悲来欲啸歌。
惟馀寸心在，岁晚谅无他。

【浅析】此诗作于弘治七年（1494）。振之，名王钦，王鏊堂伯父王琮长子，生于宣德五年（1430），比鏊长十九岁，卒于明弘治六年（1491），享年六十二岁。振之名王锺，伯父王璋长子，长鏊十多岁，生卒年不详。诗写作者自己兄弟少，同族中兄弟们感情很深。今得知两位兄长去世的噩耗，心里非常难过。长年在京城为官，独居异地，每至黄昏,便思念故乡亲人,向着南方眺望哭泣,可看到的是青山白云。继而笔锋一转,回忆当年赴京为官,两兄长送别于望亭,依依惜别之情如在昨日,谁知竟成永别,人生苦短,难料吉凶。身在他乡,无法到情同手足的兄长灵前哭吊,只能望南默默流泪。此诗写得情真意切,十分感人。

闻 蛩

一声促织破秋鸣,远客无端意自惊。

忆著年年儿女戏,雕盆相对斗输赢。

【浅析】 此诗作于弘治八年(1495)。闻蛩,闻蟋蟀鸣叫。蛩,蟋蟀别名。蟋蟀在苏州一带又称赚绩。吴地旧时秋天有斗蟋蟀之风俗,白露前后,有以捕捉驯养蟋蟀赌斗输赢为业者。上至权贵,下至闾巷小儿,亦都斗嬉不休,谓之秋兴。诗写初秋忽闻一声赚绩叫声,得知秋天来临。自己为此叫声而惊动,居于京城的远客,知要增添秋衣。回忆儿时之游戏,年年秋天雕盆相对,争其输赢,斗蟋蟀取乐。此诗反映了吴地一种风俗,也寄托了作者对儿时的美好回忆。

延喆初就外傅

官墙数仞岂云低,童子何知亦许跻。

问学不殊山进止,吾伊只在巷东西。

诗书老去还将与,头角年来欲渐齐。

胜事要留为世讲,庚郎非是厌家鸡。

【浅析】 此诗约作于弘治九年(1496)。延喆,字子贞,王鏊长子,张夫人出。以父荫官大理寺副丞,谱称尚宝公。外傅,即外出从师就学。时延喆十三岁。诗写延喆求学于匏庵吴宽,乃为幸事。学海无涯,深广如

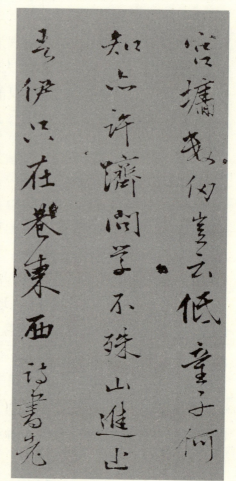

王鏊诗《延喆初就外傅》

山,须力戒浮躁,欲进则进,欲退则退。吴家与王家同巷,一东一西,犹如一家。把儿子交托给匏庵,自己也放心了,将来学问也可以有所托传。送延喆外传就学,受严师教授,并非自己不疼爱子女,而是望他早日成才。此诗流露出一个父亲真挚动人的感情,读之余韵无穷。

延喆冠

生男喜见发鬔鬇,元服虽荣未敢夸。

道自鲁人期一变，冠依周制重三加。
鸣珂远近宾皆至，绵莚东西位不斜。
愿得成人从此始，礼行免使外庭哗。

【浅析】 此诗作于弘治十一年(1498)。时而延喆十六岁,古代男子以二十为成人,初加冠,即发上加冠,又曰弱冠。诗写自己喜见儿子已长大成人,心中感到自慰。虽说延喆弱冠礼已行,也有所师授,但不能自夸,要再接再厉,学有所成,不断进取。儿子的弱冠礼非常隆重,贺喜的宾客或骑马,或行走,纷至沓来。但愿他日后,礼行端庄,莫为人笑,使老父安心。王鏊为官清廉,道德高尚,且学识渊博,诗文超群。希望儿子加冠后能承父志,成为一个品行端庄的人。作者爱儿之心使人无限感慨。

饮徐氏新楼

家住西峰第几坳，青山重叠水周遭。
朝来爽气归吟笔，岁暮轻寒著缊袍。
地势欲恁湖面阔，天窥空讶月轮高。
十年尘土京华梦，烂醉君家玉色醪。

【浅析】 此诗作于弘治十二年(1499)。徐氏新楼,即西洞庭徐以同家新建之宅,亦为王鏊长婿徐缙家。此诗与《过西洞庭徐氏》《林屋洞次傅水部韵》《登缥缈峰》等诗同作。诗写徐氏住在西庭洞山坞中,四面青山,山溪绕屋。秋天已觉微寒,穿上了缊袍。新楼前的湖面

徐缙墓石兽　倪浩文摄

很开阔,夜晚从山谷缝隙间张望天空,月亮格外高远。自己在京为官数十年,如一缕青烟,春梦一场,还不如在徐氏姻亲家新楼中,畅饮一杯美酒。此诗表达了作者向往隐退生活的思想。

铜 炉

陶鼎轻明怯远行,竹炉体制尚彭觥。
江南新样今如此,厨下馋童作么生。
鼎涌翠涛知火候,几消红雪沸汤鲭。
弥明正自多言语,好在刘侯莫浪争。

【浅析】此诗作于弘治十六年(1503)。铜炉,一种铜制的容器。王鏊在京收到家中托人捎来的铜炉,触发思乡之情,有感而发,赋诗。诗写陶制的器具易碎,不便长途捎带。铜炉同竹炉相似,乃江南之时新式样。此物既能取暖,亦可烧煮食品。火候已至,铜炉内汤羹已沸,食物已煮熟。弥明有才,言语不让于人,好在刘侯不与计较。此诗作者因江南之铜炉,联想到东汉"弥明有才"的一则典故,暗寓朝贵忌才、难容南人之事。

和秉之得子

庭前骑竹便为羊,左右峨峨会奉璋。
浩荡春波先有兆,郁葱佳气岂无祥?
八萧事业还追禹,五凤文章早赋梁。
我有佩刀先解赠,青云他日看参翔。

【浅析】此诗作于弘治十六年(1503)。秉之,即作者之弟王铨,生有延年、延纪、延望、延觐四子。王铨生第四子延觐喜而有诗,名《得子志喜》,诗中有"海中仙果还重结"之句。兄长王鏊有诗和之。诗写秉之老来再得子,乐不可支,像孩童般骑竹为马嬉戏。王氏家族兴旺,其为兴盛之吉兆。秉之弃儒从贾,家业兴隆,可追随上梁之萧禹。其子必将聪颖异常,幼年即能崭露头角。长大成人后,佩刀而行四方。他日自己将看到子侄辈一起腾达,青云直上。其诗既是作者对晚辈的一种祝福,也是一种希望。

与秉之登郡城楼

城上高楼偶共过,吴王国里旧山河。
一春风雨行游少,千古兴亡感慨多。
远近人家烟欲暝,东西树影水微波。
沧浪一曲人归去,落日牛羊上浅坡。

【浅析】此诗作于弘治十七年(1504)。郡城楼,苏州郡之城楼。弘治十六年,光化公王琬病卒,王鏊丁忧在家,新春与弟侄辈登楼观灯。诗写兄弟同登郡楼,机会不多。能望见吴国遗迹,旧时山河。是年春天风雨潇潇,故而游人稀少,使人颇多感叹。在城楼眺望吴中风光,怀古抚今,颇多感慨。近处人家晚烟袅袅,而远方树影映在水波之中。沧浪亭的主人早已逝去,唯见旧城墙根上牛羊在吃草。此诗以兄弟登楼观景

道光《震泽镇志》书影

为题,烘托吊古缅怀之情。

次韵秉之咏走马灯

夜深银烛晃屏帷,铁骑森森俨欲飞。
勇若昆阳当大敌,疾如垓下溃重围。
达观一笑真儿戏,默运谁能识气机。
安得儿曹三百万,阴山直唱凯歌归。

【浅析】 此诗作于弘治十六年(1503)。兄弟俩至城中观走马灯,王铨作诗在先,王鏊和诗相咏。诗写夜间在烛光下,帷幕晃动,如汉代光武昆阳之战,万千铁骑奔驰而至。又如汉楚垓下溃围,骑兵四下冲突。以超达的观点看历史人物,为称王称霸而争战不休,犹如一儿之戏。如有三百万大军在手,扫荡塞外之敌,擒取可汗而还。此诗写作者立于郡楼,眺望夜色烛光下的灯景,追忆历史而赋,诗歌雄健沉酣而略显苍凉。

除夕喜雪

忽忽岁云除,纷纷雪仍积。(鏊)
玉楼冻鳞皱,红炉光焰赫。(铨)
潇潇泻竹声,灿灿映空色。(鏊)
势欲减灯明,威能消酒力。(铨)
绕看拥庭除,斗觉摧屋脊。(鏊)
林风助飘飖,檐溜增淅沥。(铨)
战陈惊六花,农家验三白。(鏊)
已见散成杯,还优大如席。(鏊)
帐忆党家斟,履存东郭迹。

撒盐我何才，授简君谁敌？（铨）
端木夜仍飞，灵蔂晦全易。
遥思大廷贺，谁问穷檐喟？（鏊）
把酒待新春，题诗永今夕。（铨）

【浅析】 此诗作于弘治十八年（1505），是王鏊与弟王铨的联诗，王铨《梦草集》"南归唱和"，题为《除夜喜雪》。诗写除夕之夜瑞雪纷飞，楼中火炉红光闪动。雪压竹林发出萧萧之声，田野一片空明。灯光反显黯淡，酒醉亦易消去。林间有风吹来，使雪花飞飘乱舞。屋檐上不时有积雪坠落。雪景似战阵，而正应农家三白见丰年的吉兆。粗鄙之人不知雪之风雅，东郭先生在雪上行走失去鞋底。遥想朝廷上已在祝贺丰年，但谁能关切贫穷人家叹息之声。此联诗从写雪景入手，最后落笔在关心民瘼上，自然贴切，是联诗中的佳作。

己巳东归

一

莫把功名更问天，一朝阙下赋归田。
迂疏自缺匡时策，衰病多蒙主上怜。
便制荷衣随野叟，永将云路让时贤。
太湖波浪如天阔，不拟鸱夷一钓船。

二

家住东山归去来，十年波浪与尘埃。
头颅今日已如许，勋业古人安在哉？
沧海巨帆晴望济，长途疲马早思回。
闲非闲是俱抛却，濯足沧浪坐钓台。

三

浮世纷纷总未真，古今谁者是闲人？

黄扉紫阁辞三事，白石清泉作四邻。
得失往事俱属梦，是非从此不关身。
致君尧舜皋夔在，且许巢由作外臣。

【浅析】此诗作于正德四年(1509)。正德己巳年，王鏊三疏上，致仕告老还乡，归途所作。东归途中，还作有《赠巡河王郎中》《至徐州口占四绝》《济宁州工部分司题名记》等诗。归家作《乐全说》，云："王子归自内阁，日逍遥乎洞庭之野。"第一首诗写不必问天，功名究竟为何物，辞官归乡，才是心志。自己缺乏治国之策，又衰老多病，应让贤者登位。第二首诗写终得回归东山故里，几十年仕途，如在风浪里搏击，险情不断。一个人官职再高，功劳再大，然在历史长河中终归于渺小。如一匹长途跋涉的老马，早该回家安息了。不必去听旁人的闲言碎语，仍我行我素。第三首诗说纷扰的人世间，难获真谛。古往今来有多少人能看破红尘，辞去内阁之位，真感到无官一身轻。从此，人世间的纷争均与己无关。

赠写真

玉带束麟袍，簪笏光射映。
我服岂不华，我德自难称。
委蛇廊庙姿，萧散泉石性。
尔笔信有神，貌此韵独胜。
种发岁华催，泰宇天光定。
应自岩壑间，苍松老弥劲。

【浅析】此诗作于正德六年(1511)。写真，即作画，此诗为王鏊赠予为他作画之人。据王穉登、江士鋐《文恪公四像赞》，王鏊共有四像，第四幅作于他官至一品，光禄大夫柱国少傅兼太子太傅、户部尚书、武英殿大学士,其诗即指此时。诗写画上玉带蟒袍,簪笏盛装,俨然一大官,而自己的德行与华服高官不能相符。这副相貌,只宜隐于山水间。画家之笔确为传神,刻画出了人之神韵。细观画像,年岁愈高,头发稀少,已是这等模样。可喜泰宇光定,天下尚安。请把我画入岩壑之间,我要像苍松一样老而弥坚。时作者已六十二岁,然仍老骥伏枥,壮志满怀。尾联直抒胸臆,如莫厘回响,余音不绝。

洞庭新建厅事

一钱清白承先哲,八柱高明应宰司。
天赐不多良自贺,国家重建太平基。

【浅析】此诗作于正德六年(1511)。王鏊祖居东山后山之陆巷,归山后第六年,始创建新第于前山,名真适园。入山则居之,山人称王衙门前,或阁老厅。前山新建厅事,挖基得一瓮,获"太平"钱一枚,王鏊

陆巷渔村

喜而有作。诗写喜得清清白白,一枚继承先哲的铜钱,将为新宅及子孙带来吉利。新宅高而明亮的八大柱,正应验宰相门第。天赐良机不多,值得庆贺自己的机遇。政府官员,只有人人清白,才为国家太平之基础。此诗是作者的希望,也是祝愿,使人感到诗人的一身正气。

题旧写真

莫言故我非今我,只恐前身异后身。
自是壶丘生不定,丹青虽妙若为真。

【浅析】此诗作于正德七年(1512),是年王鏊已六十三岁,他观自己前三幅画像而所作之自题诗。诗写自己逐渐年老,容貌发生了很大的变化,今日之我已非画上之我,前后之身已大异。真如壶丘子林所言,有生不生,有化不化,不生者能生生,不化者能化化,故人的生相不定。画家画工虽好,总不能将永留画上之青春,及世间生生化化之现象,描摹传真,世事就是这样无情。此诗有夕阳虽好,可已近黄昏,给人"无可奈何花落去"之感。

和秉之塘桥郊居自适之韵

山人本自爱山居,南望家山咫尺如。
香玉满场收晚稻,银丝绕箸荐溪鱼。
水东父老还为主,城里交亲好寄书。
适意且潜潜且起,人生何必问其余?

【浅析】此诗作于正德七年(1512)。秉之,名王铨,鏊之胞弟。塘桥,在水东横泾(今苏州吴中区横泾镇)。即王铨在塘桥筑且适园之年。诗写人们都爱自家的居屋,塘桥与东山仅咫尺之距。秋收季节,水东

塘桥　倪浩文摄

塘桥稻谷上场,一派忙碌,农人喜收粮食。溪水中莼菜、鱼鲜均佳,可食银丝脍。水东的父老乡亲是这里的主人,自己不过是这里的匆匆过客。从苏城至东山,必要经过这里。人生之惬意,就要如弟那样不愿做官,当隐则隐,应时而变。王铨曾被朝廷贡授官职,可他不愿做官,没有赴任。此诗是作者对胞弟王铨退居官场、隐于乡间生活的赞赏。

徐氏薜荔园

花木年深锦作园,日高淀紫滴成霏。
雁声晚过横山远,帆影春归渡渚稀。
木末芙蓉风尽落,墙头薜荔雨多违。
却嫌旧日林园主,凤沼承恩久未归。

【浅析】此诗作于正德十年(1515)。徐氏,即王鏊长婿徐缙。薜荔,一种常绿藤本蔓生、叶椭圆形、花极小的植物。薜荔园在洞庭西山。是年,学生蔡羽陪先生王鏊畅游西洞庭山,王鏊诗兴大发,作诗《消夏湾》《明月湾石板》《石公山石洞》《试剑石》《林屋洞口古井》。诗写薜荔园多古树木,一片锦绣。深翠茂绿,弥漫一团。夜闻雁群飞过山峦,显得十分遥远。近处渡渚归船,非常稀少。枝头木芙蓉,被风吹落殆尽。墙头青草久无雨水,亦已干萎久矣。园林虽好,可因主人在京为官,显得有些寂寞。此诗写薜荔园之景,抒发了作者对徐氏古园兴衰的感叹。

慰秉之

功名不用叹差池,利钝人生固有之。
襄野迷途回未远,邯郸荣梦觉多时。
尚平易足君应尔,蘧瑗知非我所师。
芥蒂胸中都扫尽,兄酬弟劝复何疑?

【浅析】 此诗作于正德十年(1515)。是年六月,王铨以贡生授杭州经历,不赴。王鏊作诗《慰秉之》,词《贺秉之授经府》。其词有"输与伊人一着高"之句,王铨取"遂高"两字颜其堂名。今东山遂高堂尚存,为中国历史文化名村——陆巷古村的主要古迹。诗写不必在意功名得失,人生总有顺利或困顿之时。秉之好学,年少即为贤者称颂。然人生功名如南柯一梦,不必看得太重。自应与平时一样,子女婚事毕,可不以物累,万事足矣。不妨将胸中忧郁一扫而清,兄弟间相互诗酒唱和,可为乐事。此诗为作者劝慰胞弟,淡泊名利,不必复疑。

庭前柏树有露如脂,其味如饴

一树珑璁冻欲流,碎攒红玉上枝头。

香分醽醁春谁酿，光映珊瑚夜未收。
端谢仙人云外掌，思沾渴者道傍喉。
不知造化真何意，独凭栏干玩未休。

【浅析】此诗作于正德十年（1515）。是年，东山大水，又大风，江南自然灾害频发。王鏊宅中柏树出现奇观，作诗《三月六日庭前柏树有露如脂，其味如饴，或曰甘露，或曰非也，作诗纪之》。崇祯《吴县志》亦载此事，盖录于王鏊此诗。甘露，甘甜之露水，古代以为太平瑞兆。诗写水在松枝上如冻欲流，好似一粒粒红宝石。甘露如醽醁春酒，不知为谁酿成。其色似珊瑚鲜艳，入夜犹熠熠发光。此物乃仙人所送，酷暑中倒地者，或许能润其喉，救其生命。不知造物主为何降其佳露，使人玩味不休。此诗从庭前柏树有露而产生联想，描绘细致，极富情趣。

庭前牡丹盛开

一年花事垂垂尽，忽见庭前锦绣层。
粉脸薄侵红玉晕，芳心斜盼紫檀稜。
春云不动阴常覆，晓露微沾媚转增。
造化无私还有意，石栏干畔几回凭？

【浅析】此诗作于正德十一年（1516）。诗写春季繁花似锦，而牡丹开于暮春，艳压群芳。春末忽见庭阶前牡丹花开，层层锦绣。缆侵堤柳击，幔卷浪花浮。花朵颜色似美女脸上之红晕，牡丹花斜欹在花架之上，花蕊滴着露水，更增其妩媚之态。牡丹花开在春季，如今花期已过，却仍开得如此茂盛，莫非天公有意催它开放？自己倚在石栏杆上，一次次赏花不已。此诗既有实景，又有虚写，将庭前牡丹盛开之状描写得生动优美，使读者宛如置身牡丹花前，国色天香，陶然欲醉。

酒熟志喜

常年送酒愧诸邻,斗觉今年富十分。
水法特教担柳毅,曲材先已谢桐君。
床头夜滴晴阶雨,瓮面香浮暖阁云。
莫笑隐公巾自漉,年来正策醉乡勋。

【浅析】此诗作于正德十一年(1516)。史载东山历史上有一种山酒,醇而香,过年农家亦必备,诗中即指此酒。往年王氏家不酿酒,乡人多有馈赠。是年王鏊家酿酒而熟,得以回报乡人,心中而喜。诗写以往总是乡邻送酒来家,实在受之有愧。如今家中酿酒,陡觉自家亦十分富裕。酿酒之水,从柳毅井汲取而挑来,故其酒曲不以药人。夜间在床上听到淅沥之声,像是下雨。酒酿熟成之日,酒香溢出瓮口,飘浮在大房之上。请勿嘲笑自己亲手酿酒,要回赠多年来乡亲们的厚赠,自家亦在用头巾漉酒。此诗构思奇巧而耐人寻味,充满情趣。

得孙,喜而有作

七十年来始得孙,啼声一听便开眉。
家藏万卷真堪托,庭植三槐夙所期。

苏州王鏊后裔所居之怀厚堂王宅中的绦环板

膝上久拚文若坐,目前先慰右军思。
三朝袍笏吾无用,付汝他年佐盛时。

【浅析】 此诗作于正德十一年(1516)。时王鏊已六十七岁,可尚未有孙,这使他感到惆怅。《莫厘王氏家谱》载,是年长子延喆夫妇生一子,未及取名而不幸夭折。诗写自己年近古稀始有孙,听到婴儿的哭声,便觉心情舒畅。自己的书卷有人可托,期望孙儿长大后如三槐公一样,能官至显位,为国效力。自己有孙可抱,膝上有孙能坐,可享天伦之乐。三朝元老的袍笏我已无用,可付于孙子,望孙儿将来有所建树,超越自己。作者对孙儿的一片殷殷之情,寓于诗中。

八月十五日夜再得孙,复次前韵

一岁中间孙再见,马家谁数白为眉?
冰轮满正中秋夜,光岳完当丙子期。
书卷家传吾欲付,麒麟抱送梦堪思。
从今好学汾阳颔,尚见簑裘克绍时。

【浅析】 此诗作于正德十一年(1516)。是年初,延喆夫妇生一子,可不久夭折。八月十五日,次子延素夫妻又生一子,名有辅。王鏊悲伤之中又看到了希望,不胜自喜。诗写延素之子,自己的又一个孙儿,将来一定更为优秀。今晚正是中秋,一轮明月悬于玉宇。时日正当丙子年,自己的学问有孙可传,连梦中亦抱之麒麟儿。从今起,欲学唐代郭子仪作点头之态,亦能多子多孙。能见到儿孙辈继承祖辈之事业,可谓人生乐事也。作者年近古稀,再次得孙,其心情乐不可支,对孙儿的殷殷之望尽在诗中。

延喆使归,自福建,得衢州锦川石,立于庭前戏作

锦川束锦化为石,道远悬知不易来。
千岁僵松鳞驳落,一株寒玉骨崔嵬。
庭除有地烦相伴,梁柱无能莫见猜。
赖是前人清节在,镇船元藉郁林材。

【浅析】此诗作于正德十一年(1516)。延喆,字子贞,王鏊长子。父荫大理寺右寺副。正德年间朝拜中书舍人,奉使颂诏闽中。诗写延喆在闽地得赠衢州锦川石,古称松皮石笋,多用作园林造景。福建至吴地,路途遥远,将巨石运回,实属不易。巨石如老松之皮,树皮斑驳陆离。观巨石有玉之骨骼,挺秀而崔嵬。宅中庭院有隙地,可置巨石于此,日与之相伴。如今不能将巨石作梁柱之础石,是非大材小用。自己是否过于清廉,故延喆特地以载巨石归,立于庭院。此诗为作者戏作,也是王鏊为官清廉的典故。

与弟侄辈泛太湖,将游石蛇山

载酒张帆信所如,青山含雨转模糊。
蛇丘咫尺翻成远,夏渚逍遥可作疏。
世事无端还自笑,秋阴有象若为图。
始知白傅真堪羡,五宿澄波皓月湖。

【浅析】此诗作于正德十二年(1517),全诗名《丁丑八月二十日,与弟侄泛太湖,将游石蛇山。舟发微雨,既而雨大作,抵消夏湾蔡九逵舍宿。明日雨又作,游兴索然。乘便风而还。至家则日出皎然矣,为之一笑,赋诗纪之》。弟侄辈,王鏊弟王铨与延学等侄儿。诗写载酒张帆随舟而行,舟发之后,天气转雨。近在咫尺之石蛇山,在云雾中好

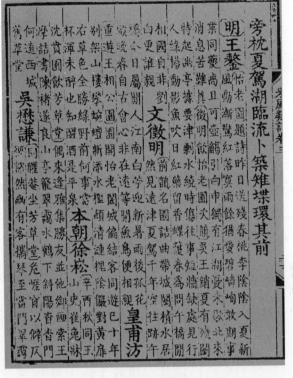

《采风类记》书影

像很远。世事亦如晴雨变化的天气,说有缘来却无缘。所见一派秋天景色,可绘成图画。见此太湖美景,真羡慕当年白乐天五次宿营于太湖澄波明月之上。此诗遐思醉吟于一片雨雾空蒙之间,令人飘飘然有出尘脱俗之感。

侄延学作亭湖上

一

几醉池亭雪色醪,近闻亭子势尤高。
白鸥不避新翻曲,黄鸟时窥旧赐袍。
波影半帘云晃养,山形四面画周遭。

我来壁上题诗句，秃尽中山顾兔毫。

二

风风雨雨过端阳，画扇朱丝邀建章。
佳节久拚连日醉，故山空负一春忙。
胸中漫贮匡时略，肘后新传却老方。
闻道湖州围未解，坐令胥口作瞿塘。

【浅析】此诗作于正德十二年（1517）。全名为《侄延学作亭湖上，甚壮，欲予诗以落之，率成二首》。侄延学，王鏊兄长王铭之子。楼成，作者为之作诗《承征楼诗并序》，其小序云："侄学作楼于林屋山之西，壮观特甚。余归自内阁，时登之，喜吾兄之有子肯构而其望有未止地也。为题曰'承征'，且为之诗。然楼之作实原于静观楼。"前诗写延学于静观楼前堰湖筑从适园，建清风亭，饮酒甚乐。窗外天光云影，青山环绕。在壁上题诗，将笔写坏，盼能捕到山中野兔，取毫毛制成笔。四周壮观之景色。后诗说其园筑成于端午时节，今之端阳风俗，与古时已有天壤之别。天下不太平，自己即使有肘后却老方，又有何用？

再至天王寺有感

一

深锁禅扉暂一开，竹间那复旧池台？
岁寒吸人庭前柏，五十年前见我来。

二

昔日沙弥一老禅，白头吾亦异当年。
恒河性见依然在，莫为浮生一惘然。

【浅析】此诗作于正德十三年（1518）。天王寺，在吴城西，一说在太湖西山,为王鏊年轻时读书之处。作者二十一岁时曾读书于吴城天王寺,值冬季,积雪连阴,家信不通,厨中米尽,有老仆典衣借贷渡过难关。五十年后,王鏊重游天王寺,忆起往事,在庙前徘徊不忍离去,作《过天王寺》诗及《吴子城赋》。前诗写寺门深锁,因自己来此,方暂开片刻。竹林间之池台,皆已倾坍,不见影踪。唯有庭前的松柏,还能记得五十年前有人在此苦读。后诗说昔日小和尚,今日已是老禅师。自己也满头白发,与当年的风华少年迥异。叹人生短暂,然不必为之迷惘。此诗作者以旧池台、庭前柏、沙弥老禅来抒发岁月流逝、寺庙依旧的沧桑感慨。

己卯开岁九日,弟镠宅观灯

灿灿红莲映绿池,看灯又是去年时。
银球雪色悬珠箔,画带波文绾铁丝。
闪铄最宜初月映,飘摇无藉好风吹。
因思二十年前会,凤阁传宣趣进词。

王鏊故居旧址天官坊陆宅门楼

【浅析】此诗作于正德十四年(1519)。己卯开岁九日,王鏊与大弟王铨同至苏城小弟王镠处观灯,同时作有《戏题羊皮灯》《咏鱼枕灯》等诸诗。王铨亦作有《雪夜观灯诗》。王镠,字进之,王鏊同父异母之弟。诗写又到观灯时节,池塘上有红莲灯、银色球状灯,悬以银箔作装饰。灯罩以铁丝系之,画有波纹图案。月初时节,光影闪烁。灯笼很轻,不必风吹,亦能飘动,煞是好看。回想二十年前,自己正在内阁,曾应诏观灯后给帝王赋诗。此诗描绘观灯之盛况,使读者如亲临其境。

闰中秋观月,仍两度生辰,喜而有作

一年最好中秋月,岂谓今年两见之?
玉宇洗空如有诗,冰轮出海本无期。
尧阶影展新蓂叶,蟾窟光添古桂枝。
举酒向天还酹月,年年初度得如斯。

【浅析】此诗作于正德十五年(1520)。王鏊生辰在八月十七日,是年有闰八月,故云两度。诗写中秋月亮最为明亮,而今年两次见到明月。夜空一碧如洗,若有所待,作诗以赞。假如长空有云,月出便无准期。庭阶前瑞草茂盛,新叶舒展。月宫影影绰绰,似桂树又长新枝。举杯祝明月,但愿年年生辰得此好月色。此诗作者就自己生辰结合月色写景,使读者如入清凉世界。

志喜,和秉之韵

一

周邦虽旧运维新,历尽冰霜快值春。
天上真人方出震,海滨大老定来臣。

奸回已报都从殛，
风俗何忧未尽淳。
但使遗才收拾尽，
不妨垂老太湖滨。

二

天书夜下罢游田，
斗觉薰风入舜弦。
郢邸一朝潜忽现，
苍生四海负皆蠲。
大横已协重离兆，
厄运行辞百六年。
从此寰区无一事，
朝廷尤望任惟贤。

《国朝列卿纪》中关于王鏊的记载

【浅析】此诗作于正德十六年（1521）。是年，嘉靖改元，钱宁、江彬等奸佞伏诛，王鏊很是高兴，感到国家又有了希望，兄弟酬诗以庆贺。王铨有诗《辛巳五月伏读诏书志喜二首》，王鏊作诗和之。前诗写朝政历经昏昧，终于有了好转，犹如春回大地。嘉靖帝勤于政事，被免老臣重可回朝。奸人及党羽皆被惩罚，淳良之教化又能回归，天下良才皆得用，自己与秉之可在太湖边安享晚年。后诗说新帝不外出游玩，为国家政治清明之兆。百姓重赋可得减免，新政降福，从此天下太平，唯一之望是朝廷能任人唯贤。此诗为兄弟俩贺新政之喜，对嘉靖帝寄予厚望。

米南宫《苕溪春晓图》

春云黯黮雨糢糊，草树熹微半有无。

梦入苕溪天欲晓,不知元是米家图。

【浅析】 此诗作于正德十六年(1521)。米南宫,即米芾,字元章,吴人。妙于翰墨,画山水人物,自名一家,尤工临移,至乱真不可辨。苕溪,亦名荆溪,在浙江。这是王鏊的又一首观画诗,诗写画面上云雨模糊,草木在昏暗中若有若无。做梦也想去"雨后山家起较迟,天窗新色半熹微"的苕溪一游,殊不知此乃米南宫一画也。此诗画龙点睛突出了米芾可以乱真之画,亦流露出作者盼望至荆溪探望女儿的心情。

金氏亭上赏菊,昔曾于此看牡丹

牡丹亭上昔同看,又见黄花感岁阑。
西子韶华常带醉,东篱晚节颇禁寒。
坡翁莫恨居无竹,楚客空嘲澧有兰。
秋月春风兴无限,为君终日倚栏干。

【浅析】 此诗作于嘉靖元年(1522)。正德十四年王鏊作诗《三月二十二日赏牡丹,秉之不至,有诗来,次其韵》,盖指此。时隔两年后中秋,两人又相约至金氏亭上赏牡丹花开。谁知秉之忽然得病而卒,兄弟俩金亭赏牡丹成了泡影。诗写昔时曾在牡丹亭上同赏花,今秋又同赏菊花。其菊带有醉态而美,东篱之花晚节高尚,耐得岁寒。东坡居士莫恨居无竹,其实菊花同样高洁幽雅。在金氏亭春秋两季皆可观赏名花,使人有无限兴趣。如今你已离去,自己终日倚栏思念,只是无尽的怅惘凄凉。

送女至京口

良辰胜事古难齐,
此夕鳌峰喜共跻。
远岫流辉星上下,
曲池倒影月东西。
临风玉树遥喷雪,
出水青莲不染泥。
铁瓮城高如白日,
归途马上听晨鸡。

《具区志》中关于王鏊的记载

【浅析】此诗作于嘉靖二年(1523)。王鏊送四女妙隆至京口,同中书舍人靳懋仁完婚。作诗《癸未春,予送女至京口,至之明日为上元节。是夜,宴邃庵杨少傅第,少傅悬灯于山,灿烂奇甚》。靳懋仁为靳贵之子,靳贵曾入阁为相。正德十二年(1517),王鏊长女王仪卒于京,灵柩途经丹徒,靳贵有《祭徐子容妻王氏文》,云:"吾与翁亲联姻好,而夫于我义重师生,在京廿载,情犹一家。"诗写作者送女至镇江同靳氏完婚上元观灯的所见所闻。黎明辞别铁瓮城,在归途听晨鸡啼鸣之旅。

重阳后五日,延陵奉菊为寿

旧种寒花五色齐,年来紫菊出关西。
杨妃醉醒晕犹在,顺圣名高价尽低。
点缀不烦丹灶永,封培应藉武都泥。
姚黄魏紫元相媲,说与诗家漫品题。

【浅析】此诗作于嘉靖二年(1523)重阳节。延陵,王鏊季子。九月十四日延陵生辰,有人送菊以为寿礼,五色皆具,而紫菊特奇,因赋。诗写作者喜种菊,自以为各色品种俱全,今见关西紫菊,方知有此奇品。其杨妃菊各种姿态皆美艳,蕊浓而四周渐淡。而其顺圣花负有盛名,价格亦不贵。此花全靠天然生长,不须药物催化,且以武都泥培植而成。可与牡丹媲美,不妨吟诵品题。诗作流露出作者对儿子及菊花的喜爱。

复　生

万生扰扰咸归尽,
尽处还延世尽惊。

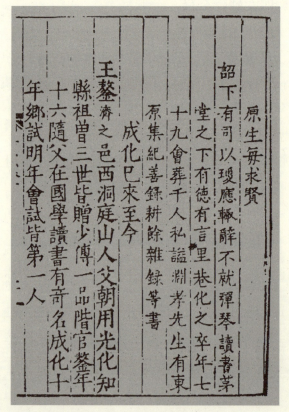

嘉靖《吴邑志》书影

> 挥环且非羊舌子,
> 折矢乃若徐佐卿。
> 庭畔枯株有由桵,
> 云间晦月哉生明。
> 相知相见莫相讶,
> 昔时子政今更生。

【浅析】此诗作于嘉靖二年(1523)。据说五百年前有人猝死后复生,此事古人异之,今人亦奇之,就是在科学尚未萌的时代,不能自圆其说,故王鏊作此诗。诗写人生扰攘一世,均归于死亡。而死后复生,令人震惊。人的降生非如羊祜投胎,而神奇与唐代徐佐卿折矢差是。庭中枯木可能发芽复生,月亮晦暗之后可重生光辉。要是汉代刘向复活,诸位可不必惊讶。作者以事实批驳了这一荒谬之事,阐述了人死不能复生的科学观点。

知乐亭

> 深巷逶迤接远汀,小园花竹闭幽亭。
> 春池水漫鱼游乐,午院风微鹤梦醒。
> 有榻可能分我坐,无弦元不要人听。
> 日长读罢《参同契》,正对前山一点青。

【浅析】此诗作于嘉靖二年(1523)。知乐亭,在东山郑启阳园中。王鏊在序中云:"郑君启阳创别墅于所居之东,凿池可半亩,作亭其上,有花树嘉果花卉之幽趣,足供吟玩,君好习静内养之学,湖海奇士时来过之。余与东冈尝乘间酌于亭上,凭栏观鱼,得濠梁之趣,因题知乐亭,且赋诗如左。"诗写深巷中有小园,花竹掩蔽处有一幽亭,名知乐亭。亭旁池塘,一泓春水,鱼儿游动。在亭中午睡,常被微风吹醒。

如有一榻,或容我一坐,或与友人分坐,一切皆可随意。要是弹起无弦之琴,不欲人听之。面对青山,淡泊安详,可谓人生最高境界。在亭中日长无事,随取一卷《参同契》而阅,堪为惬意。此诗为作者宁静致远、淡泊名利、知足常乐心情的写照。

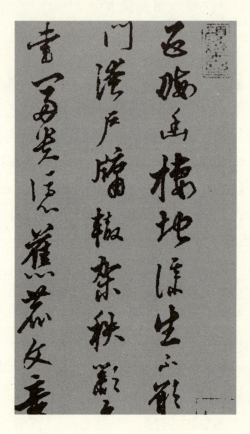

王鏊诗《次韵东冈十咏》(局部)

乡情辑

再游林屋洞

蓬山有路那能到,林屋无扃可数来。
宝笈石函难复见,金庭玉柱为谁开?
只愁黯黔浑无地,又恐砰钩忽有雷。
不是陋凡凡自隔,重门欲叩更徘徊。

王鏊的一生可分为三个阶段,第一阶段是景泰元年(1450)至成化十一年(1475),即生于东山陆巷旧第,从一岁至二十五岁,他一直在东山私塾、苏城县、府学读书,其中二十二岁随父王琬到国子监读书一年;第二阶段是从他二十六岁考中探花,入朝为官,到时正德四年(1509),六十岁致仕还乡,在朝三十五年,中间有四次回家省亲或守制;第三阶段是正德四年至嘉靖三年(1524)去世,在东山及苏城安度晚年。可以说,王鏊一生有一大半时间是在家乡度过的,他的足迹踏遍了吴中的山山水水,每至一处游览或观光,大多题有诗作。

　　亲不亲,故乡水,王鏊与家乡有着深厚的感情,他留给后人的数以千计的诗文中,描写东山、西山、吴中的诗篇占了四分之一。《乡情辑》中,共收选有王鏊描写故乡风光、风物、风土、风情、风俗的诗歌六十首,其中诗写东山的二十五首,有《登莫厘峰》《偃月岗》《游能仁寺》《洞庭新居成》《真适园梅花盛开四首》等。诗写西山的十五首,分别为《送蔡进之归洞庭》《过西洞庭涂氏》《夜宿包山寺》《林屋洞》《石公山》等。诗写苏郡的诗作二十首,有《天平山》《游虎丘》《灵岩山》《登上方山》《舟中望昆山》等反映吴中风情的诗歌。

　　《再游林屋洞》是王鏊乡情辑中的代表作,作于正德四年。林屋洞,又有天下第九洞天之称,在洞庭西山。弘治十二年(1499)王鏊曾游过林屋洞,故此为再游。诗写虽说蓬山有路可通,其实无法到达。而林屋洞无锁,可以经常注来。相传在洞中发现宝笈天书,今不复见。林屋洞之金庭玉柱,不知为谁所筑。恐怕洞内阴暗,不见地面。又担心洞中平地起雷,发生异况。然隔凡洞中仙风习习,不是仙境胜似仙境。在洞口再三徘徊,唯恐进去后不能返回人间。此诗写作者重游林屋洞的感受,给人一种欲进有疑、欲退不甘的矛盾心态,表露了大学士王鏊归乡时的矛盾心理。

静观楼成众山忽见

山居尽日不见山,楼上山来自何处?
中峰独立群峰随,头角森森出林树。
澄湖万顷从中来,浪卷三山欲飞去。
得非奋迅从地出,无乃飞腾自天下。
我来楼上何所为,长日观山与山语。
东风吹醉还吹醒,山自为宾我为主。

【浅析】此诗作于成化十五年(1479)。静观楼,在后山陆巷,王鏊父光化公王琬致仕后所筑。一说为王鏊祖父惟道公王逵筑。其园规模较大,占地十多亩,背山面湖,风景极佳。园中有湖山十八景,静观楼为其主建筑。成园之时,适逢王鏊考满进阶文林郎,捧朝廷赐以父母封诰还乡,请诸朝贵名公词翰以归,以庆其盛。诗歌描写了居山观群峰,眺湖望浪卷的壮丽景象。尤其是王鏊将自己融入诗中,与山对语,同大山主宾相争,构思巧妙,读来使人倍感亲切。

登西马坞

一上高峰望五湖,云飞尽处是姑苏。
人家隐隐烟中有,帆影依依天外无。
俯仰两间双短鬓,往来千古一蘧庐。
仲淹自是多忧者,廊庙江湖恐未殊。

【浅析】此诗作于成化十五年(1479)。西马坞,在东山翠峰坞南,纯阳坞口,为王鏊在东山家中守制时所作。原坞中有寺庙,已废。其坞离太湖极近,作者登上高峰就看到五湖(即太湖),诗写登上高峰眺望太湖,姑苏城藏在水天相连的远处,村舍农家隐在烟雾之中,若有

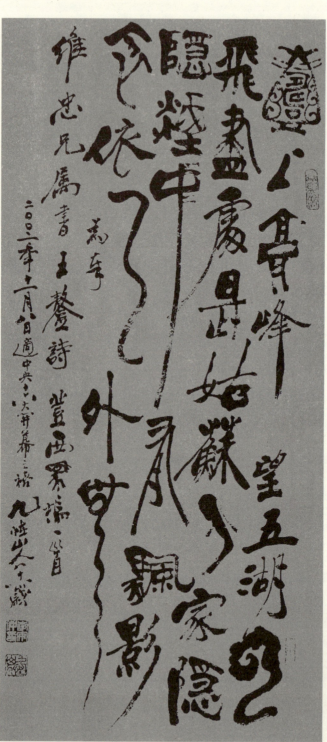

王鏊诗《登西马鞍》　李仲安书

若无。湖中点点白帆,似在天际飞飘。俯仰天地之间,唯吾两人耳。叹人生如一宿寄,若天地间匆匆过客。作者登高望远,看到了这天高云淡、水天相连的壮观,想起了昔日范仲淹"先天下之忧而忧,后天下之乐而乐"的名言。

云山图

一

远山隐隐半欲没,近山巍巍高独出。
近山远山出没间,雾敛烟霏两明灭。
山南山北殷其雷,天雨欲来还不来。
余辉倒映半岩赤,灵籁中含万壑哀。
萦回鸟道梯空去,忽有人家傍山住。
悬崖一道玉泉飞,小桥历历行人度。
愁心三叠江上山,世无燕许谁能赋?

二

天将雨,山出云,平原树木杳莫分。
须臾云吐近山出,远岫婪酣吞欲入。
映空明灭疑有无,先后高低殊戢戢。

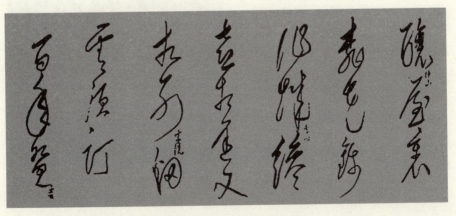

王鏊《草书联句诗卷》(局部)

想当画史欲画时,磅礴含章几回立?
忽然纸上玄云翻,雨脚旋来风势急。
至今蔚荟吹不散,白昼高堂空翠湿。
雷声虺虺天冥冥,山前不见行人行。
鹧鸪啼断山雨歇,石桥小濑湔湔鸣。
众林屋角参差倚,落红满庭人未起。
恁谁说与顾虎头,写置幼舆岩石里。

【浅析】此诗作于成化十五年(1479),为王鏊题画诗。前诗写远山隐约,而近山巍峨。山中雾气方散,烟云又聚。天气骤变,雷声大作,欲下阵雨。而夕阳又出,倒映水中之奇观。后诗写云雾朦胧,一时难辨东西。忽感到群山高低不同,密集相拥。想如画家把此景作图,定秀美其中之景色。忽又黑云翻滚,风雨将至。谁能将此情此景转告画家,将我亦画入此画中。此诗作者把画中景色描绘细致生动,想象奇特,引人入胜。

送僧归洞庭

好古多游寺,怀山喜见僧。
此来成北道,好去问南能。
施饭逢溪滤,函经被雨蒸。
谁同西崦里,竹屋夜深灯。

【浅析】此诗作于成化二十三年(1487)。南能寺,又名弥勒寺,在北望山。因北面有南北朝梁天监年间所建之能仁寺,故弥勒寺又称南能寺。相传唐代

王鏊灵岩山《琴台》摩崖

乾符年间开山禅师德润在此施饭,普救众生。从此,每至雨后,峰下常显白石如糁。诗写王鏊因思念家山而喜见僧人,自己作为东道主招待他。僧人将归洞庭东山之南能寺,路上施舍所得之饭食,以溪水过滤。从北方所取之经书,路途遥远难免要被雨水所淋。到了东山西崦山,不知与谁同诵经书。寄寓了作者对友人的关怀与对故乡的眷恋。

青 山

青山上有一片石,我醉欲眠此其席。
举眼望天天黑色,世间何处有此适?
歌声不断云自飞,天风飘飘吹我衣,山雨欲来还不归。

【浅析】 此诗作于成化十五年(1479)。青山,可能指陆巷之寒谷山。其山顶上有一巨石,平坦如床,可卧可坐,称仙人石。诗写青山之上有一片巨石,自己酒醉后想卧于石上。举头望天空,已夜色笼罩,然居其上却感到极为快乐。云在飞飘,风在吹拂,似天籁之歌,余音不绝。天风吹拂着我的衣服,山雨即将来临,因迷恋其处的景色而不思归去。此诗作者尾联以一句"山雨欲来还不归",热爱青山,乐而忘返的心情跃然纸上。

送蔡进之还洞庭

梦魂长绕太湖边,折柳官亭又一年。
家世西来峰缥缈,客心东去水潺湲。
林间诗社谁为长,吴下乡音我亦便。
撩乱烟花过寒食,东风胥口唤行船。

【浅析】 此诗作于弘治元年(1488)。蔡进之,洞庭西山人。明代文士。

为王鏊同乡。诗写常常在京思念起自己的家乡,连做梦也在太湖边。在京郊官亭送别乡人,回太湖洞庭西山缥缈峰下。如果西山有诗社,你蔡进之为社长当之无愧。吴中方言、乡间俗语是我所长,可否加入诗社?进之抵家之时,约刚过寒食节,可在胥口门呼一小舟,借着东风驶入太湖,到达洞庭西山。诗作充满了作者思乡之情。

送僧归西山

月明曾借上方眠,竹几蒲团对夜禅。
落日故园心万里,一云飞处是吴天。

【浅析】此诗作于弘治元年(1488)。西山,即太湖洞庭西山,同王鏊故乡东山隔湖相望,诗中所送之和尚,可能指西山包山寺僧。诗写昔日月明之夜,曾夜宿于僧之禅房,居住在方丈禅房内。记得房内陈设极为简陋,只有竹几和蒲团而已,寺僧们在此打坐参禅。望着快落山的太阳,回想故里之往事,心已去万里之外的故乡。远方云朵飞飘处,正是吴中家乡苏州。尾句"一云飞处是吴天",一语双关,指苏州城西一云寺。此诗作者送僧人归山,抒发思乡之情。

郑氏钟秀楼

隐居还谷口,择胜向峰头。
天近星堪摘,湖平地欲浮。
山云生几席,海月上帘钩。
何日同登览,超然消我忧。

【浅析】此诗作于弘治二年(1489)。郑氏,即东山南宋驸马郑钊裔孙。钟秀楼位于东山武山湖畔,为王鏊友人郑少林所居。诗写高楼筑在峰巅,上可摘星星,而楼下有湖,仿佛浮于水中。山间涌起云层,月亮从湖中升起。何时可与楼主人一起登览观景,是诗人心中之愿望。

归自西洞庭阻风登鼋山顶

亲朋挽衣留不住,逆风舟向平滩驻。
滩头寂寞谁与言,青鞋飞纵颠厓步。
鼋头戴山山不崩,东望东海西吴兴。
群峰罗列七十二,如拱如立如奔腾。
我行天下亦多矣,所至有山或无水。
其间有水或无山,何处能兼山水美?
苍茫万顷浮屏颜,惟有海上三神山。
杳然可望不可到,不如此地日夕随我往与还。
胡为十年才一到,风乎尔知吾所好。

【浅析】此诗作于弘治五年(1492)。鼋山,又名龟头山,在洞庭西山之东麓,崖有石闯出如鼋首,相传以此得名。诗写王鏊至西洞庭游览,归家亲朋好友相送之况。途中忽遇狂风巨浪,舟停山脚之平滩,登山上鼋山绝顶,东望大海,西望见吴兴。足迹所至,或有山无水,或有水无山,不能两美兼而有之。继之又说,只有海上三神山,能山水兼备,美不胜收。而三神山杳不可到,与之能媲美的洞庭两山随时可往返。可惜做官在外,这样好的景色十数年方一至,唯有清风知吾所好,陪伴着我。此诗流畅自然,想象奇巧,耐人寻味。

登缥缈峰

仄径盘空艰复艰,快哉七十二屏颜。

崔护书《登缥缈峰》诗碑

星辰可摘九天上，吴越平分一水间。
日转林梢看鸟背，烟横谷口辨人寰。
居然自可小天下，谁道吴中无泰山？

【浅析】 此诗作于弘治十二年（1499）。缥缈峰又名林屋山，位于洞庭西山中部，为太湖七十二峰之首，海拔三百三十六点六米。王鏊长女适西山徐潮之子徐缙，故他返乡省亲，常游览西山。诗写上山之路十分艰难，常经曲折小路。攀登至绝顶，望湖中诸山峦，有可摘天上星辰之感。缥缈峰高及云天，可一览吴越山水。夕阳照在树梢上，鸟儿在歌唱。俯视山下村庄，晚间炊烟四起。此诗描写在峰顶所见到的壮丽景观。最后一句"谁道吴中无泰山"，把缥缈峰同东岳泰山媲美。

自西山归东洞庭

西来暝色一帆孤，才见青山忽又无。
白借天光犹须洞，黑添云气转模糊。
人家遥指语来旧，尘眼频揩见却初。
述作惜无摩诘句，五湖烟景若为图。

【浅析】此诗作于弘治十二年(1499)。王鏊经常来往于洞庭东西山之间,熟悉这里的景致风物。诗写他乘舟从西山回东山,正是日暮时,眼前天光水色,山随水波,时隐时现,变幻莫测。岸上房舍历历在目,似曾相识,但又觉陌生。太湖风景如图画般展现在眼前,可惜自己无生花妙笔把这幅图画出来。诗作以"白借天光""黑添云气",来描绘所见湖面的感受,尤为具体真切。同他《归省过太湖》中"十年尘土面,一洗向清流"意境接近,表现了诗人对宦途的厌倦以及对乡土的眷恋之情。

过西洞庭徐氏

早从胥口望龙嵕,舟入青溪曲曲通。
一片湖山归手里,万家烟火隔云中。
范公忧莫关廊庙,楚客音还爱土风。
林屋有田吾欲老,岂因一水限西东?

【浅析】此诗作于弘治十二年(1499)。西洞庭徐氏,即徐以同、徐缙父子,家太湖洞庭西山。早在弘治六年(1493),徐氏率子缙至京求学,鏊嘉其质秀而文,遂令读书于京邸,又以长女许之,王、徐两家遂成亲家。诗写早晨从胥口望西洞庭,舟行湖中,岸上万家灯火,如隔云雾之中。他乡游子,对故地风情是这样熟悉。希望在林屋山有一块地,供其养老。洞庭东西山风情息息相通,不能因一水把两山分隔。此诗表现了作者对洞庭两山的深厚感情。

林屋洞

隔凡深处禹书存,尚有神灵为守门。
穴底玉泉流作乳,岩前壁月过留痕。

燕飞尚验晴为雨，龙战犹疑数在坤。
闻说遥遥天汉接，胸中云梦几须吞。

【浅析】此诗作于弘治十二年（1499）。林屋洞，在洞庭西山。是年王鏊返乡省亲，偕友人同游西山林屋洞，并在洞口摩崖题"天下第九洞天"。诗写在林屋洞之隔凡洞中，发现大禹治水时所藏的天书。洞内地下泉水潺潺，像汞珠一样珍贵。月光照映在山壁，在洞之缝隙留下痕迹。洞内有石燕，可测天之晴雨。洞中龙盆，可识阴阳之交汇。听说林屋洞可与天河相接，把如洞庭湖一样广大的水域装在胸中。此诗想象丰富，构思奇巧，气宇不凡。

游吴郡西山

天　平

春风撩我作山行，画舫西来半日程。
怪石插天欹欲坠，冷泉和月滴无声。
登临不尽吴中胜，忧乐谁关范老情。
晚立龙门最高处，始知身世与天平。

南　峰

石镤中间度板舆，南峰来叩故人居。
高斋阒闭松云外，绝栈危分鸟道余。
岂谓山僧成泄柳，却疑野老是长沮。
明朝地主如相问，但看芭蕉叶上书。

一　云

乱石槎丫几折旋，畏途历尽是平川。
高林细点催诗雨，深屋方塘悟道泉。
僧为知名如旧识，地疑曾到岂前缘？
万竿修竹苍烟外，欲借琅玕纪岁年。

金 山

石径绕穷忽又通，重重台阁半浮空。
一林苍翠潇湘雨，万顷青黄穄稏风。
铃语上方云气白，诗题坏壁藓痕红。
未留玉带空归去，惭愧山僧问长公。

登万寿寺佛阁

吴城第一好山川，半醉来登意豁然。
天际云开又塔影，城头日出万家烟。
宋朝故老空遗宅，吴下丛林不记年。
今日双凫同眺望，分明身现宰官前。

望阳山

青溪欲尽转逶迤，卧对阳山舟自移。
闻有高人何处在，白云红叶影离离。

【浅析】 此组诗作于弘治十三年（1500）。是年王鏊归省居家，同吴中已致仕居家的杨南峰、告病在乡的毛贞甫同游吴城诸西山及寺庙，作《游吴郡西山诸诗》。诗写吴郡西山悠久的历史、秀丽的山色和人文景观，读后给人有亲临其境之感。

洞庭新居成

归来筑室洞庭原，十二峰峦正绕门。
五亩渐成投老计，三台谁信野人言？
郊原便是为邻里，水木犹知向本源。
莫笑吾庐吾自爱，檐间燕雀自喧喧。

【浅析】 此诗作于弘治十六年（1503）。王鏊故里在后山陆巷古村。即后山嵩峰山麓，村中惠和堂为现存明代官宦宅第建筑的代表。村里还有王鏊解元、会元、探花三座牌坊的遗迹。陆巷古村背山面湖，果林葱郁，明清以来，名人辈出，仅王氏一族，就出了一名状元、一名探花、八名进士，使这个仅有百户的山村古宅鳞次，牌坊相连，屋宇恢宏，冠于江南。诗歌在描写新居幽雅环境同时，流露出作者叶落归根、与山民为邻的无比欣喜。

游太湖

茫然不省是人间，
却有人家住近湾。
一处便须终日坐，
百年能得几时闲？
将开复合雨馀雨，
乍有忽无山外山。
安得扁舟如范蠡，
遍寻七十二屛颜。

太湖图　文伯仁绘

【浅析】此诗作于弘治十六年（1503）。诗写太湖苍茫虚渺，如人间仙境。仙境中有人家居住，处处美不胜收。自己常终日坐在湖边，观赏太湖之美景。人生百年，亦无几多闲暇。湖中气候变幻莫测，忽晴忽雨，湖雾中能看到山外之山。昔日越国大夫范蠡功成名就后，便携西施入太湖而不知踪迹。何不驾一叶扁舟，寻遍太湖七十二峰，去过一种范蠡一样的生活呢？此诗暗寓了作者想早日归隐太湖的心情。

赠横山人王清

与子同家湖上山，烟波浩渺东西间。
和江万里每独往，落日孤云时共还。
澧兰折得须我遣，湘竹种成谁与删？
不须更作《招隐赋》，石上桂树坐生斑。

【浅析】此诗作于弘治十六年（1503）。横山，在东山之西太湖中，属洞庭西山。诗写王清与自己同住在湖上，中间为太湖相隔。天色傍晚，落日孤云时两人在旅途巧遇，一起回洞庭山。王清在山间种竹、莳兰，生活过得很充实。不须像自己一样，出山为求一官半职而奔波，做自己不愿做的事。此诗为作者旅途巧遇友人而作，亦为诗人想早日退离官场心情的透露。

过故状元施宗铭坟

后生何敢望馀芬，
斗酒还过董相坟。
行指冈峦低偃月，
坐疑文彩上成云。
两山已雪将军耻，
四海犹传制策文。
贾谊天年人莫恨，
孔光张禹亦徒云。

【浅析】此诗作于弘治十八年（1505）王鏊在家守父孝期间，同弟王铨游偃月冈，拜谒故状

金塔

元施槃墓之时。施宗铭,名施槃,东山金塔村人,明代正统四年,状元及第,为东山第一人。然次年五月病卒,年仅二十四岁。始葬于黄冈金塔下,越二十年,由施门生吴江县丞出资,把其墓迁至偃月岗南麓,并建状元坊。王铨有和诗,其小注云:"郡志旧东西洞庭皆将军始居之,故两山无文士。"诗写自己文章、道德不敢同施状元相比,携带美酒特来祭吊状元墓。边行边寻找,来到偃月冈。坐在墓畔休息,天上有五彩云朵,疑为施状元之文采所化。东西两山自古来只出武将,而施状元之出改变了此状。作者为探花及第,诗中对施状元充满仰慕之情。

天平山

濯缨重向白云泉,曲磴幽林诘屈穿。
驳落残碑犹可读,坡陀巨石自堪眠。

天平山

俯临尘世三千界，仰见龙门尺五天。
此地频来殊有意，肯教忧乐负前贤？

【浅析】 此诗为弘治十八年(1505)王鏊丁忧在家时所作，原诗为《山行三首》。天平山在苏州城西，为古城名胜。诗写作者再游天平山，洗濯冠缨，饮吸白云泉。山路弯曲，穿越幽林。路旁残碑字迹模糊，仍尚可辨。山坡上巨石可眠，可观山下人间万象。仰望龙门，一线天仅在尺寸之间。多次登天平山，想再次聆听范仲淹"先天下之忧而忧，后天下之乐而乐"之教诲。诗写登山所见，结尾点明学先贤范公之精神，耐人寻味。

灵岩玩月

浮云过尽碧天高，把酒层峰气倍豪。
明月一年当此夜，旷怀千古属吾曹。
琼楼玉宇身亲到，香径琴台自独搔。
天柱峰头那似此，淋漓醉墨涴官袍。

【浅析】 此诗为弘治十八年(1505)王鏊丁忧在家时所作，为《山行三首》之一。诗写浮云过尽，碧天高旷。在峰巅把酒畅饮，倍感豪爽。中秋之夜，月光最好，在此敞开胸怀，怀千古风流高雅之士，感到足矣。灵岩古刹在月光之下，若月宫中之楼宇，能赏此佳景，人生之福。山下采香泾、琴台等古迹依然，帝王美姬却早已烟灭，以手搔头若有所思。此诗系凭吊古迹之作，慨叹世事变易而万物依旧。

游虎丘

一

年来逼仄缘何事？咫尺溪山到未能。

郭外清游还送客，林间软语忽逢僧。
空庭石在头宁点，溪壑龙亡气尚腾。
不必悬崖留姓字，古苔埋没几人曾？

二

出城便爱小嵯峨，濯足还来碧涧阿。
飞磴未跻先瘆瘵，断碑欲认更摩挲。
溪山有待登临久，今古无穷感慨多。
我比乐天官更适，十年一到意如何？

【浅析】此诗作于弘治十八年(1505)。虎丘山为苏州著名古迹，据传吴王阖闾卒葬此山，有白虎而卧，故得其名。是年，王鏊与少卿李旻、宪副朱文同游虎丘山而作。前诗写从洞庭东山送客归途，顺便游览虎丘。林间传来吴语，见一老僧。千人石好像在点头迎客，而高僧如犹在讲经传道。剑池已涸，前人在峭壁所题之字，皆被苔藓所掩。后诗写出城便是虎丘，至溪中洗足，能保持品德高洁。登临其山，感慨颇多，当年白太守能常登虎丘，而自己十年才来一次。

谢人送杨梅

高林乍摘杨家果，风叶修修玉露寒。
染指忽惊猩血紫，饤筵争爱鹤头丹。
谁将物产修为谱，多谢山翁块满槃。
却忆退朝门下赐，美芹思献自知难。

【浅析】此诗作于弘治十八年(1505)。杨梅，又名美人果，初夏产于洞庭东山。是年，王鏊在家守父孝，好友施凤馈赠杨梅，鏊作诗谢之。王铨《梦草集》中亦有和杨梅诗。诗写杨梅刚从高山上采来，似乎还浸着露水。信手拈来，指头染成猩红色。其果像鹤头丹，是客人最喜

王鏊出山所坐马车（复制品）

爱的水果。有谁可把洞庭山杨梅等物产修成志书？多谢友人赠以此佳果。忆归田时得同朝赠别之物，还礼无有杨梅如此高贵。此诗写友情深厚及对故乡风物的情有独钟。

自横山归洞庭

漠漠轻风不满帆，小船载酒舳舻衔。
陶朱事业今安在？皮陆才情两不凡。
白鸟斜飞惊鼓吹，青山倒影动松杉。
却怜范老江湖上，犹自忧讥与畏谗。

【浅析】此诗作于正德四年(1509)。横山为太湖中一小岛,在西洞庭之西。是年,王鏊致仕归山后访横山吴氏,归途有感而发。诗写湖上轻风,舟船无法满帆。带着友人相赠之酒返家,而湖上船多,似乎首尾相连。见湖生情,想起吴越争霸中的陶朱公范蠡,还有唐代诗人皮日休与陆龟蒙的才华与友谊。橹声惊飞水鸟,青山倒映湖中。范仲淹曾撰《岳阳楼记》,有人在仕途、身不由己之感。而如今致仕归家,回想官场角逐,仍有些后怕。此诗构思巧妙,耐人寻味。

宿法华寺

法华我曾来,悬崖纵飞步。
长松高撑天,修竹乱无数。
北岗瞰空阔,风帆在其下。
横阴绍千山,历历皆可睹。
蓬莱亦咫尺,神仙在何处。
安得乘飞云,飘然从此渡。

【浅析】此诗作于正德四年(1509)。法华寺位于西洞庭吴村金铎山,梁大同年间永日禅师建,宋末废,明正统三年(1438)僧慧昺重建,为明时吴中著名古寺。鏊归隐后至西山法华寺游览,同游者有劳麟、蔡羽、蒋诏、徐坤等七人,寺僧良琪刻石记之。诗写自己当年曾到法华寺,健步如飞登上悬崖。只见到处是参天古松,凌乱修竹。在法华寺北冈,可俯瞰太湖,船只往来于其下。在仙境般的古寺中,诗人自感离神仙只剩一步之遥了。

饮横山吴氏醒酣亭

孤云落日鱼龙界,横山又在孤云外。

一朝坐我横山中，回头翻觉人寰隘。
就中最爱吴家亭，浪花堆里一点青。
干山在南绍山北，亭山正直中间停。
天风飘飘吹我袂，自觉蓬瀛不难至。
安得刘伶李白共此举瑶觞，百川吸尽无由醉。

【浅析】 此诗作于正德四年（1509）。横山孤立于太湖之中，山上筑有一亭，曰醒酣亭。王鏊游横山，曾作《醒酣亭记》并序，在序中曰："予自内阁乞归，有山人邀予至其境，觞予于湖心亭上。是日，秋高风静，而涛声自涌。自东望之，干山在其南，绍山在其北，亭山宛然如盖，适当其中。……予素不能饮酒，是日饮至十觞，亦不醉，因扁其亭曰醒酣。"诗写作者受友人之邀，在醒酣亭中所见太湖之壮观，因而破例畅饮而不醉，可谓风景绝佳，酒不醉人人自醉也。

晚渡白洋湾

扁舟深夜尚孤征，兀坐篷窗看月明。
两岸秋虫互相应，不知端复为谁鸣。

【浅析】 此诗作于正德四年（1509）。白洋湾，在吴中区与吴江交界处。北之水汇于楞伽山下，曰石湖。湖畔有茶磨诸峰映带，为吴中胜迹。相传吴越春秋时，大夫范蠡偕西施乘舟入五湖处。诗写小舟深夜在湖中独自西行，黑夜渡过白洋湾。自己端坐于船中，透过船窗望着一轮明月。两岸秋虫鸣个不停，起起落落，相互应着。也不知它们为何如此兴奋，在为谁鸣唱。此诗寥寥几句，石湖之畔，月下舟中，秋虫唧唧，勾起作者对人生的无限感叹。

宿尧峰寺

尧峰自在诸天上,半醉来登不用扶。
思入胡天同浩荡,望穷云树转模糊。
五更客梦侵云冷,一片禅心对月孤。
乍是世缘犹未了,几时同此结跏趺?

【浅析】 此诗作于正德四年(1509)。尧峰山,在苏州城西之横塘,为吴郡诸山之巅。是年十月,王鏊与王铨、唐寅游尧峰山,饮于王铨远宜堂,作诗《晚渡白洋湾》《宿尧峰寺》,又作联句《十月九日登尧峰,宿僧房,时秉之并解元子畏皆从》。诗写尧峰为最高,酒后半醉,登山不用人扶。望太湖浩荡,云树模糊,如同自己的思绪。五更梦醒,觉得气候寒冷,可自己一片禅心向佛,不知何时可到此坐禅了却心愿。此诗表达了作者向往求仙得道的心情。

次韵贺宪副泽民会老诗

洛社耆英赴凤期,乞身俱及圣明时。
经霜松柏姿弥劲,争道骅骝力已疲。
幸许兼谟为后辈,不妨盖叟是吾师。
年年共约林间醉,世上升沉总不知。

【浅析】 此诗作于正德五年(1510)。贺宪副,即贺元忠,字泽民。明代东山槎湾人,成化八年(1472)进士,官河南佥事、云南副使,颇具政绩与廉名,亦为王鏊之前辈。正德五年,王鏊同乡人贺元忠、王鏊、陆均昂、叶明善、王铨六老结社,称六老社。王铨"归田唱和"《和次韵贺宪副泽民会老诗》诗小序云:"少傅归吴未几,与故旧六人为社,仿香山洛阳之意,约年年相会。"诗中"经霜松柏姿弥劲"与"世上升沉总不知"，道出了作者对同乡前辈的敬慕之情及人生的莫测之感。

过黄墅望洞庭

茆堂宛在碧山腰，山下行人不受招。
梁作虹霓应可渡，水如衣带却成遥。
清风入夜生蘋末，细雨扶春上柳条。
不是休文能醉我，平生磊块仗谁浇？

【浅析】此诗作于正德五年（1510）。黄墅，又名采莲，早称水东，现属苏州吴中区渡村。是年正月，王鏊往黄墅访沈晖，畅游宜兴山水，作诗《过黄墅沈氏阻风，望洞庭甚近而不能至》。诗写在黄墅望洞庭东山，能见到山腰处的房屋和行人，然呼唤不能听到。雨过天晴，山梁如虹。此地与洞庭山近在咫尺，而却因风无法归家。清风吹来，树叶作响。细雨催春，杨柳吐绿。主人待客虽殷，然我已归心似箭。

越来溪怀古

吴国江山亦壮哉，一朝谁信越兵来？
旌旗尚动春波影，歌舞翻成子夜哀。
往事悠悠馀败垒，伤心脉脉一登台。
姑苏麋鹿何须恨，闻道阿房也劫灰。

【浅析】此诗作于正德五年（1510）。越来溪，在楞伽山东南，与石湖通，北至横塘，相传越侵吴自此溪入。是年正月，作王鏊与王铨、徐源、沈杰往越来溪卢纲家作客。十八日，自江村出彩云桥，至横塘，徐源前来会于水滨，连舟抵行春步，寻越城古迹。复下舟，师召、师陈昆仲迎于湖中，同舟过越来溪造其家。是夕，饮甚欢，至二鼓。作《将归

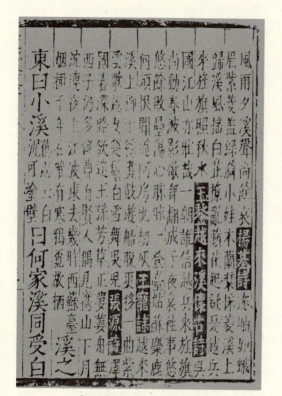

嘉靖《吴江县志》书影

洞庭途中唱和》,其为此中一首。诗写吴国江山虽壮,当年却被越兵攻入。夫差极度享乐,成亡国之兆。悠悠往事,一去再也不复返;破残之军垒,只供后人凭吊怀古。作者登上高处,叹吴越兴亡的故事。

宿卢氏芝秀堂

一

越来溪上思悠悠,
斜日门前一系舟。
水若有情随我去,
山虽无语为君留。
梅花红退墙头雪,麦叶青回垄上秋。
一曲沧浪人去远,平湖万顷接天流。

二

清溪一曲浸山根,溪上人家两两分。
久要正逢徐孺子,同声兼枉沈休文。
兴非剡上嗟空返,谈比庐山得未闻。
醉卧不知乘夜发,画船摇破一川云。

【浅析】此诗作于正德五年(1510)。王鏊归里后东游,宿卢氏家,作诗《宿卢氏芝秀堂,留别师邵师陈二首》。芝秀堂为卢氏兄弟宅。师邵,名卢雍。师陈,曰卢襄。兄弟俩均从王鏊游。前诗写在越来溪上有所思,系舟将归,山水皆有情而欲留客。山野中梅花白,麦苗青,大地春回。行舟沧浪曲般的湖水中,消融在万顷波浪里。后诗写此行访友,虽遇大雪,然堪为高兴。待自己酒醒,舟已入太湖之中。湖上景色如画,作者啸傲烟波之情,别有一番情趣。

游能仁寺

长圻东转路回盘,宫殿凭虚岌未安。
日月自开银世界,星河光动玉阑干。
双林花雨青春暖,万壑松风白昼寒。
我欲飘然凌绝顶,五湖烟水纵奇观。

【浅析】此诗作于正德五年(1510)。能仁寺,又名长圻寺,为东山"九寺"之一,位于杨湾长圻东岭。梁天监二年(503)僧道适建。初建规模较大,有屋宇千间。寺后有潭,名泗州塔池,传能倒映泗州之塔。清康熙时泗州沦入洪泽湖,胜迹即淹没。今寺全毁,池与残碑尚存,并有王鏊昔日游寺,所题"泗州池"三个大字,镌刻于碑上。此诗为王鏊告老还乡后游历之作,故诗风老成,显得心平气和。诗歌赞颂了能仁寺的雄伟气势和清幽环境,读来使人如身临其境。

王鏊诗《游能仁寺》 王玉根书

宿华岩寺

归来每向招提宿,
心若闲云着处安。
已到家山无去处,
偶闻人世有悲欢。
烟霞自古通禅观,
草木还应识宰官。
少小来游今白发,
几回欲去更槃桓。

能仁寺王鏊《泗州池》碑

【浅析】此诗作于正德五年(1510)。华岩寺,又名华严寺,在东山杨家坞。梁代天监二年(503)建。为王鏊少时读书处,其著名的《吕纯阳渡海》诗就作于华岩寺。明正德四年(1509),王鏊告老还乡,重游华岩寺,并夜宿古寺中,回想往事,感慨万千。诗写辞官归里后,常宿于佛寺中。自己身心坦然,故而随处可安。虽在佛寺,亦能知人世间之事。尤诗中有"草木还应识宰官""少小来游今白发"之句,表露了作者思光阴飞逝之感慨。

灵岩山

天末遥瞻塔影层,令朝携酒试同登。
吴中信是佳山水,人世依然感废兴。
草满琴台微有字,鸟啼禅院寂无僧。
悬崖斧凿纷如雪,何处题诗记我曾?

【浅析】此诗作于正德七年(1512)。灵岩山,一名石鼓山,在城西三十里之木渎镇。弘治十八年(1505)王鏊曾游过灵岩,此诗为七年后再游此山而作。诗写在东山遥望灵岩山,能望见山上之塔影。携酒偕友同登此山,别有一番情趣。吴越之争的故事已久远,但临此山仍给人有一种世之兴废之感。琴台长满荒草,禅院早已空寂,不见僧人。满山尽是采石留下的遗迹,可难找一处理想的石壁题字。然作者最后还是在山上找到一处平坦巨石,在摩崖上题"吴中胜迹"四大字,今尚存。

登龙门

飞步凌虚碧嶂腰,双扶巘屃逼层霄。
嵌中只恐蜿蜒蛰,缺处犹存霹雳焦。
擘讶巨灵雄气力,峙瞻元礼峻风标。
知君头角崭然久,只候秋风八月潮。

【浅析】此诗作于正德七年(1512)。龙门,在天平山,上有穿云洞、蟾蜍石、龙头石、灵龟石及龙门等天然景观。是年王鏊偕卢襄游天平、灵岩诸山,作诗《登龙门次师陈韵》。诗写自己健步如飞,登上天平龙门山腰。扶摸峭壁向上攀登,似近天际。入龙门像嵌在峭壁之中,似蛇类曲折爬行。山岩裂处,似乎当年霹雳开山,所留下焦灼之迹。惊讶大自然的神工鬼斧,竟有如此伟力,将山岩一劈为二。师陈自幼聪明有风标,才学超越同辈。今万事俱备,只欠东风,只等八月秋闱乡试,定能高中举人。

夜过西虹桥

破楚桥边步偶停,夜船灯火散如星。

馆娃歌舞今何处,
留得吴歌与客听。

【浅析】 此诗作于正德七年（1512）。西虹桥，又名破楚桥，在苏州城西。王鏊访瓜泾徐澄、徐源兄弟途中而作。诗写在当年吴王阖闾大破强楚的西虹桥下停步，只见河中夜船四散，灯火如空中繁星。灵岩山上的馆娃馆，当年歌舞升平、酒池肉林，如今已不复存在。只有吟唱王业兴衰的吴歌流传至今，还在唱给天地间步履匆匆的过客听。此诗为吊古感怀之作。

崇祯《吴县志》书影

登莫厘峰

微雨发春妍，东风花外软。
良朋约佳游，遥指莫厘巘。
平生山水心，老脚肯辞茧？
壶觞纷提携，曲磴屡回转。
小憩山之腰，秘境渐披藓。
紫翠盖幢翻，青黄绣祸展。
须臾造其巅，四顾目尽眩。
太湖小汀滢，风帆时隐现。
吴门俯可掇，越峤杳难辨。
摩挲旧题名，斑驳半苔藓。

日斜下山椒，窅尔迷近远。
问途值樵夫，失脚悔已晚。
悬崖飑伶俜，绝壑归忍洝。
苍茫认前村，山寺吠鸣犬。
解衣得盘礴，仰视坐犹喘。
韩公镌华岳，正自恐不免。
登高弗知厌，持用戒轩冕。

【浅析】此诗作于正德七年（1512）。莫厘峰，俗称大尖顶，又名胥母峰，相传吴国大夫伍子胥曾在此迎母。海拔二百九十三米，为东山七十二峰之冠。登山远望，但见湖水共长天一色，帆影与沙鸥齐飞，有"八百里太湖尽收眼底，三千年历史默数胸中"之称。西望吴兴，渺弥一白；有若云焉，隐见天缘。北望姑苏横泾一带，人家历历可数，灵岩、上方山上浮屠亭亭。东望吴江，云水明丽，帆影出没，若有若无。可谓盖七十二峰之丽，突三万六千顷之奇。立峰东望，晨观日出，见东方一抹微白，渐成苍绿，由淡而浓。下层白光，亦渐明亮，转成金色。少时，上层之苍绿色衬以五色，似雨后之虹彩，红日一轮，由湖而升起，半吞半吐，欲上又止。继而冉冉上升，彩色毕现，殊为美观。作者诗中，就描绘了这似诗如画的莫厘幻境。

登猫鼠山

一

扁舟载酒出南湖，联袂登临兴不孤。
绝壁雨收开画障，澄波云敛净水壶。
兼葭淅沥秋将半，箫管悠扬日未晡。
赤壁胜游堪似此，丹青他日好为图。

二

佳兴曾闻湖上山，今朝与客一跻攀。
舟行万顷银涛里，人在千重紫气间。
地隔仙凡尘迹回，天低吴越鸟还飞。
酒酣画壁题名字，划破悬崖古鲜班。

【浅析】此诗作于正德七年（1512）。猫鼠山，在东山莳山之南太湖边。湖中前一小岛稍小，状如鼠；后一岛稍大，状如猫。两小岛在湖中似猫鼠追逐，故名猫鼠山。王鏊在诗序中云："洞庭之南湖有二小山，谚称猫鼠也。正德壬申秋仲，余与弟秉之、郑氏昆仲秉善、秉元泛舟同出南湖，指是山而异之，特往登焉。其山可三四亩，而所见甚远。酒酣兴发相联得二律，纪联一时之胜云。"此为四人联作，诗写在该山所见之自然风光，奇妙联想，读来饶有兴趣。

栲栳墩

栲栳墩前举一杯，良辰胜友好徘徊。
绿回野色粼粼绕，翠银湖光面面开。
墩姓只今应我属，风流自昔有谁来？
悬崖便欲题名字，千古行人首重回。

【浅析】此诗作于正德七年（1512）。为作者同严经、施凤、秉之四人游山联句。施凤《倚玉集》中亦有其诗（同王鏊倡和联句诗）。栲栳墩在东山莫厘峰下，南为虾蝥岭，西为象鼻岭。年仅四十九岁的彰德太守严经因得罪权贵，被迫告老还乡，回到东山。作者昆仲与东冈高士，陪同严太守游览故乡山水，来排除友人心中忧忿。诗写在栲栳墩前同友人一起饮酒，四野景色一片秀美。独有吾等乘兴而登临，还有谁与我辈同登？此处风光虽好，然自古无人来游。自己在悬崖上题字,后人过此或许会回头一看。

湖心亭

莫峰下瞰湖波水,周垣忽向湖心起。
茫然万顷银涛中,幻出楼台信奇伟。
坐疑海上阆苑与蓬莱,飞堕君家亭子里。
长堤花柳青复红,曲栏直槛东西通。
龟跳鱼泳鸥鹭集,相忘如在江湖中。
石梁倒影卧水底,无乃下占冯夷宫。
桑田沧海须臾变,高下帆桅墙外见。
鸱夷一去那复来,五湖风月谁家擅?
我今无事身自由,良辰佳节长来游。
观鱼为榭臧僖伯,看竹时同王子猷。
长风萧萧起天末,浪卷平湖半湖雪。
归来还约中秋时,把酒青天看明月。

【浅析】此诗作于正德七年(1512)。湖心亭在东山莫厘峰下,或许在郑氏花园中。诗写湖心亭四周特起高墙,亭台水榭倒映水中,犹如龙宫般漂亮。长堤上花红柳绿,景色极为优美。自己喜来此观鱼,赏竹及远处太湖中的桅帆。忆起昔日范蠡,操弄五湖风情。中秋时节,若能来此饮酒观月,堪为人生乐事。此诗景情并茂,组成一幅有声有色、诗意盎然的水石画卷。

偃月岗

忽忽春归不可攀,且乘高兴看湖山。
回旋翠壑丹崖里,小憩青松白云间。

为爱韶华连日醉,历观宦海几人还?
风尘楚蜀干戈地,举酒何缘一破颜?

【浅析】 此诗作于正德八年(1513),为王鏊与山中诸好友严经、施凤及弟秉之游览东山诸峰时所作联诗。严经,东山花墙门人。明代弘治间进士,官至江西吉安、河南彰德太守,因拒索贿而辞官。施凤,明代诗人、隐士。法海寺、平岭、杨家坞均为东山古迹。偃月岗位于莫厘峰象鼻山上,栲栳墩东边。其岗坐落在莫厘山脉中部,北望为云雾莫

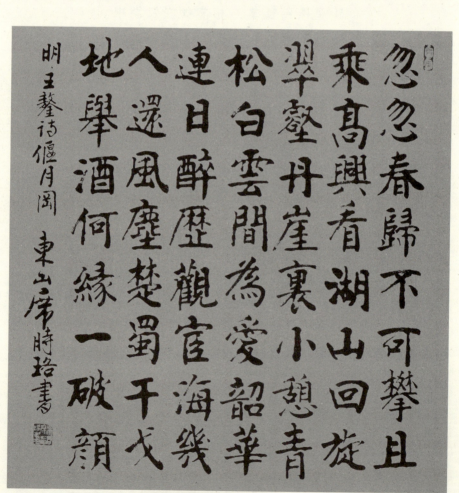

王鏊诗《偃月冈》 席时珞书

厘,南眺则天井湾。后因状元施槃筑墓于岗上,其岗故而于世有名。诗写作者邀同辈友人乘兴而游,借景抒情,有感而发。赞山河之壮美,叹官场之险恶,"历观宦海几人还?"作者结合自己原官居极品,咀嚼宦海险恶的滋味。

碧螺峰

俨双峰兮亭亭,忽雾绕兮云横。
冈峦纷兮离合,洞壑黯兮峥嵘。
望夫人兮不远,路杳杳兮难征。

【浅析】此诗作于正德八年(1513)。碧螺峰,在东山后山石桥村灵源寺山麓,上书"碧螺峰"三个大字,镌刻于石上,为王鏊手迹。相传其山崖下为江南名茶碧螺春最早的产地。近处,有民国十八年(1929)腾冲李根源所书"碧螺春晓"四字,亦镌刻于山岩上。诗写碧螺峰立于山巅,四周云雾飘绕。山上人影绰约,似感离此不远,但欲前往,却路途迢迢。在雾中山冈分分合合,涧壑明明暗暗。站在峰岭,极目远眺,太湖在望,远山隐约,长空一碧,林木葱郁,风光甚佳。

天平范氏坟

衰年不减登临兴,福地灵山搜欲罄。
城西诸峰吾所嘉,就中尤爱天平胜。
亭亭一盖倚苍冥,俨若端人人自敬。
狮山奔伏象山回,支硎秦台皆退听。
横山当面横作屏,背拥莲华互相映。
林林万石相柱撑,倚插半天欹不定。
蹲如虎豹奋攫噬,骞如鹏鲸恣豪横。

勇如武士力觑觑,
秀如女子色娟靓。
我来敬拜太师坟,
松柏阴森趋一径。
忽瞻万笏森向天,
直气喷薄凛犹劲。
乃思范公立朝时,
正色危言柱邪佞。
兹山固合生兹人,
崧岳降贤尼孕圣。
吴山第一称天平,
宋家第一称文正。
高风千古允作合,
仰止岩岩续前咏。

天平山范坟

【浅析】此诗作于正德八年(1513)。范氏坟,即宋代范仲淹之坟,在天平山三让原。诗写晚年不减登山之兴,最爱天平胜景。其山如正人君子,人人敬重。天平之背有莲花山对峙,山上有巨石如莲。岭巅万笏朝天,为天平奇观。墓道两旁古松参天,中间有范氏之坟。正直之山,培育出正直之人,如青松一样高洁。请允许我同范公意气相合,来瞻仰范公丰碑。此诗咏天平山雄伟庄严的气势,寄寓了作者对先贤的敬仰思慕之情。

象鼻岭

漠漠轻阴雨复晴,晴时还不废郊行。
困依石几岚侵座,醉吸湖波艳入觥。
小囿荒畦春事动,落霞孤鹜暮山横。

何如龟锦溪路边,共坐兰舟荡月明。

【浅析】 此诗作于正德九年(1514)。象鼻岭,在东山莫厘峰下,为山中著名景观,明代时游者甚众。王鏊三女嫁宜兴邵天锡之子邵銮,正德九年春,邵天锡至东山看望姻亲王鏊,作者邀其同游,并作诗《与宜兴邵天锡小饮象鼻岭》。诗写雨过天晴,宾主同游,在山石上小辞饮茗。湖光山色尽入杯中,林中野花正在开放,感到极为惬意。日落西山,落霞孤雁,秋水长天,如何方能与天锡一起,放舟赏月?此诗表达了两亲家之间浓浓的亲情。

游毛公坛宿包山寺

毛公已去有仙坛,眼见亭台欲到难。
翠壑苍厓增惝恍,玉芝瑶草长栏杆。
洞无金钥谁能闯,井有灵砂尚可餐。
传语仙翁莫终弃,当时鸡犬从刘安。

【浅析】 此诗作于正德九年(1514)。太湖洞庭西山,因四成围水又名包山。包山寺、毛公坛均在西山缥缈峰之东。王鏊偕友欲游毛公坛,遇雨不果,作诗《将游毛公坛宿包山寺,明日雨不克往》。诗写汉朝毛公已逝,而西山留有其遗迹,仙坛近在眼前,而大雨却无法到达。毛公坛长满瑶草,没有钥匙无法开启。当年毛公一人得道,鸡犬升天,而自己亲朋好友皆为乡亲。此诗作者暗寓自己虽官居一品,贵为宰辅,却没有徇私情而提携亲朋为官。

舟中望昆山

云外孤峰影堕江,船头风浪共低昂。

廿年旧事空回首，
山自闲时人自忙。

【浅析】此诗作于正德九年（1514）。昆山为苏州属县，明时在华亭境内。王鏊次女嫁昆山朱天昭之子希召，至昆山行礼访姻亲而作。诗写昆山将至，已在江水中能看到玉峰之倒影。风浪已小，好像在迎接他们的到来。回想自己二十年前主试应天乡试，回山省亲曾途今昆山，如今想起来已十分遥远，有种万事皆空的感觉。如今自己功成名就，致仕还乡，还在忙些什么呢？看玉山峰多么悠闲。

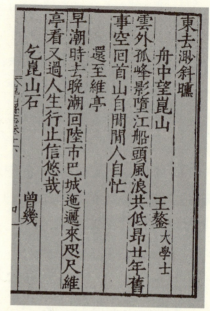

嘉靖《昆山县志》书影

至太仓欲观海不遂

我欲乘桴从鲁叟，
一观出日恨无由。
扶桑只在船窗外，
怅望娄江日夜流。

【浅析】此诗作于正德九年（1514）。太仓，因古时为国家存粮之地而得名，属苏郡属县。太仓临海，明初三宝太监郑和欲从此地出发下西洋，未成。王鏊亦想于此

王鏊诗《太仓观海》（局部）

乘船观海未遂,而作该诗。诗写我欲从孔夫子之后,乘舟赴海上观日出,却未能如愿。扶桑国就在窗外,可恨自己无法到达,只能怅惘地望着娄江水东流入海。此诗亦为作者赴昆山看望姻亲而作,表露了欲往不达的心情。

还至维亭

早潮时去晚潮回,陆市巴城逦迤来。
咫尺维亭看又过,人生行止信悠哉!

道光《苏州府志》书影

【浅析】此诗作于正德九年(1514)。维亭,又名唯亭、夷亭,在昆山西,春秋吴国边哨。此诗为作者自太仓归家所作。相传古时有"潮到夷亭出状元"之说,后果屡应验。巴城,昆山巴城镇。诗写早晨乘潮而去,舟船又随晚潮归来。热闹的巴城集市迎面而过,小小的维亭在舟旁闪过。人的一生如此之快,晚年就应如此轻松。诗句流畅自然,纯用白描,其风格可见一斑。

消夏湾

一

四山环列抱中虚,一碧琉璃十顷馀。
不独清凉可消夏,秋来玩月定何如?

二

画船棹破水晶盘,面面芙蓉正好看。
信是人间无暑地,我来消夏又消闲。

【浅析】此诗作于正德十年(1515)。消夏湾在洞庭西山北,相传春秋时吴王夫差携美女西施避暑于此而得名。历代诗人名士题咏颇多,可今已无遗址可寻。诗写群峰环抱中的消夏湾,碧水千顷,湖面如琉璃般明净。其处不仅可以纳凉消夏,又是秋季赏景之佳处。小舟划破水晶盘般的湖面,缓缓行驶。在消夏湾里消闲,真感到惬意。此诗写山水空灵和作者游览消夏湾的感受,亦流露出诗人隐退官场后的一身轻松。

明月湾石板

巨石陂陀板样平,三山当面看云生。
何当子夜重来此,濯足沧浪对月明。

【浅析】此诗作于正德十年(1515)。明月湾,在洞庭西山消夏湾之东,相传为吴王携西施游玩赏月处。诗写明月湾有一巨石,状如石板,极为平整,形同阶梯。在其石板上观望周围之景观,能见三面云气蒸腾之山峰。如何为在夜半来到此石上,原来是此地月明溪清,洗足赏月更为惬意。可见作者夜宿明月湾,对月濯足,堪为人生一大趣事。

石公山石洞

石公之景殊不恶,巨石悬空欹不落。
争知不是补陀山,中有仙人俨璎珞。

【浅析】此诗作于正德十年(1515)。石公山,在西洞庭之西,可遥望宜兴和三山岛。山上有一崖石,状如老者,故名。而对面东山长圻湖畔,水中有一立石似老妇,称石婆。石公、石婆隔湖相望,组成一有趣景观。石公上有归云洞、云梯、一线天等诸多名胜。诗写山中有奇观,一巨石悬空而不坠落。是当年普陀山补天之石,误落于山中,还是千手观音手中的珠宝掉落在石上?此诗想象奇妙,极堪玩赏。

石公山试剑石

悬崖峭壁立千尺,有洞虚明忽中坼。
吴王宝剑乌能然,恐是世灵神斧劈。

【浅析】此诗作于正德十年(1515)。试剑石,在西洞庭石公山,巨石上有一石凹处,相传为当年吴王试剑所劈开。在灵岩山亦有一处试剑石,据说也是吴王试剑所致。诗写峭崖之上,有石缝空明,如被利斧所劈。传此为吴王宝剑所劈,但一把小小的宝剑,如何能劈开如此巨大之石,除非是沉香劈山救母之神斧,才能有这样大的威力。

林屋洞口古井

一

闻有紫隐泉,秘在灵仙境。
金庭不可扣,且此汲寒井。

二

洞口有深井,云浆湛虚空。
我来携一瓮,会与仙源通。

【浅析】 此诗作于正德十年(1515)。林屋洞,道教中有"天下第九洞天"之称,在西洞庭林屋山。王鏊在诗序中云:"包山有白芝,又有隐泉之水,正紫色。华阳雷平山有田公泉,饮之,除腹中之虫,与隐泉水同味,云是玉砂之流津也。用以尝衣,不用灰。此为异矣。"前诗写作者闻洞中有灵泉,隐藏于仙界。自己不能一至灵界,汲得林屋古井之水,感到遗憾。后诗写向井下望去,水色倒映蓝天。汲一瓮清泉而归,饮后能与仙源相通。此诗表达了作者向往求仙得道的心情。

乙亥新正十日过陈湖

一

漠漠湖光隐碛沙,陈湖东畔是君家。
春来十日无人见,一树寒梅已着花。

二

年来身世总悠悠,漫作陈湖两日游。
东望烟波云万里,逝将吾道付沧洲。

【浅析】 此诗作于正德十年(1515)。陈湖,亦名澄湖、东湖,现主要属苏州吴江区。陈湖为陈璃之家,王鏊访友到陈湖,时姻亲陈璃已去世,作诗《乙亥新正十日过陈湖》以记之。前诗写陈湖沙石隐于湖波水光之中,在湖的东边即是友人家。春天气候仍较寒冷,多日不至梅林,梅枝已含苞欲放。后诗写新年过后,感到有些空闲,准备游陈湖两天,以解心事。望着远方云水,想将自己的学问付之大海之中的沧洲。

二月真适园梅花盛开

一

万株香花立东风,背倚斜阳晕酒红。
把酒花间花莫笑,风光还属白头翁。

二

花间小坐夕阳迟,香雪千枝与万枝。
自入春来无好句,杖藜到此忽成诗。

三

香雪千枝暖不消,我行处处踏琼瑶。
绝胜破帽骑驴客,风雪寻诗过灞桥。

四

春来何处能奇绝,金谷梁园俱漫说。
谁信吾家五亩园,解贮千株万株雪。

【浅析】 此诗作于正德十年(1515)。真适园,王鏊东山前山府邸,长子王延喆筑。规模较小,仅五亩之园,真适王鏊之意,故名真适。园内置太湖石、苍玉亭、香雪林、湖光阁、款月榭等十六景。第一首诗写万株梅花盛开时,夕阳西来到园中,如此美景还属老者欣赏。第二首诗说入春以来久无满意的诗句,不料杖藜到此,突然来了灵感,作成好诗。第三首诗写自己踏雪觅诗,像古贤般在灞桥雪中驴背上得之。第四首说春光最奇绝处,不是在金谷银园梁苑中,而是恰恰在自家五亩小园里。梅花开在春寒,暗香浮动,忽成好诗,作者欣喜之情溢于言表。

虎山桥

湖上仙山翠巘重,画阑面面对芙蓉。
人家斜日东西崦,野寺浮岚远近钟。
我欲濯缨来此处,谁能筑室傍前峰?
放舟又过溪桥去,恐有桃源惜未逢。

【浅析】 此诗作于正德十一年(1516)。虎山桥,在光福镇,西接太湖。是年四月,王鏊与弟王铨、王镠访妹夫顾氏,与都穆游城西诸山。作诗《四月九日与弟秉之、进之过通安桥顾氏,因携玄敬登阳山绝顶。次日过虎山桥、七宝泉至灵岩山而还,得诗三首》。诗写在桥上远眺太湖,唯见重重峰峦。千家万户尽在夕阳下,山寺钟声从远处传来。应在此筑室,赏其美景。棹舟离去,匆匆而过,定有桃源之境没有看到。

七宝泉

嵌岩滴玲珑,七宝甃完月。
幽亭泉上头,暗通曲通穴。
剖竹走长蛇,昼夜鸣潏潏。
前无三昧手,渴有七碗啜。
寒能醒心神,澄可鉴毛发。
桑苎行不到,品第谁为别?

埋没向空山，恻此行道喝。

【浅析】此诗作于正德十一年（1516），与《虎山桥》诗同时而作。七宝泉，亦在光福镇。其镇之西五里，有西崦，周围皆山，中有一水潭，其景绝类杭州之西湖。七宝之泉，莹洁甘饴，素不经疏凿，纯朴未散，其味迨过于惠山、虎丘也。诗写从山石间滴下的水珠，终汇成泉。其泉蛇行而去，日夜不歇。行至口渴，能掬泉而饮。可惜如此好水，埋没荒山，有多少口渴的行人，不能喝到这七宝神泉水，作者感到十分惋惜。

七宝泉

野人献菊

一

开与黄花不并时，翛然天与碧鲜姿。
多应幼玉同韩重，化作人间连理枝。

二

枝头两两立东西，知是鸳鸯不独栖。
一种贞心谁得似，庐江小吏仲卿妻。

三

不向东篱嗅落英，相呼相唤本同声。
不知草木缘何事，也作人间儿女情。

【浅析】此诗作于正德十三年（1518）。乡人送来菊花，呈碧色，为连理花，与他菊有别。第一首诗写此菊与他菊不同开黄花，天公给予此菊青翠鲜润之色。莫非是吴王小女紫玉与韩重所化成，故而结成连理花。第二首诗写一枝两花，东西而立。似双双成对的鸳鸯，不独单朵栖开枝丫。双菊如同焦仲卿夫妻，对爱情忠贞不渝。第三首诗写此菊不理会他菊，不闻不问菊枝已枯。本是同根而生，应相互关怀。草木亦应有情，不知何因，也这般势利。此题三首名为赋菊，实是说势利小人，借野人献来鸳鸯菊，表达了自己的情操。

陆羽泉

翠壑无声涌碧鲜，
品题谁许惠山先？
沉埋断础颓垣里，
搜剔松根石罅边。
雪乳一杯分沆瀣，
天光千丈落虚圆。
向来弃置行多恻，
好谢东山悟道泉。

陆羽泉

【浅析】此诗作于正德十四年（1519）。陆羽泉，又名第三泉，在苏州虎丘山。《吴郡志》云："剑池旁经藏后大石井，面阔丈余，嵌岩自然，上有石辘轳，岁久淹废，寺僧乃以山后土井当之。"其诗全名《虎丘陆羽泉埋没荒翳久矣，高君尹长洲，始命疏浚，且作亭其上以表之。予贺兹泉之遭也，赋诗纪之》。又作《虎丘复第三泉记》，其记云："今中泠惠山名天下，虎丘之泉无闻焉。顾闭于颓垣荒翳之间，虽吴人鲜或至焉。长洲尹左绵高君，乃命撤墙屋，夷荆棘，疏沮洳，荒翳既除，厥美斯露……遂作亭其上，且表之曰'第三泉'。吴中士大夫多为赋诗，而予纪其事所以贺兹泉之遭也。"诗写陆羽泉浚疏之经过，赞颂府尹高君之德，评判历史得失，发人深省。

重游一云寺

为爱禅房好竹林，不辞迢递度遥岑。
山僧认得曾来客，只是鬅鬙雪满簪。

【浅析】此诗作于正德十六年（1521）。王鏊在诗序中云："一云在天平山之西，余弘治间曾一至焉，留诗而去。正德辛巳，复至其地，已二十余年矣。感叹之余，漫赋一绝。"诗写因喜爱一云寺之竹林，不顾山路遥远崎岖而登临此山。寺中僧人还认得我这个过客吗？二十年前自己曾来过，只是当年尚属壮年，今已垂垂老矣，头发又白又乱。此诗回顾往事，给读者人生如梦的感慨。

游穹窿山

十年林下无羁绊，吴水吴山饱探玩。
穹窿至近高且险，欲至靡由辄兴叹。
喜闻地主有嘉招，春服初成杂童冠。
画船载酒出胥口，略绰湖稍旋抵岸。
民淳地僻客至稀，老少相扶出门看。
吴王种香泾尚存，岁岁采香多女伴。
我闻且欲登香山，雨脚忽来行浃散。
明朝雨势止复作，世路阴晴那可算？

文侯岂失虞人期，勇往前行赖明断。
篮舆旋泞那复辞，逦迤青山开四畔。
前山云接后山云，似是山灵显奇观。
嶔崎荦确路登登，山复盘回转危栈。
诸峰一望皆下风，始信阳山绕抵半。
买臣驳落读书台，曾是樵夫终佐汉。
丈夫出处会有时，不记当年愚妇讪。
清泉一脉甘且寒，肝肺尘埃得湔浣。
山头咫尺不得升，甘被同行讥老懦。
兹行虽胜兴未厌，斜日归途几留盼。
回头一笑谢地主，他日重来殊未晏。

【浅析】此诗作于正德十六年（1521）。穹窿山，在苏城西南四十五里，旧名福臻禅院。铁柯，即刘缨。是年王鏊与刘缨等游天平山、穹窿山，并重游一云寺，作组诗多首，《游穹窿山》为其中一首。其小序云："与铁柯辈泛舟至胥口潘氏，日已西，遂宿。明日雨，将午少霁，至穹窿山，寺在山腰。饮法雨亭而还，不能穷绝顶之胜也。"诗写游穹窿山的所见所闻，追忆吴越历史，观山中景色，极尽渲染博喻之能事，足为名山增色。

过虎丘

看遍苍梧山外山，吴中仍爱小孱颜。
如何地主翻为客，多少荣途未得闲？
张席坐隈新竹粉，题诗划破古苔斑。
夕阳共下山门去，处处停桡未拟还。

【浅析】此诗作于正德十六年（1521）。是年严嵩来访，王鏊与之游虎丘,作诗《月夜与客饮千人石》及《余断送迎久矣,内翰严维中奉使三湘,还过吴,治具邀余过虎丘,余不能辞也,赋诗一笑》。严嵩,字维中,江西分宜人。弘治十二年(1499),二十六岁中进士,时为翰林院编修。严嵩亦作诗《虎丘寺侍少傅守溪公游奉次高韵》,诗中有"分明仙舸中流坐,瞻送宫袍月下还"之句。严嵩曾在家乡钤山下结庐读书,王鏊为之作《钤山堂铭》,其子婿延喆、延素、徐缙与之皆有交往。诗写作者同严嵩夜饮虎丘石上之情趣和愉悦心情。

登上方山

晚扶残醉上岧峣,云水空明映碧寥。
雨歇花畦红冉冉,春归麦陇绿迢迢。
几番游鹿还堪吊,一去冥鸿不受招。
远客登临思无限,手摩苍藓认前朝。

【浅析】此诗作于嘉靖元年(1522)。上方山,在苏州城西,石湖西北面。是年二月,工部尚书林俊来访,年已七十三岁高龄的王鏊与之游上方山,作《嘉靖元年二月九日,林司空见素同登上方,俯视云水,千顷青黄绚烂,见素曰:此一片锦也。赋诗纪之》。林俊,字见素,时工部尚书致仕在家。嘉靖元年正月四日,敕召为刑部尚书,赴任进京途中,访王鏊同游上方。诗写趁着暮色登上高峻的山巅,只见云水一片。眺望山下,花圃如锦,麦田青绿。想起夫差昏聩,强吴竟被弱越所灭,使人感慨万千。擦去山岩上的苔藓,读前朝故事,给后人许多教训。

题福济观古桧

翘然百尺欲凌空,老干年深铁石同。

寿木世间知不少，托根何似得仙官？

【浅析】 此诗作于嘉靖初年。福济观在苏州桃花坞南，该坞位于古城西北隅，历史文化沉淀颇为丰厚。桃花坞里遍植桃树，阳春三月，桃花盛开，彩蝶纷飞，而北部却是一派田园风光，为郡人踏青游赏的好去处。桃花坞里更因明代江南才子唐寅筑桃花庵而闻名于世。寺庙祠观是昔日桃花坞内的重要景观，承天寺、宝林寺、福济观、崇真观、泰伯庙等，历史悠久，香火旺盛，均名僧不绝。

福济观古井

福济观是郡人旧时"轧神仙"的地方，观内生长的桧树、桂花等古木极为有名，成为古代名人吟咏的对象。诗写庙中庭院里的古桧株高达百尺，枝丫翘首横空。粗壮而深凹的树杆，似铁皮包裹，布满年轮。如此高寿的古木，寺庙中还有不少，是否得了天庭的仙气，故而长得这样茂盛？诗歌表现了庙内桧树的古朴壮观，读来引人入胜。

民情辑

橘荒叹

我行洞庭野,万木皆葳蕤。就中柑与橘,立死无子遗。借问何以然,野老为予说。前年与今年,山中天大雪。自冬徂新春,冰冻太湖彻。洞庭苦无田,种橘充田租。

弘治十六年（1503），王鏊丁忧在家，冬天连降大雪，太湖冰封，橘林尽毙。"就中柑与橘，立死无孑遗"，王鏊目睹此惨景，写下了著名的《橘荒叹》。诗写从冬至春，太湖连底冰冻。瑞雪原为吉祥之兆，可对太湖沿岸的橘树，如利剑斩伐。乡人们需以柑橘交纳税赋，可如今遭此大灾，百姓们的生活怎么办？这是王鏊在诗歌《橘荒叹》中向世人发出的呼吁。

王鏊祖辈世代以农耕为生，种橘为业，祖父兄弟五人，都亦农亦商，生活在农村，每至秋霜初降，家中采收的洞庭红橘堆满屋子。王鏊从小是在农村长大的，看到祖辈的辛劳、乡人的贫苦，因而对劳动人民寄予无限同情。在《震泽集》八百多首诗歌中，反映自然灾害、官府苛政、百姓疾苦的诗作占有很大部分。其中《相城谣》《苦热》《伤庭梧》《悯松歌》《飓风起》等四十首，收选入《民情辑》中，诗歌《飓风起》是王鏊关心民瘼的代表作之一，嘉靖二年（1523）七月三日，山中忽遇巨风，太湖溃堤，水漫湖岛，弱民居无数，王鏊见此情景，写出了"沿江溃海万人家，一半漂流喂蛟鳄"的惨状。诗写去年七月，狂风暴雨带来的灾难，沿湖百姓家破人亡，一半被溺死。今年秋季飓风复至，山中灾害更为严重。农田尽淹，大树被连根拔起，湖神风伯何以要如此兴风作浪，残害生灵？

《悯松》则是对官府苛政进行无情的揭露，王鏊在诗小序云："东山古刹翠峰寺，自寺门至官道，皆双松夹道，大可数抱。每逢风动，声响数里，为宋元古松，正德十六年（1521）夏，予重游翠峰，见古松无存，急问于僧。僧曰：'县官证税急，身之不存，松于何有？'"于是，王鏊作《悯松》，发出了"千年古物，且不能逃，苛政之害如是哉！"把矛头直指封建朝廷。

民情辑中《相城谣》《苦雨》《伤庭梧》等诗歌，则反映了自然灾害给人民生活造成的严重恶果，读来催人泪下。

雨 钱

苍天似悯斯人困,故向云中撒与钱。
钱若了时民又困,何如只赐与丰年?

【浅析】此诗作于成化十三年(1477),王鏊在诗序中云:"成化丁酉六月九日京师大雨,雨中往往得钱,钱皆侧倚瓦际。"从半空中落钱,视为奇事。诗写老天也可怜天下百姓贫困,故把钱抛向空中。可钱撒完后日子又困,赐钱有何用?还不如赐给百姓风调雨顺的丰收年为好。无独有偶,明嘉靖六年(1527)六月十九日,京师又大雨,雨中往往得钱,钱皆侧倚瓦楞。清代褚人获《坚瓠集》载其事。此诗与杜少陵"安得广厦千万间,天下寒士俱欢颜"有异曲同工之妙。

雨后长安街忽成巨浸

大雨西来势压山,长衢浩浩起波澜。
始知沧海桑田变,只在阴晴反复间。

【浅析】此诗作于成化十三年(1477)。长安街在北京城,即今天安门前之长安街。明代时长安街排水系统较差,每下大雨,辄为一片汪洋。诗写一场暴雨之后,长安街忽成河道,涌起波涛,行人来往十分困难。世间沧海桑田,均在变幻之中。人生亦吉凶难卜,谁能预料须臾之间发生的变化呢?是年王鏊二十八岁,夫人吴氏卒于京邸。故诗中有"只在阴晴反复间"之句,是诗人对自己青年丧妻的感叹。

舟次张秋,冒雨上读徐武功治水碑

长堤十里隐如虹,来往行人说武功。

泽水突来无兖济，铁牛屼立尚西东。
　　淇园竹下人初骇，郑国渠成运自通。
　　读罢穹碑人不见，北来冻雨洗寒空。

【浅析】 此诗作于成化十四年(1478)。张秋，在山东省阳谷县，古运河流经处。徐武功，名有贞，吴中人。明景泰三年(1452)，擢左都御史。至张秋，相度水势，躬亲督率，治渠建闸，历五百五十五天而成，水患平之。此诗为王鏊回乡省亲，途经张秋时所作。诗写张秋长堤在雨幕中隐约如虹，人们都说是徐有贞治水之功。昔日洪水突来，淹没兖州、济宁一带。近岸人家，因洪水而惊骇万状。武功治水成功后，漕运自然通畅。自己独自读碑，周围已不见人影。风雨袭来，亦更加追念前辈心绪。此诗寄托了诗人对百姓休戚与共的深厚感情。

题手植树

　　城南乞得野人栽，小坯和云手自培。
　　半尺垂垂今十丈，主人犹自未归来。

【浅析】 此诗作于成化十四年(1478)。诗写昔年向城南农人乞得树苗，曰野人栽，亲手将小苗栽于自己庭院内。当初的树苗才半尺高，今已长成高十丈的大树。树苗已长大，成为有用之材。岁月流逝，年岁渐长，自己还拘羁于京城，不得回归故里。此诗用小树苗长大高十丈的通俗事例，告诫自己不要虚度年华，要像野人栽一样立志成材。

立 春

　　空山月上雪未消，土牛击碎城东郊。
　　报道春来春不见，朝来试看梅花梢。

王鏊故乡陆巷古道

民情辑

【浅析】此诗作于成化十四年(1478)。诗写京郊的山上,月光如水,积雪还未消融。农人们在城东郊击碎泥制的土牛迎春,以除阴气。每当立春,农人制土牛以劝农耕,卜吉利,象征春耕之始。袁景澜《吴郡岁华纪丽》载:"行春。汉时太守有行春之文,周礼始制立春土牛。盖出土牛以示农耕之早晚。"其《迎春》诗曰:"头为赤金足枝上,土牛头角何辉煌?"春天虽已来临,可大地还一片料峭,看不见春的景色,只有梅花枝头已有花苞在萌发。此诗作者从立春时大地的细微变化,看到了春天的来临,也给农人带来了希望。

弃妇怨

妾命薄,妾命薄,妾命自薄君不恶。
玉颜自昔误主恩,得奉馀光侍帷幄。
兔丝横倒附青松,岂谓青松久难托?
　　前时糟与糠,妾与君同怡。
　　今日粱与肉,知君欢对谁。
　　君如大江水,妾如水底石。
江水日夜流不回,石砥狂澜终不易。
　　哭城城亦圮,洒竹竹亦斑。
　　土木犹可感,君心终不还。
终不还,妾命薄,妾命自薄君不恶。

【浅析】此诗作于成化十五年(1479)。在漫长的封建社会,妇女地位低下,丈夫一纸休书可把妻子赶出家门。而被逐之妇无法反抗,只得自认命苦。诗写一个曾与丈夫共过患难的妇女,因丈夫富贵后被抛弃。她如沉之江底的石头,无人知晓。昔日孟姜女寻夫哭长城,湘妃哭竹而斑。这些典故告知人们,草木尚有情,可其夫心如石。夫君终不回头,自己只怨命薄。此诗是对旧礼教的无情控诉,声声泪,字字血。也反映了作者对被压在社会最底层的广大妇女深切关怀与同情。

相城谣

东南地下，众水赴之。厥有大海，维水之归。
谁为曲防，水失其性。奔轶横流，为厥民病。
原田每每，隰乃汤汤。咫尺之间，有丰有凶。
邵侯下车，咨我民瘼。首议除之，众议乃格。
众言汹汹，侯为不闻。怨斯我任，惠归尔民。
防之未决，水不由正。一郡之忧，百夫则幸。
防之既决，水逝其沛。百夫之咨，一郡斯快。
频年吴下，岁乃大丰。岁乃大丰，郡侯之功。
相城鼓舞，白茆企而。白茆相城，利害百之。
维行不疑，维功不毁。邵侯去矣，谁其嗣之？

【浅析】此诗作于成化十五年（1479）。相城，在苏州城北，为吴门画派领袖沈周故里。曲防，遍设堤防，截留水量。王鏊为通判邵侠福莅吴之年，诗小序云："通判邵侠福莅吴之三年，相城民有以曲防告者，侯为锄去之，民甚快焉。"诗写众水归之大海，四处泛滥，为害百姓，低处的庄稼被淹没。邵通判上任后，访问民间疾苦，不顾少数人之言，坚决消除曲防，为广大百姓谋利。曲防既除，水流顺畅而下，苏郡百姓感到快乐。白茆如能赶及，亦可获利。此诗赞扬邵侠福在苏州为民治水之功绩，以寄托了作者对民情的关怀。

送高良新知归州

江上青山识䅉归，江边吊古驻岩𬴊。
梦中马耳先曾到，行处人烟亦已稀。

屈子宅空江渺渺，昭君村在雨霏霏。
使君抚字知多术，夔府如今正阻饥。

【浅析】此诗作于成化二十年（1484），即高良新任四川归州知州之时。高良新，名高鼎，苏州常熟人。诗写看到江边的青山，知道已来到秭归。在江边山崖处停车，观景吊古。秭归多山，梦中曾见到。那里是屈原的故里，已非常冷清，四周空无一人。站在高处远眺，相传汉代出塞和亲的昭君村，笼罩在一片迷蒙细雨中。希望高知州到归州后，多多安抚饥民，以稳定地方百姓的生活。归州府的灾情很严重，百姓正困于饥饿之中。此诗寄托了作者对友人的厚望和对归州百姓的关爱。

喜　雨

五月亢阳骄，原枯泽欲焦。

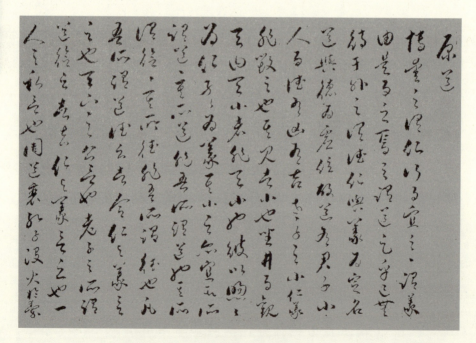

王鏊《原道帖》卷首

朝恩推荡荡，暮雨听萧萧。
造化功何有，苍生望已翘。
倚栏看不厌，诗和野人谣。

【浅析】此诗作于成化二十三年（1487）。是年全国旱灾严重，朝廷以亢旱遣廷臣赴灾区，赍香帛分祷天下山川。王鏊世居太湖东山，祖辈都兼农事，后虽入朝从政，但对农家仍怀有深厚的感情，诗写五月大旱，烈日如火，禾苗欲焦。是朝恩感动了上天，终于落下了大雨。天公的造化，黎民们盼望已久。倚在门前的栏柱上，

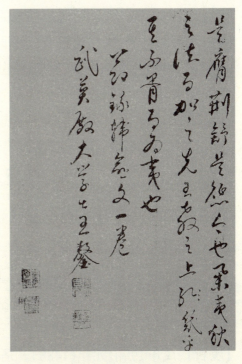

王鏊《原道帖》卷末

看着倾盆大雨。想到百姓因下雨而喜悦的心情，灵感突然来临，与农家之歌谣相和应。一句"倚栏看不厌"，是作者的真实感受，极为传神之笔。

雪

二月燕南暖未归，晚风吹雪弄霏霏。
乘春且作丰年瑞，和月还为午夜辉。
重压竹枝低欲折，轻兼柳絮湿还飞。
小臣欲拟阳春曲，燮理何人秉化机？

【浅析】此诗作于弘治元年（1488）。诗写二月的北方尚未还暖，晚风中又下起纷纷扬扬的大雪。春天已经来临，此雪应是丰年之吉瑞，明

年定是个好年景。雪停后,在月光的反衬下,午夜更加明亮。庭院被大雪压着的竹子,像是要折断。是谁掌握着天地之间的阴阳调和,物象变化。此诗为作者看到下雪,联想到"瑞雪兆丰年"的农谚,感到来年一定丰瑞,为农家高兴。但也从一定程度上反映了作者把大自然的恩赐,认为是皇恩浩荡的忠君思想。

戊申岁

百二昌期见戊申,神孙圣祖两王春。
抚绥无外乾坤旧,洗濯重光日月新。
一代讴歌还属启,百年礼乐定先秦。
明良千古今朝事,大老何当起海滨?

【浅析】戊申,弘治元年(1488)。是年俗称两王春,即有正月与闰正月。时王鏊三十九岁,始预经筵。诗写弘治中兴,开创太平盛世。安定各地,抚绥万方。弘治朝推行新政,使日月重光,政治清明。记录新朝之文献开始撰写,各种制度律法循周礼而订。今朝清明之政将延续千古,被前朝废黜的贤良官员,应出来为新朝效力。作者对新朝充满希望,告诉人们,只有朝政清明,天下才能安宁和富足。

和玉汝谢橘

休说枇杷与荔奴,杨家风味总输吾。
封侯且得依林屋,投老何须乞鉴湖?
江上秋风吹短髯,天涯岁暮走长须。
垂馀有子烦收寄,一掬他年可百株。

【浅析】此诗作于弘治元年(1488)。玉汝,即陈璚,吴中长洲县人。

"五同会"成员之一,后同王鏊结成姻亲。太湖洞庭东山盛产红橘,家人捎来橘子,王鏊在京城分送吴宽、陈璚等同乡。此诗为友人收橘后答谢,王鏊酬答之诗。诗写洞庭东山所产的枇杷,可与广东荔枝媲美。而荔枝滋味不如橘子。如朝廷封侯能得到土地,要取洞庭山之一角,紧靠太湖林屋洞。如果养老的话,也不必去会稽之鉴湖。离开家乡走天涯,胡须也长了。品尝橘子后,希把橘核收集起来,撒在东山的土地上,来年便是百树橘林。

送汝行敏之南安任

五马南来百姓欢,文章太守属南安。
郡中召父歌堪续,壁上张颠字未漫。
庾岭梅花春信早,吴江机名暮吟寒。
到时境内人皆足,每食无鱼不用叹。

【浅析】 此诗作于弘治二年(1489)。汝行敏,名讷。吴江黎里人。景泰四年(1453)举人。四试礼部不中,后入史馆,授中书舍人,又擢汀州知府,改知南安府。南安,今属江西赣州。诗写汝行敏知南安,百姓非常高兴。南安有了文才著称的贤守,百姓也有了德才兼备的父母官。"庾岭梅花觉,隋堤柳暗惊",南安之梅花春信早于他方,其秋寒也比你的家乡吴江来得早。境内人人丰足,故食鱼不在话下。此诗为作

嘉庆《黎里志》书影

者送同乡友人而作,描绘出一幅农人丰衣足食的安南风情画。

沽头行三首赠陈水部

一

上沽头与下沽头,上下沽头惯覆舟。
昨日使君临堰上,沽头上下是安流。

二

沽头落日没人行,白草茫茫一望平。
今日东西阛阓起,月明两岸读书声。

三

使君一日去沽头,父老儿啼妇女愁。
依旧沽头成白草,荒烟古树挂猕猴。

【浅析】此诗作于弘治二年(1489)沽头,即沽河,今河北白河。陈水宣,名陈宣,字文德,浙江平阳人。成化十七年(1481)进士。历官刑部郎中,河南知府,云南左参政。第一首诗写沽水之上下游,水流湍急,行之河上经常覆舟。陈水部至此治理水患,沽水上下游得到平安。第二首诗说昔日沽水沿岸一片荒凉,水灾频发,百姓逃亡者甚多。如今又成村落,入夜村中传来琅琅读书声。人民安居乐业,皆陈水部治水之功。第三首诗写陈水部离开沽水,水利设置得不到维修,水灾又至,沽水两岸又荒无人烟。唯有猴子不惧洪水,依旧攀爬在高树枝上。此诗作者称赞陈宣治水功绩,造福地方百姓的同时,又为陈知府的离任,白河水灾频发而深深担忧。

赠河南巡抚杨贯之

旱灾横被十三州,百万苍生手抚柔。

宪府乍临新邑洛，宣房已复旧河流。
衣冠南渡仍馀宋，瀍涧东来尚自周。
列郡分明望丰采，安危须共主分忧。

【浅析】 此诗作于弘治二年（1489），即杨贯之巡抚河南之年。杨贯之，名杨理，直隶山西山阳县人。成化二年（1466）进士。历官刑部给事中、都察院副都御史、河南巡抚。诗写弘治三年十三州遭受旱灾，百万苍生受灾，盼杨贯之去安抚赈济。贯之到任后，兴修水利，使泛滥之河水重回河道。宋室南渡，开封府曾被异族占领，但仍吾中国土地。盼杨巡抚到河南后，能使仁政于黎民。替朝廷操劳，为国家分忧。时河南值岁饥，河复决于汴，民心恐惧。众议徙省避之。杨理到任后，果不负作者所盼，理筑堤堰，又议发官帑赈之，民得以安。

送陈尧弼知会稽

汉庭治远无循吏，千载吴江尚见之。
备识民间多利病，不知身上有安危。
不时叔度常嫌暮，去后何公每见思。
今日会稽真夺取，临歧还作赠行诗。

【浅析】 此诗作于弘治三年（1490）。陈尧弼，字秉钧。云南太和人。曾任苏州吴江知县，任上重建四门城楼，分别为朝阳、望河、绍兴府治。会稽，明代属绍兴府。诗写汉代治理地方的官员，少守法循吏。尧弼到会稽去，谙知民间疾苦。为解民困，不顾自身安危。吴江百姓牢记陈知县的恩泽，恨他不能早来任职。今日离任而去，吴江民众每日思念之。这次尧弼调任会稽，该郡与吴江同为县治，其处属绍兴府。临别之际，自己赋诗送行。此诗表达了作者对清廉官员仰慕之情。

送严太守永浚知西安

五马初分竹使符,西安风物尚西都。
三秦子弟为编户,四塞河山入版图。
楚国梓材元自有,周家风化未全芜。
旱灾已息流移复,为访草堂郑白渠。

【浅析】此诗作于弘治五年(1492)。太守,汉代所设之官职名。明代称知府、知州。严永浚,字宗哲,湖广华容人。成化二十三年(1487)进士,擢户部主事。诗写永浚走马上任,西安为西部之京都,风土人情尤佳。四方藩国皆入我大明版图,你至三秦后,可利用各地人才,治理秦中。那里旱情已解,流民回归故土。你到那里以后,仍须瞻仰前人,不忘兴修水利,防患于未然。此诗作者于严知府赴西安上任之际,嘱托友人要兴修水利,关心那里人民的生活。

二月雪

一冬天气暖如春,雪到春来见却频。
令敛东皇增料峭,冻含西岳献嶙峋。
郊原润洽晴为雨,窗户虚明夜向晨。
三白丰年称上瑞,如何官柳漫含颦?

【浅析】此诗作于弘治五年(1492)。诗写去年一冬温暖如春,而到了春天,气候反而寒冷,频频下雪。季节转换之际,可谓春意料峭。西山因寒冷,而显得格外嶙峋。天气放晴后,积雪融化,滋润京郊大地。皎洁的雪光,使夜间窗外同早晨般明亮。"正月三白,田公笑煞"一年之中,三度下雪,是丰年之瑞兆,人们尽可舒展愁眉,祈盼来年丰盛。此诗因春雪频频,使新的一年充满希望,表现了作者的兴奋心情。

苦 热

忧蒸昔憎南,恺爽近便北。
今年旱太甚,万里云天赤。
展簟树阴趁,短气不能息。
渴鸟妄投林,向人若求食。
吁嗟六合内,谁是清凉域?
唯当希静胜,庶以永今夕。

【浅析】 此诗作于弘治六年(1493)。是年三月,河南、山东、山西、北直隶等处干旱,朝廷命巡抚等官祷于岳镇、海渎之神。诗写夏天因闷热,往往讨厌南方。而北方凉爽,以为便宜。今年大旱,万里晴空,毒日赤然,在树荫下铺开竹席乘凉。因炎热而呼吸急促,令人气短。饥渴之鸟在林中找不到水,转向人类求取。叹息在此世界上,何处有清凉之地。唯以静取凉,但愿能平安度过今夜。此诗作者告知人们"渴鸟妄投林,向人若求食"。那么饥民呢?可想而知,其状就更惨了。

和蜀秫饭

平生翰苑诗书腹,此日野人藜苋肠。
金谷萍齑殊可厌,芜亭麦饭略相当。
煎汤未用呼莺粟,贮廪惟堪与鹤粮。
若说菜根风味好,小园多有不须行。

【浅析】 此诗作于弘治六年(1493)。蜀秫,即高粱,喻粗粮饭。吴宽曾作"蜀秫米饭简济之"诗,王鏊以诗和之。诗写长年在翰苑饱读诗书,今日吃平民之粗粮。自己生平最讨厌奢侈之物,而粗陋之粮最为适当。吃饭不必用好汤,要储粮以备荒。虽说身为京官,生活仍须简朴,嚼得菜根,百事可做。这种农家之物,你吴宽轩中就有不少,无须花钱去买。此诗反映了王鏊与吴宽两位朝廷高官对自己生活上的严求,从诗中可看出他们的高贵品质。

菜根诗和之

龋齿生憎玉蔗浆,短斋真称腐儒肠。
若论滋味风皆下,便说酸寒理亦当。
千里远陪吴下豉,多年何须禹馀粮?
康侯去后谁为赏,耕织还须问当行。

【浅析】此诗作于弘治六年(1493),与《和蜀秫饭》同年所作。诗全名《匏庵因菜根之句复次前韵和之》,吴宽亦作有《济之和有菜根滋味好》一诗。"君家菜瓮碧流浆,饭熟应兼此下肠。须是芥根新切细,未容槐叶冷淘当。"诗写常吃精美的食品易龋齿,用菜根所腌的瓮菜,亦是美味佳肴。其菜有点酸味,论菜当然属下品,然我说其菜之寒酸,亦理所当然。你从千里之外捎来的豆豉,食之有益健康。康候之家无人能识此菜,还是到耕田织布的平民之家去问其菜的好处。此诗虽仅用于健康之说,亦能体现作者淡泊明志的思想。

陆凤刲股愈母疾

病居母,痛在儿,儿生无母生曷为?
千方百祷总无验,精诚一点天或知。
梦非梦,觉非觉,若有神人默相告。
由来母子本一人,母如可赎宁百生。
桨水加刀刀自跃,一片红绡如玉落。
遗羹未似颖封人,宿瘕潜症如水沃。

阁老厅

人言孝行真难作,以礼律之无乃过。
君不见世间吴起辈纷纷,母病在床如不闻。

【浅析】此诗作于弘治七年(1494)。陆凤,金陵国子生仁甫之子。其母叶氏病,乃手割左臂肉煮为羹以进,曰鹿肉也,母食而甘之,疾渐愈,旬日而差。洞庭东山唐股村有陆孝子,即王鏊筑阁老厅之址,亦传有割股肉煮汤,以疗母疾的典故。诗写母子同体,如可愈母病,宁一身百死。因陆凤股,母亲病体康复。人间如此之孝行,非常难得。然而今世间,多吴起之辈,母病在床,不问不闻,反而杀妻绝母,求为卿相。旧时以孝悌治天下,故作者赋诗赞之。诗歌末联则笔锋一转,批揭了"母病在床如不问"的吴起般的不肖子孙。

送陈御医公尚

暑雨祁寒过我频,感君父子有深仁。
外家秘诀多传孟,今日卢医不在秦。
树近庐山唯种德,人来燕谷亦生春。

吴人自昔夸钱乙，岂谓文中本姓陈？

【浅析】此诗作于弘治九年（1496）。陈公尚，即陈公贤，吴中名医。曾祖本道世以医学相传。吴地有孟景旸者精小儿医，本道馆甥景旸所，并得其传，其子陈宠亦为御医。诗写每当气候变化，陈御医父子必相访，察王氏家人身体有无不适。公尚之医术，得传于外家。其医术同古代扁鹊齐名，又布德施恩于人，为寒冻之地带来春意。昔吴人自以钱乙为神医，殊不知史书中记载的良医，陈姓者为多。

壬戌九月

季秋甫强半，霜降才应律。
顽阴十日间，陡觉寒瘆栗。
填然忽惊雷，百虫破新蛰。
雷声甫尔收，雪势陡然急。
霏微晓方晴，淅沥暮仍密。
吾闻阴阳交，寒暑不相入。
如何冬夏令，并在秋之日。
得非人事乖，无乃代工忒。
巫咸去已远，那辨凶与吉？

【浅析】壬戌，弘治十五年（1502）。崇祯《吴县志》载："（弘治）十五年壬戌九月，连阴雨，寒色惨慄，忽大雷电，忽大雪，两日严寒。"诗写九月刚过一半，霜降来临，天气转凉。阴天达十日之久，还听到响雷，气候反常。清晨小雪方收，黄昏转复，淅沥不止。阴阳交替，乃天体转动、自然之规律。何以冬令与夏令同时出现在秋季，是造物主差错，还是人间之事过于无道而造成？巫咸已经去远，曾预言九月之雪，是凶兆还是吉兆？此诗表达了作者对自然界出现反常天气的忧虑。

看 雪

吾闻老农言，一冬见三白。
来年定有年，无烦问诸易。
寒日翳翳明，暮雪漼漼积。
时闻洒窗棂，兼恐摧屋脊。
平铺瓦构满，低压墙檐侧。
纤纤谁所裁，逐逐若相逼。
庭空印鹤趾，裘敝欺狐腋。
况当板屋看，稍若朱帘隔。
柳弱不胜扶，藤重那能掷？
旋扫入茶垆，复取映书册。
缄诗忽何来，冻手呵自折。
惟嫌独醒醒，羊羔谁与适？

【浅析】 此诗作于弘治十四年（1501）。吴宽家园北新构板屋，制甚朴，吴宽有诗寄王鏊，王鏊诗以答之。先后作有《次韵板屋二适》等诗，其二适有《负暄》《看雪》两首。诗写一年之中，下雪三次，这定为吉祥之兆，来年一定丰收。冬日晦暗，而积雪耀目。时听积雪洒落窗格之声音，犹如琴弦之声。庭院空寂，唯有鹤之足迹。寒士为富人所欺，倍觉寒冷。如此雪天，谁寄诗来？一边呵手，一边折信。

橘荒叹

我行洞庭野，万木皆葳蕤。
就中柑与橘，立死无孑遗。
借问何以然，野老为予说。
前年与今年，山中天大雪。

自冬徂新春，冰冻太湖彻。
洞庭苦无田，种橘充田租。
霜馀树树金，寄此万木奴。
悠悠彼苍天，三白望为瑞。
如何为橘灾，斩伐如剑利。
丁饾索宾筵，贡筐缺王事。
曾闻后皇树，不过淮之郊。
他处岂独无，洞庭号珍苞。
衢州徒菌蠢，湘潭亦寥稍。
地气信有偏，天灾曷仍遭？
物贵因难成，难成复易稿。
遂令洞庭人，为计恨不早。
从今原隰间，只种桑与枣。

【浅析】此诗作于弘治十六年(1503)，王鏊归家守制时，东山橘林遭受严重冻害。史载：从宋政和元年(1111)至清光绪二十九年(1903)的近八百年间，东山橘树遭受严重冻害十五次，其中五次使橘尽毁。诗写从冬至春，太湖连底冰冻。瑞雪原为吉祥之兆，可对太湖沿岸的橘树，如利剑斩伐。乡人们需以柑橘交纳税赋，富人家需以柑橘招延宾客，宫廷中亦需柑橘进贡，可如今遭此大灾，乡亲们的生活怎么办？"就中柑与橘""立死无孑遗"。诗歌描绘了东山柑橘冻死后的惨状。"洞庭苦无田，种橘充田租。"橘树均冻死了，百姓的日子可怎么过呢？

海塘谣

田于何所，靳公之塘。公今何在，我田我耕。
昔公未来，潮啮我堤。浩浩洪流，浸我稻畦。

公之来兮志何壮,稽天之浸身以障。

栫以木,填以壤,隐然长虹横海上。

潮安流,田有秋,温人饱饭卧且收,靳公靳公胡不留?

稽山摧,潮水歇,靳公之名乃可灭!

【浅析】此诗于正德元年(1506),为靳瑜而作。王鏊诗序云:"为充道父赋。父为官温州,尝筑塘捍海,其民赖之。充道父,即靳瑜,字廷璧,尝以监生授温州府经历。府境内瑞安、平阳二县界有海塘田,苦风潮。君筑治完固,民利之,名之曰'靳公塘'。"诗写靳公未来温州之时,海潮卫溃堤,毁坏良田,使民生机无着。靳公上任之初,就怀重筑海塘之壮志,不惜以身为堤,阻拦滔天海潮。堤成之日,横恒海岸,宛然海畔长虹。从此,潮水不再贻祸,田地皆获丰收。除非稽山倒,潮水歇,否则靳公之名永不灭。此诗是对靳瑜治理温州政绩的赞颂,比喻其治水功劳与天地共存。

燕巢叹

燕燕兮于飞,深深兮重闱。

朝卷帘兮放燕出,暮卷帘兮待燕归。

朝朝暮暮兮,燕无我违。

胡然兮一旦燕惊飞而不下,怅巢是而人非。

万里兮乌衣,去此兮畴依。

岂无连云画栋兮,诚不忍其故栖。

松楸郁郁兮,京口之垅。

逝将衔泥兮,相孝子而营冢。

【浅析】此诗作于正德元年(1506),为充道母夫人而赋。诗写双燕天天早出晚归,虽一日而无违。今母夫人不幸亡故,双燕失巢惊飞,又将依附谁家之檐下？然它们并非无华美楼阁可依，而是不忍离其故巢。母夫人之坟墓在镇江，双燕欲衔泥助孝子营墓。此诗借双燕不愿离巢之仁，赞靳贵昆仲孝母之德。

行次相城有感

几年约兹游，为访石田叟。
石田今已亡，不使此言负。
相知三四人，挐舟过湖口。
行行抵相城，自卯将及酉。
四顾何茫然，天水合为薮。
茆屋几人家，荒蒲与衰柳。

王鏊与童子（塑像）

本来鱼鳖宫，自合鸥鹭有。
始田者为谁，馁也非自取。
有司事徵求，亡者逾八九。
念此为傍徨，独立延伫久。
作诗当风谣，以告民父母。

【浅析】 此诗作于正德四年(1509)，相城是沈周的故里。王鏊与沈石田友情长达半个世纪，两人常诗酒唱和，互赠诗画。是年八月，王鏊致仕归里，闻沈周病重，相城又遭大水，急遣书信问候。石田翁闻王公信使至，口占一绝云："黄鹤白云瞻宰公，此机超出万人中。归来车马忙如海，先有闲情问病翁。"书就，信使未出门，旋病逝。九月，王鏊偕唐寅等去相城吊唁，途中见洪水肆虐，民生如此困苦，而赋此诗。诗写原同石田有约，故有此行。仅相约三四人，乘舟来石田故里。自卯时出发，酉时才到达。四处一片汪洋，泽中还有几户人家。百姓贫困饥饿，水灾给人民带来无穷的灾难。面对无边之荒凉，久久伫立。此诗描写了大水后的相城，百姓生活之惨状，告当政者不要做横征暴敛之徒。

苦 雨

一

南方春夏交，正是插秧时。
望望雨惜干，事乃胡大缪。
霖淫已弥日，雨意犹未透。
山头争出云，不断如馈馏。
滑滑深泥路，幢幢泻檐溜。
只愁地将浮，又恐天果漏。
乖气乱暄寒，重阴错昏昼。
灶砌产鲋鱼，庭树号饥鼬。

梁柱亦何为，尚可充燎栖。
嗟嗟彼苍生，其命固难救。
《洪范》学不传，将谁执其咎？

二

吾闻老子言，骤雨不终日。
天道信有常，如何亦难必。
方春常苦雨，入夏势转疾。
滂沱每彻晨，滴沥又连夕。
幸尔暂开明，俄然复奔轶。
田畴浩汤汤，浸与太湖一。
吁嗟生民居，化作鼋鼍窟。
旦夕不自谋，卒岁岂遑恤？
岁行况在午，月宿乃离毕。
挽日当谁能，补天恨无术。
安得万里风，吹得雨脚绝。
青天净无云，红轮皎然出。

【浅析】此诗作于正德五年(1510)。是年北方大旱，刘六、刘七起义。南方大水，江南多淹。前诗写江南插秧时节，农田需要雨水。然大雨旬日不停，造成水灾。道路泥泞不堪，到处是积水。大地是乎浮于水面，使人担心是否天漏。灶间游进鱼虾，饥饿的老鼠乱窜。求苍天发慈悲，快来救救百姓。后诗写遭灾的百姓旦不夕保，如何度过此灾？只恨自己没有补天之术，能呼来万里之风，吹散雨云，迎来一轮红日。此诗寄托了作者与家乡父老休戚与共的深厚感情。

癸酉春雪

南国春寒著敝裘，夜窗微霰听飕飕。

梦回虚室惊先晓，瑞应新年望有秋。
老树满庭森棨戟，小奚当户拥貔貅。
一朝顿咤贫家富，捧玉担银入茗瓯。

【浅析】此诗作于正德八年(1513)。诗写江南初春,寒意料峭,人们还穿着皮衣。夜间户外冷风飕飕,听得有小冰粒落地。梦中被春雪惊醒,想瑞雪兆丰年,来年秋季将有好收成。庭院里古树披雪,尤似立于门前的白色卫士。大雪盖地,世间一片洁白,如同披银戴玉,使贫穷之人立致富足。下雪本是一种自然现象,作者却赋予其新的使命,使贫穷之人也获得富足,这是他最大的希望。

金泽僧辨如海年八十九矣，手制莼菜饼见贻

玉盘急足送莼丝，风味鲜辛慰所思。
金泽老禅三昧手，当时张翰未曾知。

【浅析】此诗作于正德八年(1513)。如海,金泽高僧。披剃于颐浩寺,淳实精严,工于诗。弘治元年,如海云游至京,同王鏊相识并结成好友。后如海离京南归时,王鏊作诗《送僧如海还金泽》相赠,两人友谊深厚。正德八年,如海已年届八十九岁高龄,王鏊亦早已过了花甲之年,致仕归里。诗写僧如海制成莼菜丝,差人送至东山王府。其所制莼菜,味道鲜美而辛辣,可慰我日夜思念之苦。老僧如海制莼有三昧秘窍,晋朝张翰不知后世如海能制成这样美味的莼菜佳肴。此诗虽只寥寥几句,描绘出了作者与僧友的深厚友谊,富含情趣。

钱世恩乞归养母

日兮日兮，咸池自出。
稽首向日兮，其出迟迟。

愿羲与和兮，无驶其驰。
　　日兮日兮，虞渊自没。
　　稽首向日兮，其没舒舒。
　　愿羲与和兮，无疾其驱。
　　日之迟迟兮，为我亲以常好。
　　日之舒舒兮，愿吾亲以难老。

【浅析】此诗作于正德八年(1513)。钱世恩，即钱荣，无锡人。弘治六年(1493)进士，官至户部正郎。正德四年其母八十岁，乞归养亲，筑"爱日楼"居其母。诗写太阳从咸池升起，羲和驾驭太阳。夕阳终将沉没于传说中的落日之地虞渊。向太阳之神跪拜大礼，叩头至地。以太阳之不落，愿母亲之不老。人生易老天难老，此诗为作者对学生钱荣之母美好的祝愿。

甲戌春偶成

　　正好春光二月天，梅花如雪柳如烟。
　　那堪日日风和雨，辜负秾华又一年。

【浅析】此诗作于正德九年(1514)。是年春季，太湖洞庭东山气候出现异常。据崇祯《吴县志》载："正德九年甲戌正月十日，天鼓，鸣声如雷，二月二十，大雪连阴雨。"诗写早春二月，梅花盛开，百花含苞待放，柳树上绽出了新芽。却因连日风雨而未能观赏春景，只能等来年再可赏花。刚催芽的果树与庄稼，哪能日日经受冷风冷雨，辜负了看花人盼望了一年的希望。此诗虽寥寥几句，读来使人同诗人的心情一样沉重。

二月十二日雪

正德九载春,开岁始十日。
青天忽闻雷,远近惊辟易。
雷声甫云收,大雪忽盈尺。
连阴二月中,节候过惊蛰。
春分晴复雨,雨后雪仍积。
柳条压将摧,梅萼冻全坼。
园林诸草树,勾萌吐仍郁。
颇闻《春秋》书,又览《月令》说。
从来天人际,茫昧固难诘。
寄语傅岩翁,谁欤秉调燮?

【浅析】此诗作于正德九年(1514),与《甲戌春偶成》一诗同时所作。诗写新年刚刚过去,青天忽闻惊雷声。接着下起大雪来,人或其异,

天官坊陆宅(王鏊故居旧址)

纷纷逃避。春分后又下起雨来,路上尚有积雪。刚吐芽的柳枝被摧残,刚开的梅花冻伤了花蕊。大雪溶化后,庭园中花树又郁郁葱葱,萌发新的生机。据《春秋》及《礼记·月令篇》记载,对天时人们皆茫昧而难以知晓。寄语当政者,望倾力治理国事,天象将不复有此异。此诗作者以天候异常,警告当政者,要为国为民,勤于政事。

苦雨施鸣阳

十日愁霖一日晴,晴时旋听屋檐鸣。
摧颓杨柳春无奈,狼藉梅花梦自惊。
触石玄云随处起,中天红日几时明。
唯君不为冲泥怯,一慰闲居索莫情。

【浅析】此诗作于正德九年(1514)。施鸣阳,名凤,王鏊挚友,曾陪同王鏊尽游吴中名胜,且诗酒酬答,著有《倚玉集》。诗写十日雨天刚放晴,然即刻之间又下起雨来。屋檐水下滴,发出鸣声。柳枝嫩芽被摧折,梅花一片狼藉。黑云从山间飘移而来,布满天空,不知何日能阳光普照。鸣阳不畏雨雪,道路泥泞而来访,慰藉自己寂寞之情。施凤亦有《久雨呈守溪先生》,有"两月春无十日晴,才晴依旧雨声鸣。山云满眼开还合,檐溜崇朝听转惊"之句,同作者唱和。

避暑偃月冈

酷暑人间无处避,短舆侵晓过东冈。
方塘曲硎清泉激,翠竹苍松白日凉。
苔色便教铺枕席,藤枝聊可挂冠裳。
渴心两月今朝写,玉斗无烦劝蔗浆。

【浅析】此诗作于正德九年（1514）。是年夏天，苏城酷热，王鏊避暑山中施凤处，作诗《六月十九日避暑偃月冈》。偃月冈，在东山平岭，有施状元宗铭墓。诗写正当酷暑无处可避，趁太阳未出，天气凉快，坐肩舆至东冈处。偃月冈之景色非常优美，在冈上树荫下纳凉很是惬意。自己已两月未出门会客，今朝终于遂愿，不必再饮一杯清凉饮料，因为其处就是最好的纳凉之地。

酬鸣阳苦热韵

皇天分四时，夏也独可畏。
北陆迎炎曦，当午势逾炽。
衰年苦侵凌，袒跣时露臂。
绤绤可屋张，竹床聊假寐。
溽暑亦多情，不饮乃似醉。
黄昏稍露坐，嘈暗蚊莫避。
缅怀东冈翁，本自强人意。
翛然松竹林，清凉异人世。
锦箨许裁冠，惠我有新制。
广厦几时成，骈幪赖馀庇。

【浅析】此诗作于正德十年（1515）。这一年夏天，东山仍同前年夏天一样酷暑难熬，王鏊再次至东冈处纳凉。诗写山中苦热，山人尽受煎熬。往日阴凉之地，如今亦酷热难熬，到了正午天气更为炎热。酷暑使人没有饮酒，也似酒醉般昏昏沉沉。夏季潮湿闷热，黄昏在露天小坐，蚊虫飞来叮咬。而去年我仍在东冈处避暑，今年又给你平添麻烦。松竹林里十分清凉，无疑是最好的消夏之地。鸣阳正起大屋，何时能请我去避暑？

赠况山人

姑苏入国朝,守也谁第一?
况侯江右来,经纬气郁硨。
剃顽境界清,减税惮萎殖。
所以吴下人,至今感至骨。
空山掩关卧,有士叩蓬荜。
云是况家孙,兼邃青乌术。
洞庭白沙间,为我卜窀穸。
茫茫彼云山,莫此云最吉。
侯政自堪思,生意尤款密。
胡能终偃蹇,命车还一出。
我生本悠悠,世事仍咄咄。
生前且莫料,身后谁能诘?
青松白石间,与子坐终日。
勿言身后事,且尽杯中物。

况钟像

【浅析】此诗作于正德十一年(1516)。况山人,即况钟之孙。况钟,明宣德七年(1432)以礼部郎中升任苏州知府。诗中青乌,相传黄帝之时青乌子精通堪舆之学,故堪舆又称青乌。诗写有明开国来,苏州知府况钟为第一贤良,在任上兴利除害,民奉之若神。自己居于白沙山村,忽有人来访,来者自称况钟之孙。他欲在洞庭白沙之间,卜一风水宝地为墓圹。自己非常悠闲,何必要预料身后不料之事呢?不必卜墓圹,且饮酒尽欢,以婉拒况山人。

八仙献寿图

今日何日春昼长,祥云五色如盖幢。

玄元俨在云中央,群仙杂遝进寿觞。

凤麟为脯琼为浆,弹八琅璈舞霓裳。

玄元既醉悦且康,授以长生不老之药方,我公之寿三千霜。

【浅析】 此诗作于正德十一年(1516)。为王鏊题画诗,祝某翁寿辰。诗写春天的昼夜为何如此长,且有美丽吉祥的云朵在画上。画中老子为《八仙图》而敬酒,授以长生不老之方。寿宴上山珍海味、歌舞升平,乐器八琅璈响飘云霄,真有"千歌万舞不可数,就中最爱霓裳舞"之感。老子酒醉后,以长生不老之药授予八仙,故今日寿翁亦能得之,可寿至三千岁。千百年来人们均以长寿为盼,此诗作者观图有得,企盼天下太平,人间安康。

伤庭梧

一

庭梧曾插植,忽已逼苍穹。

清夜长闻雨,晴朝惯惹风。

旌幢惊对峙,琴瑟讶中空。

凤鸟何年至,吾生尚尔逢。

二

春朝起常迟,欲觉还偃仰。

隔窗幽鸟声,日照梧桐上。

三

暑夜卧常迟,摇摇动轻箑。

仰啸取天风,风在梧桐叶。

四

秋夜忽已凉,风叶何萧骚?

露坐不知久,月挂梧桐梢。

五

长夜梦初回,月上山之崖。
何由知月上?梧桐影横斜。

六

长夜梦初回,雨来山之北。
何由知雨来?梧桐声淅沥。

七

冬夜不成眠,寒灯听骚屑。
天明惊皑皑,梧桐枝上雪。

【浅析】此诗作于正德十二年(1517)。是年秋,山中大风,刮倒王家庭院中梧桐树,王铨亦作有和诗《咏庭前双桐六首》。梧桐,落叶乔木,种子可食,亦可榨油,古代又用以制琴。第一首诗写王鏊当年亲手栽植的梧桐,已长成参天大树。不知凤凰何年而至,有生之年能否看到?第二首诗说春天早晨贪睡,窗外阳光照在梧桐枝上,一片鸟儿啁啾之声。第三首诗说夏日晚睡摇扇,能听见风吹梧桐叶的声音。第四首诗写入秋夜凉,在树下小坐,看月亮掠过树梢。第五首诗说睡在床上,见月光影斜。第六首诗说夜半醒来,听梧桐枝上一片雨声。最后一首诗说冬夜难入睡,灯下听风声。天明起身,梧桐枝上一片积雪。

瑞橘诗

洞庭千树绿,化逐鹤林仙。
寂寞荒园里,累垂宝颗骈。
扬州伤锡贡,合浦异珠还。
瑞应凭谁记,灵根自此传。

【浅析】此诗作于正德十二年(1517)。王鏊诗小序曰:"洞庭柑橘名天下。弘治、正德之交,江东频岁大寒,其树尽枯。民间复种,又槁。包贡则市诸江西、福建。谓柑橘自此绝矣。予圃漫栽数株,丁丑秋,树有五千余颗,皆珍柑也。其余才盈二尺许,亦结五千余颗,山人争谓之瑞,喜而赋之。"诗写洞庭之橘树,仿佛受仙人之点化,花开在鹤林园。在寂静的山坡上,果实累累,压弯枝头。柑橘冻毙之后,不能进贡朝廷。然有数枝死里逃生,合浦珠还,此为祥瑞之事。宝橘灵根又可代代相传下去。此诗流露出作者热爱家乡洞庭红橘的情怀。

挽施仁德

又是山阳听笛时,状元门第旧弓箕。
凤池乍长丹山羽,瑶圃俄摧玉树枝。
载酒常时过问字,趋庭此日罢闻诗。
悠悠真宰知何意,谁与乘槎一问之?

【浅析】此诗作于正德十三年(1518)。施仁德,施凤之子。施凤晚年伤子,非常悲痛。王鏊对其进行劝慰。诗写仁德不幸去世,山阳听笛,追念亡灵。仁德能承状元门第之学问,故施氏出此俊才。惜他英年早逝,似瑶华圃中玉枝折断,使人痛心。仁德曾向我请教学问,常在施家庭园中闻他读书。真不知上天何意,将这一才俊之士如此早亡。谁能乘槎舟至仙界,请代我问他安好。此诗想象奇特,对好友之子去世痛悼惋惜之情。

五色菊

一

前身那复是江蓠,白白红红忽满枝。

恐是韩郎工幻化，赚教陶令醉东篱。

二

年来黄菊也随时，斗出金盘与玉卮。
姑射惶惶西子醉，岁寒心在许谁知？

【浅析】此诗作于正德十四年(1519)。诗小序题注云："嘉定童以逊用水草接菊，五色具有。"前诗写谁能相信这红红白白之五色菊，竟是用一种水草嫁接而得之新品。此菊恐为八仙中的韩湘子用法术变化而成，以骗得陶渊明来此观赏。后诗写近来高雅之菊花也随俗流，入名贵花盆艳放。菊花恐为惶惶不安，有谁还能知道它们的岁寒之心呢？此诗以菊喻人，赞颂了平凡的水草，同时讽刺了攀附高雅的金盘玉卮之菊。

悯　松

洞庭古寺名翠峰，山门夹道皆长松。
苍皮鳞皱根诘屈，风动十里闻笙镛。
团栾下荫翠羽葆，夭矫上耸苍髯龙。
不知当年谁手植，云是宋家三百年前之旧物。
每当赤日坐其下，时有清风吹鬓发。
因思古人不可见，重是甘棠无剪伐。
兹来忽见怪且惊，倒卧道途纵复横。
可怜堂堂十八松，尽与官家充践更。
神咷鬼趡竞遮护，崖摧壑陷难支撑。
我伤嘉树因久立，封植有怀何所及？
颠僵力与风雷争，昏暗如闻龙象泣。
龙象泣，何所为，县官催租如火急。
伊昔秦王法最苛，犹有封爵来山阿。

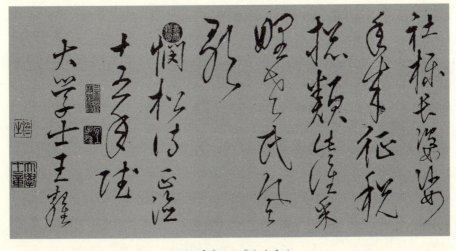

王鏊诗《悯松》(局部)

如何今日值劫数,大斧长锯交扬呵。
深山更深无避处,岂若社栎长婆娑?
年来征税总类此,谁采野老民风歌?

【浅析】此诗作于正德十五年(1520),诗小序曰:"东山古刹翠峰寺,自寺门至官道,皆双松夹道,大可数抱。每逢风动,声响数里,为宋元古松,是年夏天,予重游翠峰,见古松无存,急问于僧。僧曰:'县官征税急,身之不存,松于何有?'"于是,王鏊作《悯松》,发出了"千年古物,且不能逃,苛政之害如是哉!"翠峰寺,在东山莫厘峰下纯阳坞中,唐席温将军舍宅建。翠峰寺为东山宋元及明清游览胜地,历代白居易、范仲淹、沈周、唐寅、文徵明等名人都游过翠峰寺,并留有诗作。此诗作者在对翠峰古松被伐惋惜的同时,亦对朝廷苛政进行了无情的揭露。

怀恃卷为归仁赋

人皆有母,而我独无。
嗟我之生,曾不如彼慈乌。

慈乌有母能反哺，我养不逮，独饮泣以踌躇。
人皆有子，而母独亡。
嗟母之生，曾不如彼空桑。
空桑有子能返顾，母年不待，独饮泣以彷徨。

【浅析】此诗作于正德十五年(1520)。归顺，当一孤儿，生平不详。诗写归仁其性甚孝，而母早亡，不及孝敬双亲。他叹息自己的生命，尚不及一慈乌。慈乌有其母，能反哺之。据说此鸟初生，母哺六十日，长大后能反哺六十日，故有此典故。归顺无慈亲可奉养，非常失意。他叹息自己母亲，尚不及空桑。空心之桑树，尚有弃婴于其中。母亲不待他长大而逝，只能独自哭泣而痛苦。知恩图报是一种美德，诗歌表现了作者对孝道的崇敬之意。

送高德元还越

解缆钱塘过五湖，童蒙求为指迷途。
方池墨晕春波净，别馆书声夜月孤。
十载交情如一日，九师精义重三余。
愿君莫作飘然计，正讲濂溪太极图。

【浅析】此诗作于正德十五年(1520)。高德元，生平不详。诗写高德元从钱塘来吴任教授，指点童生学业。学馆中池水被墨染黑，待春潮至吴，方得涤清。德元精通易学九师，勤政于教职，月夜中能听到他书馆中的读书声。他来苏未携家小，在异乡很是孤独。与他的交情有十年之久，如今他一去不复返，学馆正待其讲授濂溪太极图。作者尊师重教，殷切之情溢于言表。

飓风起

去年七月飓风作，驾海驱山势何恶？
沿江溃海万人家，一半漂流喂蛟鳄。
今年七月仍飓风，驱山驾海势略同。
人家有备幸多免，禾偃木拔岁则凶。
我闻有道唐虞世，风不鸣条雨沾块。
休征五事来应时，百谷用成民用乂。
当今公道如天开，金縢既启群公来。
宾贤养老天子圣，风伯尔独何为哉？

【浅析】 此诗作于嘉靖二年（1523），此诗又名《七月三日大风》。是年七月三日，山中忽遇巨风，太湖溃堤，水漫湖岛，溺民居无数，已致仕在家的王鏊以诗记之。诗写去年七月，狂风暴雨带来的灾难，沿湖百姓家破人亡，一半被溺死。今年秋季飓风复至，山中灾害更为严重。农田尽淹，大树被连根拔起。唐虞太平盛世，年年风调雨顺，百姓五谷丰登。旧帝崩而立新帝，气象聿新，天子圣明，而风伯何以还要兴风作浪。此诗流畅自然，纯用白描，述巨风之灾，但诗尾"当今公道如天开，金縢既启群公来"之句，又反映了作者靠君主消灾的思想。

只愁风雨似今朝

太湖高处望夫椒，佳节登临不惮遥。
折简故人先有约，定知风雨不崇朝。

【浅析】 此诗作于嘉靖二年（1523）。是年，施凤与王鏊两老人相约，重阳节至莫厘登高。临近重阳节，山中连日风雨，友人施凤担心因风雨所阻挠，所约登高败兴，题诗寄王鏊，鏊以诗答之。诗写太湖高处，能遥望夫椒山。所约重阳如能登临,将不畏路遥登山。想必如日不致仍为风雨,当能成行。此诗表达了作者的无奈心情,或许暗隐了诗人对嘉靖新帝重蹈正德朝覆辙的担忧。

禽　言

一

摘苞看火,摘苞看火。
星星早不灭,炎炎炽其那。
吴宫已成灰,阿房亦焦土。
　　摘苞看火。

二

摘苞看火,摘苞看火。
汝身不自全,更管人间火?
李斯佐秦亡,林甫炽唐祸。
　　摘苞看火。

【浅析】此诗作于嘉靖二年(1523)。小序曰:"吴中蚕熟时,有鸟日夜鸣,其声云:'摘苞看火。'相传昔有妇摘苞栖蚕,火发苞上,焚死其身化为鸟。余悯其志,为赋二首。"前诗写早晨星辰尚未灭,又是一个炎热的夏日来到,其炽热真使人无奈。昔日吴之姑苏台,秦之阿房宫,皆已烧成一片焦土。"小心摘苞着火。"其鸟鸣声不绝于耳。后诗写禽鸟无法独善其身,哪能管人间之着火?秦李斯苦心辅佐秦国,反遭杀身之祸。而李林甫专政自横,造成唐之内祸国乱,两人皆可谓玩火者自焚。摘苞看火,这岂是禽鸟所能管耶?此诗从盛夏鸟叫声摘苞看火取义,警告玩火者必自取灭亡。

六月苦热,壬子日得雨甚喜

幢幢渐渐又萧萧,两月炎威一夕消。
酷似甑山扬火帜,快如银汉泻天瓢。
乖龙久郁苍生望,淑气潜回赤土焦。
林下老人忘帝力,有年还听路傍谣。

【浅析】此诗作于嘉靖二年(1523)。六月壬子日,应为六月三十日。诗写一场倾盆大雨,将两个月的炎热一扫而尽。夏日酷暑如山火熏灼,使人无法忍受。而风雨交加,大雨倾盆,犹如天上银河倾泻,使人倍感痛快。乖龙久久潜藏,不司降雨,使苍生受难。大雨过后,天地间含有一股清淑神灵之气,村野皆颂扬上天之恩,几乎忘记了帝皇之德泽。丰收之年,听路边咏天地之歌谣。此诗勾勒出作者因天降甘霖的喜悦心情。

毛给事玉高祖母、曾祖母魏双节诗

姑孀居,妇孀居。
姑誓不负夫,妇誓不负姑。
艰危颠踣闪相扶,两心炯炯冰玉如。
寒灯照影相映孤,床头遗息声呱呱。
煦濡抱负夜辟纑,迄今有立非所图。
山南崔家大且都,天道耿耿良不诬,天道耿耿良不诬!

【浅析】此诗作于嘉靖二年(1523)。毛给事,即毛玉,字国珍。先世顺天良乡人,后从征云南,遂为云南人,时为吏部给事中。毛玉高祖母刘氏、曾祖母魏氏,皆丧夫而守节终身,抚养毛氏裔孙长大成人。诗写婆媳皆孀居,婆不负夫,媳亦不负夫。婆媳在艰难中相互扶持,两心晶莹如玉。黄昏灯下,唯婆媳形影相对,床中尚有孤儿哭声。两人相依为命,入夜犹纺纱不歇。今毛氏长大,是苍天给婆媳双节之报答。

谢郭长洲惠橘

一

珊枰红玉写累累,四月江南见亦稀。
只讶蜂房输与蜜,谁将猩血染为衣?
饤来客座惊三绝,种向家园待十围。
他日洞庭修橘谱,便应书作郭公绯。

二

谁从天竺到闽南,移得祇园别样柑?
灌顶醍醐虽少液,兜罗绵色尚馀甘。
一拳不灭商颜趣,十指分明佛手纤。
歌利不须矜节解,最无嗔恨是瞿昙。

【浅析】 此诗作于嘉靖二年(1523)。郭长洲,名波,福建闽县人。正德十六年任长洲县令,尚察喜名,性敢挚击无所避。前诗写盘中橘子相叠,色如红玉。江南四月见此果,可为稀物。惊讶蜂蜜不及此橘子甘甜,其色鲜艳欲滴,似猩血染衣。以橘请客,来宾皆惊其色、香、味三绝。将此橘种于自家园内,待其长至十围。要是日后修撰洞庭橘谱,将此橘命名"郭公绯"。后诗写佛手柑从印度移栽于福建,果实软而甜。佛手柑形状如佛手伸开五指,剥皮分囊而食之,亦毫无怨言。此诗为郭长洲赠佛手柑于作者,其作诗相赠,诗作自然而朴实,充满情趣。

和东冈憎蝇

炎宵扰扰困蚊虻,稍喜新凉奈尔蝇。

王鏊诗《谢郭长洲惠橘》 倪浩文书

每向杯槃伤没溺,故于眉睫恼謷腾。
居然能变白为黑,忽地翻令爱作憎。
劝尔营营休自得,西风昨夜报严凝。

【浅析】此诗作于嘉靖二年(1523)。东冈,即施凤。诗写暑夏炎热,苦于蚊虫烦扰,而天稍凉,又烦于苍蝇之扰。每见苍蝇飞扑至酒杯菜盘中沉溺而死,总感到悲伤。而当苍蝇扑向人之面颊,又气恼其何以如此懵懂、可恶与可恨。苍蝇莫自鸣得意,昨夜西风已起,严冬将至矣。此诗作者以蚊蝇喻朝中奸臣,立意堪巧而用笔颇见匠心。

友情辑

赠黄和仲

客里相逢又别离,道山亭下范公祠。
悠悠世事回头异,落落功名入手迟。

王鏊秉性耿直,爱憎分明,疾恶如仇,被朝中权贵所不容。《明史》载:"寿宁侯张峦故与鏊有连,及峦贵,鏊绝不与通。"宰辅李东阳曾云:"王公过于耿直,鲜与人和。"而大宦官刘瑾则说:"王先生身居高位,常若有所伤,何也?"王鏊在朝虽同权贵们形若水火,然对正直的大臣极为敬重,与同窗、同年很是友善,对学生、门生甚为关心,诗作《赠黄和仲》就是其中的一例。

黄瓛,名和仲,自号夷斋,苏州阊门南濠街人。成化十年(1474),曾同王鏊一起在苏州府学读书,并考中了举人,可会试屡屡失利。成化二十三年(1487),黄瓛再次赴京参加礼部试,仍然名落孙山。时王鏊已升翰林学士,并任会试同考官,同乡及同窗好友没有考中,心里也很难过,赠诗为其送归。诗写与你在范公祠分别,忆及十年前同窗之事,感慨万千。取得功名总有早晚,此次你归还应天读书,正是金陵丹桂飘香时,我等你的好消息。

《震泽集》中,王鏊所作的送朝中前辈及师长、翰林院同僚、同年进士和失解举子的诗歌多达数百首。《友情辑》中,精选了其中有代表性的六十首编入书中,有《送吴禹畴副使吴江觐省》《送张学士廷祥之南京》《哭同年刘景元谕德三首》《寄严守邵文敬》《赠梁都宪巡抚四川》等。

与王鏊交往密切的朝臣中,绝大多数是同他一样,忠君爱国、胸怀大志、富含正义感又清正廉洁的官员。如成化十一年(1475)状元、后入阁为相的谢迁,正德元年(1506)因得罪大宦官刘瑾,被贬致仕,还险遭杀身之祸。王鏊与之诗信,多达十二首。翰林院侍读杨维立迁南京吏部右侍郎,王鏊作诗相送,诗中有"谁知东上门前路,此后行来分外遥"之句。如今你踏上去南京之路,不知何时才能回来相聚,流露出一种真挚动人的情感。吴县主簿董丞之只是个芝麻官,但在任上爱民如子,受到吴地百姓的敬重。当董主簿离任至浙江鄞县为丞时,曾官至一品的宰辅王鏊也作诗相送,高度赞扬了一个九品小官佐县爱民的廉举。

自都下还吴寄翰林刘景元、谢二乔同年

大通桥下水,送我到苏州。
君心与之同,滔滔日夜东西流。
千山万山隔不断,天南天北长悠悠。
燕南车尘高十丈,回首湖山几兴望。
枫桥忽听寒山钟,欲望燕南在天上。
白玉堂,黄金阙,君在京华我吴越。
雁飞木落洞庭波,鸡鸣海色长安月。

【浅析】此诗作于成化十四年(1478)。刘景元,名戬,明成化乙未科榜眼,翰林院侍讲。谢二乔,名谢迁,成化乙未科状元,官至阁臣。两人均与王鏊同年,列进士一甲。是年王鏊考满,进文林郎,父母、亡妻吴氏皆有封赠,奉朝廷封诰还山,献于父母。诗写从北京大通桥至苏州,听到了姑苏城外寒山寺的钟声。因钟声而思念起在京的好友,好像远在天边。此时家乡已是黄叶飞飘、大雁南飞之深秋。京都诸公则仍闻鸡起舞,在月色下勤于公事。此诗为思念友人之作,作者在翰林院十年考满,正值事业兴旺的起端,表达了作者思念友人之情。

陪夏宪副正夫游石湖

东风湖上试春衫,树梢飞桥破石岩。
废宅草深悲往事,断碑苔没忍馀勘。
上方云影层层塔,震泽波光隐隐帆。
吊古登高兴无限,归途西日在松杉。

【浅析】此诗作于成化十七年(1481)。夏正夫,名寅,号止庵。正统十三年(1448)进士,官南京吏部主事及山东右布政使。石湖,在苏州城

郊上方山下。是年王鏊守母孝居家,宪副夏寅来访,相邀游览石湖。诗写穿着春衣来到湖上,看到当年范成大所构的石湖别墅,已淹没在一片荒草中。宋孝宗御书"石湖"摩崖,为青苔所覆盖。近处,上方塔为白云所缭绕;远眺,帆影飞飘。日落西山,夕阳洒在松杉上,他们尽兴而归。此诗为春季游览之作,诗歌首尾呼应,文笔细致。

送戚时望佥宪之湖广

逢君未久送君行,十载同年几日情。
平狱旧推于定国,按刑新过汉阳城。
雁回千里书须寄,春到三湘草自生。
收拾楚材归药笼,湖南宾客总知名。

【浅析】此诗作于成化二十三年(1487)。戚时望,名昂,浙江金华人,成化十一年(1475)进士,与王鏊为同年。佥宪,即佥都御史,都察院

王鏊(中)师生赏画

官员。王鏊送同年京官戚昂赴湖广,想起十年友情,作诗相送。诗写前朝平狱能手,首推西汉御史中丞于定国,今日应是你戚时望。现在你去汉阳巡视刑狱,望能收罗人才到自己幕下,早日把三湘的狱情办好。此诗为送行酬答之作,充满了对同年友人的希望。

试院赠外帘吕推官

棘垣深锁夜恹恹,每听钟声识外帘。
咫尺相看成不语,两心对越幸无嫌。
青灯晃晃官曹接,白战沉沉号令严。
一月春光人不见,归来庭草落红纤。

【浅析】此诗作于成化二十三年(1487)。外帘,即试院外帘官,有提调、监试等。吕推官,名卣,字宜中,成化十七年(1480)进士,无锡人,时为大名府推官,任会试外帘官。王鏊与李卣同为会试考官,分别在内帘及外帘阅批试卷。诗写试院考场戒备森严,入夜更是寂静无声。每听到钟声,知与外帘联络时间已到。与吕推官均秉公办事,毫无猜嫌。在晃动的灯光下,考场内外密切合作,紧密相连。考场纪律严明,考生们专心答卷,没有违规之人。会试入考场一月,不能会见亲友。待会试结束回家,庭院里已是落花满地的暮春时节。此诗既是对友人精诚合作的称赞,亦为描写古代试院考试景况的诗歌,可为体现考官清廉之作。

送杨侍读维立之南京

二月南宫看柳条,知群已上秣陵桡。
杨家制作多传后,苏子文章合在朝。
梦草池边歌郢雪,雨花台上望江潮。

谁知东上门前路，此后行来分外遥。

【浅析】 此诗作于成化二十三年(1487)。杨维立,名守址。成化十四年(1478)进士,充大明会典副总裁,时迁任南京吏部右侍郎,王鏊作诗相送。诗写二月的南京柳条已泛春意。我来送你南下,看你们三人登上了去金陵之船。维立学问自祖上家传,维新、维立两人的文章朝野称道,可与"两苏"媲美。兄弟相唱和,甚为高雅。如今踏上南去之路,不知何时才能回来相聚。此诗流露出一种真挚动人的情感。

寄严守邵文敬

一麾出守还为郡，我欲留君愧未能。
空使思南歌召父，定从江上谒严陵。
吴山越水多相入，政事文章合并称。
若到郡斋逢北雁，为拈秃笔扫溪藤。

【浅析】 此诗作于成化二十三年(1487)。严守,即严州府太守。邵文敬,名邵珪,江苏宜兴人。成化五年(1496)进士,官户部主事,曾任贵州思南与浙江严州知府,有"邵半江"之称。成化十八年(1482)邵珪父丧,归乡守制,继又侍母三年,还朝授知浙江严州府。诗写邵文敬从思南平调至严州任知府,自己曾举荐邵留在京都共事,可惜未成功。你治理思南府有政绩,百姓口碑极佳。这次赴严州,要到富春江上拜谒严子陵祠。严州的山水与吴越无异,在那里你定有作为。假如郡府中有北飞的大雁,定要用秃笔在溪藤纸上写信来。

送同年范以贞还任宁国

不见范侯来已久，忽闻高论尚屏颜。

榜中渐觉同年少，席上难逢半日闲。
到任只尝宁国水，题诗时对敬亭山。
谢公遗刻烦收拾，多在荒烟野草间。

【浅析】 此诗作于成化二十三年（1487）。同年，古代同科中举或登进士者。范以贞，名吉，浙江台州人。成化十一年（1475）进士，故与王鏊为同年。授刑部主事，宦官汪直犯罪，范吉执法不阿，严惩奸顽。诗写常听到范以贞的高论，觉得自己知识平平。十余年来，同年进士逐渐离散，能遇到的知己很少了。你到宁国上任，一定会去敬亭山，在那里触发灵感而吟诗。昔日谢公在宣城留有摩崖石刻，也许均已残破，有烦你为之葺理进行保护。同年情深，跃然纸上。

送吴禹畴副使还吴江觐省

重明瞻丽正，弘治建初元。
圣作群方睹，星流使节奔。
费蒙颁道里，便喜过家门。
书日方三接，寒暄岂一言？
趋庭尝独立，加饭为平反。
王事真无暇，亲恩亦未谖。
银鱼羞笠泽，彩鹢动湘沅。
石建裙方涤，王延被未温。
法冠惊豸立，官诰讶鸾骞。
乡里恩光满，人生乐事繁。
莼香莫留恋，厩吏候行轩。

【浅析】 此诗作于弘治元年（1488）。吴禹畴，名洪，苏州吴江人。成化十一年（1475）进士，与王鏊同年，后又在朝结"五同会"，时吴洪官贵州按察副使。觐省,回省朝拜父母。诗写弘治初年,政治清明,天下皆关注新帝之诏令。颁布新皇诏令的官员,如流星一般,奔赴各地。禹畴当使山东,完成使命后,可顺道回乡省亲。游太湖之美景,食故乡之银鱼,还可在家中尽孝道。但莫留恋故乡山水,回朝的车马已为你准备好。此诗为送友人还乡省亲之作,望其早日还朝带来故乡的消息。

送刘侍讲景元使交南

莫辞旌旆拂炎蒸,转对还推赐也能。
石过郁林真可载,山高铜柱更须登。
中朝正朔行无外,绝徼殊妆睹未曾。
别后玉堂长见梦,富良江上夜深灯。

【浅析】此诗作于弘治元年(1488)。刘侍讲,名戬,成化十一年(1475)进士,与王鏊同登进士科,列榜眼。时为翰林院侍讲。交南,又名安南,今之越南。弘治即位,例遣近臣使国外。以翰林院侍讲刘戬、刑部给事中吕献,充正、副使颁诏于安南国。诗写景元持旗帜节杖去炎热之地,拒收皇上所赐礼金,对朝廷一片忠心。归来时又一无所携,任使节十分清廉。在安南,那里有汉代马援所立铜柱之高山,景色风物很优美。自从在玉堂别离后,经常在梦中见到你。富良江(今红河)上彻夜灯火不灭,你一定在为国事操劳。此诗对同僚刘侍讲的高风亮节称颂不已,引起读者共鸣。

送吕丕文给事使交南

乾德初升九五爻,使臣颁朔到南交。
尚方瑞兽新裁服,炎海人鱼定入庖。
岁贡包茅仍陆续,春归行李亦寥梢。

还朝借我南游录，土俗民风要一钞。

【浅析】此诗作于弘治元年(1488)。吕丕文，名献，浙江新昌人。成化二十年(1484)进士，授刑部给事中。弘治初，作为刘戬副使，奉诏同使南安。其诗与《送刘侍讲景元使交南》一诗同时所作。诗写新帝即位，广施恩泽，派使臣到交南颁布新纪年。在那里你可曾尝到交南之海鲜，味道一定很好。交南须进贡给大明王朝的贡品，一律如旧。这次出使交南还朝，不带交南任何礼品，行囊空空如也。还朝后，能否把交南录借我一阅，我要了解那里的风土人情。

送徐季止还南雍

悠哉复悠哉，
客眉忧忧今日开。
两家兄弟各千秋，
同日报道从南来。
忆我行年十八九，
来往君家最云久。
君家兄弟世所稀，
文采风流仍孝友。
吾家兄弟颛且蒙，
气味颇与君家同。
夜灯对照南国雨，
春服同行沂上风。
今夕何夕忽相见，
高楼夜月频开燕。
人生会合那可常，
忽忽城东又追饯。

《璜泾志略》书影

劝君为我还少往，别后离愁分四处。

【浅析】 此诗作于弘治元年(1488)。徐季止，名澄，徐仲山之弟，苏州长洲县尹山人。试屡进士不第，后以岁贡授经历。时徐澄为南京国子监生，同王铨结伴至京城探望兄长，徐澄先归而王鏊作诗相送。诗写季止与作者之弟秉之同日来京，异乡愁绪为之一空。自己十八九年间，与仲山家交往最密切。仲山、季止兄弟不仅文流风采，而且兄弟友爱。自己与弟秉之，较仲山兄弟鲁钝，但气质与兴趣相同。季止、秉之来京，频频饮宴为乐，总嫌相聚时间太短。两人回吴后，将同游名胜古迹。诗尾劝徐澄在京多住几日，别后将分散四处，未有期也。

送刘御史还蜀

浮世功名何有哉，茅斋元住少城隈。
逢人老去腰难折，念母秋来首重回。
古柏祠前伤草色，尝花溪上觅楷栽。
临邛父老如相过，不似当时负弩来。

【浅析】 此诗作于弘治元年(1488)。刘御史，名规，字应乾。四川巴县人。成化五年(1469)进士。初令浙江余姚，因政绩升山东御史。后反遭陷害，贬林州通判，迁江西新淦县令。其子刘春乃翰林院侍讲，为王鏊同僚。弘治初，刘规以母老上疏乞归养，王鏊赠诗相送。诗写刘御史的故里在成都，为巴渝世族。刘一生清白，老来仍高风亮节。时世风日下，渝地诸葛亮祠前，草色凄凉。杜甫浣花草堂旁，尽是落叶的乔木。乡亲们来过访，不要因贬官而被人屈解，仍要负弩矢先驱，奋发向上。

半舫斋种竹

谁分碧玉两三枝,爱护先教槿作篱。
我欲醉移须有日,客从径造却无时。
未分嶰谷阴阳管,先和淇园瑟僩诗。
多少世间凡草木,岁寒时节始应知。

【浅析】 此诗作于弘治元年(1488)。半舫斋,陈璚在京之宅院。史载"五同会"者,吴宽有玉延庵、李杰有禄隐园、陈璚有半舫斋、周原己有传菊轩、王鏊有小适园。诗写玉汝送两三枝竹来,给自己园里栽种,并告诫他,移栽前先围以篱笆。移栽尚有时日,须待选良时栽种。不必去分辨此竹产于何地,可先写篇咏竹的诗章。世间有多少人,像草木一样,遇到严寒的冬天而枯死,经艰难而失节。然竹子非也,经岁寒而不凋,与松、梅为岁寒三友。此诗以友人送竹、种竹而产生联想,立意高雅而独见匠心。

奉和匏庵谢橘

一

买地还须共一都,已留丹墨付官奴。
主人正似天随子,家住烟波万顷湖。

二

何须千树说玄都,桃李从来是仆奴。
读罢坡翁《春色赋》,坐令春酒变成湖。

三

青李来禽亦甚都,木奴应未肯为奴。
他年若论封侯事,乞取东山一曲湖。

【浅析】此诗作于弘治元年（1488）。匏庵，即吴宽。洞庭东山盛产橘子，王鏊家中亦有木奴千树，年年秋霜过后采收，家中托人捎至京城，赠送朝中好友。此诗为王鏊酬答友人吴宽谢橘诗而作。第一首诗写在东山买地还须一起商量，我已写信回去请家人托办，现书信还在万顷太湖中。第二首诗是说，不用再去说刘禹锡玄都观千株桃树的故事，洞庭山的桃李也有千树。读罢苏东坡的《春色赋》，太湖水皆变成春酒，醇香醉人。第三首诗写东山的李子与花红一样鲜甜，但橘子未必甘拜下风。要是能封侯得到土地，应当乞要在东山湖滨之地。此诗为友人之间送橘、谢橘之酬答诗，友人要在东山买地种橘，但一时还无法办到，诗信来住，相互调侃，甚为有趣。

送周院判原己还任南京得杲字

前年送君城东亭，今年送君城南道。
年年长作送行人，每见君归被君恼。
君生何好只好诗，捆载东归总诗草。
玉延半舫最留连，共月庵前亦倾倒。
醉中劝我不如归，只说金陵山水好。
人生出处谁得知，世路东西难自保。
难自保，云冥冥，日杲杲。

【浅析】此诗作于弘治元年（1488）。周原己，名周庚。世医，成化中以名医入京师，为太医院院判。时周庚还任南京太医院判，王鏊作诗为之送行。诗写每年都送原己南归，在分别之际，总会勾起自己的乡思。在京常至吴宽家玉延亭与陈璚半舫亭聚会。与原己在吴宽家共月庵饮酒，因酒逢知己而醉倒。你曾在畅饮时劝我一起南归，因为金陵的山水太好了。可世事不可预料，若一会儿乌云密布，一会儿又阳光明媚，人生聚离无常，自己的命运也难以把握。此诗作者在送别之际,勾起无限乡思,世路难料,亦想早日归去。

哭原己

思穿溟涬刮幽荒,郊贺由来命不长。
菊本无田宁当俸,杏虽有子总成殇。
封题未了新诗债,馀惠犹存旧药方。
昨日曝书开故箧,忍看春蚓一行行。

【浅析】此诗作于弘治二年(1489)。原己,即周庚,吴人。南京太医院院判。是年二月,周庚卒于南京任上,年四十七岁。无子。吴宽《南京太医院判周君墓表》载:"后十二日讣至,士大夫凡识原己者皆咨嗟之声相属,至有垂泣者。"诗写希望能寻找一处荒远之地,能与原己再见一面。古来天才如孟郊、李贺,皆寿命不长。原己生子夭折,故无后枝。原己遽然而逝,还有许多诗债未了。在京时,原己常为自己诊疗,旧药方犹存。今见其旧药方、旧诗稿,睹物思人。此诗感情真挚,令人动情。

送建德尹蒋文广致政还光福

京尘衮衮鬓毛斑,
朝捧除书暮乞还。
三径已嫌陶令晚,
一丘长伴谢公闲。
仍知建德非吾土,
免使移文自北山。
光福杨梅今正熟,
冰盘归荐鹤头丹。

苏州因纪念王鏊而命名的王衙弄中的古井

【浅析】此诗作于弘治二年(1489)。建德,明代严州府治。光福,位于苏州西南山区。诗写蒋文广在官场不得意,头发已经发白。其得官不久,即乞归故里。现在归隐故乡,如东晋谢公隐居东山,与山水为伴。你在建德为尹,该地终属异乡,非自己之故土。现家乡光福正是杨梅成熟季节,正好去尝新,是何等的惬意。此诗表现了作者向往吴中山水的闲淡心情。

题竹赠陈御史瑞卿

玉立娟娟不受尘,昆山惯与竹传神。
冰霜高节知难并,卷赠乌台铁面人。

【浅析】此诗作于弘治二年(1489)。陈瑞卿,名璧。其先扬州高邮人,后迁山西太原左卫。成化八年(1472)进士,历嘉兴知县、御史、兵备副使。性耿直,不折节,两巡畿内,辄著才名,时任监察御史。诗写以竹之风姿玉立,一尘不染。瑞卿唯立法为准绳,如昆仑山之竹,挺拔傲霜。此画中之竹,冰霜高节,我难以相并。故而还是将画卷起,赠予铁面御史瑞卿。此诗为作者在赠友人画上题诗,以竹之高洁,喻铁面御使陈瑞卿的凛然正气。

送冯原孝知扬州

东南佳丽隔江分,我昔登临倚半醺。
瓜步帆樯天末见,竹西鼓吹月中闻。
高名自昔推扬一,健足他年失冀群。
父老要知新太守,聪明慈爱汉冯君。

【浅析】此诗作于弘治二年(1489)。冯原孝,名忠,浙江慈溪人。成化十四(1478)年进士,授刑部主事。是年冯忠至扬州任知县,王鏊以诗送行。诗写扬州、镇江像一对佳丽,对峙于长江两岸。在瓜洲步步眺望长江,点点白帆如出没在天际。在扬州竹西亭,月色中听鼓乐。原孝知扬州,该地定将人才尽数选擢而出。扬州父老们正在估计谁将来出任新太守,终于盼来了同汉代冯君一样贤明的冯原孝。

送钱正术还姑苏

西馆桥边竹隐居,昔年曾受异人书。
不知官爵能来子,可是尘埃早识予。
忽地相逢还宛若,再烦推看定何如。
韩苏总被虚名误,试问三星是也无?

【浅析】此诗作于弘治三年(1490)。正术,即术人。钱正术,一姓钱的术人。主要是指以占卜、星相等为业之人。古代术人有妖术与正术之分。诗写钱正隐于西馆桥边之竹林里,曾有异人相授方术。其与功名官爵无缘,一生以替人占卜、星相为生。自己少时就与钱正术相识,现在京都与钱突然相逢,依稀相识,还如从前一样。请钱正术再为自己看相,推测未来,是否有韩愈、苏轼之相。此诗作者因再遇故友而感到兴奋,含调侃之意。

送陈汇之正郎出知曹州

粉署才华藉甚称,一朝白璧点苍蝇。
邑中牛去真无妄,梁上刀悬梦岂曾。
冷暖世情还自笑,浮沉宦海本无凭。
斯行却有曹人喜,制锦从来是所能。

【浅析】此诗作于弘治三年(1490)。正郎,泛指郎中、侍郎等官职。陈汇之,名洵,浙江钱塘人。成化八年(1472)进士,任武选司郎中。曹州,今山东曹县。诗写汇之善于处理政事,才能著称于朝廷。汇之被小人所伤,故被贬出任地方官。他被贬为知县,自己做梦也没想到。官场升降,本来就是很正常之事,不必耿耿于怀。贬官是件不幸之事,但曹州百姓却很高兴,因为有贤人来治县。你到了曹州,必有仁政施于民。"一朝白璧点苍蝇",官员被贬调外任,有人幸灾乐祸,然正直官员为你鸣不平。作者满怀深情相送,望其与曹县百姓休戚与共。

匏庵惠鹤

鸳鸯困雕笼,鹦鹉栖金索。
人情虽甚惜,物性终不乐。
不如鹤性闲,近人殊不愕。
雪中立伶俜,风前步略却。
或俯啄苍苔,或侧睨冥漠。
翛然物外情,自得彼此各。
所以亦乐园,一名为一鹤。
归来睇小园,欠此殊寂寞。
清晨坐茅斋,苏帖宛如昨。
人从玉延亭,致此小岞崿。
应怜我家园,草树颇荒落。
青泥黄叶间,此物殊可著。
风清月夜时,相应如唯诺。
鹤貌自孤高,公意尤不薄。
便当扫园亭,小池为汝凿。
鹤鹤来我前,今日与汝约。

汝本九皋禽，非人可笼络。
既为诗家玩，又受主翁托。
有木从汝栖，有泉从汝瀹。
虽无乘轩贵，止此亦不恶。
切勿隘吾园，不足恣飞跃。
一朝凌天风，万里向寥廓。

【浅析】 此诗作于弘治四年（1491）。匏庵，即博庵，为吴宽之字。吴宽，长洲县人。成化八年（1472）状元，官至礼部尚书。吴宽赠鹤与王鏊，作者以此诗谢之。诗写鸳鸯、鹦鹉为人笼养，虽终日无忧，终不快乐。或低头啄食，透出不可名状之态。鹤与你皆有超凡脱俗之性情，故将其乐园又题名为鹤园。退朝回家，不见此鹤，倍感寂寞。风清月白之夜，可与鹤一呼一应。鹤清高孤洁，不受人之拘束。最后说当有好风，其鹤可翱翔至万里寥廓之天空。此诗歌颂了匏庵与鹤一样为官守正不阿，品性高洁，并扶贫济困，救人危难的高风亮节。

送张学士廷祥之南京

除书一纸墨淋漓，同向彤廷舞蹈时。
实录两朝无字愧，高名四海是人知。
东山强为君恩起，南国多因母老移。
门对钟峰无一事，日高睡起好题诗。

【浅析】 此诗作于弘治四年（1491）。张廷祥，名元祯，江西南昌人。天顺四年（1460）进士，授编修，历官南京太常卿、吏部左侍郎。时任左春坊左赞善，升南京翰林院侍讲学士。诗写廷祥新遣官南京，向朝廷谢恩。其在京所撰英宗、宪宗实录，每一字皆真实，无愧于历史及前人。在成化朝时，因与执行者不合，引疾居家二十年，中外举荐，皆不

王鏊诗《和原博韵题五同会后》 季刚书

赴。在南京,廷祥当是清闲之差,每日可晚起,对着钟山吟诗不已。

兴济阻风,速沈方伯时旸饮

彻夜阴风河欲冻,扁舟牢碇古河滨。
南飞坐羡帆归疾,北上惟将梦去频。
客路寒暄同是客,人生行至岂由人?
篷窗孤闷恁谁破,赖有江南曲米春。

【浅析】此诗作于弘治五年(1492)。兴济,河间府兴济县,现河北省沧州市北。沈方伯,名晖,字时旸,江苏宜兴人。天顺四年(1460)进士,历官南京户部主事,郎中,布政使,工部侍郎等职。时为江西左布政使。诗写一夜北风,冷得天寒地冻。所乘之舟牢系于河滨缆石上。坐在船中望南归之舟,疾飞而去,心中甚为羡慕。自己将北上,只能在梦中随之南去。在路途遇沈方伯,真有同乡之感。一入官场,身不由己,只能自我叹息。有谁能解此旅途的闷愁,唯有曲米酒能来浇愁。此诗为作者返朝北上时所作,流露与故乡依依惜别之情。

舟次直沽,别沈方伯,次其韵

好山好水吾已渎,况值秋风橘林绿。
南来十日谋北辕,不语岑岑怨林木。

使人行处何所为，廪人继粟庖人肉。
蓬窗阒寂却成愁，恰似苏子居无竹。
其间文史岂不翻，无味纷纷成故牍。
家山回首频入梦，欲去未能惭薄禄。
德州城下斜月昏，万里河来失平陆。
舟中夜静闻吴音，惊问谁欤曰南牧。
心期乃是夙所亲，倒屣过从忘仆仆。
联舟会晤迭主宾，百里风帆岸相逐。
自移画省大江西，恺悌民间歌旱麓。
公馀亦不废吟哦，历历诗书载其腹。
高词往往逼古人，叉手而成如构宿。
往年赠我石兰篇，每向荆溪望林屋。
谓言他日片帆过，便风径访愚公谷。
世情多厌屈原醒，宦路尤欺魏其秃。
多君佳句屡见投，过望平生非所卜。
天津桥下水留人，去住人生有迟速。
回思联舰那可再，食野呦呦怨鸣鹿。
夕阳沽水丁字流，白草茫茫人去独。

【浅析】 此诗作于弘治五年(1492)。直沽为地名，金、元称潞(北运河)与卫(南运河)汇合处为直沽，现在天津市内。诗写自己辜负了洞庭两山好风光，况当前正值橘林结实，一片绿色。省亲仅仅十天，又急急北归，心中不悦。一路上得到盛情款待，再好的饭菜也难消对家乡的思念。自己没有决心退归田园，因要一份官俸养家糊口。在德州夜泊，闻舟外吴中方言，出舟相问，原来是沈方伯，将去南方履职。将沈迎到舟上，忘了一路风尘。两船联袂而行，互为宾主，畅谈极为惬意。此诗为友人相聚的记叙诗，表露了作者对家乡的眷恋。

赠梁都宪巡抚四川

赤甲白盐雄作镇,铁冠锈斧凛先声。
雪山已为来时重,黑水应闻去后清。
殿上位虚中执法,边头人散小团营。
凭谁说与苏明允,画像无烦记姓名。

【浅析】此诗作于弘治五年(1492)。梁都宪,名璟,字廷美,太原崞县人。天顺八年(1464)进士。历官南京吏部尚书、户部尚书,曾巡抚湖广、四川等地。时任都察院右副都御史。诗写四川雄镇一方,梁都宪车驾未到,而威名已远扬。四川雪山所积之雪很厚重,有你这样的名臣去治理,政治将更加清明,百姓安定,盗贼消弭。要是把梁都宪的功德告诉苏洵,苏洵所画之像也一定会记上你的功绩。此诗对友人赞颂中亦含调侃之意,读来倍感亲切。

哭同年刘景元谕德

一

迂癖平生不受针,两迂相合作同襟。
伤哉贾氏清时泪,爵若杨公莫夜心。
郢质既亡谁为断,伯牙虽在罢弹琴。
高坡门巷西州路,短笛斜阳落叶深。

二

落日船头见素帷,梦中昨夜哭君时。
交游四海今谁在,心事平生我最知。
博失郑侨疑莫问,直怀叔向泪空垂。
临终老眼犹能视,免得区区谏用尸。

三

壮气胸中岘不平,九原埋骨尚峥嵘。
抗章未请朱云剑,属纩仍全子路缨。
坐上直言常骇俗,暗中清节不求名。
奸庾未死君先化,史钺何年地下成?

【浅析】此诗作于弘治五年(1492)。刘景元,名戩,与王鏊同年。第一首诗写景元不知变通。同自己性相同,故成挚友。景元忧国忧民,且廉洁自好,如古代贾谊、杨震。今景元去世,自己失去了一位知己,极为伤心。第二首诗云,在落日时分,送景元棺柩之丧船归其故里,其心情可想而知。自己同景元有兄弟之情,他的心事最为了解。临终非常清醒,嘱自己生前已尽职守,不必谏尸。第三首诗说景元一生正气凛然,逝后依然峥嵘。奸人未死,而景元早亡,真使人落泪。弘治五年八月二十日,刘景元卒于京师,王鏊还自南畿考试,至临清,闻其丧,哭以此诗。感情真挚,催人泪下。

送张叔亨御史按云南

平生高义想穹窿,京邸年来会面重。
清论坐中消客气,威棱行处慑妖踪。
泷江行李来时路,僰道音书到日封。
乌府深严公事少,日长谁与坐从容?

【浅析】此诗作于弘治六年(1493)。张叔亨,名泰,河北顺德人。成化二年(1466)进士,历官县令、云南按察使、工部尚书、南京户部尚书等。丁忧养病十余年,复起受命按云南。此诗作于张泰出按云南之时。诗写张叔亨之高义薄云天,在京邸经常见面。交谈中彼此携诚相见,无虚言矫饰。叔亨行踪至处,寇贼震慑,逃之夭夭。此去云南千里迢迢,到任之日,请即寄书信回来,我坐听你的佳音。

海月庵观灯

莲花深屋赏来曾,蔗碗寒浆渴饮冰。
月好自寻灯作伴,雪寒惟许酒为朋。
兴同老子复不浅,年与先生自此升。
东壁余光愿终照,夜深羸马惯能乘。

【浅析】此诗作于弘治六年(1493)。海月庵,在吴宽宅院中。诗写曾在莲花屋赏荷,其处多莲。当日赏荷时,还有清凉饮料招待。今日元宵佳节,月色真好,却来此赏灯。天气寒冷,故以酒为友,或许还能驱寒助兴。自己与吴宽一样,兴致很高。在此与他度过节日,年龄同长一岁。愿宅院之灯能终夜明亮,以便深夜之马能看清回家之路。吴宽亦作《海月庵铭》云:"一鹤园西遍作小屋,入夜月升海。实据其胜,乃题曰海月庵,为之铭。"两人互相唱和,妙生横趣。

寄陈一夔

云昏月黑雨涔涔,不见来船识语音。
深夜张灯仍唤酒,未明挨柁又分襟。
浮生聚散鸿留迹,过眼功名铁作心。
南旺湖过分手处,怀君回首一高吟。

【浅析】此诗作于弘治七年(1494)。其诗题注曰:"予北上,陈自刑曹外补,相值于南旺湖。"此诗为王鏊主考南畿乡试返程途中相遇而作。陈一夔,名章。刑曹外补,指从刑部官署调任地方官职。南旺湖,在今山东济宁境内。诗写夜间天暗无月,大雨不止。夜色中不见其船,只闻其熟悉的声音。深夜张灯沽酒,相聚会饮。天未明,两船相离,又将天各一方。可叹人生悲欢离合,只留下鸿爪雪泥而已。我何

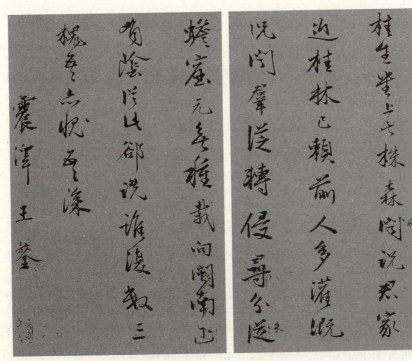

王鏊诗《桂生堂上七株森》

以对过眼烟云如此热心,不如早退林下,回归故里。

杨侍读介夫得子

生男自好况怜才,杏子生仁菜有苔。
阿大喜多犹未老,之无识遍尚云孩。
科名十二看重拾,家帙三千取次开。
说与眉山诸草木,苏家秀气数应回。

【浅析】此诗作于弘治七年(1494)。杨介夫,名廷和,四川新都人。成化十四年(1478)进士,时年仅十九岁。官左春坊大学士及阁臣,正德、嘉靖两朝,先后任内阁首辅九年,时为翰林院侍读。诗写介夫生男儿自是喜事,成人后必有才华。杏有杏仁,菜有菜茎,皆有后继。阿大之后,又添一人。将来必如父辈,能取得功名。眉山草木皆秀,多文豪。三苏家之秀气,应降临于介夫之家。杨介夫有慎、惇、恒、忱四子,此诗祝贺他生第二个儿子杨惇,日后能成为眉山三苏父子,获取科名多多。

送吴禹畴之任广东兼柬仲山

曲江看花三百俱,谁其厚者吴与徐。
岂惟乡邦语音合,亦似道义心情孚。
流光转盼一十九,反复中间无不有。
京师再到是姻家,岭峤同行作寮友。
君才俊发不可当,利刀切玉如切肪。
声名朝到暮腾发,依然迟尔双来翔。

【浅析】此诗作于弘治七年(1494)。吴禹畴,即吴洪。徐仲山,名源,成化十一年(1475)进士,与王鏊同年登进士第。诗写与人同游京城,已不下三百次。而与之游最多者,应是禹畴与仲山。并非仅方言相同,而更乃意气相投。时光流逝十九年,人事聚散无常,使人感怀。禹畴、仲山再聚京城,已是儿女亲家。禹畴此去广东,正好与仲山同僚,其功名事业,将一发不可收。自己事事迟于禹畴、仲山二人,应与你们同行。

过南夫内翰于玉延亭

雨过池面鱼应乐,秋入林间鸟不惊。
亭上主人何处去,我来门径觉全生。

【浅析】此诗作于弘治八年(1495)九月。南夫内翰,名吴一鹏,学者称白楼先生,苏州府长洲县人。弘治六年(1493)进士,历官南京刑部和广东员外郎等。玉延亭,即吴宽宅中之亭。时吴宽以内艰去,归省吴中,吴一鹏借其宅居住。诗写雨过天晴,鱼儿游于水中,悠然自得。秋天来临,友人吴宽小院内,一派秋意,到处是鸟儿的鸣声。玉延亭主人不在,我可在此暂作一会主客。此诗反客为主,诗句间充溢着一派闲情逸致。

送徐司空致仕

病来宦海早抽身,七里滩头理钓纶。
疏凿苏湖功独伟,旬宣齐鲁政犹新。
悬车光已生东粤,曳履声犹绕北辰。
赠别都门多感慨,庙堂渐减老成人。

【浅析】 此诗作于弘治八年(1495)。徐司空,名贯,字原一。明代浙江淳安人。天顺元年(1457)进士,历兵部主事、布政使、副都御史、工部侍郎、尚书等。司空,明代工部尚书之尊称。诗写徐司空因病致仕,非常理智。致仕后无官一身轻,可像严子陵闲适自乐。徐司空在苏松任上,疏通河道,兴修水利,造福一方。在山东任职,又革除前弊,施仁政于民。如今徐司空告退了,朝廷老臣渐渐减少,多么使人感慨。

送钟钦礼还会稽

会稽山人其姓钟,丹青之外诗仍工。
若耶溪上弄云水,谁将姓氏彻九重?
文华殿前见天子,受厘三日居斋宫。
东厢落笔风雨疾,指盼屡得回重瞳。
重瞳一一分甲乙,御笔亲写为第一。
峰峦惨淡李营丘,烟云灭没王摩诘。
诏令内府赐麟蹄,又向边城落戎籍。
山人拜舞前致词,草茅何幸逢明时。

金坡玉琐天上见，惜臣老矣无能为。
　　鉴湖一曲臣所好，细草幽花梦中到。
　　敕赐乌纱作外臣，白石清泉恣游钓。
　　云浩浩，江悠悠，山人去矣谁为留？
人生虽云故乡乐，大隐金门亦不恶，不见东方朔。

【浅析】此诗作于弘治九年(1496)。钟钦礼,名礼。明代会稽上虞人。工书画,善绘云山图。成化间召入仁智殿,大受赏遇。孝宗曾背立观其作画,忽持须呼其为"天下老神仙"。诗写钟礼居隐于若耶溪,善画山水草虫。皇帝曾接见过,还在宫中款待三日,并诏令赐之鹿蹄,又赐予军籍,极尽荣华。而钟礼辞去官职,而乞一曲览湖,请求皇上允其不仕而隐居。自己不能如钟礼那样归隐故里,汉代的东方朔就是榜样。作者思归之情再现诗间。

送苏伯诚编修佥江西提学

　　严生久厌承明直，杨亿俄成乞外书。
　　庭内九皋伤局趣，驾前千里范驰驱。
　　润身岂必文章事，妙悟多从点化初。
　　榱桷栋梁他日事，长安索米却惭予。

【浅析】此诗作于弘治九年(1496)。苏伯诚,名葵,河北顺德人。进士,弘治九年(1496)次当同考会试。权臣属其私,苏葵坚却之,被谮,出为江西佥事提督学政。苏葵离朝之日,馆阁老先生率僚友赋诗赠之。诗写伯诚厌做京官,自请外放为官。此去赣地可不受束缚,充分施展自己的才能。你不仅文章润身,道德同样高尚。受其点化,自己多有彻悟。伯诚来日必为国家栋梁之材。而自己在京为官只不过为糊口谋生而已,感到惭愧。此诗为送别友人之作,反映了宫廷生活的无聊与作者无奈的心情。

送杨应宁副使还秦中

关西夫子今谁是，杨亿才华少小多。
欲试盘根聊尔耳，未收梁栋欲如何？
金銮殿畔频年别，铁瓮城边几日过。
已向邻封期晚岁，不须重唱渭城歌。

【浅析】此诗作于弘治九年（1496）。杨应宁，名一清，明代镇江人。诗写谁是今日关西孔子？你才华同于宋代杨亿。处理烦琐之政事，得心应手，举重若轻，惜未得重用。一清长期在陕西为官，只是到京述职之时，可同自己相会。不知何时才能相访你家，以了却多年心愿？可能要到你晚年退官时，才能来镇江相访。那时我们两人皆退老还乡，可长处一起，不必离别。唐代王维《送元二使安西》曰"劝君更饮一杯酒，西出阳关无故人"，诗中亦表达了这种意境。

送同年袁德宏还任汉中

使君五马西南去，栈道萦纡过剑门。
云起褒斜当路冕，鸟啼子午识文轩。
政成六载书仍最，节制三秦势孔尊。
多少同年霄汉上，临邛父老莫攀辕。

【浅析】此诗作于弘治九年（1496）。袁德宏，名宏，南直隶桐城县人。成化十一年（1475）进士，故与王鏊为同年。汉中，即陕西汉中府。诗写德宏任汉中知府，像古代太守车驾五马。进入汉中，须经过栈道。德宏在汉中连任六年，其地皆知他的德政威望，而朝廷之考绩，他为最高。汉中地处秦蜀要冲,地势险要,其职位非常重要。许多同年皆在京城为官,一旦德宏须调任回京,还请汉中父老莫要阻留。

送同年何汝玉知赣州府

琼林宴罢岁频更,世事悠悠亦可惊。
黄草峡西哦月上,白苹洲畔看潮生。
直言自许能扶国,循吏仍知不近名。
章贡今日人尽喜,廉泉先已为君清。

【浅析】此诗作于弘治九年(1496)。何汝玉,名珧,广东顺德县人。成化十一年(1475)进士,与王鏊为同年,历御史、参政。时何珧因丁忧后还朝,授江西赣州知府。诗写当年同年进士及第后,已过多年。光阴似箭,令人心惊。汝玉坚守信念,在朝廷直言进谏。赣州百姓因汝玉来为官而皆大欢喜。赣州之廉泉,也因汝玉的到来而更洁清。同年志趣相同,情操高洁,给读者留下深刻的印象。

送彭都指挥督饷南还

横槊临江气亦豪,风流文彩映戎韬。
尊前暂借留侯箸,家世曾传吕氏刀。
白下看花怀契义,湟中积谷仗贤劳。
前人名在凌烟阁,飒爽犹怀鄂与褒。

【浅析】此诗作于弘治九年(1496)。彭都指挥,即彭清,字源洁,陕西榆林人。都指挥,亦称都指挥使或都使,明代武职,为地方最高军事长官,隶属京师五军都督府。彭清初为绥德卫指挥使,后充右参将分守肃州,好谋有通略,名闻朝中,尤为兵部尚书马文升所器重。弘治八年,彭清迁甘肃都指挥使。督饷,督运粮食。诗写彭都指挥气概豪迈,文武双全。指挥计谋面面俱到,有条不紊。其祖辈多贤达,代能相传。彭指挥曾与自己同游南京,结下友谊。这次督饷青海湟中,粮草充足,军备无虑。劳苦功高,可图画凌云阁,名垂青史。

招姚存道

子闲终不来,我病能数往。
翛然共月庵,清约坐成爽。
一雨终夜鸣,残暑归洗荡。
孤怀苦郁陶,世事多卤莽。
当时隔燕吴,晤语成坐想。
如何咫尺间,还复劳企仰。
小园亦何有,一味凉可赏。
闲庭风叶鸣,虚室云月朗。
觞豆非苟然,形声要重讲。

【浅析】此诗作于弘治九年(1496)。姚存道,即姚丞,长洲县人,岁贡生。存道为文毅公希孟高祖,吴尚书一鹏之岳父。常与杨君谦、王鏊、沈启南友善酬和。诗写作者在共月庵与存道清坐共话,觉得爽朗异常。与存道分隔燕京与吴中两地,欲晤面交谈不易。这次存道至京,近在咫尺,可以因仰慕而亲密交谈。自家庭院无一所有,唯有凉意可赏。入夜寂静,云月照地。相聚一堂,欲探讨学问,堪为惬意。此诗为想念同乡友人而作。

和马少卿见慰独居之韵

空斋脉脉坐黄昏,读罢韦编自掩门。

小憩花阴成独步,满庭月色共谁论?
老来转觉尘心远,梦觉惟知夜气存。
骑马故人如见过,小奚呼酒尚能温。

【浅析】 此诗作于弘治十一年(1498)。马少卿,名绍荣,因慕范仲淹之为人,自号景范。苏郡常熟人,王鏊同乡同僚,时任太常寺少卿。诗写是年作者父王琬八十辰寿,本应告假归省,奈何王鏊新授翰林院侍读学士兼右谕德,未获准告假。而夫人携子女归,故此时独居。诗写黄昏时,一人独坐书室。读书之后,关上家门。小园岑寂,花木芳香,独步林下。月色皎洁,孤身一人,无人相伴。随着年岁增长,名利之心远去。如果马少卿能骑马经过,尚有小奚童温酒待客。此为独居思念友人之作。

送王参政还河南

山东富贤才,诸王名久擅。
诗礼相君家,冰玉天官倩。
宅相今有徵,珮刀谁为荐?
八凤羽毛奇,双珠光彩眩。
美济虞廷元,数比周家㣙。
联中甲科名,两入词垣选。
秘学付青箱,习书空白练。
阴功积已多,远近称殆遍。
高明用柔克,吏事以文缘。
花县春阳仁,白简风霜面。
治梦力有馀,催科正甘殿。
至今吴兴郡,苕霅为君变。
转漕再临燕,分省南还汴。

依依北扉语，草草东城饯。
去矣那能忘，斯文和深眷。

【浅析】 此诗作于弘治九年(1496)。王参政，即王珣，时浙江湖州知府，升河南布政使右参政，王鏊作诗相送。诗写王参政世代皆为诗礼之家，冰清玉洁，王珣为李冢宰之婿，书香门第。参政宅第风水好，堪出双凤，王家八子中有二子入翰林。其早先为县令时，有潘岳、宋景之功德与仁爱。知湖州时，政绩焕然一新。任参政屡奏弹劾腐败失职官员之奏章，能以快刀斩乱麻之手段来解决乱象。王参政将赴河南开封任职，临行在翰林院话别。城东饯行，此诗表露了作者对王参政的无限眷恋。

送王尚书之南京户部

重瞳回处识髯卿，计相元知属老成。
执法久推于定国，工诗还许谢宣城。
披门晓色常参语，祖道秋风忽饯行。
财赋东南今竭矣，送君回首不胜情。

【浅析】 此诗作于弘治十三年(1500)。王尚书，即王轼，字用敬，湖广荆州府公安人。天顺八年(1464)进士，大理寺卿。是年七月，升王轼为南京户部尚书。诗写王尚书断案如神，如汉代于定国。诗亦吟咏自若，如前朝谢玄晖。自己在早朝时，常与王尚书交谈。想不到人事莫测，今日为王尚书饯行。江浙一带遭天灾人祸，财政枯竭，需王尚书尽快去治理。送行之时，家乡也在遭灾，而无法抑制自己的忧虑之情。

寄萧给事文明

高榆叶落汉关秋，独抱经纶老一丘。

梵门桥弄吴宅（王鏊故居旧址）

海内至今夸草圣，燕南从此减诗邮。
琐闱多疏怀遗直，虎阜扁舟忆旧游。
七十古稀今正健，黄花应复插盈头。

【浅析】此诗作于弘治十三年（1500）。萧给事，名显，字文明。山海卫学生，成化八年（1472）进士。历给事中、宁州同知、按察司佥事等。诗写萧给事怀才不遇，其才华被埋没。萧显写得一手好草书，海内称道。萧给事返家后，从京城发往各地之诗邮顿少。能在朝廷多上疏，有古贤之风。两人曾同游虎丘，你年届古稀之年，仍健步登山。盼望明年重阳节，我们再相聚在一起。

调韩侍郎

空斋不用辟寒金，一任浮云结暝阴。

杨秉一生三不感,鲁山千古两同心。
风摇径竹鸿孤梦,雪冻江梅蝶敢寻。
海上归来持节使,黎涡何事动微吟?

【浅析】 此诗作于弘治十三年(1500)。韩侍郎,即韩文,时为吏部侍郎。韩妻张氏早卒,独居三十年,恒念糟糠,不再娶室。子辈数以再娶并纳妾为劝,凡言及此事,韩则怒云:"我年已至此,复何为哉?卒独处一室,虽使婢亦不容入。遇冬寒,命小孙温足,教其念书作对句。"诗写韩侍郎无妻室,故不必置妇人首饰。室中无主妇,显得冷清寒阴。东汉的杨震、唐代的鲁山,两位先贤丧妻后不再娶,品行高洁,你的德行与他们一样。此诗为感叹之作,称赞韩侍郎对爱情的忠贞。

韩亚卿贯道见示屠冢宰诸公倡和之作

零落诸公几束金,纷然抱示惬初心。
风流自可怀前辈,倥偬何曾得寸阴。
馀韵已高那可跂,旧盟虽冷尚堪寻。
萧萧风叶厢房晚,索莫空为拥鼻吟。

【浅析】 此诗作于弘治十三年(1500)。韩贯道,即韩文。屠冢宰,名镛,字朝宗,浙江鄞州人。成化二年(1466)进士,官吏部尚书。此诗为王鏊与韩文、屠镛的唱和之作。诗写留朝老臣已显零落,我等犹抱报国之初心。老臣事务繁忙,无多空闲时间。韩、屠两公作诗均高超有韵味,非自己所能及。昔日诗盟、雅集已冷落,尚有数人可寻得。在肃杀之秋,独自吟咏。老臣渐少,诗盟冷落,此诗流露出作者遁世的寂寞情怀。

次韵玉汝春寒有感

世事惟将冷眼看,病身药物不离丸。
七年尚及三年艾,一日其如十日寒。
却老有方须指授,觅心无处倩谁安?
春来是物争新巧,古井依然不作澜。

【浅析】此诗作于弘治十三年(1500)。玉汝,即陈璚,与王鏊既是同乡友人,又为姻亲。是年春季寒冷,陈璚作诗春寒有感,王鏊答诗以和。诗写对万事应达观开朗,以客观之目光看人观事。自己多病,不能离开药物。幸有良药,使之"三年艾"也。疗病未能持久,经常停药。没有地方可寻得使自己内心安宁,人之修养应不为各类新巧之事所惑,以自然的心情对待恬淡之世事。此诗表达了作者豁达开朗的人生观。

匏谓木奴与鸭脚子同至,不宜见遗,仍次前韵

一

霜林结子碧攒攒,苞贡何劳也入官。
只眼向人休作白,寸心为主亦应丹。

二

江南鸭脚少登盘,价贵殊方为到难。
终与木奴风味别,点茶聊称腐儒酸。

【浅析】此诗作于弘治十三年(1500)。木奴,洞庭红橘之别称,意即如木之奴隶,年年结满枝头。鸭脚子,洞庭银杏之别称,因其叶子像鸭脚子。东山家中托人捎来橘子与银杏等土产,王鏊分送朝中友人。吴宽作诗《谢济之送橘次其韵二首》《又次韵谢送银杏》,王鏊亦均作

诗回谢。前诗写霜至洞庭橘子采收,碧绿的橘林中挂满红果。橘子进贡于天子,颗颗果子金红色,十分吉利。后诗说白果很少装盘供品尝,能到京城之地,更难能可贵。白果与橘子各有风味,供茶食小吃,有点像腐儒般寒酸。此诗说用这两种果子招待客人不大方,有点寒酸,有自谦之意。

赠郭指挥使宏守备永平

北来谁复是长城,作镇烦君向永平。
寄重门将元有种,令严刁斗寂无声。
高榆霜落秋临寒,细柳风微月满营。
莫道汾阳封未复,燕然有石待君铭。

【浅析】此诗作于弘治十四年(1501)。郭指挥,名郭宏。永平,明代永平府,为通辽咽喉。《明孝宗实录》载:"弘治十四年七月……命金吾右卫指挥郭宏守备永平等城,以都指挥统一行事。"诗写北方今日谁是长城,朝廷令郭宏镇守永平。郭指挥出身将门,带兵军令严明,军纪森然。边塞已是秋天,军营之夜,一片风清明月。郭指挥尚未封侯,而燕山待阁下建功立业,铭刻下你的名字。此诗语重情深,不仅使人想起唐诗"醉卧沙场君莫笑,古来征战几人回"之意境。

次韵匏庵谢橘

一

高林霜落万星攒,论品先应荐太官。
不是诗家评素定,闽南合让荔枝丹。

二

筠笼输写入金盘,错落珊瑚间木难。

本色未除君莫笑，
　　　　调羹滋味也须酸。

【浅析】此诗作于弘治十四年（1501）。匏庵，即吴宽。继前年后，王鏊又把家中之所产橘子送于吴宽，吴宽作诗答谢，云："得月亭边碧树攒，及时采实仗园官。报君嘉惠如相称，须是闽中荔子丹。"王鏊次其韵。前诗写秋至洞庭山，橘林中成熟的红橘挂满枝头，似万星攒集在一起。将最上好的果子送给太官，橘之佳味为众人公认。福建荔子味最美，但应让位于洞庭橘子。后诗说把竹篮里的橘子倒入盘中，像是珊瑚枝间杂着珍珠。洞庭橘子有点酸味，正好调节口味。

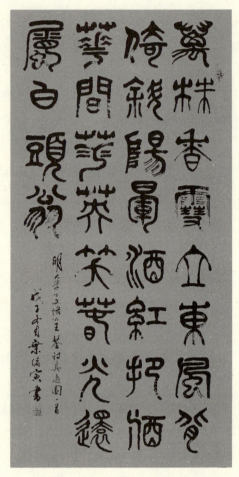

王鏊诗《真适园》 叶绪寅书

匏庵作板屋诗以落成

　　竹楼颇高寒，茆亭复卑下。
　　卑高两适宜，无如板屋者。
　　制朴体势牢，费省工力寡。
　　虽然立四柱，乃不施片瓦。
　　无阶安礩碱，有壁谢垩赭。
　　方可横两弓，低莫旋匹马。

石几浅作台，蒲园小为坐。
　　有如卧车厢，又似泛船舸。
　　深温最宜冬，爽垲仍便夏。
　　可以舒简编，可以陈盎斝。
　　谁能善丹青，为予备模写？
　　写示五侯家，相校何如也。

【浅析】 此诗作于弘治十四年（1501）吴宽《家藏集》诗《园北新构板屋，制甚相陋。济之有作，次韵答之》曰："古诗载板屋，遗制千载下。嗟我同心人，在其是谁者？"诗写博庵家新建之竹楼，高旷寒阴，卑小低湿。制作简朴而结构坚固，不必安置台阶石级。其屋保暖，宜冬日居住。夏日小坐，又感到凉爽。在板屋中可读书、饮酒、品茗。欲找一位善绘画者，为我画一幅写真。板屋比之五侯豪宅，更有舒适之感。此后，两人就板屋之诗酬答不断，王鏊作诗有《次韵板屋二适》《板屋二适》，而吴宽亦作有《济之再和复次韵》《济之三次和复次其韵》等诗，极富情趣。

送刘都宪廷式巡抚宁夏

　　北来烽火达甘泉，勃勃城高气势全。
　　且喜大夫重授阃，悬知子弟总雄边。
　　汉家旧占河南地，魏国犹屯许下田。
　　但使折冲樽俎上，奇功何必勒燕然。

【浅析】 此诗作于弘治十五年（1502）。刘都宪，名宪，字廷式，湖广益阳人。成化十四年（1478）进士，时为都察院佥都御史，适宁夏巡抚缺人，有言者谓廷式最宜，吏部亦以其名荐闻，上遂授之，命刘宪巡抚宁夏。诗写北来的战火已烧至甘泉，而关塞坚固而高大。刘都宪带领子弟兵,一定能雄镇边关。朝廷牢牢掌控宁夏之地,并学魏武屯田于其处。许多问题谈判亦能解决,建功立业不必全靠武力来取得。作者对刘宪解决宁夏战事提出了新的见解。

送马良佐学士还南京

　　白门柳色罢啼莺,拥归金莲院吏惊。
　　北地主人供案立,庐江太守傍车行。
　　家传易学无笺注,驿递诗筒有课程。
　　潇丽玉亭谁复到,竹间为认旧题名。

【浅析】此诗作于弘治十五年(1502)。题注云:"马有二子,一为验封主事,一为庐江太守。"马良佐,名廷用,四川南充人。成化十四年(1478)进士,南京礼部、户部侍郎。时良佐为南京翰林院侍读学士,升礼部右侍郎。诗写马学士赴任南京,春季已过。马学士父子都在朝廷为官,一子任验封主事,另一子任庐江太守。马氏学问深,家传易学无止境。到了南京,旧日自己在白下亭旁竹子上题名,不知还可否认出。此为送行诗,亦多同僚之间关怀之意。

送沈世隆

　　文思殿上奎章丽,尚爱先朝旧草麻。
　　世俗总传元祐脚,诏书亲访隐侯家。
　　魏公老去犹传笏,石庆归来少驻车。
　　起草明光人所羡,凤池三世一行科。

【浅析】此诗作于弘治十六年(1503)。题注云:"沈度、沈粲以工书。永乐中官至学士。孝宗特爱度书,宫中尝习焉,问度亦有后乎?物色

沈粲像

得世隆,授中书舍人。"沈世隆,字民则,华亭人。少力学,善篆、隶、真、行书,以荐授翰林典籍,累官至学士。弟粲,字民望,善真、草书,飘逸遒劲,自成一家。累官翰林、侍读春坊、庶子,至大理寺少卿致仕。孝宗好书法,访其后得沈度四世孙世隆,即授中书舍人,直内阁。诗写孝宗之墨宝清逸秀丽,喜爱沈度永乐间所写诏书。孝宗令寻沈度之后,其书法代代家传。沈度之后辈也善书法,人无疑之。得度四世孙世隆,特授官为朝廷书写诏书。

赠郭孟丘

牡丹花上数行书,乞与刀圭病便除。
始信神仙方有异,却嫌和缓术犹疏。
汾阳自合流芳远,天水仍闻赐姓馀。
自越到吴三百里,琼瑶难报欲何如。

【浅析】 此诗作于弘治十八年(1505)。题注云:"其先曾遇异人留药方于牡丹花上,自宋时赐姓赵,有传家秘方。"郭孟丘,明弘治间神医,或称异人。诗写郭氏先人得牡丹仙药,花上取药治病甚为灵验。孟丘之药方和缓,以疏导调理病人身体为本,确有神效。孟丘从越中到吴地,为自己与家人治病,这情谊如何报答?王铨《梦草集》有和诗,云:"自越到吴,病即除。"王鏊诗《喜邵氏女病愈》,即郭孟丘治愈作者三女之病的谢恩之作。

次韵玉汝五老会

三三两两坐成行,忘却燕南是异乡。
福德正临吴分野,风流殊异晋高阳。
丹心旧许同忧国,清话时闻一哄堂。
俨若庐山山上见,不才深愧接馀芳。

【浅析】此诗作于弘治十六年(1503)。玉汝,即陈璚。五老会,又名五同会,有同乡吴宽、李杰、陈璚、吴洪及王鏊五人组成。五同者:同时、同乡、同朝、同志及同道。盖袭睢阳之意而循洛社之例。职务之余,期月一聚饮,以释其劳,相乐也。诗写五人均生于吴地,皆有福分与德行。文雅风流,不同于晋代山简之高阳池。五人同心同德,皆为忧国忧民之士。五人聚会,融洽无间,每有趣话,哄堂大笑。自己年最少,非常惭愧能与诸位兄长联诗共集。"三三两两坐成行,忘却燕南是异乡",好一幅乡贤聚会图,乡情、友情、同僚之情跃然诗间。

顾都宪竹间书屋

淮之水,去悠悠,群家正在淮水头。
宅边不种凡草木,修竹森森如玉立。
年深春雨长儿孙,遂使长淮比淇澳。
竹间有屋小如舟,积书之多如邺侯。
手开三径谁许到,只有二仲时从游。
我生好竹仍好书,何年归去山中居?
俯看书,仰看竹,家无一钱心亦足。

【浅析】此诗作于弘治十四年(1501)。顾都宪,名佐,字良弼,安徽临淮人。成化五年(1469)进士,历官山西巡抚、辽东总兵、户部侍郎。时任都察院右副都御史。诗写顾都宪家凤阳,在淮水之畔。新竹逢春雨而长,老竹又长新枝。使淮水可媲美于淇澳。顾家藏书与邺侯相同,家富藏书。其隐居处,俗人不至,唯汉代二仲等高人而已。淮水、修竹、茅屋,如诗如画。然此诗借物喻人,歌颂了友人修竹般高洁的人格。

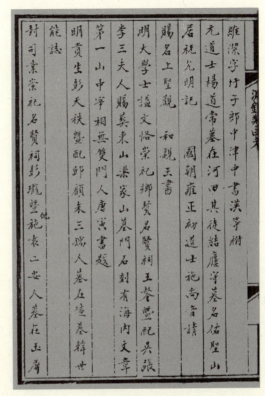

《吴门表隐》书影

赠郑克温

湖海翛然野鹤姿,家声犹想汉当时。
两京花月归新咏,千里风霜入旧须。
尘土暂游酬我愿,林泉无恙与君期。
寒梅小店溪桥路,惜别斜阳有所思。

【浅析】此诗作于正德七年(1512)。郑克温,秉善之父,东山武山人,宋驸马郑钊裔孙,明代商贾。王鏊同郑克温少时相识于留都南京,后作者中探花,入翰林,克温游燕地,曾至京相访,未几别去归山,留诗相送。相隔数十年后,克温已作古多年,其子秉善出示父诗,王鏊见此诗忆及昔日友情,为之重书一遍。诗写当年在两京游览,互赠诗作及对友人的思念。

韩文公蓝关图

韩公不信佛,肯信世有仙。
牡丹花上谁所赋,一朝雪拥蓝田关。
阿湘幻化有如此,神仙灼灼在眼前。
使公一语稍低屈,携手同往良非难。
胡为骑马浪自苦,只令收骨江之边。
乃知此公胸中屼峻有壮气,抵死不肯从湘言。
当时果州有谢女,白昼居室生云烟。
须臾上升众所见,公谓魑魅物怪其降旃。
后来儒者颇好异,遂令末世坎离龙虎纷纷传。
乃知韩公不可及,泰山北斗不独文章然。

【浅析】 此诗作于正德七年(1512)。题注云"为陈以严赋。"陈以严,陈璚之子,家藏唐韩愈《蓝关图》,王鏊为此图题诗而作。《新唐书·韩愈传》:"宪宗遣使者往凤阳,迎佛骨入禁中。愈闻恶之,乃上表极谏。表入,帝大怒,贬愈为潮州刺史。途中至蓝关,侄孙韩湘赶来伴行,有诗示韩湘。"其诗遂为名篇,后代有画家根据诗意所画《韩文公蓝关图》。诗写唐代韩愈不信仙佛,以激烈语言阐述佞佛之害。孙韩湘赶来相伴,作蓝关诗。从诗中得知,韩公无人可及,其有泰山北斗之尊,非仅为文章之好,更为儒家信仰之操守坚决也。末联"乃知韩公不可及,泰山北斗不独然文章",诗借赏图之评,赞扬韩公高尚的品格。

送吴县簿董仁之任鄞丞

自倾权奸偷国柄，一时在位贪相竞。
剥民膏血输权门，廉耻扫地宁复存。
谁知小官之中乃有吴县簿，守法廉平独如故。
三年佐县民爱深，视金如土民如金。
每言吴人穷到骨，吾此朘削吾何心。
吴县簿，真难得，我欲言之顾非职。
一朝擢官向宁波，於乎奈此吴民何！

【浅析】 此诗作于正德十六年（1521）。董仁，吴县主簿（正九品），与县丞同为县一级的佐官。正德四年（1509）任主簿，居官廉严，满三载升鄞县丞，小民攀辕者以千计。诗写朝中自宦官专权后，吏治大坏，官员相竞贪赃枉法。贪官克剥民脂民膏，贿赂权势者，以冀进阶，全无一点廉耻。吴人已穷到骨髓，还忍心克剥。董仁是难得之清官，自己欲加以表彰，惜已不在其职。你调至鄞县，吴县百姓虽不愿意，但也无可奈何。此诗高度赞扬了一个九品小官佐县爱民的廉举。诗作爱憎分明，读来使人对董仁肃然起敬。

送毛百朋之北京应举

几年白下避车尘，此去争夸脱颖新。
桂子已传蟾府种，杏花还醉曲江春。
题名早觉光生里，捧檄悬知喜为亲。
八月南来鸿雁便，音书寄我莫嫌频。

【浅析】 此诗作于嘉靖元年（1522）。毛百朋，名锡朋，毛珵子，乃例监。锡朋原籍北京顺天府，故前往北京参加应试，王鏊赠以诗。诗写百朋十年苦读寒窗,此次赴京参加应试,定能脱颖而出。你出自官宦之家,取进士第应手到擒来。你必将光耀乡里,慈因塔中留名,人们羡慕不已。八月之后,鸿雁纷纷南飞,盼望百朋能频频寄来书信和喜报。此诗表达了作者对晚辈的殷殷之望。

风情辑

镇江

快得天风便,轻舟破浪花。
江山曾有约,人世亦无涯。
岸压潜龟窟,潮侵落雁沙。
未须留玉带,且欲访灵槎。

纵观王鏊的政治生涯,在朝三十五年,一直担任京官,从未离开过明朝的政治中心,而他的翰林院同僚、朝中同年及门生,外放为地方官者极多。王鏊一生中到过的地方并不多,因而在《震泽集》中,有关描写地方风情的诗歌,主要集中在故乡吴中、京郊燕地及返乡省亲的沿途,还有宜兴、镇江、昆山等地。

《风情辑》中,收录有王鏊六十首诗歌,其特点是描写长江两岸风光的较多,有《淮口值风舟几复》《过扬子江》《宿龙潭驿》《过长江》《焦山》《金山》等。《风情辑》中有两首金山诗,描写的均是长江中的镇江金山,前一首作于成化十四年(1478),为王鏊乞假归乡途经金山时所作。后一首作于正德十一年(1516),是年八月四日,王鏊送长子北上赴任,八日至镇江,游甘露寺,看狠石,泛舟焦山,至绝顶,顺风扬帆直抵金山。遂得《金山》等诗多首。诗写轻舟如得天风,顺着风浪浪快从焦山行至金山。好像同金山有约,自己二十多年前就到过此地。不必似苏东坡那样,在此留下玉带。自己想亲眼看一下,能行至天界的"灵槎",究竟是何物。现北京故宫博物院藏有王鏊《金山》诗,为《行草书五津诗轴》。两首诗前后相隔三十八年,因而风格发生了很大变化,前诗踌躇满志,激情澎湃;后诗老成超脱,读来给人有回归之感。

王鏊《震泽集》中观画诗多达三十首,而收录《风情辑》中的有《海虾图》《碧桃花》《题画牛》《飞仙图》《苔石幽篁图》等,分别创作于不同的时期,或意气风发,或心平如镜,或厌朝思归,喜怒哀乐尽在诗中。托物言志,以描写自然景物来表露自己的心境,亦为《风情辑》中的诗歌特色,此中代表作如《咏并蒂莲三首》《雨中梨花》《兰竹石》等。这些诗多对仗工整,情景并茂,寓意深刻,给人留下无尽的思考。

金 山

大江中峙小昆仑,势遏洪涛几欲奔。
万古乾坤限南北,一方钟鼓自晨昏。
云低北固山争出,潮落东洋海半吞。
汲得中泠自煎试,月圆新赐出词垣。

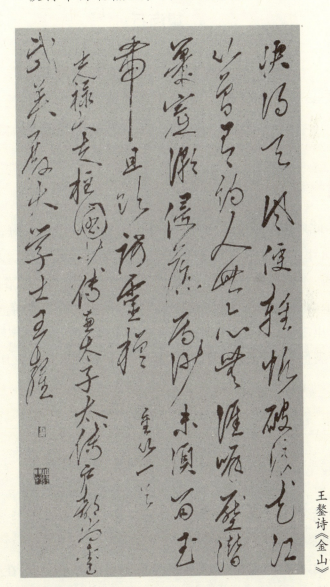

王鏊诗《金山》

【浅析】此诗作于成化十四年(1478)。金山,镇江金山。为王鏊乞假归乡途经金山时所作。诗写金山似小昆仑,独立于长江水中。自古以来,为江南江北之分界。金山寺之暮鼓晨钟,日日惊策于一方之上。云层低垂,远处北固山互相争出。大潮东去气势澎湃,似半已被大海所吞没。汲得江边中泠之水,自煎烹茶品味,别有一番风情。

望海行

日没处,天尽头,尾闾东注何时休?
蓬壶阆苑在何处,闻有金银宫阙五城十二之复楼。
我欲往从之,但见洪涛巨浪从我今谁由。
何当挟飞仙,汗漫同遨游。
弱流万里等闲度,遍览三山与十洲。

【浅析】此诗作于成化十五年(1479)。王鏊屡往昆山观海,此诗为省亲途经所作。诗写浩浩荡荡的海水,流向尾闾无休无止。天下之归,莫于大海,不知传说中的海上仙山,究竟在何处。"由谁"倒置。唯见洪涛巨浪,不见金银宫阙。自己想与飞仙一起至极处遨游。虽有弱水相阻,万里之遥,亦等闲视之,游遍三山十洲。作者由望海而产生联想,豪情满怀,直抒胸臆,要随之"遍览三山十洲",气势非凡。

风 琴

天风泛弦弦自鸣,案间云影波纹惊。
非韶非濩非咸英,依然谁唱还谁赓?
不为音节音节成,乃知自有无声声,一洗世上琵瑟筝。

【浅析】此诗作于成化十五年(1479)。王鏊因母亲去世,在东山守孝时听风声有感而作。诗写山风吹来,如琴弦发出的鸣声,似天籁之音。每至鸣声响起,天上便风云诡谲,使人感到神秘莫测。犹如古乐《韶》《濩》《咸英》在弹吹,但又都不像。此声虽非乐曲,然仍在继续。风声原是无节奏的,听起来却音节自成。这一声声的风琴声,自此美妙,尽可洗除琵琶、瑟、筝诸乐器之杂。诗歌构思别出心裁,耐人寻味。

昌平刘谏议祠

荒湾野木古城隅,何处昌平是旧庐?
气带幽并多感慨,策如晁董亦迂疏。
同时下第谁云屈,此外求言总是虚。
不尽怀贤千古意,执鞭无路欲何如?

【浅析】 此诗作于成化二十三年(1487)。刘谏议,名蕡。唐代昌平人。文宗大和二年(828),举贤良方正,素有直言极谏之誉。因得罪宦官,不得重用,后卒于被贬之地柳州。元代时为之建祠于昌平。诗写荒山古木之中,刘谏议祠在昌平何处。其祠至今仍带刚强之气,令人顿生感慨。刘蕡之治国良策,有如西汉之晁、董二人。当年刘谏议被贬下第,皆不觉委屈,言其时非用人之时也。凡朝廷皆标榜广开言路,可往往有贤者良言,又不为重用,故总是为虚。纵贯千古,自己犹有不尽怀贤之意。找不到刘谏议祠,可腹中诗稿已成。诗为心声,表露了作者的不凡志向。

游华严祠

扪萝陟巘路登登,人在山房唤不应。
犬吠林间知有客,鸟啼洞口若无僧。

危阑一览总堪了，绝顶重来殊未曾。

古洞深温谁氏子，俨然趺坐对南能。

【浅析】 此诗作于成化二十三年(1487)。此为王鏊所作前华严寺诗，在北京西山，为辽金元三朝主游之地，而后华严寺在东山岱心湾。诗写王鏊同友人去西山华严寺游览，山道崎岖，只得攀缘而上。山深寺远，不闻人声。抵达寺庙，只闻鸟啼，不见僧人。如此清幽之地，凭栏远眺，万念俱消，给人有出尘之感。有谁能来此洞中，学僧人对着寺宇趺坐。诗歌表现了寺院幽静闲雅的环境氛围。

咏并蒂莲

一

阴阴夏木草堂幽，不尽闲情独倚楼。
风卷绿衣初却暑，露垂红粉解迎秋。
午眠隔岸鸳鸯稳，晚浴澄波翡翠羞。
遥忆故人池上乐，新凉鼓棹重淹留。

二

林塘雨过纳凉时，箕踞平台手一卮。
影故相依心最苦，丝仍不断意俱迟。
新妆双照梧桐月，斗艳低垂杨柳枝。
城上乌啼人未睡，凭栏欲寄美人思。

三

疏竹萧萧风乍凉，看花宾客满华堂。
六郎醉后夸新宠，二妹朝回斗晚妆。
草种宜男应减色，花开多子不闻香。
主人只恐朱英老，遮莫题诗恋夕阳。

【浅析】 此诗作于成化二十三年(1487)。第一首诗写微风吹动荷叶,暑气初退。又见露水降在荷花上,似在迎接秋日的来临。彼岸有鸳鸯午睡,极为安静。翠鸟在清波中晚浴,含有羞色。在这幽静的环境中乘船纳凉,惬意极了。第二首诗写坐在船之平箕上,手持一杯美酒,看并蒂莲形影相依,其心亦苦。藕断丝连,一副怠倦之态。自己为看花,至夜深犹无睡意。第三首诗说双莲争艳,神采飞扬。并蒂莲虽好,恐终将凋谢。且不管花终将老去,在夕阳中为之题诗。此诗联想丰富,寓意深刻。

胡人归朝歌

儿胡儿,女胡女,女嫁胡儿娶胡妇。
唯有老身从汉来,椎结毡裘作胡语。
当时从驾土木间,匈奴驱我不得还。
　　朝看鹞儿岭,暮宿大叶山。
昔闻青冢今始睹,几过苏卿持节处。
胡风猎猎胡霜飞,听罢胡笳泪如注。
胡中洵乐汉自亲,呼韩犹作南朝宾。
款关不用通事语,三十年前我汉人。
奉天殿前拜天子,封爵归来认邻里。
南街北巷争聚观,家人见我还惊起。
男袭冠裳女绣襦,今日汉人昨日胡。
回思李陵并卫律,漠北高坟空突兀。

【浅析】 此诗作于成化二十三年(1487)。诗写明英宗年间,因土木堡之变,匈奴带走许多汉人,致使不少汉人滞留北地。至成化朝,多有汉人归朝,随之归来的还有汉人在北地所生的孩子,称"胡儿"与"胡女"。诗写他们的故事悲苦凄惨,催人泪下。在奉天殿前朝拜天子,父辈临终前告知的故里,如今已难以认得。南北之街巷,人们争相来看胡人。当年李陵撞死于石碑,漠北之地增了许多高坟。此诗寄寓了作者对"胡儿"与"胡女"的无限同情以及对历史的深刻思考和愤懑责问。

海虾图

茫茫大海浮穹壤,日月升沉鳌背上。
其间物怪何所无,海马天吴大如象。
有鱼如屋鲨如帆,虾最细微犹十丈。
鬇髼怒气须如戟,力战洪涛欲飞出。
江湖鱼蟹总蜉蝣,眚眼平生未曾识。
画工何处写汝真,梦中会到长须国。
黑风吹海浪如山,鱼龙变化须臾间。
从龙愿作先驱去,去上青天生羽翰。

【浅析】此诗作于弘治元年(1488),为王鏊题画所作。诗写茫茫大海及天地,皆浮在鳌背之上。海中怪物极多,有巨大的天吴、海马。又有鲨鱼大如屋,最细小的海虾有十丈。其海虾因发怒而虾须如剑戟,欲搏洪涛而飞出。画家何处见此大物,大约是只在梦中吧。此海虾愿从龙为先锋得功劳而登天。如年王鏊秩满升侍读学士,正六品,官阶为承德郎,参修《宪宗实录》。此诗名为写海虾,实为作者喜悦之心情的写照。

雨中对梨花

一

一年花事又阑珊,自笑闲官不得闲。

王鳌书法

小巷梨花三日雨,一枝犹得举杯看。

二

谁道园中少物华,桃花开尽到梨花。
霏微小雨添颜色,不用人家锦障遮。

三

空庭香雪夜生辉,除却梅花见总非。
一种风情还自别,始知西子胜杨妃。

四

佳人默默立春寒,细雨轻风䋚袂单。
玉质似嫌脂粉涴,残汝净洗觅人看。

【浅析】 此诗作于弘治元年(1488),王鳌庭院栽种梨树,花开而赋。

诗写一年花期又将开尽,笑我一闲官亦很忙碌,未及赏花,而花期将尽。三日风雨,园中梨花尚剩一枝,边饮酒边赏之。谁说吾家园中少景色,桃花开罢梨花白,小雨为园中之花平添景致,不须用锦障为之遮雨。入夜白色梨花更增光彩,其清雅高洁胜过他花。梨花冰清玉洁,唯恐为脂粉所污染,故在风雨中净洗,以让人观赏。

兰　竹

　　猗兰漠漠幽人操,修竹娟娟群子心。
　　空谷日斜人不到,可怜荆棘漫同林。

【浅析】 此诗作于弘治元年(1488),此为王鏊在居室中观兰花画而作。诗写兰花寂寞,而发幽香,如同隐士一样。修竹正直,有君子之心志。昔日孔子自卫返鲁,隐谷中者,见香兰独茂,乃止车,援琴鼓之。可叹如此高雅之花,竟与竹子及荆棘同生。

顾氏三辰堂

　　顾王野家学有传,一经休说汉韦贤。
　　风云惯得从龙便,岭峤争夸睹凤先。
　　天上星躔真有数,吴中谶语不其然。
　　高堂要见三为四,屈指从今又几年。

【浅析】 此诗作于弘治元年(1488)。顾野王,原名体伦,字希冯。南北朝时南朝陈吴人。子顾恒,官至黄门侍郎,其孙为工部郎中,三代皆显达,故名三辰堂。诗写顾氏三辰堂之学问,得顾野王家传。顾氏崛起,经学不再为汉代韦贤所独擅。顾氏官运亨通,又著作等身。顾氏三辰堂登科,皆在辰年。如同日月星辰之运行一样有规可据。吴中谶语不意被言中,欲见三辰增添为四辰,下一个辰年,或亦有顾氏后裔登科也。

中秋超胜楼玩月

良宵歌管在高楼,万里青天一鉴流。
绛阙珠宫真不夜,冰蟾玉兔总宜秋。
兴来且据胡床坐,醉后还惊大地浮。
天柱峰头何似此,恍疑身到月宫游。

【浅析】此诗作于弘治元年(1488)。超胜楼,徐仲山宅院之楼。徐仲山,名源。吴中长洲县尹山人。成化十一年(1475)进士。历官员外郎、布政使、都察院副都御史。诗写夜晚在高楼上相聚,万里青天如同一面镜子。豪华的阁楼上,灯火通明,可比作不夜城。清冷之月色,最宜在秋夜欣赏。高兴之时,坐在胡床之上,放任形色。大家酒后醉态,两脚虚浮,而疑大地在浮动。

谢氏三亭之韵

望海亭

方岩缺处著幽亭,岌嶪多应负巨灵。
弱水蓬莱真可到,天台雁宕亦分停。
鲎为帆起当窗见,潮作风来吹酒醒。
我欲更从高度望,齐州九点雾中青。

仰高亭

亭上悠然坐见山,东西回合隐如环。
悬崖有路神先往,丛桂无言手自攀。
理到静中应自得,事于身外不相关。

王鏊故里陆巷港　黄进伟摄

金堂玉室分明在,何事高人去不还?

采藻亭

池边小立驻幽芳,异品真疑是乐浪。
沙鸟自鸣还自歇,野人相见旋相忘。
撷来浅濑和云煮,归去倾筐带月湘。
欲献吾皇还自愧,蓼花苹叶委秋霜。

【浅析】此诗作于弘治二年(1489)。谢氏,即谢铎。安徽太平县人。天顺八年(1464)进士。官至南京国子监祭酒,礼部右侍郎。第一首诗写谢铎在方山谷口建一幽亭,似一巨兽驮来。到方山似乎到了蓬莱仙境,夺得天台、雁荡之秀色。在望海亭观赏海景,潮水挟海风而来,能醒人酒醉。第二首诗写仰高亭为两山环抱,只有登悬崖小路才能到达。其处多桂树,可以攀登。方山真同仙境一般,金堂玉室,为神仙所居处,难怪谢祭酒一去不返。第三首诗写在池边暂停,花草芳香,沙鸟自鸣,恬然乐焉。与当地村民相见攀谈,乐在其中云云。

鹦　鹉

一

正坐多知巧言语,终年羁绁在华堂。

不如尺鷃藩篱畔，高下枋榆自在翔。

二

我欲开笼纵汝飞，陇山虽远尚堪归。
归时莫更多言语，浪说人间是与非。

【浅析】 此诗作于弘治三年（1490），此诗为王鏊观鸟而作。前诗写鹦鹉一副正襟危坐、巧言令色之模样。终年为人拘养在华美之堂，还不如小尺鷃在农家藩篱之间，自由自在，跳跃飞翔。后诗说想打开鸟笼，放鹦鹉自由飞去。它的家乡虽远，亦值得归去。归家后，莫多言多嘴，去乱说人世间是是非非。这首诗借放飞鹦鹉，比喻作者欲展翅高飞，回归故乡。尤以"浪说人间是与非"，发人深思。

太平鸟

有鸟有鸟名太平，太平时节方来鸣。
当今天子神且圣，怪尔日夕无停声。
人言此鸟亦如凤，不向梧桐爱菶萋。
上林何树可相依，万年枝上春风动。

【浅析】 此诗作于弘治三年（1490）。太平鸟，又名太平雀，亦称频伽鸟，据说生活在极乐净土，唐代元和年间诃陵国所献。应为作者题画诗，祈盼太平之意。诗写太平鸟如凤凰，太平盛世来鸣叫。当朝天子圣明，故鸣叫声终

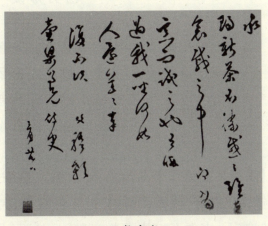

王鏊书札

年不停。人们都说太平鸟似凤凰，喜停于草木茂盛处。上林苑中何种树可供太平鸟栖息，应是春风吹动的万年枝上。诗歌寄托了作者对安宁生活的期望。

寄题拱北楼

紫薇花盖拥宸居，拱北楼成势有馀。
沽水绕城斜作字，人家滨海半为渔。
草间狐鼠收妖气，天上风云贺宠除。
记得泊舟衰草岸，月明槐树影疏疏。

【浅析】此诗作于弘治三年(1490)。拱北楼，旧在天津城墙上，明代刘宪副所建。诗写天津城曾为帝王驻跸，拱北楼因此得名。沽水等河流绕城而去，成"丁"字形围城。其地临海，所居子民半为渔民。盗贼消遁，社会安定。当朝帝皇英明，能善待臣下，谓得太平盛世。泊舟于衰草岸旁，观四周夜色，唯见槐树在月光下影影绰绰，城楼下竟如此荒凉。

题明秀楼

湖上危楼势不崩，北人欲上怯初登。
檐前月写澄波影，天末云留碧嶂层。
山水吴中夸独胜，观游昔日记吾曾。
弱流不隔蓬莱路，欲去谁言病未能？

【浅析】此诗作于弘治三年(1490)。明秀楼，在苏州城郊。诗写明秀楼建于湖畔，巍峨而坚固。北人惧水，初次登楼，有所胆怯。月光泻在屋檐下，水面上一片澄光。眺望远处，云朵停留在层层青山之间。其楼为吴中胜景,昔日也曾登临楼上,观赏此奇景。人只要有信念,弱流并不能阻拦去蓬莱之路,谁还在找寻各种借口而不回故土呢?诗歌流露了作者的归乡之念。

小适园桃花忽开

一

春来未识东风面,忽在我家小圃中。
斜凭栏干成独笑,东西相映两株红。

二

花开犹未报人知,花下行吟漫自思。
花若能言应笑我,年年无酒只题诗。

三

朝陵欲去更迟迟,还向花前举一卮。
说与东风莫吹落,我行三日是归期。

【浅析】 此诗作于弘治三年(1490)。小适园,王鏊京城家中宅园,在城中崇文街。王鏊见园中桃花开放,有感而赋以诗。第一首诗写春天来临,小园中已有春气,桃花在园中独笑,尤以东西两枝最红。第二首诗说自己尚未察觉,忽见桃花乍放,才知春天到了。自己不善饮酒,故在花下苦吟,惹笑了花枝。第三首诗说欲想去朝陵谒祭,因喜园中桃花而依依不舍。行前举一杯酒,敬与东风,在我赴朝陵三日期间请开恩,莫把桃花吹落。

王鏊诗《梅花》 席时珞书

花落又作

一

报道花开方自喜,忽闻花落更成伤。
东风太是无情物,故作春来一日狂。

二

昨日日高犹烂漫,今朝风动渐稀疏。
我行三日归来看,只恐枝头一片无。

三

鱼鳞满地雪斑斑,蝶怨蜂愁鹤惨颜。
只有道人心似水,花开花落总是闲。

【浅析】此诗作于弘治三年(1490),为前诗《小适园桃花忽开》题后。第一首诗写春天来临,东风劲吹,花朵盛开。忽见花枝稀疏,使人伤感。风儿为何如此无情,一日狂风吹落满园桃花。第二首诗说昨日还是桃花烂漫,今朝已景色不再。三日朝陵期间,突然起风,吹落花朵,使人感到无限遗憾。第三首诗说落花满地,如鱼鳞般排列,飞鸟蜂蝶皆觉伤感。自己见此情景,却心静似水,不为所动。此诗写出了作者的独特感受,面对纷扰的世事,心静似水的坦荡心境。

杨柳青舟中见月

杨柳青前杨柳残,南人北望思漫漫。
从来共月庵前月,今夜篷窗独自看。

【浅析】此诗作于弘治五年(1492)。王鏊赴南畿主考应天乡试,途经天津,想起在京的好友吴宽而赋诗。杨柳青在天津西南,镇名,以木版年画闻名。诗写在杨柳青镇看到杨柳已残,树叶稀疏。在这里北望京师，思念友人，也不知他在何为。月色正好，平日常同吴宽在宅院里一起赏月，可惜今夜只能独自一人在此欣赏月色。月光皎洁，倍思友人，此诗表达了作者"幽独"的情调。

淮口值风舟几覆

舵折樯倾舟如晏，风涛淮口戒心初。
跛行岂赖娄丞相，鱼腹几从楚大夫。
平地人于看处愕，阴功神定暗中扶。
道人无惧还无喜，斜日楼头自晒书。

【浅析】此诗作于弘治五年（1492），亦为王鏊主考南畿乡试时所作。淮口，运河途经淮河之口处。值风，遇到了大风。诗写作者所乘之舟赴金陵，在淮口遇到大风浪的危境。船之舵桅俱被毁，船舟几覆。未行时听人说，舟入淮口，须提防风涛。因舟之颠簸，跌倒而痛足，如唐代的娄丞相般狼狈。差一点像楚国大夫屈原，葬身鱼腹。岸上之行人，看到行船在风涛中颠簸，也感到心惊肉跳。幸喜有神灵在暗中护佑，终于化险为夷。大风过后，云开日出，诗人所带书籍已被浪打湿，只得摊在船头晒书，可谓有惊无险。

过扬子江

燕南倦客江东去，一见澄江眼为开。
红日远疑从地起，青山近欲傍人来。
中流击楫空怀志，南国持衡独鬼才。
渐觉故乡风物近，十年一到思悠哉。

【浅析】此诗作于弘治五年（1492），亦为王鏊主考南畿乡试时路途所作。扬子江,在长江南京段。诗写自己到江东去,其舟一入长江,使人顿时觉得眼前一亮。太阳从东方升起,像是从地下冒出来。两岸的青山又好像来迎接远客。自己想有一番作为,却空怀壮志,难以实现。作为南畿乡试主考官,为朝廷选拔人才,惭愧自己无此才能胜任。南都的风物渐渐近了,自己十年来无时不在思念南方和故乡。

宿龙潭驿

崩崖百丈俯惊湍,未到先忧到却安。
夜枕江声宜客梦,午窗山色任人看。
欲寻往事空题壁,不废公程且解鞍。
眼底桑田与沧海,人间得失浩漫漫。

【浅析】此诗作于弘治五年(1492),亦为王鏊主考南畿乡试时路途所作。驿站,即古代旅舍。龙潭驿,在南京栖霞山近处。诗写龙潭驿原在危崖之下,有湍急的水流奔腾而过。回忆自己十九年前到南畿参加乡试,就住宿于这样的危舍之中,如今新建的龙潭驿已向内移。当年住这样的危驿舍,开始非常担忧,但睡在里面很安稳。夜晚听着江涛声入睡,饭后看窗外的风景。当年来赶考,留在壁上的题诗,已无踪影。在这里休息一夜,不会耽搁公事。时间已过去十九年,漫漫岁月,自己从赶考到主考,人世间的变化是多么大啊。

舟发龙潭驿

王气东南日夜浮,画船十只向神洲。
山当好处如曾识,江到平时只似游。
两岸人容从北固,六朝事业付东流。
天风莫送征帆急,景物诗家要细收。

【浅析】此诗作于弘治五年(1492)。王鏊宿龙潭驿的第二天。诗写金陵有帝皇之气,云气烟霞变幻莫测。京城至南畿乡试的船队,离开龙潭驿,向南京而去。大江两边的青山,十分熟悉,有似曾相识之感。江面水平如镜。当年的六朝古都,已如东流之水,一去不复返。天风啊,你不要把帆船送得太快,让我细收两岸的景色于诗囊之中。诗歌表达了作者见到家乡景物兴奋与欢愉的心情。

观音山

大江东畔小蓬山,山下时鱼近可板。
苍玉千年浮浩渺,白银万顷漱屭颜。
诸天眼见虚无里,一叶身惊出没间。
不是舟人无次第,要将奇观与人看。

【浅析】此诗作于弘治五年(1492),亦为王鏊主考南畿乡试时所作。观音山,在扬州蜀冈。诗写在长江上能看到小蓬山及江两边许多的山峰。山下溪流中鲫鱼在舟旁游动,清晰可见。山峰如浮在江上的美玉,已有千年之久。万顷长江水,日夜冲刷江边的群山。山峰上的佛寺,尽隐藏在虚无缥缈的雾气里。舟行江上,如一片树叶,随波出没,很是惊险。不是久经风浪的船夫,不能在江上疾迅行舟。只因自己要饱览两岸的景色,舟船才慢慢漂行。

至金陵

白下秋风擢桂枝,桂枝今日岂吾司?
钟山宛宛行来见,淮水悠悠别后思。
平市烟花应我识,前朝陵寝没人知。
道傍不用争先睹,便是当初赴试时。

【浅析】此诗作于弘治五年（1492），同为鏊主考南畿乡试时所作。金陵，即南京城之古称。诗写十九年前，自己赴南京参加乡试，夺得第一名。想不到十九年后，能作为主考官重来此地。金陵钟山一路相随，秦淮河水就在眼前，别后自己一直在思念。想当年我乡试夺魁，誉满白下，也许如今还有一定影响。南京一带多帝王之陵，因年代久远，已不为人们所知。路上人不必来争睹主考，自己也是当初赶考之人。诗歌前后对比，交相生辉。

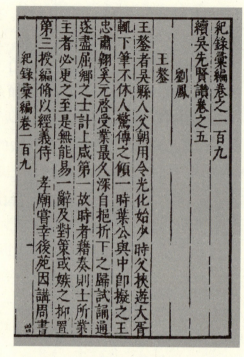

《续吴先贤赞》书影

中秋夜

未谓中秋今夕是，外帘瓜果特多仪。
月侵屋入窥文卷，席趁檐斜阁酒卮。
艳魄不辞忙里看，新寒先报客中知。
燕山海月同谁赏，北望诗成有所思。

【浅析】此诗作于弘治五年（1492），同为王鏊主考乡试中秋夜所作。诗写考场内不知时光，不知不觉中秋节已至。外帘准备的瓜果等食品，很礼貌地送入内帘，才知晓中秋节已到。月光照入屋内，像是来偷窥试卷。酒席间，因礼让而不时搁下酒杯。虽批阅试卷繁忙，今夜仍能抽空赏月。秋夜已觉丝丝凉意，不知京城海月庵中，好友匏庵同谁在一直赏月？夜色中面向北方，赋诗一首，作者思念吴宽之情油然而生。

鹿鸣宴

京城人马簇如烟，秋榜何人看独先？
折桂也应怀此日，插花那复似当年？
纲罗麟凤东南尽，坐应奎星上下联。
记得画堂东畔席，和家衣钵定谁传？

【浅析】此诗作于弘治五年（1492），王鏊主考南畿乡试结束时所作。鹿鸣宴，乡试发榜后，当地长官宴请主考、执事人员以及新科举人所举办的宴席。诗写陪都南京车水马龙，非常繁华。乡试后发榜后，人们争看秋榜，急着想知谁人最先得知中举人。自己还能回忆起十九年前，放榜时的喜悦心情。新举人插花游行，自己当年也是这样荣耀过。这次乡试，尽收东南人才。宴中所座之人，皆为俊才。自己乡试解元，今年传给谁呢？

陈朝旧城

江东天险天削成，长江为堑山为城。
南朝天子慎封守，城外筑城随地形。
盘盘青山出复没，筑城密补青山缺。
龙潭起至金川门，百里绵延城不绝。
青山四绕城四周，雁飞不过神鬼愁。
北兵纵健无羽翼，礼乐兵刑何用修？
益州楼船夜飞度，虽有金汤没人戍。

【浅析】此诗作于弘治五年(1492),南畿乡试期间。陈朝,南北朝时南朝最后之朝代,陈霸先所建,国都南京,公元509年为隋朝所灭。诗写南京以长江为险阻,周围之山皆为城墙。南朝君王慎守国土,修筑城墙,以补青山之缺口。城池坚固,敌军纵插翅难以攻克。可是陈后主以此天险,高枕无忧,纵情享乐,使国之制度皆废,想不到敌国兵船一夜之间,即攻入南京。虽有金汤,无人守备,同样亡国。此诗为借景吊古之作,寄寓了作者对历史的深刻思考。

过长江

微风细浪平如席,金山焦山绕咫尺。
群山簇簇天际浮,点染长江好颜色。

【浅析】此诗作于弘治五年(1492),为王鏊赴南畿主考乡试,又至家省亲,看望父亲,返朝过长江而作。同时还作有《秉之送至京口别去有诗和之》《宿迁别安隐兄》诸诗。诗写是日过长江时,细浪如席,极为安静。在江中,站在船头看江中金山与焦山,觉得近在眼前,并不遥远。远处的山峰,如一簇簇浮在天际,把长江点缀得更加壮美。此诗赞誉长江美景,亦为作者完成朝命、顺利归朝兴奋心情的写照。

玉汝看葵见寄

朝退归来不坐衙,门当委巷尚嫌哗。
不知半舫斋前竹,何似平廷院里花?
清爱雨声时起听,薰愁日色每教遮。
小轩清荫都非旧,说与西人却似夸。

【浅析】此诗作于弘治六年(1493)。玉汝,名陈璚,家有半舫斋。诗写退朝回家,再不理公事。宅院在偏僻之小巷,可自己尚嫌喧哗。不知君家半舫斋之竹,比之自己家中之花如何。雨点打在葵花、葵叶上,其声清亮悦耳,使人时时起身而听。担心阳光灼照下叶子蔫萎,总想去为之遮盖。自家宅院之花木已有增益,非旧日可比。将此说给西邻听,却有自夸之嫌。

抱子猿

庄周亦有言,虎狼仁独至。
今观王孙猿,其性复如是。
胡为吾人中,乃有乐羊辈。

【浅析】此诗作于弘治七年(1494),王鏊观画诗,画面为一猿怀抱一崽。古时庄周曾说过,虎狼亦有其仁爱。今日观猴子,其本性复是如,也有其仁爱之心。为何人类反不如畜生,出了乐羊辈那样的一些人,为一己富贵,不念亲情。

长啸猿

苍崖汹若崩,古树吹欲折。
峡江万里来,黑风夏飞云。
哀猿啼一声,行人若为别。

【浅析】其诗作于弘治七年(1494)。说山间风狂,苍崖若崩。大江穿峡而来,长空黑云翻滚。忽听得一声猿啼,行人听得,悲哀凄凉如人之别离。此诗由观画而产生联想,猿亦有情,人之却情,读后发人深思。

避暑傅氏山庄

一

偶然携酒作郊行,才出尘中眼校明。
岁月几何新景象,河山百二旧神京。
初凉道上行人影,斜日村中打麦声。
一片渴心何处写,辘轳金井上银瓶。

二

北来燕赵旧山川,平野苍茫海色连。
客子行游非素约,野人墟落自成廛。
寻凉有马能知路,吊古无碑可问年。
九日忙时闲一日,新诗莫惜被人传。

【浅析】陆伯廉,名简。明代武进人。成化元年(1495)乡试第一,连擢礼部高第,廷试探花。官詹事府少詹事,时为侍讲学士等。前诗写刚出京城红尘,郊外景色清丽,眼前为之一明。山河险固,一如昨日。天气初凉,路上行人匆匆而过,留下身影。夕阳斜照,谷场上打麦之声中夹有人笑。自己不正渴望这适闲的生活吗?后诗写平野苍茫,晨气弥漫。去傅氏山庄,是随兴而往。一路上有村落、集市,很是热闹。马匹常来往山庄,因而识途。常年忙于案牍,得此闲

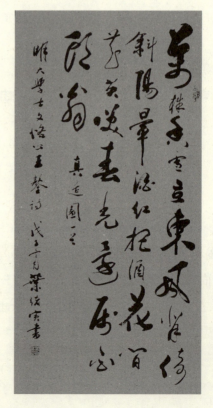

王鏊《真适园》诗 叶绪寅书

暇,而得此诗,望在友人间传诵。

宜晚轩

旋锄荒秽疆名园,小结茅茨便作轩。
行处藤枝还自倚,吟馀贝叶亦自翻。
闲居未拟潘生赋,知足先师老氏言。
长者有车时见过,愿闻何处是真源。

【浅析】此诗作于弘治七年(1494),宜晚轩,在王鏊自家小院内。诗写在家之后宅,剪去荒草杂木便是一座小园。盖上简陋的屋顶,便可称作一轩。有藤枝可作依倚,凭栏吟诗,亦乐在其中。把诗歌写在树叶上,快乐而有趣。园中微风自会将其间翻阅一过,在此未如潘岳一样撰《闲居赋》。深知老子言知足常乐之理,很向往百姓自然之隐逸生活。时有长者之车来访,指点真源于宜晚轩之中。此诗再次表达了作者厌倦官场、渴望回归自然之情怀。

饮云龙山放鹤亭

把酒高亭迟日晴,青山无限赴彭城。
地横西楚英雄气,水泻南徐感慨声。
燕子楼前春草合,虎牢关外暮云生。
不知放鹤人何在,辽海茫茫万里情。

【浅析】此诗作于弘治七年(1494)。云龙山,在徐州城西二里,因山出云气,蜿蜒如龙,故名。放鹤亭,宋熙宁年间云龙山人张君放鹤处。草堂中有二鹤甚善驯飞。名之放鹤亭。诗写在放鹤亭饮酒,看徐州一带青山娟好。徐州有英雄之气,项羽破秦立西楚,自诩楚霸王。流水经徐州,不禁为古今兴废发出感叹。燕子楼前长满荒草,有时过境迁、沧海桑田之感。不远处的虎牢关暮云苍茫,人生亦若风云变幻莫测。已不见放鹤人的踪影,往事一去不复返,唯思辽海茫茫,没有边际。

种　竹

小轩侧畔无多地,手种琅玕一两枝。
村对翛然心自足,渭川千顷复何为?

【浅析】此诗作于弘治九年(1496),王鏊在自家小园宜晚轩中种竹而赋。诗写小院旁边没有多少闲地,无法种植名树名花,只能种些竹子。学宋代梅尧臣,种琅玕于新第,使之翠光秋影上屏来。琅玕,即翠竹。竹子无须多,在宅旁种一两枝,已心满意足。不必如渭川那样,种竹千顷,竹多且繁。此诗有太史公"陈夏千亩漆,齐鲁千亩桑,渭川千亩竹"之意境,含事多烦心、向往无拘无束的生活之盼。

宜兴张氏双桂堂

曾闻天上桂华孤,不似君家有两株。
千里燕吴还接叶,一门金玉本连趺。
阴功信有栽培力,学海宁忘灌溉劬。
从此邻林谁复羡,荆溪金紫有先圩。

【浅析】此诗作于弘治九年(1496)。宜兴张氏,即张邦祥、张邦瑞兄弟,为宜兴望族,双桂堂为其堂号。弘治九年邦祥中顺天乡试;邦瑞中应天乡试,而张之先有金紫光禄大夫者,故王鏊赠诗相贺。诗写传闻月宫中有一株桂树,而宜兴张氏家中却有双桂树。两棵桂树连接于京城与宜兴之间,两枝同根生,似兄弟同胎。今张氏如此显赫,源其祖先积德之遗泽。从此桂林一枝,再无人羡。张家有两枝,来日必有金印紫绶。

己未岁南归至德州

　　舟发河西冰塞川,败林枯叶总萧然。
　　德州杨柳青青在,南北端疑有二天。

【浅析】此诗作于弘治十二年(1499),诗全名《己未岁南归,至德州口占》。是年正月,朝廷加封王鏊父为中宪大夫,母赠恭人。十月,王鏊奉封诰还乡,至济南府德州而作。德州,位于山东省与河北省交界处,明代时为进入京师之门户。诗写船至北运河以西,河水已冰冻,四野一派衰败之景。然河西虽已冰封,河东德州依然杨柳青青,使人怀疑世间真有二重天之别。

饮德州郑主事分司园亭

　　绿荫深处著幽亭,
　　檐下流泉诘屈经。
　　暑雨炎风空作势,
　　倦途尘思豁然醒。
　　蜀中妖鸟何年至,
　　吴下征帆半日停。
　　见说云州烽火熄,
　　谁能举矢射狼星?

【浅析】此诗作于弘治十三年(1500),王鏊北归经过德州而

《国朝献徵录》书影

作。郑主事,即郑洪,直隶太兴人。成化二十年(1484)进士,时任户部分司主事。诗写在绿荫深处建有一小亭,泉水从亭下流过。夏天不感到炎热,旅途的劳累也一扫而去。不知何日能回归故里,思乡之情油然而生。所乘之舟在德州停留半日,应郑主事邀饮。听说云州战事又起,谁能一举扫除入侵之敌?此诗为作者归朝思乡之作,又寄托了对云州战火的担忧。

焦　山

昔年览胜金山顶,今日焦山试一跻。
四望云峰如此好,平生诗句若为题。
烟中远树长江北,天际孤帆落日西。
闻道鱼龙多窟宅,夜船归去莫燃犀。

【浅析】 此诗作于弘治十三年(1500)。是年王鏊乞省探亲归于京城。诗写昔年登镇江金山,今日复登,欲作诗却不知如何去题写、描绘山之景色。眺望江北,见远处烟树,隐在云气中。想起唐代李白名诗《黄鹤楼送孟浩然之广陵》的佳句,有"孤帆远影碧空尽"之感。夜间行舟归去,勿用火把,莫惊扰水族。

雪后怀小适园

一

小圃今何在,锅腔路已苔。
竹摧揠柳径,石重压花台。
不见羊羔饮,聊将枻榾煨。
拥门三尺雪,乘兴有谁来?

二

小圃今何似，还成步步瑶。
兴如行灞岸，愁似泊枫桥。
饥啅鸟啼柳，迷寻鹿覆蕉。
悬知连日雪，小径没人腰。

三

小圃今何有，犹闻《白雪歌》。
未论金作谷，聊诧玉为柯。
问字人少来，窥檐鸟下多。
雪中吾欲去，兴尽奈渠何。

【浅析】此诗作于弘治十三年（1500）。小适园，王鏊京城家之小园。第一首诗写小园中灶间已生出青苔，屋旁竹子挺拔长至檐下。花台上叠石，已无羊酒。门口已被雪埋，恐无友人来会。第二首诗说圃中步步皆是雪，食物被雪覆盖，鸟儿饥不择食，只能啄食枝条。连日大雪，深渊处积雪已没过人腰。第三首诗云，在小圃中犹听到阳春白雪之歌，其为楚国之高雅乐曲。树枝被冰雪覆盖，晶莹剔透。大雪中登门探讨学问者少，我欲归去小园之景色中，在那里可尽兴至极致。

韩侍郎庭中芍药盛开

露浥红香湿未干，绿阴深静护雕阑。
频来未许重门掩，色重谁将碎锦攒。
翦伐无心还比召，带围有兆亦同韩。
道人自是忘情者，莫作当年侍史看。

【浅析】此诗作于弘治十四年（1501）。韩侍郎，名韩文，时任户部侍郎。诗写应邀去韩侍郎家中赏芍药时，尚在清晨，花朵含有露水，芍药花在绿荫中开放。韩侍郎家门敞开,方便客人进出。芍药花艳丽,却不能分得。其芍药原是周司徒居此时无心栽种,如今竟开得如此艳丽。韩侍郎有官至极品之兆,但他不是追逐名利之人。韩侍郎淡泊名利,不能与当年热衷名利的郑清相提并论。

兰竹石

卷石兮崟崟,幽兰兮猗猗。
新篁兮丛生,同心兮不违。
彼三君子兮逝言相好,岁寒相依兮永以终老。
嗟彼棘薪,亦生其间,尔独何为,尔将曷依?

【浅析】此诗作于弘治十六年(1503),亦为王鏊题画诗。诗写一拳之石,竟亦高耸。幽谷之兰,芳香多姿。新抽竹子,已经成丛,与兰石同心。三者均如同君子,誓言相好相勉,在困境中互相依靠,一直到终老。叹朝廷之上,良莠不齐,荆棘薪莐,混杂其间。你在其间能有何作为,又能有何依傍?作者借兰竹石之高洁,喻鱼龙混杂的朝中官员,吐露了自己无可奈何的心情。

碧桃花

夭夭嫩叶丽春辉,道是梅花却又非。
香露乍匀红玉脸,轻云新染素罗衣。
日斜盆底开何晚,风动枝头落渐稀。
再到刘郎应未识,红尘紫陌思依依。

【浅析】此诗作于弘治十六年(1503)。碧桃花,又名千叶桃,不结实,仅供观赏和药用,为桃花之一种。诗写娇嫩的桃叶映在春日阳光下,花瓣上露水滴滴。透过薄纱般雾气而观桃花,能看清花瓣上露水晶莹,花红似美人脸。桃花上有白色花纹,又似素罗纱衣。其桃花开放较迟,重来看花,枝头花朵已稀,同过去大异。"种桃道士归何处,前度刘郎今又来。"看花归途,意犹未尽。

登毗庐阁

忙身抽得且闲游,天上回瞻十二楼。
百战昔悲燕赵地,万年今作帝王州。
天花散漫金光烂,野树苍茫水墨稠。
指点云间吴会近,扁舟湖上几时浮?

【浅析】此诗作于弘治十六年(1503)。毗庐阁,在北京潭柘寺内,其寺建于晋代永嘉元年(307),全国文物保护单位。诗写自己忙中偷闲,登毗庐阁眺望京城之宫阙楼宇。想起燕赵先民,勤劳智慧,在历经千百年战争的大地上,创造了远古的文明,故而引来了外族侵略。如今明王朝强大,当年百战之地已作京都,可保国家安定。望苍茫野景,故乡吴地如近在咫尺,叹自己何时能脱离官场,自由自在泛舟在太湖上。此诗表现了作者盼国家安宁、永无战乱之愿望。

香 山

百二河山势自西,芙蓉朵朵插天际。
九重日上黄金阙,十里人行白玉堤。
政改辽金元殆尽,气凌韩赵魏皆低。
要当尽览全燕胜,绝顶同君一一跻。

【浅析】此诗作于弘治十六年(1503),王鏊与友人同游香山而作。香山,在北京城西北三十里,有二大石如香炉、蛤蟆,泉水下注,亦名"小清凉"。诗写香山山脉自西而来,地形极为险要。诸峰皆高耸入云,似朵朵芙蓉花插于天际。这里建有金碧辉煌的佛寺,历代帝王亦常来此。香山流泉满道,以玉泉为胜。明皇朝之朝政,一扫辽金元之胡虏,恢复中国疆土,重振大汉之正统。凭栏高眺燕赵胜迹,须阁下逐山攀登。

游功德寺

河畔南辕忽改西,人家两两傍山低。
云归远岫昏初敛,春入平原绿未齐。
钟动招提迎老衲,纸飞荒冢哭孤嫠。
凭谁乞与龙亭水,化作东郊雨一犁。

【浅析】此诗作于弘治十六年(1503)。功德寺,在北京西湖,旧名护圣寺,建自金朝,宣德年间重修,改名功德寺。诗写车辕在河畔行驶,忽而转向西,见山谷旁有三三两两之人家。云散天晴,能见远处之峰峦。原野上春草萌生,但尚未茂盛。车至功德寺,传来寺庙钟声,僧人闻之出迎。见有孤妇上坟,焚化纸钱,闻山间哭声一片。有谁能呼风唤雨,乞得龙王化水,让百姓雨后可犁地耕种。

题画牛

一

牛背蒲鞯稳若舟,吾伊声里触前驺。
当时项羽成何事,能使郎君读未休。

二

背卧斜阳觕短刍,箭锋犹带血模糊。

家人不用惊相报，且读床头一卷书。

三

问喘轩车驻道周，不因群斗少迟留。
若言燮理成虚语，试问齐王觳觫牛。

【浅析】此诗作于正德四年(1509)。此诗是王鏊为四幅画牛图题诗，含四则典故，这里选前三首。第一首诗说唐代李密稳坐牛背，读《项羽传》。专心苦读，无意间触犯了尚书令。为越国公杨素所赏识，助杨反隋，成就了一番事业。第二首诗说隋朝丙吉出巡，见道旁有牛喘气而停车，遂问其原委，嘱民爱惜畜力的故事。第三首诗说后汉刘宽厚道，有人失牛，误从其车中认之，刘宽便将错就错，赠牛与他，而自己下车步行的故事。

善权寺

兹山信有神灵护，栋宇传闻自太和。
雷篆天书犹可辨，星坛月馆递相过。
颠崖桧偃苍龙蜕，怀藏经翻白马驮。
应笑重来王相国，不将玉带系山阿。

【浅析】此诗作于正德五年(1510)。善权寺，又称善卷寺，在宜兴。建于南朝齐建元二年(480)，善卷洞曾为其庙产。是年正月，王鏊携弟秉之及沈晖等畅游宜兴山水，作诗《过黄墅沈氏阻风，望洞庭甚近不能到》《荆溪杂兴》《张公洞》等。诗写善权洞所建年代久远，定有神灵怀护。在寺内读古碑，如识天书般困难。笑自己没有捐出苏轼之玉带，作为古寺镇寺之宝。

重到宜兴

三日兰舟只任风，
洮湖过尽滆湖逢。
溪山处处还依旧，
却是人心自不同。

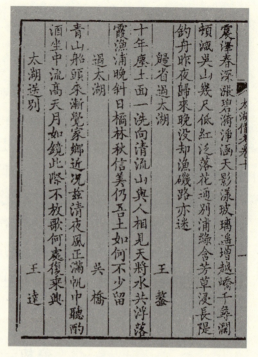

《太湖备考》书影

【浅析】此诗作于正德六年（1513）。王鏊有一女嫁于宜兴，正德五年曾游过宜兴，故为该诗称《重到宜兴》。诗写三日来所乘之舟任风漂行，过了洮湖，又到滆湖。溪畔风景虽似往日，但因时世纷乱，加上自己怀念亡女，心情不同而对相同之风景感受亦有异，真有"客怀转展自无眠"的意境。此诗与《宿毗陵驿》同时而作，作者心情较为沉重。

宿毗陵驿

扁舟夜宿毗陵驿，城上乌栖霜月白。
客怀转展自无眠，何处人家复吹笛？

【浅析】此诗作于正德六年（1513），王鏊重游宜兴时作。毗陵驿在宜兴朝京门内，即元万户府，宋以前在天禧桥东，名毗陵驿，后改名荆溪馆。明洪武元年（1368）改为武进站，六年复改名毗陵驿，改提领为驿丞。诗写夜晚小舟停歇在驿站下，城墙上栖息着群鸟。天上月与地上霜相映，至处一片银白。自己睡在床上辗转反侧，难以入眠。正值忧国忧民的无眠之夜,又传来凄愁的笛声。诗为心声,作者因思念亲人,意境较为消沉。

甘露寺

颇忆登临胜,拏舟复此过。
嬴剗伤断垄,梁刻认馀波。
海雾晴嘘蜃,江风夜吼鼍。
孙刘何处问,狠石卧荒坡。

【浅析】此诗作于正德十一年(1516)八月,为王鏊送子北上时与焦山诗同作。甘露寺,在润州北固山。三国时吴王皓所建,时改元"甘露",后以为名。诗写闻听甘露寺建于前朝,北固山脉被秦始皇斩断。其山自西而来,江水中涌出岛屿,美轮美奂。晴日薄雾笼罩中,常出现海市蜃楼。夜晚万家灯火,江风吹拂下,能听到鼍龙之吼声。孙刘故事已过千年,唯狠石仍卧在荒草之中。景色如此壮观,顿使作者感慨万千。

杏 林

陆家园里千株杏,处处花开不待春。
种树由来还种德,枝头颗颗总含仁。

【浅析】此诗作于正德十二年(1517)。陆家,即陆元泰家之园林。陆元泰,字长卿,苏州昆山人。先世为宋朝进士,以赀雄一邑。至长卿,不求显达,而专志书史,家声不坠。是年春天,王鏊游陆家之园林,见园中多杏树,遂作诗《杏林》。诗写陆家园中杏树多达千株,春天尚未来临,而枝头杏花已经开放。种树同种德一样,有布施才有收获。颗颗杏子中均含杏仁,而人亦应如此,怀有仁义之心。

庭前白牡丹一枝独开

红紫休夸锦作堆,瑶华一朵占先开。
似从姑射山头见,不减唐昌观里栽。
绰约每怜天与态,珑璁应藉雪为胎。
风情一种无由见,携酒谁当月下来?

【浅析】此诗作于正德十二年(1517),王鏊喜庭中白牡丹独秀而赋。诗写春来自己家中小园内,花团锦簇,姹紫嫣红。白牡丹一枝独秀,玉色洁白,似乎在姑射山头见过。花朵与唐昌观之玉蕊相比,毫不逊色。自己极喜白牡丹玉洁冰清,珑璁脱俗于雪。往时难见白牡丹之风韵,谁与我在此花前月下共饮一杯。此诗赞庭前白牡丹的高洁,表达了诗人的向往和志向。

水仙花

藐姑射之神人,携汉滨之二女。
俨仙袂之飘飘,涉沧波而齐步。
怅交甫以莫从,攀桂枝兮延伫。

【浅析】此诗作于正德十二年(1517)。水仙花,多年生草本植物,花白色,蕊淡黄,冬天开花,味清香,供观赏。诗写水仙花似姑射山之仙女,又如汉水女神般高雅。微风轻拂,水仙如仙女般翩翩起舞,犹似凌波女神,姿态万千。可叹郑交甫未能与汉女从游,手折桂枝而久久伫立。此诗称颂水仙花开在严寒的冬季,蕊吐清香,又想象奇巧,令人叫绝。

西 湖

我爱西湖好,何时此一行?
六桥明月夜,花底画船横。

【浅析】 此诗作于正德十二年(1517)。西湖,即杭州西湖。王鏊毕生未到过杭州,但有诗流露出向往之情,如《岁暮有怀木斋阁老因寄》《题西湖春景》等。诗写作者极爱西湖的好风光,什么时候能赴此湖一行?昔时白乐天与苏东坡疏浚西湖,所筑之六桥名胜,月光之夜更为美丽,游览之画船行于花丛,是何等惬意。此诗以平易朴素的语言,表达了作者对西湖景色的赞美。

夜泊方桥

天暝去程远,扁舟宿雁沙。
风烟渔浦树,汀水野人家。
不识剡溪路,空怀博望槎。
邻邦犹蹇涩,况欲走天涯。

【浅析】 此诗作于正德十二年(1517)。王鏊第三女,嫁宜兴永定邵銮,病卒于是年二月。十二月,父亲王鏊送女归葬永定,作组诗《十二月二十日与秉之同至义兴,途中作诗十首》,此即为组诗之一。诗写小舟因迷路,夜宿雁沙。河畔柳丛茂密,渔舟炊烟依依。相传当年张骞乘舟欲穷河源,亦迷路于天宫。宜兴乃苏之邻县,行舟尚且如此困难,而若至天涯海角,定更艰难。此诗因作者丧女而流露出一种暗淡心境。

玉 林

蓝田曾种玉,岁久长琅玕。
琪树东西映,琼枝远近攒。
每羞何氏献,聊试偓生餐。
况复人如玉,蒹葭欲倚难。

【浅析】此诗作于正德十三年(1518)。玉林,玉树之林,喻培育美德。诗写在良地上种玉,年久才能长成似珠玉之美石,而要培育玉树临风之人才,更须岁久日长。玉树长于仙境中,天生为树。玉树乃不食人间烟火,故名曰琼枝或仙枝。王母天庭盛会,何仙姑献蟠桃,众仙皆贡珍物,寿至两三百岁。玉树长成清高拔俗,平庸者欲攀附亦难。此诗写玉林之美,仰慕其高尚品质,立意甚巧而用笔颇具匠心。

赋

洞庭两山赋

楚之湖曰洞庭，吴之山亦曰洞庭，其以相垺耶？将地脉有相通者耶？郭景纯曰：包山、洞庭、巴陵地道潜达旁通，是未可知也。而吾洞庭实兼湖山之胜，始山特为幽人韵士之所栖，灵仙佛子之所宅。至国朝，名臣彻爵往往出焉，岂湖山之秀磅礴郁积，至是而后泄于人耶？东冈子曰：山川之秀实生人才，人才之出益显山川。

正德十三年(1518),王鏊已年届古稀,重游莫厘峰与吴城天王寺,辄兴感徘徊不忍离去,先后作《过天王寺》与《洞庭两山赋》《吴子城赋》等诗赋。其中《洞庭两山赋》是王鏊晚年一篇优秀的韵文。洞庭两山,即太湖洞庭东、西山。该赋用词极为洗练,全篇只用了一千零五十三个字,但包含的内容却十分丰富,知识面亦甚为广博,富有韵味。王鏊"文章有奇气""文风振起一代",可见一斑。

在《震泽先生集》中,王鏊所作的诗歌有近千首,而所作之赋仅八首,其中有五首被选入《王鏊诗文选》中。除上述两首赋外,王鏊所作之赋,还有《吊阖庐赋》《杏思赋并序》《槃谷赋》等三首,所作时间要早些,分别作于正德六年(1511)和七年(1512)。吴子城在苏城东边。相传为伍子胥所筑,其城周十二里,高二丈五尺,厚二丈三尺。元末士诚败,纵火自焚,独存南门颓垣,俗名王府基,亦称王废基。王鏊仍曰:"予每过吴故墟,未尝不慨想其盛而悼其衰也,故为之赋。"思子城之兴衰,抒幽古之情怀。《吊阖庐赋》为王鏊携弟子门生游虎丘剑池,忽见"终年池水清冽,虽经旱不少减"的剑池水,忽而水涸池空,石阙中空,不知其际而赋。《杏思赋并序》是苏州知府林利瞻去职时,王鏊思念其政德而赋,同时作有《林知府利瞻像赞》,都是歌颂这位敬业爱民的地方官员的。

王鏊所作之赋原件大多已失散,仅《洞庭两山赋》碑1975年在东山岱心湾刘氏传经堂壁间被发现,现藏于东山轩辕宫内。碑高五十厘米,宽两百十二厘米。由王鏊亲笔书写,字体行中带草,刚劲秀丽,在章法上也极为讲究,为一件珍贵的书法艺术作品。

吊阖庐赋

　　昔阖庐之霸吴兮，卒托体乎兹丘。慨往迹之日洇兮，曾不可乎复求。峰峦纷以环合兮，浮屠台殿郁以相谬。忽平冈之坼裂兮，剑池渊沦而深黑。俯莫测其所穷兮，仰不见乎白日。两崖嵌崟而斗啮兮，又巉岩而斗绝。信天造之险巇兮，为神怪之窟穴。将举首而闯其浅深兮，先魂惊而瘮栗。彼秦始之雄哮兮，力驱石而填海。将破山而求之兮，藐不知其所在。宜元之之不信兮，谓往牒之我绐。岁正德之协洽兮，剑池忽焉其枯涸。何昔日之瀹沦兮，今山径之峣崅？伊水旱之常数兮，非予心之所度。石磴岈而双敞兮，类墓门之颓驳。试往造乎其间兮，将举武而旋却。始沮洳以忽明兮，谅欲退

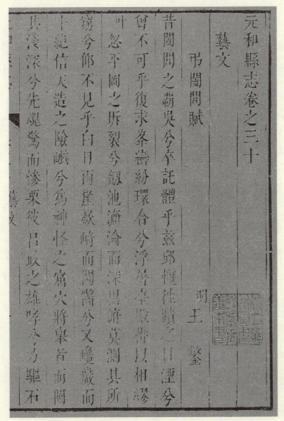

《元和县志》书影

而不可。俨凑题之可扪兮，森怪石之欲堕。岂漆镫之将灭兮，若有俟乎王果。唉吴王之物化兮，求仿佛其不见。想濆池之既尘兮，何有玉凫与金雁？彼槃郢与扁诸兮，疑此语之为幻。何千年之神冈兮，忽一朝而呈露也？旋黯然而复闭兮，殆神物之呵护也。前骊山之强项兮，后会稽之妖珈。锢南山其犹有隙兮，信多藏之为害。独空空兮以保全兮，因兹丘而增慨。

【浅析】 此赋作于正德七年（1511）。"元和县志"等作《吊阖闾赋》。阖庐，即阖闾，名光，吴国君王。原为吴王族，用伍子胥谋，使专诸刺杀吴僚，取而代之。拜子胥、孙武为将帅，发兵攻入楚国都城郢，称霸东南。后与越国交战，重伤而亡，其子夫差继位。正德辛未（1511）冬，王鏊携弟子门生游虎丘剑池，忽见"终年池水清冽，虽经旱不少减"的剑池水，水涸池空，石阙中空，不知其际。故王鏊赋中有"岁正德之协洽兮，剑池忽焉其枯涸"之句。同行王铨《梦草集》、文徵明《甫田集》、陆粲《庚巳编》中均记有其事。

去思赋并序

三山林侯利瞻知吴郡，甫二年，擢分省滇南。阖郡之民咸咸嗟，若谓侯甚宜民而遽欲以去。予谓循吏之难，久矣。自顷权奸柄政，政以贿成，一时在位者因竞为掊克，以入私门。不惟国法有不及，难士之清议亦不复行，曰："彼以缓祸也。"而莫之罪焉。于是相师成风。虽平日稍知慕义者，亦且肆行而莫顾，曰："吾以缓祸也。"於戏！纲纪其坏乎！廉耻其斁乎！于斯时也，有能洁然自守、终始不浼者几人？此林侯之政所以尤难，而重吴民之思也。予乃推愿留者之意为之词。

猗嗟林侯兮，胡不为我少留？世方竞以贪惏兮，侯独端靖而好脩。茌吴民曾几时兮,惠政日以旁流。念往岁之大祲兮,分转死于沟渠。赖我侯之敷政兮,不竟縩而于于。哺我兮被我,育我民兮如母。我耕于野兮,我出我途。寇偷无戒兮,吏静不苛。仰有旄兮俯有稚,非侯之仁兮谁使?皇鉴孔明兮,明且不颇。嗟滇之人兮,其独谓何?揽侯裾兮縶侯马,愿侯重来兮不聊此暇。

【浅析】此赋作于正德六年(1511),为三山林侯去职时,思念其政德而赋,同时作有《林知府利瞻像赞》。三山林侯,即林廷昂,字利瞻,正德三年(1508)以兵部郎中升任苏州知府,六年十一月擢云南参政,去任之日,百姓追送塞途,至有泣下者,或家挂公之图,以怀念其德。故作者序中有"三山林侯利瞻知吴郡,甫二年,擢分省滇南。阖郡之民咸戚嗟……予乃推愿留者之意为之词"之句。

槃谷赋

夫何太湖之淼茫兮,峙双玉于西东。蔚淀紫之巉岩兮,峰峦抱而中空。渡渚汪洋而交贯兮,仍岛屿之无穷。稻畦鳞次以栉比兮,美西崦之宽宏。亭台俨其高下兮,间巷互而相通。嗟夫人之好脩兮,乃行义于其中。握瑾瑜而不耀兮,甘自混于凡庸。朝出耕而暮读兮,澹浮名之夕空。非夫人之独善兮,慨斯世之不庸。不吾庸其亦已兮,信横目之为恫。仰观山之峨峨兮,俯玩水之溶溶。俯仰山水中以自得兮,将有言兮是从?将无言兮是从?

【浅析】此赋作于正德七年(1512),为王鏊归田后所赋。槃谷,洞庭东山地名,或泛指东山之山壑。赋中:"嗟夫人之好脩兮,乃行义于其中。握瑾瑜而不耀兮,甘自混于凡庸。朝出耕而暮读兮,澹浮名之夕空。……仰观山之峨峨兮,俯玩水之溶溶。俯仰山水中以自得兮,将有言兮是从？将无言兮是从？"意为我喜欢洁身自好，甘心做一平凡之人。我视名利为一夕而空之物。以山水为乐，或有抑或无言。世间万物，有言无言，有为无为，不复计矣。作者的思想已完全超越了尘世。

登吴子城赋

予每过吴故墟，未尝不慨想其盛而悼其衰也，故为之赋。

泰伯遗墟，干将故里，台阁翚飞，冠盖鳞次。喟彼荒郊，羌何为乎？城之里，但见愁烟郁而四积，悲风惨而时起。颓墉突阜，剩水残濠，野雉朝雊，鸱鹠夜号，沉矛折戈，坠珥遗翘。渐渐惟麦之秀，离离彼稷之苗。父老告予曰：此吴王之遗宫也。方吴盛时，志大功高，入楚柏举，败越夫椒。城规方于八卦，门僭拟于三朝。跨长洲之茂苑，馆苎罗之艳妖。带以锦帆之泾，压以金母之桥。爰有凉台温室，镂楣绣栭，风亭月榭，碬壁椒涂。饰以璆琳琅玕，间以木难珊瑚。鸣珮凫箄，高冠鹄趋，自谓百世君之，岂意至于是耶？吴禄既更，历代崇饰，春申夏桃，秦皇刻

乾隆《长洲县志》书影

石,危亭岌夷,雕栏纡直。齐云之楼,凝香之室,木兰之堂,交映翕赫。叠石则巀嶭嶕峣,凿沼则困潾澄碧。兰芷罗生乎其间,竹松骈列于其侧。罗绮争春而妖冶,歌钟入夜而嘈杂。韦白耽于吟玩,皮陆侈于酬答。迨宋迄元,更为治所,双莲四照,池光春雨,岁时观游,丽无逾者,而何至于是耶?盖自元政黩,群雄骛,白驹蹉酉,乘间窃据。挟嘉湖杭以自雄,据黄蔡叶而为辅。盛稷下之文儒,忽太湖之飞渡。炀恋迷楼,卓矜郿坞,倏天兵四面以重围,金城百雉而莫固。技殚九攻,苍黄一炬,历代繁华,可怜焦土。遂使燕巢再毁,麋鹿重游。竭南国之脂膏,坐受其困。激东溟之波浪,莫洗其羞。且夫倾宫阿官非不丽也,钜桥琼林非不富也,崤函巩洛非不固也。自古如斯,曷之故也?岂仁义不修,燕安之可畏耶?将气运靡常,盈虚之有数耶?惟是吴墟鉴斯在,前既颠隮,后仍荒殆。登兹城以褰徊,寄千古之一慨。

【浅析】此赋作于正德十三年(1518)。吴子城,即阖闾(苏州)城中之小城。其地理位置在今苏州城言桥一带,约东到公园路,南至十梓街,西至锦帆路之范围。明正德《姑苏志》载:"子城在大城东边。相传亦子胥所筑,周十二里,高二丈五尺,厚二丈三尺。汉唐宋皆为郡治。淮张窃据时为太尉府。"及士诚败,纵火自焚,独存南门颓垣。其地尽为瓦砾,俗名王府基,亦称王废基。作者仍曰:"予每过吴故墟,未尝不慨想其盛而悼其衰也,故为之赋。"思子城之兴衰,抒发了自己的幽古之情。

洞庭两山赋

楚之湖曰洞庭,吴之山亦曰洞庭,其以相埒耶?将地脉有相通者耶?郭景纯曰:包山、洞庭、巴陵地道潜达旁通,是未可知也。而吾洞庭实兼湖山之胜,始山特为幽人韵士之所栖,灵仙佛子之所宅。至国朝名臣彻爵往往出焉，岂湖山之秀磅礴郁积，至是而后泄于人耶？东冈子曰：山川之秀实生人才，人才之出益显山川。显之维何？盖莫过于文。两山者秘于古而显于今，其实有待，子无用辞。予曰：然，乃为之赋。其词曰：

吴越之墟有巨浸焉，三万六千顷，浩浩荡荡。如沧溟瀣渤之茫洋，中有山焉，七十有二，眇眇忽忽，如蓬壶方丈之仿佛。日月之所升沉，鱼龙之所变化，百川攸归，三州为界，所谓吞云梦八九于胸中，曾不蒂芥者也。客曰：试为我赋之。夫太始沕穆，一气推迁，融而为湖，结而为山。爰有群峰散见，叠出于波涛之间，或现或隐，或浮或沉，或吐或吞，或如人立，或如鸟骞，或如鼋鼍之曝，或如虎豹之蹲。忽起二峰，东西雄据，有若巨君弹压臣庶，又若大军之出，千乘万骑，旌幢宝盖，缭绕奔赴。东山起自莫厘，或腾或倚，若飞云旋飙，不知几千百折，至长圻蜿蜒而西逝。西山起自缥缈，或起或伏，若惊鸿骞凤，不知几千万落，至渡渚回翔而北折。试尝与子登高峰骋望，近则重冈复岭，谽谺庨豁，萦洲枉渚，蛩蟺缅邈。远则烟芜渺弥，天水一碧，帆影见而忽无，飞鸟出而复没，灵岩则返照孤稜，弁山则轻烟一抹，此亦天下之至奇也。若乃长风驾浪，喷山喝野，足使人魂惊而汗骇，及其风日晴熙，縠纹涟漪，又使人心旷而神怡。至于瑶海上月，流光万顷，星河倒悬，荡漾山影，又一奇也。遥山霁雪，凝华万叠，玉鉴冰壶，上下相合，又一奇也。风雨晦明，顷刻异候，烟云变灭，咫尺殊状，虽有至巧，莫能为像。试尝与子吊古寻幽，则有回岩穹壑，窈窱相通，琳宫梵宇，暮鼓晨钟，寿藤灵药，美箭长松。金庭玉柱，石函宝书，灵威丈人之所窥也。贝阙珠宫，绣縠鸣珰，柳毅书生之所媲也。翠峰杜圻，范蠡之所止息；黄村甪头，绮皓之所从逝也。而阖闾夫差之迹尤多存者，玩月之渚，消夏之湾，牧马之城，圈虎之山，练兵之渎，射鸭之峦，出金铎于浅濑，逸梅梁于惊湍。他若毛公烧丹之井，蔡经炼药

王鏊《洞庭两山赋》

之墩,圣姑绝雉之塘,雪窦降龙之渊。其石则岌嶪嶙峋,瘦漏嵌空,牛奇章有甲乙之品,宋艮岳有永固之封。其泉则囷沦鬵沸,甘寒澄碧,墨佐君表无碍之名,天衣禅留悟道之迹。斯地也,孙尚书欲卜居而不能,范文穆思再至而不果。岂如吾人生长兹土,依岩架栋,占野分圃,散为村墟,凑为阛阓,桑麻交荫,鸡犬鸣吠。里无郭解剧孟之侠,市无桑间濮上之音。婚姻相通,若朱陈之族;理乱不识,若武陵之源。佛狸之马迹不到,周颙之俗驾自旋。星应五车,地绝三斑,卢橘夏熟,杨梅日殷,园收银杏,家种黄甘,梅多庾岭,梨美张谷,雨前芽茗,蛰馀萌竹。水族则时里之白,鲙残之银,鲂鲈鲉鲎,自昔所珍。吾且与子摘山之蘪,掇野之茸,割湖之鲜,酿湖之酦。泛白少傅月夜管弦之舟,和天随子太古沧浪之歌。吊吴王之离宫,扣隔凡之灵窝,凌三万顷之琼瑶,览七十二之嵯峨,其亦足乐乎!彼岳阳彭蠡,非不广且大也,而乏巍峨之气;天台武夷,非不高且丽也,而无浩渺之容。盖物不两大,美有独钟。兹谓人间之福地,物外之灵峰,是固极游观之美,而未知造化之工。且夫天地之间,东南为下,非是湖为之尾闾,泄之潴之,则泛滥横溢,江左之民,其为鱼乎?怀襄之世,湖波震荡,非是山为之砥柱,镇之绕之,则奔激暴啮,湖东之地,其为沼乎?惟夫天作之宽,以纳以容,地设之隘,以襟以带,禹顺其流,分疏别派,三江既入,万世允赖。而后吾人乃得优游于此,盖至是而后知造化之意深而神禹之功大。谇曰:吾何归乎?吾将归乎?湖上之青山世与我而相遗,超独迈其逾远。海山兜率,不可以骤到,非兹峰之洵美兮,吾谁与寄此高寒? 明正德十四年夏五月。

【浅析】 此赋作于正德十三年(1518)五月,为作者晚年一篇优秀的代表作品。洞庭两山,即太湖洞庭东、西山。该赋用词极为洗练,全篇只用了一千零五十三个字,但包含的内容却十分丰富,知识面亦甚为广博,富有韵味。王鏊"文章有奇气""文风振起一代",可见一斑。其赋还刻成碑,现藏于东山轩辕宫内。碑高五十厘米,宽两百十二厘米。由王鏊亲笔书写,字体行中带草,刚劲秀丽,在布排上也极为讲究,为一件珍贵的书法艺术作品。庙内还藏有文徵明《东西两山图》碑,碑高五十厘米,宽二百二十五厘米。同王鏊的《洞庭两山赋》碑成为姐妹碑,一左一右嵌砌于壁间。

文选

记

壑舟记

仲兄涤之既倦游,筑室洞庭之岩间,其室穹焉如舟,因曰:「是宜名壑舟。」属弟鳌记之。壑舟之义,盖取自庄周。周之言,予不能悉也,而舟之为用,则知之。

《壑舟记》是王鏊集文"记"中的名篇,有较强的思想性。此文作于成化二十三年(1487),是年王鏊九年考满,升翰林院侍讲。堂兄王鏊经商归里,在陆巷建一颇具特色的居室,因筑在山谷之中,取名壑舟。王鏊为之作《壑舟记》,沈周、蒋春洲为之绘《壑舟图》,唐寅、祝允明、杨廷和、费宏、李旻等作《壑舟图咏》诗以和。此次盛会又称"壑舟雅集",在吴中历史上有一定的影响。

《震泽先生集》中,王鏊所作之记有卷十五、卷十六、卷十七,共计四十一篇,内容大多为家乡东山与吴中新建的园林、县城、佛殿、书屋所撰之记,如《静观楼记》《吴江城记》《范文穆公祠堂记》《苏州府重修学记》《吴县学射圃记》等。也有一些游览山川名胜的游记,如《五湖记》《七十二峰记》《登莫厘峰记》《醒酣亭记》《石记》等。

在《王鏊诗文选》中,则收集了王鏊十多篇文章,主要以记东山及吴中的园林为主,其中又以王氏家族的园林居多,如《静观楼记》《东望楼记》《且适园记》《从适园记》《壑舟记》等。静观楼为王鏊父亲所筑,属王氏老宅;东望楼与且适园均为胞弟王铨所建,在水东塘桥;从适园是侄子延学的宅第,王鏊嘉其"壮观特甚",景观以自然见长,同真适园、且适园相仿,故取名从适园,并为之作《从适园记》。而他为仲兄王鏊所作的《壑舟记》,则是记载家族园林的代表作。

在《壑舟记》中,王鏊以"水以载舟,亦以覆舟"及"吾世屡变迁,舟自若也,吾舟盖庶几似之"哲理,肯定了仲兄王鏊富贵还乡,藏于山壑是对的,自己却"寄一叶以为命,茫然不知所归",表露了他厌倦官场生活的无奈心情。又以水与舟唇齿相依之理,阐明了君王与百姓的关系。

静观楼记

  太湖之山七十二,其最大者两洞庭。两洞庭分峙湖心,望之渺渺忽忽,与波升降,若道家所谓方壶、员峤者。湖山之胜,于是为最。楼在山之下,湖之上,又尽得湖山之胜焉。山自莫厘起伏逦迤,有若巨象奔逸;骧首还顾,遂分为二。一转而南,为寒山,郁然深秀,楼枕其坳;一转而北复,起双峰,亭亭如盖,末如长蛇,夭矫蜿蜒。西迤西洞庭,偃然如屏障列其前。湖中诸山,或远或近,出没于波涛之间,烟霏开合,顷刻万状,登斯楼也,亦可谓天下之奇矣!自昔临观之美,莫若滕王阁、岳阳楼,以彭蠡、岳阳之广也,然二湖所见庐山五阜而已,君山一峰而已。若夫三万六千顷之波涛,七十二峰之苍翠,有若是之胜者乎!有若是楼之兼得者乎!语有之,"智者乐水,仁者乐山",吾虽未及乎仁知,而于山水则若有宿契焉,心诚乐之,而患其难值也,乃于是楼焉。得之又幸,其不界于通都要津,适值予故土,予得专而有之,岂天设地造,特以为拙者之适、静中之观乎!故名其楼曰静观,而为之记。

【浅析】 此记作于成化十五年(1479)。静观楼,在陆巷湖滨,为王鏊之父王琬所建,一说为祖父惟道公筑。琬为光化县令,成化十三年(1477)弃官归吴,筑别业于陆巷,名静观。遂杜门不出,以静为乐,晚号静乐居士。尝自作《静观楼记》。十四年(1478),鏊奉旨还乡,乐极丧母,丁忧期间登楼作《静观楼记》《静观楼成众山忽见》《登楼诸山忽不见盖为云雾所隐》诸诗文。

五湖记

  吴郡之西南有巨浸焉,广三万六千顷。中有山七十二,襟带三州（苏、湖、常也）。东南诸水皆归焉。其最大者二：一自宁国、建康等处入溧阳迤逦至长塘湖，并润州、金坛、延陵、丹阳诸水会于宜兴以入（今宁国、建康之水不由此矣）。一自宣、歙、天目诸山下，杭之临安、馀杭，湖之安吉、武康、长兴以入，而皆由吴江分流以入海。一名震泽，《书》所谓"震泽底定"是也。一名具区，《周礼·职方》"扬

《林屋民风》书影

州之薮曰具区"，《山海经》"浮玉之山，北望具区"是也。一名笠泽，《左传》"越伐吴，吴子御之笠泽"是也。一名五湖，范蠡乘舟出五湖口，太史公"登姑苏，望五湖"是也。五湖者，张勃《吴录》云："周行五百里，故名。"虞仲翔云："太湖东通长洲松江，南通乌程霅溪，西通义兴荆溪，冯通晋陵滆湖，东连嘉兴韭溪。水凡五道，故谓之五湖。"陆鲁望云："太湖上禀咸池五车之气，故一水五名。"然今湖中亦自有五湖，曰菱湖、莫湖、游湖、贡湖、胥湖。莫厘之东，周三十余里，曰菱湖。其西北，周五十里，曰莫湖。长山之东，周五十里，曰游湖。沿无锡老岸，周一百九十里，曰贡湖。五湖之外又有三小湖：夫椒山东曰梅梁湖，杜圻之西、鱼查之东，曰金鼎湖。林屋之东曰东皋里湖。而吴人称谓，则惟曰太湖云。

【浅析】此记作于成化十五年(1479)王鏊居忧山中,守母孝期间。太湖有震泽、具区、五湖之称。五湖为菱湖、莫湖、游湖、贡湖、胥湖,故称五湖。一说太湖周围五百里而名。康熙南巡至东山,问地方官,民谚"小小太湖连三州,团团围困八百里"何由?答太湖历朝坍堤严重,故湖面大增。此记介绍了太湖水源的形成、面积及名称来历等。

七十二峰记

太湖之山,发自天目,逶迤至宜兴入太湖,融为诸山。湖之西北为山十有四,马迹最大;又东为山四十有一,西洞庭最大;又东为山十有七,东洞庭最大。马迹、两洞庭,望之渺然如世外,即之茂林平野,间巷井舍,仙宫梵宇,星布棋列。马迹之北,津里、夫椒为大,夫差败越处也。西洞庭之东北,渡渚、鼋山、横山、阴山、叶、余、长沙山为大。长沙之西,冲山、漫山为大。东洞庭之东武山,北则余山。西南三山、厥山、泽山为大,此其上亦有居人数百家,或数十家。马迹、两洞庭分峙湖中,其余诸山或远或近,若浮若沉,隐现出没于波涛之间。马迹之西北,有若积钱者曰钱堆;稍东曰大舭、小舭。与锡山若连而断,舟行其中,曰独山。有若二凫相向者,曰东鸭、西鸭。中为三峰,稍南大堕、小堕,与夫椒相对而差小为小椒,为杜圻,范蠡所尝止也。西洞庭之北贡湖中有两山相近,曰大贡、小贡。有若五星聚,曰五石浮,曰茆浮,曰思夫山。有若两鸟飞且止者,曰南乌、北乌。其西,两山南北相对而相见,见即有风雷之异,曰大雷、小雷。横山之东,曰干山、绍山,曰曈浮;曰东狱、西狱,世传吴王于此置男女二狱也。其前为粥山,云吴王饲囚者也。其若琴者,曰琴山;若杵,杵山。曰大竹、小竹,与冲山近。若物浮水面可见者,曰长浮、癞头浮、殿前浮。与鼋山相对而差小者,为龟山。有二女娟好相对,曰谢姑。有若立柱巀嶭,玉柱;稍却,金庭。其南为峻山,为历耳。中高而旁下者,笔格;骧首若逝者,石蛇;有若老人立,石公。石蛇、石公,石最奇。与鼋山、龟山南北相对曰黾山,旁曰小黾。若螺者,青浮。二黾之间若隐若见,曰惊篮。东洞庭之南,首锐而末岐者,曰箭浮。若屋敧者,曰王舍浮、苎浮,又南为白浮。厥、泽之间,有若笠浮水面者,曰箬帽。有逸于前,后追而及之者,曰猫、鼠。有若碑碣横者,曰石牌。是为七十二。然其最大而名者,两洞庭也。

【浅析】 此记与《五湖记》同年(1479)而作。七十二峰为湖中之岛屿,湖之西北有山十四座,马迹山最大;湖之东有山四十一座,西洞庭最大;又东有山十七座,东洞庭最大。据说湖底有七十二礁,与湖面七十二山等同。该文详细记述了湖中诸山之名、形貌、由来与典故。

登莫厘峰记

两洞庭分峙太湖中,其峰之最高者:西曰缥缈,东曰莫厘。皆斗起层波,矗逼霄汉,可望而不可即。成化戊戌,予归自翰林,文吴县天爵过予于山中,相与穷溪山之胜,行至法海,仰见异峰。僧进曰:是所谓莫厘者也!文振衣山升,众皆继之。或后或先,或喘或颠,至乎绝顶而休焉,隐见天末,或曰:卞山也。北望姑苏、横金一带,人家历历可数。有浮屠亭亭,曰:灵岩、上方也。东望吴江,云水明丽,帆影出没,若有若无。盖七十二峰之丽,三万六千顷之奇,皆一览而在。曰:大哉观乎!相与席地行觞,踞石赋诗。久之,暝色四合,微月破林,湖光澒洞,崖壑黯黪,乃相与循旧路而归焉。语有之:不登高山者,不知天之高也;不临深溪者,不知地之厚也。莫厘犹尔,况所谓泰、岱、恒、华者哉!予以是知学之无穷也,故记之。

【浅析】 此记作于成化十五年(1479)。王鏊陪吴县令文贵同游此山而作。莫厘峰,亦名莫厘山,东洞庭之主峰,高二百九十三米,相传隋朝莫厘将军在山上驻兵而得名。登其山巅,可一览太湖全境,眺望灵岩山等吴越遗迹,故有"数千年历史默数胸中,八百里太湖尽收眼底"之说。此文记载了登莫厘峰所览之壮观及由此而产生的联想。

壑舟记

  仲兄涤之既倦游,筑室洞庭之野,穹焉如舟,因曰是宜名壑舟,属弟鏊记之。壑舟之义,盖取诸庄周。周之言,予不能悉也,而舟之为用则知之。《易》曰:"舟车以济不通。"《书》曰:"若济巨川,用汝作舟楫。"舟固为水设也;而置之壑。舟也寘之壑,则车也,吾将寘之水。鼎也以柱车,梁丽以窒穴,臼以炊,釜以舂,裘以御夏,葛以御冬,其亦可乎!夫不可违者,理也;不可废者,用也。若之,何其紊之无已,则物将各复其分,车也复于陆,舟也复于水,则之秦之楚之吴之越,无不如吾意者,孰与块然守一壑哉!兄曰:壑舟,固不祈于用也。不祈于用者,祈于安。昔者,吾尝泛舟涉江湖,傲然枕席之上,一日千里,固自以为适

《壑舟记》 季刚书

也。不幸怪云欻起,飓风陡作,鱼龙出没,波涛如山,而吾方寄一叶以为命,茫然不知所归,幸而获济,犹心悸神恍而不能,故曰:"水以载舟,亦以覆舟。"今老矣,尚安能以不赀之躯,试不测之险乎!故予有取于壑也。子不见武夷之山乎!其厓有舟焉。虽世事屡变迁,舟自若也,吾舟盖庶几似之,其视江海之舟不差安乎!虽有力者,又安能窃诸?壑曰:"兄之见远矣!"遂为记于舟上。

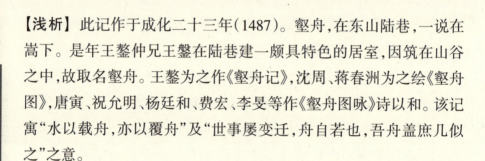

【浅析】此记作于成化二十三年(1487)。壑舟,在东山陆巷,一说在嵩下。是年王鏊仲兄王磐在陆巷建一颇具特色的居室,因筑在山谷之中,故取名壑舟。王鏊为之作《壑舟记》,沈周、蒋春洲为之绘《壑舟图》,唐寅、祝允明、杨廷和、费宏、李旻等作《壑舟图咏》诗以和。该记寓"水以载舟,亦以覆舟"及"世事屡变迁,舟自若也,吾舟盖庶几似之"之意。

安隐堂记

其迹仕也,其心仕也,安仕者也;其迹隐也,其心隐也,安隐者也。一斯专,专斯乐,乐斯安,安斯久,久斯不变。有人焉,居庙堂而有江湖之志,栖山林而有魏阙之思,是其能安乎?能久且不变乎?否也。伯氏警之,抱沧履素,不乐进取,自称安隐居士,伯氏之言曰,古之人胡为而有隐哉?古之抱负所有,不屑自试,或欲自试,而时不我以,或时见用,而独于几微有不合焉。知时之不可为也而去之,其下则饰奇眩俗,身退志进。是故有所负焉则隐,有所不合焉则隐,有所希焉则隐,若是者高矣,奇矣。其亦有不足于心者乎,而吾举无焉。太湖之滨,洞庭之麓,有田数亩,吾肆力而耕于是,鏊其中以为池,疏其旁以为堤,除其高以为园。园吾艺之橘,池吾畜之鱼,堤吾种之梅竹花柳,吾诚于是安焉乐焉,以终吾身。吾于世非有负也,非有所希也,非有所不合也。譬吾之于隐也,若鱼之在水,不知其为水,鸟之在山林,而忘其为山林也。子以为何如?鏊曰,兄之志高矣,美矣,弟又安能移之?愿弟涉世久,思一息肩焉而未得,他日将从兄而隐,兄其许之乎?以概于中,是其所以为适者也,然有一焉,吾闻古之人,重去其乡,包山,故土也,弟其能遽忘之乎?弟曰诺,吾将归矣。

【浅析】此记作于弘治十三年(1500)。安隐堂,在东山陆巷,一说在陆巷南之石桥头。王鏊兄长王铭筑。清康熙《具区志》载:"王铭,字警之,文恪兄。少随父仕光化,归山后绝迹城市,号曰'安隐'。"其记云:"其迹仕也,其心仕也,安仕者也;其迹隐也,其心隐也,安隐者也。"反映了作者想离开官场,过一种自由自在与大自然为伴的安隐生活。

永思堂记

吴南楼表弟于其居室之西,墓前构一堂为祠舍,坦墉周严,门庭邃深,清闲静幽,宜神所居。祀其先,由高祖而下至于祢,揭以永思,求予记之,曰:"愿闻所以起予衷,警予惰,劝予后者,庶几是堂赖以整肃。"予曰:"悲夫!夫居是堂者,皆子孙所欲孝而不可得焉者,则其思将何已乎?言之而无与接,视之而无与存,听之而无与传,夫安得不思乎?定省无所与施,温清无所与时,出入无所告,行无所受命也,夫安得不思乎?至于霜露降而天气肃,春雨濡而时物变,思之不能已,而将有事焉,斋戒洁清,以致其诚。笑貌声音,志气嗜欲,不绝于耳目心思,然后佛乎有见,彷乎有闻,入室之日,焄蒿悽怆,冀其洋洋乎在上也。蕊芬丰洁,冀其食而勿吐也。已祭而彻,将馂而凝,知神之享不享也,夫安得不思乎?夫祖宗之于子孙,苟可以厚之,无所不至。子孙之于祖宗,不过报之祭祀而已,岂足为孝?欲孝者,惟在于思。予思承欢之无从,而精意以致享;思闻教之不复,而锐志以自修。为善必果,思以为亲荣;见恶必避,恐以为亲辱。当食而思,当寝而思,当事而思,终其身而思之不废,乃所谓永思也。若是者可以登此堂也。不思者,不孝也,于是堂乎奚有?于吾言乎又奚有?"

【浅析】此记作于弘治十三年(1500)。永思堂,在东山翁巷,延陵吴氏筑。吴氏原居东山之武山,明初有一支迁居翁巷以居。永思堂主人吴南楼为王鏊发妻吴氏之表弟,在其父墓前筑堂守庐,曰"永思"。其祠舍坦塘周严,门庭邃深,清闲静幽,宜神所居。表弟此孝举,作者极为赞赏,遂为之作记。

吴县修和丰仓记

近世为政者率重改作。虽然,政有隳坏,将坐视其坠落乎?有垢弊,将坐视其棼乎?固有所不能也。不能,则将起其坠,理其棼,改其旧,而新是图。图之道有二:一曰因天,二曰因人。因天,莫善乎循其迹。因人,莫善乎顺其心。今天下财赋大半出于东南,苏郡居十之七八。吴为县,居郡之二三焉。其岁贡京师者为石至八万四百,留县者一万六百,转输淮、阳、凤及兑军者又三万九千三百;夏税三千四百有奇;又有所谓加耗者不在是数,而皆于和丰焉是储。仓创于正统己巳,巡抚周文襄公之为也,迄今盖五十六年矣。弘治壬戌,辽阳孙侯伯坚来知县事,政治敷宣,奸宄屏息。侯悯吴民之备也,顾未尝有所兴作。甲子二月,和丰之月字廒灾,民未遽怪也。三月,张字廒又灾;五月,视事之堂又灾,人情大骇。侯独晏然曰:"吾知之,天其欲吾之重

《七十二峰足徵集》书影

新焉耳。"乃命撤朽扶倾，鸠工庀材，二廒重新，堂寝具完，非侈非陋。经始五月日，至十月日竣功焉，非所谓因天而循其迹者乎？问材焉取不戒是惩，问工焉出不毛是罚，非所谓因人而顺其心者乎？因天之迹则民不怨，因民之心则役不劳，孙侯可谓善为政也。于是，吴民相率求予记其成，以彰侯之美。盖是堂之作有三：民财之敛也于斯，其散也于斯，其讼之听也于斯。敛之贵平，无徒取其盈也；散之贵周，无徒取其啬也；听之贵公且明，无徒取其速也，是政之大者也。吾故为记之壁，以规于来者。

【浅析】 此记作于弘治十六年（1503），王鏊丁忧在家，吴县修和丰仓竣工之时。吴丰仓，在苏州胥门百花洲东岸。弘治十五年（1502），辽阳人孙伯坚任吴县令，和丰仓月字廒、张字廒、来字廒及国计堂均遭火灾，遂撤朽扶倾，鸠工庀材，重建和丰仓，使之堂寝具完，非侈非陋。民不怨，役不劳，孙县令为吴县百姓做了件大好事。应民所求，鏊作记颂扬其功。

兴福寺山居记

浮屠氏之道,有合乎吾儒之所谓静,何也?达摩西来,传佛语心。心或挠焉,则安得而寂;或淆焉,则安得而清;或翳焉,则安得而明?是故亦有资乎静也。静斯定矣,慧矣,然后惟其所之,静亦静也,动亦静也。洞庭有湖山之胜,而恒患于逼。独所谓俞坞者,窈然而深,坦然而夷,长松参天,嘉花异果,纷峙罗列。而兴福寺又据其胜,占其幽。勤上人又择其巉绝之处,作山居焉。旦暮焚修,终年蔬食,年且九十而貌如少壮者,非有得于静耶?若吾人之所治者,何静而安而虑,而得其素讲也?顾扰扰焉日驰乎外,非名而利,有若动之静且专乎?是不能无愧于彼也。然吾有问焉,勤之静也,惺惺然专一之中,其有所主乎?其无所主乎?有所主则倚,无所主则荡,则所谓静而定者,其亦难乎?故因其居之成,为记诸壁,而因以问之。

【浅析】此记作于弘治十八年(1505),王鏊在家守父孝之时。兴福寺,在东山俞坞,建于梁朝天监二年(503),东山九寺十三庵之一,北齐干将军舍宅建。其寺规模极大,占地八十多亩,有僧舍千间。开山禅师本清曾题"兴起慈悲心济度,福缘善庆足圆成"之匾额。明代中期重修,礼部尚书吴宽作记。明嘉靖二十八年(1549),兴福寺重建慧云堂,年已八十高龄的文徵明应寺僧永贤之求,作《重建慧云堂碑记》。此记详细介绍了寺之历史和清幽的自然环境等。

高真堂记

东洞庭之阴,有峰端正娟秀,曰嵩夏。嵩之麓,呀然下饮太湖,如鸟之张喙,曰梁家濑,前为太湖。其襟抱亏疏,浪石斗啮。

自宋时则有高真堂以镇其冲。元第兵毁,光怪时见,行者相戒,莫敢出于其途。成化间,里人上其事于县,作祠肖玄武像以镇之。于是,光怪灭息,人和岁丰,相率请予记其事。谨案《文耀铭》云:北宫黑帝,其精玄武,北方之神也。《真诰》则云:昔轩辕子昌意娶蜀山之女,生阳,德号颛顼。仗万灵以信顺,监众神以导物,役御百气,召致乎雷雨。此所谓玄帝也。庄周云:"颛顼得之,以处玄宫。"而道家之说,谓有人焉,产于净乐之国,来居武当,道成飞升。然亦武灵玄老始炁之化,复位坎宫,变化威灵,固宜祇事,或谓方今太岳太和,朝廷崇饰;琳宫宝殿,照耀海宇,顾兹块焉,神其飨之乎?予以为神之在天,其次为奎娄,其威为雷霆。云车风马,陟降于天,大而大安焉,琳宫宝殿不为侈;小而小安焉,土阶采椽不为陋,又何择于高卑之间乎?且山人皈依,诚敬萃焉,吾安知神之不昭答胈蛮,依迟而不去也?故为记之,使镌之石。

【浅析】 此记作于正德四年(1509),王鏊归自内阁之年。高真堂,在陆巷嵩夏,亦称嵩下,即今嵩下自然村,其名源于村后之嵩山。嵩山之名不可考,据传该村先民南宋时均来自河南嵩山,为不忘故里,故把村后之山取名嵩山。宋建高真堂以镇邪,元季毁于兵火,鬼怪重逆,乡人惧之。成化间重建其堂,塑玄武像镇之,鏊作记以载其事。

醒酣亭记

　　横山在西洞庭之西,望之甚小,而峰峦秀润,亭台高下,里巷交错,鸡犬鸣吠,殆物外之奇境也。予自内阁乞归,有山人邀予至其境,觞予于湖心亭上。是日秋高风静,而涛声自涌。自东望之,干山在其南,绍山在其北,亭山宛然如盖,适当其中。馀若阴、长、叶、余诸山,出没晻暧,殆不可状。予素不能食酒,是日饮至十觞亦不醉。因扁其亭曰"醒酣"。是岁,正德四年也。

【浅析】此记作于正德四年(1509)。醒酣亭,在洞庭西山之西太湖中,干山与绍山之间,上有亭,可观风涛。王鏊归乡初年,携友人游太湖,登横山,饮于湖心亭上,似酒非酒,遂作《醒酣亭记》,一抒胸中之积郁。并作《饮横山吴氏醒酣亭》《自横山归洞庭》诸诗,诗中有"就中最爱吴家亭,浪花堆里一点青。干山在北绍山南,亭中正值中间停"之句。

东望楼记

人情随所处而异,处其旷则坦然以夷,处其高则迥然以爽,处其深则阒然以幽。弘治壬戌,吾弟东之始去洞庭,筑室乎太湖之滨,其西南湖波渺瀰,云帆掩映;其东北平田际天,禾黍被野,望之不见其端,可谓旷矣静矣。乃独阙其高,予曰:是宜为楼焉,以瞰乎远,据乎胜。弟曰诺,召工相方,不浃旬而楼成,他日谒予登之,忽焉若飘腾以超乎埃壒。远山皆来,显设天际,北望则横山、灵岩,若奔云停雾;西望则穹窿、长沙,隐现出没,若与波升降;东望则洞庭一峰,秀整娟静,松楸郁郁若可掇而有也。或郊原霁雨,草树有晖,或墟落斜阳,烟云变态,于是弟劝兄酬,举酒相属,曰:乐哉游乎,是楼于胜无所不领,于望无所不宜,而独曰东望者,惓惓故土,水木本源之义也。其诗曰:

朝望兮东山,夕望兮东山。东山宛其在目兮,欲济而艰。莫厘崔巍兮,西金晻霭。我家何在兮,限湖波之如带。郁郁松楸,瞻企斯勤;朝往暮来,曾不如彼白云。云升于天,水返于壑,我行四方,不日其复。

【浅析】此记作于正德八年(1513)。东望楼为且适园中一处建筑,东望,意为东望故乡东山。王鏊在记中云:"曰东望者,拳拳故土,水木本源之义也。"同时作诗《题秉之塘桥新楼》,有"惠连特地起高楼,准拟常时上相游。林屋两峰从海涌,太湖万顷接天流"之句。

且适园记

太湖之东,有闲田焉。南望包山,数里而近;北望吴城,百里而遥。吾弟秉之行得之,喜曰:"吾其憩于是乎!"包山信美矣,有风涛之恐;吴城信美矣,有市廛之喧。兹土也,得道里之中,适喧静之宜,其田美而羡,其俗淳而和,吾其憩于是乎!乃构屋买田,且耕且读,既又辟其后为园,杂莳花木,以为观游之所。橘,洞庭所宜也,作亭曰楚颂。作轩临田,曰观稼。作亭瞰池,曰观鱼。馀若格笔峰、浣花泉、理丝台、归帆泾、菱港、菜畦、柏亭、桂屏、莲池、竹径,参峙汇列,又作楼曰东望,示不忘本源也。予往来必憩焉,与吾弟观游而乐之,因名其园曰且适。予于世无所好,独观山水、园林、花竹、鱼鸟,予乐也!昔官京师,作园焉,曰小适。今自内阁告归,又作园焉,曰真适;盖至是始足吾好焉耳!若吾弟则岂真适乎?是哉,其亦暂寓乎此者也。吾弟少与予相从,学相若也,行相若也,所负所养相若也,而显晦不同,然予弟不怼、不变、不沮,曰天其果遂穷予乎!予且适于斯以俟之,无戚戚者,天其或时而达予乎!予且适于斯以俟之,无汲汲者穷达、进退、迟速,一委诸天,而不以概于中,是其所以为适者也,虽然,有一焉,吾闻古之人,重去其乡,包山,故土也,弟其能遽忘诸乎!弟曰诺,吾将归矣!

【浅析】 此记作于正德八年(1513)。且适园,在吴县横泾之塘桥,为王鏊之弟王铨所筑。王铨曾随作者入朝读书,攻举子业,然屡试不中,遂弃儒从贾,在水东购地筑园,因兄在东山有真适园,故取名且适园,含且耕且读之意。园中作亭曰"楚颂",并有格笔峰、浣花泉、归帆泾、菱港、菜畦诸景观。鳌在记中曰:"予往来必憩焉,与吾弟观游而乐之,因名其园曰'且适'。"

尧峰寺佛殿记

吴横山之西南,有峰名尧,莫知其所始。或曰:"尧时,民于此避水也。"(苏子美诗:"西南登尧峰,俗云尧所基。洪水不能上,上有万众楼。")唐末,慧禅师者始建精舍,曰免水院。宋改曰寿圣寺。有宝云禅师继居之会学,去来恒数百人。元涉国初,久荛不治。弘治初,有云谷禅师讳茞,始谋居之,与其徒文通、披蘘剔荟,支倾葺颓。岁余,人渐知之。云谷轨行峻特,通亦戒律清修,远近参谒者日众。始相与立山门,缭以石垣,观音、龙王之殿,宝云、碧玉之沼,东斋、西隐,以次修复,而大雄殿费巨,未遽议也。久之,云谷示寂。通矢卒先志,乞诸檀越。一时巨公名士,亦多礼焉。于是,富者施财,贫者施力,豫章瓴甓,无胫而自至,不召而云集。大雄之

康熙《吴县志》书影

殿,倏还旧观矣。初,予自内阁告归,间一造焉。峭壁梯空,侧足而上。及至其颠,旷然平夷,林壑岩洞之萦纡,池沼泉石之丽秀;却而望之,太湖万顷,浩荡在前,而吴兴、云间诸峰,亦隐隐可见,信地之高且胜者也,则洪荒之世,民聚居以免怀襄之患,亦或然欤。地虽胜而其芜也久,得人焉居之,则芜者治,颓者起,事之兴废,其不在人乎?今天下之事废而不举者亦多矣,彼独何修有若易易然者乎?予诚嘉焉。为记其事,嵌诸壁。

【浅析】此记作于正德八年(1513)。尧峰寺,在苏州横山之西南尧峰山,据传尧帝时,民于此避水而得名。故宋苏舜钦诗云:"西南登尧峰,俗云尧所基。洪水不能上,上有万众楼。"王鏊正德四年(1509)致仕归山,曾夜宿尧峰寺。其寺屡遭兴衰,正德间,寺僧通矢,继先师云谷之志,重建尧峰山佛殿,高大雄伟,重复旧观。鏊作记嘉其诚,并发出了"事之兴废,其不在人乎"的感叹。

吴江城楼记

大盗南窥,三吴骚动,鲸奔豨突,人莫自保,而城居者独晏然恃以无恐。时苏之属县无城者四:昆山、嘉定、常熟、吴江。初,以抚巡移文,皆欲筑城为保障,而凋弊之馀,公私罄县,相视莫敢发。吴江尹萧君九成独曰:"吾其试为之。"吴江故有城,始自吴越王镠,而拓于张士诚。国朝承平百五十年,民不见兵革,城日就圮。君召匠计之,费以万计。君曰:"吾试其为之。"时城之西北,残堞颓垒尚存十之一二,而东南已为民庐。君论之,一旦迁去。君且行且度,丈絜寻计,手摩心画。卑高广狭,各有度程。已而裁减均徭,节省冗费,劝奖巨室,共得六千馀金。曰:"是亦足矣。"乃量田赋民,量民赋徭,民各受分,傫则归之,圮则坐之。于是,民竞劝,无敢怠;工必坚,无敢窳。始事于正德癸酉二月，至九月壬午，而城成矣。城周五里有奇，四向为门。门之上有鼓楼，以警昏晓；有戍舍，以捍寇偷。傍有水门，以通舟楫。高广皆如其旧，而壮丽过之。于是，吴江父老请予纪其事。夫城以卫民也，而筑之为费且劳，则反以厉民，且因以兴谤，况当久困之馀乎？此有司所以不相视而不敢发也。君独能自信，奋然不顾为之。为之绩果有成，财不费，民不扰，人知乐其成，而亦孰知其始也？君盖深于爱民，勇于兴事。其筹之也审，故庪厫无自而作；其持之也坚，故浮言无得而摇；其履之也亲又公且均焉，故民乐趋事而忘其劳也。夫天下事固有大于一城者矣，能推是而行之，尚何事之不举乎？城之役，《春秋》屡书之，予安得而无纪也？佽是役者，为县丞赵源清。

【浅析】 此记作于正德八年（1523）。吴江县，在苏城之西北，与东山隔湖相遥望。是年官军大败刘六、刘七义军于狼山，余部泛舟东下，有劫苏城之意，吴中居民多入山避祸。吴江故有城，始自吴越王钱镠，拓于张士诚，然明代承平一百多年，旧城早圮，难御农民起义军。知县萧韶复、县丞赵源清集民财，半年而筑成，以复旧观，保障百姓。作者深加赞赏，为之作记。

新建太仓州城楼记

弘治十年，诏建州治于太仓。初，太仓与镇海为卫，并治一城，戎伍编氓，错峙纷糅。至是，始以州大夫临之，且割昆山、嘉定、常熟旁近地隶焉。文武并建，军民遂安。太仓故无城，伪吴张士诚始城之，周十四里有奇。城高而坚，池广而深，识者谓虽立于僭伪，而实为无穷之保障。予尝登其城以眺，则万屋鳞次，帆樯云集，海天辽廓，云涛溟漾。壮哉！其为州也。而西北之楼独缺。正德十年，监察御史邵阳唐君凤仪按其地，则命建之。莆

新建太仓州城楼记

王鏊

弘治十年，诏建州治于太仓，初太仓与镇海为卫并治一城戍伍编氓鳞峙鳞粝，至是始以州大夫临之。割昆山嘉定常熟傍近地隶焉，文武莅建军民遂安太仓故无城，为吴张士诚始城之。周十四里，有奇城高而坚池广而深。识者谓虽立于僭伪而实有无穷之保障。予尝田黄君廷宣适知州事，鸠工庀材，不期月而楼成；其馀城楼亦皆修敕，巍然为一州显观。间属予记。予于兹楼之建，窃独叹夫地之盛衰兴废，信有时乎？夫太仓，古娄县之惠安乡耳。至元，朱清、张瑄创海运于此，而诸蕃辏集为市。国初由此而漕定辽，由此而使西洋，遂为东南巨州，岂非以其时哉？然地尽东海，海寇出没。昔方国珍尝由海道入寇，故元有水军万户府之设，而士诚亦因此而城。往时，盗刘通、施天泰寇海上，三吴骚动。至剧贼刘七据狼山，睥睨全吴，赖重兵宿其地，扼其吭，掩其不备，而莫肆其螫，不然，盖岌岌矣。则城之设，岂可以承平无事而莫之敕乎？予故备书之，以警动在位，而二君兹楼之建，未为无意也。

弘治《太仓州志》书影

弘治甲子季春清明日赐进士出身嘉议大夫礼部左侍郎前太常寺少卿兼翰林院侍读学士南京国子祭酒经筵讲官兼东宫讲读同修国史会典副总裁海虞李杰譔

【浅析】此记作于正德十年（1515）。太仓为苏城属县，临东海。明永乐间，三宝太监郑和多次从太仓港下西洋。正德十年，监察御史唐凤仪命筑太仓新城楼，由知州黄廷宣主其事。唐凤仪，字应韶，湖广邵阳人，正德三年（1508）进士，为王鏊会试所取之士。门生唐御史心系百姓，乐于任事，作者喜而为之作记。

石 记

　　石出洞庭山,因波涛激啮而为嵌空,浸濯而为光莹。或缜润如圭瓒,廉刿如剑戟,矗如峰峦,列如屏障。或滑如肪,或黝如漆,或如人、如兽、如禽鸟。好事者取之以充苑囿庭除之玩,此所谓太湖石也。其坚润可碑、可础、可柱、可砌,此所谓鼋山石也。其在龙山之南,有石如七十二峰者,曰"小洞庭"。鼋山之下,有如鸟立者,曰"鸡距石"。林屋洞中有

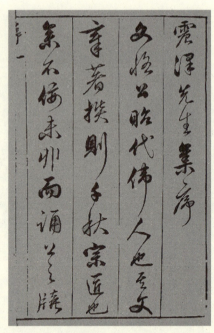

《震泽先生集》书影

若钟鼓,扣之其声清越者,曰"神钲石"。石公山下有平坦可坐数人者,曰"石版"。缥缈峰上有如鹜鸟峙者,曰"鹰头石"。霄汉岭南有石若龟者,曰"玄龟石"。龙头山则有嵌空如屋者,曰"石屋"。新安保之西有石长而锐者,曰"龙舌"。

【浅析】 此记作于正德十年(1515)。是年王鏊在门生蔡羽陪同下,畅游西洞庭消夏湾、明月湾、石公山、林屋洞。作《消夏湾》《明月湾石板》《石公山石洞》《石公山试剑石》《石公山》《林屋洞古井》诸诗,详细记载了西洞庭山石之胜。

芝秀堂记

　　吴越来溪之阴,卢氏家焉。天顺癸未,有芝生于庭,人皆曰"卢氏之瑞也",而莫知其所为出。或曰:"昔伯常甫祖母王,少而孀居,

誓死不贰。冰蘗之操，映照闾里。芝其为是出乎？以旌义也。"或曰："伯常甫养其母惇惇，堂承志色养五十馀年，菽水之欢有逾五鼎。芝其为是出乎？以旌孝也。"或曰："卢氏家溪上，蓄德储祥，岁月弥久，伯常二子：伯雍，举进士，为柱下史；仲襄，一举乡贡进士，其名位赫然，将日显而未艾也。芝其为是出乎？以有后也。"伯常甫进曰："某何敢当？闻之古《瑞命记》曰：王者慈仁，则生芝。又曰：王者敬事耆老，不失故旧，则生芝。又曰：山川云雨，四时五行，阴阳昼夜之精，以生五色神芝。某何敢当是？"盖圣世之瑞，非闾里之祥也。然芝之生不于他，而卢焉是出，是国家之瑞也，卢氏预焉。卢之子孙，其将有出而为国家之瑞者乎？金曰："然。"遂记之。

【浅析】 此记作于正德十一年（1516）。芝秀堂，在城西越来溪，现苏州吴中区越溪，即卢雍、卢襄家。卢雍字师邵，正德六年（1511）进士，授御史；卢襄字师陈，嘉靖二年（1523）进士，授刑部主事，礼部员外郎。兄弟俩都曾随王鏊游，为其学生。作者致仕后，受邀至卢家芝秀堂作客，时卢雍已入仕，为御史；卢襄亦中乡贡进士，卢家兄弟名位赫然，鏊作《芝秀堂记》以显卢家之瑞。

从适园记

静观楼之景胜矣！去楼百步，故皆湖波也，侄学始堰而涸之，乃酾、乃畚、乃筑、乃耨，期年遂成沃壤，而规以为园。即湖波瀁淼之中，得亭榭观游之美；却而望之，诸山随步增异。所谓莫厘者，亦隐然露于天末；嵩峰者，昔巍而踞，今厥而夷；双峰者，昔研而倚，今耸而秀。寒山苍翠，变而为几席；长圻蜿蜒，分而为襟带。而西山若列屏障，益近而高且丽。盖山即楼之诸山，而其景加异，有若增而显之者。湖山既胜，又益以花木树艺，秋冬之交，黄柑绿橘，远近交映，如悬珠，如缀玉。翛然而清寒者，为竹林；窈然而深者，为松径;穹然而隆者,为柏亭,其余为桑园,为药畦,为鱼沼,而诸景之胜,咸纳于清风之亭。亭高而明,敞而迥,柳之厚所谓"尤于观月为宜"者也。予园名真适,学盖知予之乐,而有意从之者也,故名之曰从适,而为之记。

【浅析】 此记作于正德十二年(1517)五月。从适园,在东山陆巷,侄子延学所筑,园中有亭曰"清风",筑楼曰"承徽"。延学,王鏊胞兄王铭之子,尝在静观楼旁筑一园,因叔王鏊有园名"真适",叔王铨筑园名"且适",遂取名"从适",以从两叔之园名。作者在序中云:"侄学作楼于林屋山之西,壮观特甚。余归自内阁,时登之,喜吾兄有子肯构而其望有未止此也。为题曰'承徽',且为之诗。"其诗有"风风雨雨过端阳""闻道湖州围未解"之句。

苏州府重修学记

苏学于天下为第一,有深广钜丽之称。而近年乃若弛而弗治。予间过之,则颓垣欹榭,圮城眢沼,而所谓尊经阁者,殆将压焉,过者睨而不敢上;甚者饲马于轩,樵苏于圃,日以就废坏,恶睹所谓钜者哉?守土者非不知学校之为重,顾以时方殚耗,费浩以繁,何敢议此?岁时视学,则为弗知也者?过之,诿曰:"时不可为也。"会安成张君鳌山,奉诏董南畿学政,至则喟曰:"昔闻苏学之盛,而今若此,不即不图,予则有愆。"文登孙君乐,时以御史按吴中,亦曰:"是惟风化所出,敢有弗虔?百凡之费,我其任之!"金华徐侯赞,适知府事,遴选厥使,经书指授,必慎必精。未数月也,予复过之,则其垣圮以峻,其途甓以夷,其池甃以渫,凡大成殿、尊经阁、明伦、毓贤堂、先贤祠,皆巍然嶷然。馀若杏坛、射圃,会膳之舍,游息之所,道山、嘉会诸亭,门廊桥梁,罔不焕然圭洁,复于旧观矣。诸士欣欣和会,相率来言曰:"昔鲁僖公修泮宫,《诗》颂其美。汉文翁兴蜀学,史载其绩。今兹学之废,一旦起而新之,人不知费,士乐其成,则向所谓时不可为者,其然乎?步有纪载,奚示来世?"予惟斯学之废,三君子既起而新之;学政之废,其亦将新之以复古乎?古之所谓"教"与"学",其可知矣。患在知之不能由,由必自近始。故曰:"学莫便乎近其人。"兹学之建,创自宋范文正,而胡安定实始教焉。其流风馀韵尚有存者。继是教于斯者,其必曰:"安定之遗也,吾敢旷厥职?"学于斯者,其必曰:"文正之遗也,吾敢惰厥学?"则风化丕变,人才猬兴,他日出而为国家用。稽古爱民,有若安定者乎?先忧后乐,有若文正者乎?斯无负于国家作兴之意矣。敢述以告。是岁皇明正德十二年也。

【浅析】 此记作于正德十二年(1517)。苏州府学为天下第一,然至明正德年间,学府年久失修,颓垣欹树,圮城督沼,尊经阁殆将坍塌。知府徐赞言于提学御史张鳌山、巡按御史孙乐,始得以修缮庙学,恢复旧观。徐赞,永康人。弘治

王鏊书《般若波罗蜜多心经》

十八年(1505)进士,十一年擢苏州知府。孙乐,山东福山人。弘治十五年进士,时任江苏巡按御史。该文记载了苏州府学修缮之经过,表彰徐、孙两位地方官员之德政。

虎丘复第三泉记

虎丘第三泉,其始盖出于陆鸿渐品定,或云张又新,或云刘伯刍,所传不一,而其来则远矣。今中泠、惠山名天下,虎丘之泉无闻焉。顾闭于颓垣荒翳之间,虽吴人,鲜或至焉。长洲尹、左绵高君行县,至其地,曰:"可使至美蔽而弗彰?"乃命撤墙屋,夷荆棘,疏沮洳。荒翳既除,厥美斯露。爰有巨石巍峙横陈,可数十丈,泉鬐沸,漱其根而出。曰:"兹所谓'山下出泉,蒙'。宜其甘寒清冽,非他泉比也。"遂作亭其上,且表之曰"第三泉"。吴中士大夫多为赋诗,而予纪其事,所以贺兹泉之遭也。虽然,天下之后美蔽而不彰者,独兹泉也乎哉?因书其后以识。诗曰:

岩岩虎丘,巉巉绝壁。步光湛庐,厥侵斯蚀。
有支别流,实冽且甘。昔人弟子,其品维三。
岁久而芜,射鲋且泯。其谁发之?左绵高尹。
寒流涓涓,漱于石根。中泠、惠山,异美同论。
百年之蔽,一朝而褫。伐石高崖,以纪其始。

【浅析】此记作于正德十四年(1519)。虎丘第三泉,原名陆羽泉,在苏州虎丘山。明代中期,因其泉久不疏浚,埋于荒草中。是年,长洲县令高第,始命疏挖,且在上筑亭,鏊为之作记,并作诗《虎丘陆羽泉埋没荒翳久矣,高君尹长洲,始命疏浚,且作亭其上以表之。予贺兹泉之遭也,赋诗记之》以贺,王铨亦有唱和诗《虎丘复第三泉》,与正德十一年(1516)作者与王铨、都穆所作《虎丘第三泉联句》多有相同。

序

重修姑苏志序

夫志何为者也，记载郡之封域、山川、户口、物产、人才、风俗，以至城池、廨宇、井邑、先贤之遗迹，下至佛、老之庐，皆次族分使四境之内，可按籍而知而一代之文献，不至无徵焉，如斯而已者也。

在《震泽先生集》中，从卷十至卷十四共有五卷，六十篇，均为序。其序文大致可分为三个方面的内容：其一为王鏊历年所作之文自序，如《应天乡试录序》《王氏家谱序》《丙辰进士同年会序》《古单方序》《姑苏志序》；其二是应邀为同僚及友人所作之文写序，若《东原诗集序》《孙可之集序》《瓜泾集序》《皇甫持正集序》《云水集序》；其三是送友人外放的诗序，为有《送刘世熙任四川佥宪序》《送广东参政涂君序》《送毛检讨归省序》等。此外，还有少量为方志与家谱撰写的序文，有《上海志序》《嘉善志序》《武峰葛氏家谱序》等。

《王鏊诗文选》共选录其序文十五篇，其中有数篇是新发现的，如《许氏家谱序》《万氏家谱序》《沈氏家谱序》等，这三个家族都为东山望族，其中两家同莫厘王氏还是姻亲。在明初就刻印有族谱，比王鏊之父光化公琬修家谱还早些，明弘治、正德年间这些家族续修家谱时，请大学士王鏊为之续"序"，以显其贵。这次亦收录《王鏊诗文选》中，使之更充实些。

《姑苏志序》，又称《重修姑苏志序》。《姑苏志》成书于正德元年(1506)，据卷首王鏊序云："弘治中，河南史侯简、曹侯凤，又皆继为之，时则有若张佥事习、都进士穆，而裁决于吴文定公宽。久之，二侯相继杳，文定公不禄，书竟不就……广东林侯世远近侍来守……乃延聘文学，得同志者七人，相与讨论搜辑，合卢、范二志，参以诸家，裨以近事，阅八月而成。"弘治十八年(1505)，王鏊丁忧在家，苏郡守林世远重修《姑苏志》，聘王鏊为主编，同修者有杜启、浦应祥、祝允明、蔡羽、文徵明、朱存理、邢参、陈恰八人。正德二年(1507)，书成刻印，王鏊为之序，现王鏊序文手迹藏于北京故宫博物院。

正德十三年(1518)，里人葛佩续修《武峰葛氏家谱》，请致仕居家的王鏊为续谱作序，是年王鏊已六十九岁，其序云："世旸君命其子佩持以乞言于予，其少年笃学将大振厥族，遂书以归之。"在此前，进士吴惠、贺元忠与状元吴宽都为东山葛氏宗谱作过序。这是王鏊所作的最后一篇序文，《葛氏家谱》中存其手迹。

应天府乡试录序

弘治五年七月戊寅,上命右谕德臣鏊、洗马臣杰,考应天府乡试。壬午陛辞,八月癸卯抵府治,乙巳燕府治,遂入锁院。时士之就试者二千三百余人。三试之如故事,而加严别去取,差高下,手披目阅,口诵心惟,昼夜罔懈。自乙巳迄丙寅,凡二十二日。揭榜得士凡一百三十五人,第其姓名及文之可录者为一编以献。臣鏊谨序其首曰:人才盛衰,系乎时者也。《禹贡》:"扬州田维下下。"《周礼》:"东南不在五服列。"春秋之初,不见于经。晋、宋以来,东南人物始见于载籍。百年来,地与时升,运随世转,东南财赋遂甲天下,而人才随之,盖自唐中叶则然。至我太祖,遂起南服,以混一海内,东南诸郡进为畿甸。天地气化之潜储,圣神治化之首被,往往称雄于天下者,不独财赋而已也。治道之升降,观于人才知之。人才之盛衰,观于文章知之。三代之文见于经者,至矣。汉之文盛于武、宣之世,唐盛于元和,宋盛于嘉祐、治平间。盖皆立国百年,海宇宁谧,人兴于文,则有若董仲舒、司马迁、相如、韩愈、柳宗元、欧阳修、苏轼、曾巩,异人间出。虽不能无高下纯驳,而能各成一家之言,耸一代之盛。今天下承平百二十五年,干戈韬戢,礼乐洽敷,《易》所谓"圣人久于其道,而天下化成",兹其时乎?宜亦有异才焉出于其间。顾臣浅陋,恐不能尽识,惴惴焉无以称明诏,委任是惧,然所谓公无私者,臣不佞,窃以为近之。场屋提调,则府尹臣莹、府丞臣绮。同考试,则教授臣琪、臣咏、臣宁、学正臣纬、臣章、教谕臣思忠,训遵臣杰。监试,则监察御史臣鸾、臣立之。

【浅析】此序文作于弘治五年(1492)。应天府,即南京,亦称南都。是年七月十三日,朝廷令王鏊同洗马杨杰为应天府乡试考试官,八月初五日,抵府治,遂入锁院。太监蒋琮留守应天,其门客欲通关节,鳌不允,与之交恶。该科参考士子两千三百余人,揭榜得士一百三十五人。祝允明也参加该科乡试,录取为举人。王鳌胞弟王铨为避嫌,退出应天考场,而少年时同窗好友吴怀失解,郁郁而亡,王鳌归乡得知吴怀病故,作《愧知识》以悼之。

乡试同年会序

　　出处得失,存亡聚散之际,君子不能无感乎尔也。成化甲午,南畿乡试同上者一百三十五人。今年为弘治甲寅,官京师者六人焉,三人者至自外,九人而已,何其少也?要谓难也已。时序清和,王事多间,鳌则谂于众曰:"自唐、宋以来,有所谓同年交。今之世尤重之。居相狎也,仕相援也。今乡榜非同年欤?顾曷为遗之?"众曰:"然。"始谋为乡同年会。庚辰会午城之西垣,六人者为主。甲申会玉河之西堤,三人者为主。契谊参合,形迹俱忘;六博投壶,浮白相属;和不至亵,醉不至乱。众谓是会不可不志,遂分韵为诗,而属予序。於乎!岁月易迈,人事难

惠和堂王鳌展厅

齐,良会不偶,予不能无感乎其初,而有怀乎其后也。遂相与订盟焉:岁一为会,而自兹会者始。六人者:云间顾惟庸,时为大理司务;锡山莫曰良,驾部员外郎;吴江叶文粹,中书舍人;宜兴宗廷威,户部郎中;云间朱汝承,工部员外郎;鏊,右春坊谕德。三人者:昆山张济民,同知南昌;海虞周民则,同知袁州,以考绩至。歙县洪克毅,知交河,以御史徵,方为之。

【浅析】 此序文作于弘治七年(1494)。王鏊应天乡试中举,十年后同年聚会。王鏊思及是年三月,同年吴洪外放广东,继而徐仲山亦去,恩师徐音病卒,心中惆怅,恐"同年会"今后将不复再盛,感作此序。

会试录序

正德戊辰二月,会试天下士。于时知贡举则礼部尚书臣机、侍郎臣溁,考试则大学士臣鏊、学士臣储,同考试则修撰臣海、编修臣一鹏、臣俊、臣仁和、臣时、臣瑭、臣铣、臣若水、都给事中臣承裕、给事中臣潮、署郎中事员外郎臣庭桂、主事臣子熙、臣中道,监试则御史臣鉴、臣玉。天下士抱艺就试者三千八百八余人。三试之,遵制诏,预选者凡三百五十人。刻其文之粹者以传,凡二十篇,名之曰《会试录》。臣鏊谨序其首曰:惟天生民,不能自治,故立之君。君者,所以代天为治。君有万国,不能独理,故任之臣,臣者,所以代君分治,而皆以为民也。国朝取士,率三岁一举,非曰遵行故事焉耳,固必望得真才焉受之职,以敉宁乎斯民。士之日夜淬砺,学成求试,非曰苟慕荣禄焉耳,固亦望及盛时焉抒所学,以康济乎斯世,是士之志也。有志焉而不获伸,盖多有之。皇上出震当阳,聿新庶政,兹唯龙飞取之予则失时矣。故于今日以事君之道为诸士告。盖事君之道,先其实而后其名,怯于利而勇于义。所谓"先其实"者,位有崇卑,居之必求无忝乎其职；事有难易，行之必求无负乎其心。所谓"后其名"者，时然后言，言取其当而已矣，非务以为奇；当官而行，行取其方已矣，非苟以为异。所谓"怯于利"者，所当得欤则寡取之，无以盈溢逾其分；非当得欤则峻绝之，无以暗昧伤其洁。所谓"勇于义"者，见义惟允，立志斯定，勿以毁举得失夷险二其心，渝其操，是事君之道也。古之硕辅名贤，厥所树立，罔不由是。诸士平日之所举，将非是之务乎？鏊不佞，获预抡材之任，科之得人与否，预有功罪焉。故以是告。

【浅析】此序文作于正德三年（1508）。是年二月，朝廷命少傅兼太子太傅、户部尚书、武英殿大学士王鏊任会试主考，又为廷试读卷官。参加会试者三千八百八十余人，遵制诏预选者三百五十人。是科会试锁院后，刘瑾以片纸书五十人姓名，欲登第。主司不敢拒，唯唯而已。舆论大哗，徐缙在《文恪公行状》中称，鏊主试乡会试皆严，能得人，惟其科未能拒之，缙为之讳也。焦芳之子焦黄中未置一甲，与之交恶。焦芳言："南人不可为相。"鏊作《相论》辩之。会试以陕西吕柟为第六，引起翰林院修撰康海不满。后殿试吕柟为状元，时刘瑾盗权，实内阁逢迎逆瑾。因刘瑾、康海、吕柟均为陕西人。

会试录后序

《会试录》者，录会试之程文、士之中式洎百执事之姓名，登诸天府，传之天下者也。国家取士，乡简其秀储之学。三岁大比，则两畿十三省之士各萃于所司。所司者三试之，又简其秀，以上礼部。礼部以闻，合两畿十三省前后所贡，三试之，又简其秀以献。天子临轩新策之，定其高下，则谓之进士。进士之选，今日之所甚重焉者也。历代用人，有明经、贤良、孝廉博学宏辞诸科，而进士为重。至我朝，又加重焉。馆阁之选，于是焉取之；

台、省、寺、院,于是焉取之;方岳郡县,于是焉取之。不由是者,不谓之正途。百余年来,名臣硕辅、端贞鲠亮、声迹蔚然、昭焯中外者,必非士也。即非焉,十百之一耳。其顽顿选耎、以欲纵败官者,必非进士也。即有焉,亦十百之一耳。国家得人,于斯为盛。士一登是录,则进而累为公卿大夫者,往往有之,可不谓重乎?然君子之所重,不在于是。君子之学,其施为本末,先后有定见矣。其仕也,以是措之云耳。故曰幼而学之,壮而欲行之。若曰既登进士矣,弃所学如弁髦,是岂今日取士之意,而亦安在其为重也?世称人才,必曰虞、周。虞、周尚矣。自有科第以来,唐以韩愈榜为盛,宋以寇準榜得人为多,至今传之,以为美谈。今日所取,其亦有若人者乎?夫文章如愈,勋业如準,可谓盛矣。而又进焉,岂非主司之所望哉?臣承乏试事,大惧无以称塞明诏,敬以是为诸士劝,是亦臣之所以自砺而未能者也。

【浅析】此序文作于弘治九年(1496),为王鏊主考会试后作。会试为国家级的考试,时间在乡试第二年春季举行,故亦称"春闱"或"礼闱"。会试录取的士子称为贡士,第一名称"会元"。是年二月,朝廷命詹事府詹事兼侍讲学士谢迁、翰林院侍读学士王鏊主考会试,录取中式举人陈澜等三百名。考试结束后,谢迁作丙寅《会试录后序》,其序为王鏊所作之后序也。

丙辰进士同年会序

弘治丙辰,进士三百人。首陈澜,殿唐钦南,省有司所上之次也。首朱希周,殿童品,胪传恩荣之次也。首童品,殿王朝卿,诸同年私会朝天宫,以齿坐列之次也。是科廷试以三月十五日,既而传胪、锡宴、释奠,咸如故事。礼成,洛阳刘东谂于众曰:"前此得失不可知,后此聚散不可期,盍及此以订同年之交乎?"择地得朝天官之斋堂,庭宇靓深;诹日得四月之甲子,天日清美;礼仪凤戒,惠然来集。坐以东为上,西向坐者若干人,南北向者若干人。离坐有罚,喧哗有罚,教坊奏乐,少者以次行酒,雍雍秩秩,日暮乃退。佥谓兹会之不可常也,列名锓梓,将使世讲之。予谓同年之会,自唐以来则有之。刘禹锡之言曰:"古人以偕受学为同门友。今人以偕升名为同年友。"礼重始进。以四海九洲之人而筮仕同,则终身为同。是故同朝则加亲,同事则加密,进则相援,退则相拯,宴会则相徵召。得人焉,一榜为之荣;非人焉,一榜为之耻。自前世则然,而未有非之者也。然予闻之《易》曰:"同人于野,亨。"又曰:"同人于宗,吝。"则古人所谓"同"者,其亦可知已。诸君自是有服在官,在内则同心匡辅,在外则同心宣力,在上则同心汲引,在下则同心剧切,不幸有事则同心以报国。他日有得斯录者,将曰:是科得人之盛如此,是科主司之明如此,是科同年不为苟同如此,其不伟哉?不然,进相援也,退相拯也,宴集相召也,亦非所谓同矣。予于诸君有一日之旧,故以是告。

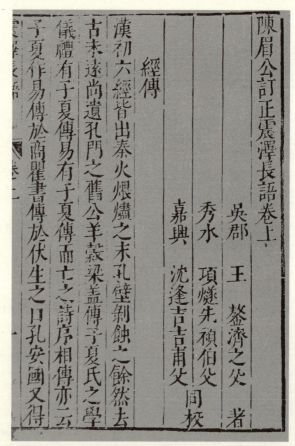

《震泽长语》书影

【浅析】此序文作于弘治九年(1496)。其序云："弘治丙辰进士三百人。……是科廷试以三月十五日,礼成后,经洛阳刘东倡议,前此得失不可知,后此聚散不可期,何不以此以订同年之交。遂择朝天宫之斋堂,于四月之甲子,以订同年会,谓诸君自是有服在宫,在内则同心匡辅,在外则同心宣力,在上则同心汲引,在下则同心劘切,不幸有事则同心以报国也。举鳌为同年会作序。"

王氏家谱序

王于姓最蕃,而其出不同。《姓苑》有姒姓之王、姬姓之王,又有虞姓之王。自舜后封陈王齐。齐灭,世号王家。此吾王姓之始。其后迁于琅邪,望于太原,蔓于山阴。而家于震泽之洞庭山,则自宋南渡徙焉,亦莫详其所始。於戏!宗法废,天下无昭穆矣,其犹有谱牒焉。谱牒废,人忘其先矣。人忘其先,而天下无孝矣。今夫开先受姓,其来远矣。世之人有能知其所自者乎?今委巷之人,三世以前,希不懵焉耳。夫士也,十世以前,希不懵焉耳。夫为人之子孙,而不知其祖;为人之祖,而不知于其子孙,非大不幸耶?则谱之作,其可缓哉?夫谱,何为者也?物莫不有所始,有所分。自吾而溯之,为考,为祖,为曾,为高,以至于无穷,其始也。始者常患于湮而难稽。自吾而推之,为期,为缌,为袒免,为无服,其分也。分者常患于散而无统。君子由是而溯之。溯之而上,必有本也,故尊祖。尊祖,教民孝也,由是而推之。推之而远,必有分也,故合族。合族,教民睦也。谱其为是作乎?王自受姓,愿者寔多,晋、宋尤盛。不书,纪信也。始百八,尊所出也。疏以五支,小宗之遗意也。於戏!王为巨姓,自百八以来,虽未闻有甚愿焉者,而世以忠厚相承,山人指为忠厚王家,识者谓其后将大也。其果然乎?吾庶几见之。而忠厚一脉绵绵延延,则王氏相传之心法也,要不可泯焉。吾子孙其尚世守之!

【浅析】此序文作于弘治九年(1496)。王氏,即洞庭东山王氏,因东山之巅名莫厘峰,故又称莫厘王氏。王氏始祖千七将军南宋建炎初迁山,九传而至光化公王琬(王鏊之父),始修《王氏家谱》。是年,光化公修家谱成,乃旁搜细勘,得十一世以上。《太原家谱·杂文类·文恪公与秉之公书》云:"家谱序已奉去,不见回报,何也?"故其序实为王鏊代父所作。

古单方序

予读《大观本草》,见汉、晋以来神医名方往往具在。间取试之,应手而验,乃知药忌群队,信单方之为神也。而世不及见。穷乡下邑,独以海上方为良,不知古方固犹在乎,而散见杂出,仓卒之际未易计寻。予在翰林日多暇,手自抄写为一编,对病检方,较若画一,不敢自秘,因梓刻以传。於乎!群队之忌,非独医药也,用人用兵,盖莫不然。有能得是方而治之,其可已少瘳乎?

【浅析】此序文作于弘治九年(1496)。《古单方》,又名《本草单方》或《大观本草》,即《经史证类备急本草》(简称《证类本草》),唐大观二年(1108),医官文晟加以重修并作为官定本刊刻,改称《经史证类大观本草》。该文为王鏊在翰林院中读《大观本草》单方,间取试之,应手而验,自抄录为一编,梓刻以传,所作之序文。

赠徐子容序

两洞庭山并峙太湖中,谚称"东贵而西富"。盖自国初迄今,高科显仕,皆东之出,西无闻焉。西之人未尝不学也,非无才且秀也。于是,人皆曰:"其地则为之。"倡一和万,以为是固无疑者。父兄以是绝其子弟不复使学,子弟以是绝其身不复学。有徐氏以同者，山之世家，独不然。其子缙，依予学者五年矣。其质秀而文，可与进者也。始予开以读书之法而惺然，继予授以修词之法而悚然，而豁然，而沛然，缙非昔日之缙矣。戊午顺天解试，名在高等，人皆曰："西山之天荒至是破矣。"夫昔之荒也果天乎？人耶？今之破也果天乎？人耶？事难在先。蜀之陋也，相如先之；闽之陋也，欧阳詹先之，遂各以文显。两洞庭并峙竞秀，西特宽衍，有山泉禽鱼之乐，橘苞竹箭之饶，金庭玉柱，为东南福地，扶舆蜿蟺，閟于古，始发于今。其发也必大，独一第也乎哉？其亦自一第者始也。天下有大荒焉，非科第之谓也。其不获久矣。汉有仲舒焉始一破，唐有退之焉始一破，宋有濂溪诸公焉又一破，余未之睹也。子有意乎？升堂拜亲，北辕言迈，无或迟迟而来也。

【浅析】 此序文作于弘治十二年（1499）。徐缙，字子容，洞庭西山人，为王鏊长婿。徐氏与王鏊家为世交，其序云："有徐氏以同者，山之世家，独不然。其子缙，依予学者五年矣。其质秀而文，可与进者也。"徐以同，即徐潮，为徐缙之父。弘治七年（1494），徐潮率其子缙来从学于京邸，鏊以长女王仪妻之。十一年（1498），顺天乡试，缙在高等，故岳父王鏊序中有"西山之天荒至是破矣"之句。

姑苏志序

《姑苏志》六十卷，记载郡之封域、山川、户口、物产、人才、风俗，以至城池、廨宇、井邑、先贤之遗迹，下至佛、老之庐，皆次焉。姑苏，东南大郡，其风土亦已略见于《禹贡》、周《职方》《尔雅》诸书。其后如子贡之《越绝》、赵晔之《春秋》，张勃、陆广微之《记》录，罗处约、朱文长之《图经》，龚明之辈《纪闻》，纪事则备矣。汇而成书，则有范成大、卢熊二志。由今而观，范志峻而整,卢志详而赡,而其间亦不能无得失焉者。况国家百三十年,人物、文章、制度因革损益,尚皆缺焉,识者病之。成化间,番阳丘侯霁守苏,有志修述。时则有若刘参政昌、李中舍应祯、陈训遵顾,各应聘修罢。会丘罢去,遂已。弘治中,河南史侯简、曹侯凤,又皆继为之。时则有若张佥事习、都进士穆,而裁决于吴文定公宽。久之,二侯相继去,文定不禄,书竟不就。然文定之惓惓是书也,虽病在告,未尝释手,淡墨细书,积满箱案。广东林侯世远之守苏也,宿弊尽划,文事聿兴。一日,抱文定遗稿属予曰:"敢以溷子。"予谢非其人。侯曰:"文定之志不可以不就也。"予不得辞。侯乃延聘文学,得同志者七人,相与讨论搜辑,合卢、范二志,参以诸家,裨以近事,阅八月而成。发凡举例,一依文定之旧。搜亡阐隐,芟繁订讹,则诸君子之功居多。予何能焉?其亦会其要,校其成者也。独念是志之绩,历三十余年,更六七郡守,而卒成于侯。予乃适值其时,获玷名其间,惜予学殖荒落,于吴事尤多憾焉;又以趋召事严,不及磨砺占毕,以足私心之所志,以副林侯之望,此予之所自愧而嗟也。续而正之,能无望于后之君子乎?姑苏,山名,在城西南,昔以名郡,故今以名其志。

正德《姑苏志》修志名氏

【浅析】此序文作于正德元年(1506),王鏊丁忧在家时而作。弘治末年,苏州知府林世远重修《姑苏志》,聘王鏊为主编,同修者七人:福建按察司佥事杜启、乡贡进士浦应祥、乡贡进士祝允明、苏州府学生蔡羽、长洲县儒士文徵明、朱存理、邢参、对读儒士陈怡。王鏊在序中云:"广东林侯世远之守苏也,一日,抱文定遗稿来求,予不得辞。侯乃延聘文学,相与讨论搜辑,合卢、范二志,参以诸家,裨以近事,阅八月而成。"

沈氏家谱序

吾山世族之久者,莫过于具区桥之沈氏。按白乐天《洞庭志》云:历阳公讳坤,字原方,因晋乱来隐,于是传流,子孙蕃衍,人文称盛。其间,或隐或仕,或聚或散,盖匪一辙。奈世谱遗失不能悉录,爰自胜一以后明徵有考者著其集焉。予观其一世至五世为一图,六世至十世为一图,此宋眉山苏氏式也。纲纪灿然可以彰先德裕后昆矣。且其揭谱之纲,则萃之为广图,理谱之纪,则列之为各传,于图之中,又究其讳字,辨其分合,而纲揭矣,目未始不寓也。传之内又约其行实考

《沈氏家谱》书影

其生卒而纪理矣,统未始不存也,信乎。大参吴公之言曰:"是谱之作关于彝伦风化,重且大也。"予友沈子旸等徵叙于予,乃为之说如此。

【浅析】 此序文作于正德四年(1509),即王鏊致仕归里之年。沈坤,字原方,西晋武帝司马炎驸马,苏州东山沈氏始迁祖。泰始元年(265)冬十二月,晋王司马炎代魏建晋。武帝以贤良用人,沈坤被武帝选中驸马,同朝英公主结婚。继官至建康太守,兼大冢宰加太傅。因屡建功绩,被朝廷封为历阳公。太熙元年(290),太子司马衷即位,是为惠帝,天生痴呆,无法主政。先是由皇太后杨氏和后父杨骏辅政,继而贾皇后与楚王司马玮篡权,大肆杀戮忠良。沈坤多次呈奏章进行劝谏,但惠帝根本不采纳,遂于大安元年壬戌,偕夫人司马氏挂冠离都而去。隐于太湖洞庭东山,卜居具区桥之东(今名渡水桥,旁有渡桥村,其桥古称具区风月桥)。建武元年(317),司马睿建东晋。沈坤在朝有贤名,元帝到金陵访之,诸贤又七荐沈坤,请他出山入朝为官。但沈坤托词已年老多病,不肯做官。仍隐于东山,终老具区。

苏郡学志序

　　国家学校之设遍于海隅,而苏学独名天下。于是,吾友蔡君惟中始为之志。惟中之言曰:"苏学创自宋景祐魏国文正范公,割地为之,而安定胡先生实为之师。今去二公五百余年,高风遗烈,犹一日也。且其地故为吴越广陵王元璙之南国,特幽且胜。由今观之,大成之殿、明伦之堂、尊经之阁,高壮巨丽,固已雄视他郡。其间方池旋浸,突阜错峙,幽亭曲榭,穹碑古刻,原隰鳞次,松桧森郁,又他郡所无也。况且宋以来,科第往往取先天下,名臣硕辅亦多发迹于斯,则其盛岂独地哉?夫物盛则必传。盛而不传,盖有之矣,则以无纪籍故也。昔四代之举见于《戴记》,鲁之泮水咏于《诗》,蜀之学官纪于史。今吾学之盛于四代,虽未敢望于鲁,于蜀岂遽出其下哉?而纪籍独阙。昂诚不佞,少游于兹,穷搜细勘,得其颠末,累为四卷。"间以示予。予盖与君同游于学者也,嘉其志之勤,且郡之文献有足徵者,故为序诸首。惟继是而司教有若安定者,人才之出有若文正者。吾且老矣,尚当嗣君书之。

【浅析】此序文作于正德五年(1510)。苏郡,苏州府。其序云:"国家学校之设篇于海隅,而苏学独名天下。于是,吾友蔡君惟中始为之志。"蔡昂,字惟中,成化二十年(1484)以诸生贡入南雍,官历南大理寺,不久南归。于宅西种菜自给,自称西圃老翁。尝创撰《郡学志》四卷,以王鏊《姑苏志》尚有遗漏,作为补遗,王鏊乐而为之作序。

万氏宗谱原序

圣人制礼莫重乎宗族,宗族之辨莫详于谱书,谱书之传莫大乎支派。有百世不迁之宗,有五世则迁之宗,祖迁于上而宗易于下,祖宗之传序人道之本也。古者系出支录,小史之官所以定世次之。承办昭穆之例,俾后之子孙知其宗族之所繇来。亲疏之所以别联宗以为亲,敦本以追远,莫善于谱。后世谱牒不修而家法不讲,数世之下遂相视如途人,其能厚宗族而追崇其祖也?万氏惓惓于谱牒之辑,繇斯重也。其系出自毕公万之后,以字为姓,历宋南迁有金判和州者,始居洞庭东山之张巷,胜国时再迁于山之叶巷。以嗣以续如视诸掌,盖皆其十五世孙应明创立此谱,谱成乞序于余。余嘉其克承祖训而为之,弁其简首。

【浅析】此序文作于正德十年(1515)。万氏,即东山后山张巷万应明。万氏原居河南开封,宋末靖康之乱,有和州判官万虞恺者,携二子护驾南下,避地江左,泛具区,涉东洞庭山,美其地而定居东山张巷,遂为东山万氏始祖。二世万仲默种橘数千株,乡人称为橘园万家。明景泰年间,十五世万章父亲死后,家无蓄积,于是客游荆襄,作客二十年,资产逐渐饶裕,家业兴隆。万章之子万荣,从父服贾;另一子万格,弃儒服贾,曾经商谯周、淮阴等地,前后在外三十五年,家境日富,遂成为东山大族。十五世万应明于正德十年(1515)创撰《万氏宗谱》,谱成后,致仕归里不久的王鏊还为之作序。明天启年间,万氏重辑家谱,状元礼部尚书、东阁大学士文震孟作序。清乾隆和道光年间,东山万氏又先后两次续修家谱,记族之盛事。最后一次为其二十八世孙万履占清道光年间续修成,即今存于上海图书馆的《万氏宗谱》。

许氏家谱序

盖闻笃亲敦族莫善于谱,苏允明有言:其初一人之身耳,而其后服尽遂成路人。先其势而图之,使无忽忘焉,此谱之所以不可已也。读莰田许氏家乘,始于崇宁,详于至正,试问崇宁以前有能举名氏以对者乎?问南渡以降传几叶,衍几宗,某某为何许人,能知什之一二者乎?洞庭赘婿之外,其黄芦大宗一支有能悉其族属者乎?即洞庭一派出在平湖者为徐为何有能问其出入者乎?凡此者其初皆一人之身也。夫其烬于兵火者已成梦幻。其散于四方者又为不可知之人,独此一乡环萃之,若而人而复,悠悠忽忽委诸草莽纵累叶云仍悉,如水面浮泡自起自灭。笃亲敦族之谊,谓何南耕君修谱之意。抑所谓先其势而图之者欤。於戏!古人能令疏者亲而今人且令亲者日疏,我躬是阅毛里几不相属离,而南耕君独眷怀五世之上,昭穆伦憨不遐遗推斯勿也。崇宁以前,南渡以降,虽名氏世次不可复稽而

許氏家譜 王序

蓋聞篤親悼族莫善於譜牒允明有言其初一人之身耳而其後服盡遂成路人先其勢而圖之使無忽忘焉此譜之所以不可已也讀菱田許氏家乘始於崇寧詳於至正試問崇寧以前有能舉名氏以對者乎間南渡以降傳幾葉衍幾宗其爲何許人有能知什之一二者乎即洞庭贅壻之外其黃蘆大宗一支有能悉其族屬者乎即洞庭一派出在乎湖者爲徐爲何有能問其出入者乎凡此者其初皆一人之身也夫其爐於兵火者已成夢幻其散於四方者又爲不可知之人獨此一鄉環萃之若而人而復悠悠忽忽委諸草莽縱累葉雲仍悉如水面浮泡

《許氏家譜》书影

精神未始不相接矣。以此垂训子孙而不勃然兴亲睦之思者,岂人理哉？彼魏氏之笏、王氏之毡,世家竞侈为荣,观曾不若此家乘一帙薪传于不穷,足为门风鼎吕也。

【浅析】此序文作于正德十一年（1516）。许氏,即东山菱田许南耕。许氏系出高阳,北宋崇宁迁吴,至明渐兴,其中有黄芦塘（今渡村采莲）许氏为吴地著姓。元至正初,许富一自黄芦迁东山定居。五世孙许南耕,弃儒经商,贾于四方,家道日隆。南耕之子志问、志闻兄弟不仅善于经营,更能知人善任,家业大振。时江湖言富者,人必推翁、许。翁即翁笈,许即许志问,都号称百万富翁,又推誉"湖山主人"。上海松江董其昌、陈继儒及杨廷枢、朱国桢、申时行等社会名流,游洞庭必为许氏座上宾。正德丙子,许南耕始创撰家谱,同里吴惠、王鏊为之作序。

武峰葛氏家谱序

古君子其责望也,重以周礴忧虑也；重以周,故作为无一而不宜深，以远故宗嗣愈久而失慨。自宗法不明至唐之衰，谱学益废，士大夫多不能知其所由来，而迄今尤甚，予深悲之。武峰葛君世旸修德乐善，世美家声，虑祖远而或日忘，惧族众而或日疏，乃加意，于是纂为家谱序。燕吴两籍之根源，为胤嗣奕叶之凭，藉原同辨异秩，然长幼之不差。恍然祖先之在目矣。不攀援，不崇显，不诡随，有伦有序，可稽可证，其亦深长于水木之思者乎，语云：亲者毋失其为亲，吾于葛氏之谱见之矣。世旸君命其子佩持以乞言于予，予嘉其少年笃学将大振厥族，遂书以归之。

【浅析】 此序文作于正德十三年（1518）。武峰葛氏，即东山武山葛世旸。南宋建炎初年，宣义郎葛乾护驾至临安，因不满朝政而解组归隐东山武山，同时归隐的还有其弟葛巽。据传西晋时有葛洪炼丹药于洞庭武峰，丹成仙去。葛氏兄弟遁浮太湖，至武峰得先世葛洪遗址，喜而占籍而居。葛氏定居后，率族开山辟壤，疏港拓泾，又砌驳岸，筑码头，使之成为东山一主要渡口，曰葛家渎。《葛氏家谱》载：岳飞至太湖抗金兵，曾为葛氏题："中洲流世泽，南国起文人。"

永乐元年（1403），成祖定都燕京（北京），颁旨选天下殷富之家徙实京师。葛氏泰二、泰四兄弟应诏赴京。越二十年，成为北地富室。成化十九年（1483），九世孙葛世旸发起修谱。正德戊寅，葛世旸之子葛佩续修家谱，王鏊嘉其少年笃学，大振厥族，遂书题之。

墓志铭

陆处士墓志铭

处士陆姓，讳俊，字伯良。古貌古心古衣冠。治家居乡，出词行事，世多迂之，而予特爱其近古也。年八十有四，以弘治五年二月十二日癸丑卒。十一月甲申，祔葬蒋坞之先茔。处士，予叔祖行也。幼特受知焉。今还，不及见也，为文祭之，且志其墓。

王鏊德高望重，又是文辞高手，亦能书法，一生中为家族、友人、同僚所作墓志铭、墓表、墓碣多达一百多篇，在其集文中占五分之一。在王鏊病逝的前一年，即嘉靖二年(1523)，他还先后为南京礼部尚书邵宝母过氏、原吏部尚书陆完之母华氏及长女王仪作墓志铭。

在王鏊所作且数量众多的墓志铭中，为官员作的墓志铭占了很大比例，其中既有为高层朝官所作的墓志铭，如内阁大臣靳贵，尚书吴宽、顾佐、傅瀚、白昂、王恕、白珪等；又有为中下层官员所作的墓志铭，如知府严经、知县尤淳、推官刘海等人。王鏊生于僻乡东山，青少年时代又大多在乡间度过，对底层平民有较深厚的感情，所以他为民间百姓作的墓志铭也较多，如石田杨君墓表、静安处士墓志铭、贞孝先生墓表等。

弘治五年(1492)，王鏊为叔祖陆俊所作的《陆处士墓志铭》，是一篇反映重赋与百姓疾苦之作。文中指出江南之弊，以马甲、税粮为甚，云："吴下官田税十，民田税一，均之，则国用不亏，民不困。又言钱久不铸且竭，宜复五铢，备一代制。又言州县官兢下，宜多设官相监制。"其书凡数千言。今北京故宫博物院藏有王鏊《行书陆俊墓志铭卷》。

此外，在《王鏊诗文选》所选王鏊墓志铭中，有伯父公荣公、兄长王铭、继室张氏、胞妹叶元夫人、亡弟王铨、长女王仪等墓志铭，在这些已故亲人中，除前两人年长于他外，其余均比他年少，尤其嘉靖二年(1523)长女王仪的病故，对王鏊打击很大，有"天降割于我躬，何其酷耶？三年之间，二女接夭，长女仪又继之耶"之句，可见其心之悲痛。

王鏊不同时期所作的墓志铭，反映了他重亲情、友情、民情的感情，也是他被誉作"完人"的一个方面。

公荣公墓志铭

　　王氏远有代绪。其家洞庭,则自宋南渡时有千七将军者,自汴从焉。至我伯父府君,盖三百余年矣。洞庭俗尚纤,王氏独以宽仁为家法,缓于赴时,暗于射利,而慎于保身。人谓之木钝,终不变,世以此为法,家亦以此大。府君曾祖讳庭宝,祖讳伯英,当元伪吴时,王氏以故无顾者。考讳惟道,尤号宽简,举息于人,听其自偿,贫者辄焚其焚,曰:"以贻吾子孙。"是生府君及家君三人。府君长身魁颜,见者惊异,实淳朴,无它肠。时仲父持家,家君游学,而府君操其赢赀以游于外,虽不甚知书,而自持甚严,不正之色,未尝留视。有劝及时为私藏者,府君对众诵言之曰:"某劝我为不义。"其人遂不敢言。一钱尺帛,不入私房。而吾伯父用心若此,可谓难能矣。景泰间,王氏少衰,府君奋曰:"父祖业不可由我而废!"货殖留亳,积十余年,不顾家。身无择行,口无二价,毫人至今称为"板王"。性嗜酒,平居若不能言,至豪饮,欢歌。老而弥壮。鏊为儿时,与群从行酒于前,指鏊曰:"是子当贵。然吾见今之临民者,捃摭锻炼,冤抑万状,吾不以愿尔也。若贵,其在翰林。"及府君病殆,鏊自翰林归视之。又明年,卒,己亥正月二十一日也,年六十八。配叶氏,贤明。其子钟鏊,以成化癸卯三月二十九日,葬蒋坞山先茔之原。鏊不得临穸,则南望垂涕,以不肖之词铭之石,以志其哀。铭曰:猗我王氏,有周自出。三槐荫庥,称德惟郁。有宋之南,亦随而迁。家于洞庭,垂三百年。至我伯父,世济文雅。薛俭慈仁,宽然长者。山人谓是,忠厚王家。君子乡人,岂其裔耶?彼后吾先,彼欤吾弃。一脉之二,长我王氏。

【浅析】此志铭作于成化十九年(1483)。公荣公,名王璋。王鏊曾祖伯英公彦祥生五子,其第四子惟道公又生璋、瑮、琬三子。王璋为惟道公长子、王鏊伯父。明永乐、宣德年间,王璋奔波在荆楚间行贾,行商讲诚信,他家中不蓄私财,在江湖上有"板王"之誉。为"钻天洞庭"早期代表人物。王鏊少时常至伯父家中,与堂兄妹们行酒于前,王璋在一群孩童中看出王鏊与众不同,指鏊曰:"是子当贵,他日若贵,其在翰林也。"后果被王璋言中,十多年后,王鏊科举显达,探花及第,成为一代名臣,其为后事。

继室张孺人墓志铭

翰林院侍读王鏊之继室张氏,其先湖广之孝感人。曾祖思忠,洪武间金广西按察司事,谪河间之沧州,遂为沧州人。祖某。父实,丹阳令。丹阳少孤,依蔡氏,故又姓蔡氏。丹阳父子豪迈俊爽,而孺人庄重,寡言笑。其在家甚孝,而父母亦甚爱之。母没,朝夕哭,不去。丹阳公以其箧笥管钥尽付之曰:"锦绮金玉皆汝有。"孺人哭曰:"无母,何以物为?"一归之公家,无所取。归王氏七年,不闻其出声。待媵妾得而有礼。子寿甫五岁,教之严甚,曰:"其父既爱之,而吾复姑息,他日何所畏乎?"家务细碎,若不经于怀,而知所重类此。成化二十三年丁未七月二日以疾卒,年仅二十有六。於乎!岁丁酉,而先妻吴孺人亡,今孺人又往。十年之间,两夺其伉俪,予命之多蹇也夫!卒之二年,为弘治二年十二月一日,葬于吴县东洞庭之西马坞。余为铭以志其哀。始孺人四五岁时,尝独负墙而泣。姆问之,则曰:"吾念吾家耳。"姆曰:"此非尔家乎?"曰:"非也。吾家住某县某村家姓纪云。"噫!亦异矣。铭曰:

千里之姻,有数有缘。数也奚为?而止七年。
数也七年,其思无穷。西马之藏,百岁其同。

【浅析】 此志铭作于成化二十三年(1487)。张孺人,王鏊第二位夫人,长子延喆之母。家谱载:"是秋,继室张氏封孺人,旋卒。归王氏七年耳。十年之间,两失伉俪,中馈乏主,续取李夫人,女二:一适朱希召,一适宜兴邵銮,皆夭亡。李夫人多病,再娶胡宜人以相之。"志铭云:"成化二十三年丁未七月二日以疾卒,年仅二十有六……卒之二年,为弘治二年十二月一日,葬于吴县东洞庭之西马坞。余为铭以志其哀。"张氏身世扑朔迷离,王鏊所作墓志铭说其先为湖广孝感人,后迁河间沧州。父张实为丹阳县令。而清王士禛《池北偶谈》云:"王延喆,文恪子也。其母张氏寿宁侯鹤龄之妹,昭圣皇后同产。延喆少以椒房入宫中,性豪侈。"按其文所载说,王鏊继室张氏应为弘治帝之妻张皇后姐或妹。

郑处士廷吉公墓表

处士讳迪,字廷吉,平生不为文字绮靡之习而笃于学,力于行,性尤好《易》。尝曰:古人重立身,今人重养身,立身者立乎纲常伦纪之中而超乎富贵贫贱之外,养身者役于蝇头蜗角之间而与尘世竞刀锥,与草木同腐朽者也。又尝曰:今人诵佛经必焚香盥手,读圣人书则不然,故每晨起必盥而焚,俨然读书。虽老矣,目眵且昏,尤日诵不已。平生无妄语,虽见卑幼未尝不衣冠冠。婚丧祭必用家礼。吴俗尚鬼而山人独甚,处士约其家疾病不得召巫觋,治丧不得用浮屠。幼师松陵派士昂,士昂卒,执心丧三年,春秋必祭其墓。友人死无归,使殡于家山,山人始骇且笑,久之信服。有争者多往质焉。曰:"处士言然宜无不然者。"子男五:鲁、讷、朴、默、蒙。女四。余弟铨处士长婿也,余是以知之详。曾大父国祥,大父秀卿,考公理宋驸马钊,南渡时家洞庭,处士盖其后云。

【浅析】此墓表作于弘治元年(1488),王鏊为同里山人郑迪处士所作。郑迪,字廷吉,为郑钊之后,生平极重纲常伦纪而轻富贵,卒年六十九岁。郑钊,字公远,河南汴梁人,宋哲宗驸马,东山郑氏始迁祖。建炎元年(1127),郑钊夫妇随孟皇后南渡,路途受尽艰辛与险阻,终

王鏊撰、吴宽书《徐君墓志铭》

于到达杭州。在朝中委曲周旋，内消猜疑，外捍凶逆，功劳居多。南宋"绍兴议和"后，高宗重用巨奸秦桧之流，杀害抗金名将岳飞，致使人心涣散。郑钊叹谓曰："王业既可偏安，小臣亦宜明哲。"遂举家隐居太湖东山之武山，口不言朝政，在东山寿终。后东山郑氏子孙兴旺，人才辈出，在明清两代出了六名进士和十一名举人。其后裔在东山建宗祠，把郑钊祀为始迁祖。

陆处士墓志铭

　　处士陆姓，讳俊，字伯良。古貌古心古衣冠。治家居乡，出词行事，世多迂之，而予特爱其近古也。年八十有四，以弘治五年二月十二日癸丑卒。十一月甲申，祔葬蒋坞之先茔。处士，予叔祖行也。幼特受知焉。今还，不及见也，为文祭之，且志其墓。陆氏为马甲，处士悉马甲之害也，将疏以闻，大意以北人习马，南人习船。南人为马甲，太宗权时之制耳。今宜南北各复其旧便。又言吴下官田税十，民田税一，均之，则国用不亏，民不困。又言钱久不铸且竭，宜复五铢，备一代制。又言州县官克下，宜多设官相监制。又言监法急，盗滋多；弛其禁，盗将自息。其书凡数千言。其草数誊易，无问寒暑；昼夜、行坐、寝饭得一字，辄起易之，欣欣告人，意以为必可行也。始以干当道，当道若不闻。已乃不问贵贱贤愚，遇人辄授之。

王鏊撰、祝允明书《施硕人墓志铭》

又榜于道路市肆,曰:"庶有见而行之者。"积三十余年,费纸笔如山。人或信或笑,或以黏壁净几,处士终不废也。予间谓曰:"何为纷纷?翁家所苦者马役,吾能言于官而免之。"处士曰:"君岂为我设哉?吾以为天下也。吾家固自宜役。"其志公,其念深,其自信笃。於戏!使世之在位者皆有是心,国事其有隳乎?吾又以悲处士之不遇也。处士类宽厚,而治家甚严。当曰:"坏人家者,臧获也。"故陆氏虽富,有佣无奴,私监升合不得入户。年八十,以诏恩授冠带,然家常罕御,曰:"吾自宜山林之服也。"此固世之所谓迂者乎?岂所谓古者多近于迂乎?其平生精力具马役,书故特详焉。配周氏,与处士合德,卒亦年八十四。子男二:长均显,蚤死;次均昂,克世其家。孙男二:曰豕,曰象。豕为郡庠生。铭曰:

孰谓丘壑?国忧是瘁。饱食优游,愧尔有位。

【浅析】此志铭作于弘治五年(1492)。陆处士,名俊,字伯良,为王鏊叔祖。是年作者省亲归山,已不及见,撰《陆处士墓志铭》以悼。今北京故宫博物院藏有王鏊《行书陆俊墓志铭卷》。正德五年(1510),王鏊归里初,与陆俊之子均昂及贺元忠、王铨、施凤、王鎣、叶明善等七人结社,仿香山洛阳之意,年年相会,誉为乡中盛事。

伯兄警之墓志铭

伯兄讳铭,字警之。赠光禄大夫、柱国、少傅兼太子太傅、户部尚书、武英殿大学士,讳伯英,实曾祖,初赠资善大夫、户部尚书、文渊阁大学士,继赠光禄大夫、柱国、少傅兼太子太傅、武英殿大学士。讳逵,实祖,前知光化县,累赠光禄大夫、柱国、少傅兼太子太傅、户部尚书、武英殿大学士。讳朝用,实考。兄生而修长瑰硕,沉默端厚。虽在卒遽,言貌纡徐,无异平日。少尝随仕光化,相道后先。人谓先少傅之宜于光人,非独内德茂也,抑其子有助焉。年未艾,归卧湖山间,迹灭城市。鏊立朝三十年,州县不知其有兄也。及鏊在内阁,人或曰:"弟当要路,不可因是媒进耶?"兄曰:"吾当劝吾弟唯公唯正,苟以吾故挠其节,虽贵,不愿也。"近时贵家多以势持州县短长,侵牟齐民,以广其田园,高其第宅。或劝可效之。兄曰:"吾当劝吾弟唯廉唯慎,苟以吾故伤其洁,虽富,不愿也。"其于声色玩好、博弈游戏,一无所留意。王氏自宋家太湖之包山,世以忠厚相承,而近世亦不能无少变也。兄盖有前人之风焉,而今不可见矣,悲夫!生正统癸亥九月二十三日,以正德五年五月十七日卒,年六十有八。初娶郑氏,继孟氏。子男四:宠、宰、蚕卒、延质、延学,皆工举业。孙四:有周、有匀、有方、有亲。以六年十二月二十六日,葬蒋坞先茔之侧。铭曰:

  兄其曷归?从先少傅。暨先夫人,尚安其故。

【浅析】此志铭作于正德五年(1510)。王铭,字謦之,号安隐,王鏊胞兄。王琬共生有四子,铭为长,次为鏊,季为铨,幼为镠。王铭年未艾,即随仲兄公荣公王璋外出商贾,挣钱供养王鏊、王铨等弟弟读书,以期将来振兴王氏门户。王璋对自己要求甚严,对不正之色,未尝留视,每年经商所获之利,均让父母分配。王鏊《宿迁途中》诗曰:"年年积相思,兄南弟在北。一朝兄北来,弟作南归客。弟北兄复南,草草途中见。见时未交言,船开急如箭。"

石田先生墓志铭

  有吴隐君子,沈姓,讳周,启南字,而世称之唯曰"石田先生"。先生世家长洲之相城里。曾大父良琛,始辟田以大其家。大父孟渊、考恒吉,皆不仕,而以文雅称。先生风骼洁修,眉目娟秀,外标朗润,内蕴精明。书过目即能默识。凡经传子史百家、山经地志、医方卜筮、稗官传奇,下至浮屠老子,亦皆涉其要,掇其英华;发为诗,雄深辨博,开阖变化,神怪叠出,读者倾耳骇目。其体裁初规白傅,忽变眉山,或兼放翁,而先生所得,要自有不凡近者。书法涪翁,遒劲奇倔。间作绘事,峰峦烟云波涛、花卉鸟兽虫鱼,莫不各极其能。或草草点缀,而意已足,成辄自题其上,时称"二绝"。一时名人皆折节内交。自部使者、郡县大夫,皆见宾礼。搢绅东西行过吴,及后学好事者,日造其庐而请焉。相城居长洲之东偏,其别业名有竹居。每黎明,门未辟,舟已塞乎其港矣。先生固喜客,至则相与宴笑咏歌,出古图书器物,摸抚品题,酬对终日不厌。间以事入城,必择地之僻陋者潜焉。好事者已物色之,比至,则履满乎其户外矣。先生高致绝人,而和易近物。贩夫牧竖持纸来索,不见难色。或为赝作求题以售,亦乐然应之。数年来,近自京师,远至闽、浙、川、广,无不购求其迹,以为珍玩。风流文翰,照映一时,其亦盛矣。先生自景泰间已有重名。汪郡守浒,欲举应贤良,不果。王端毅公巡抚南畿,尤重之,延问得失,而先生终不及时政,曰:"吾野人也,于时事何知焉?"然每闻时政得失,则忧喜形于颜面,人以是知先生非忘世者。初,先生事亲,色养无违。母张夫人以高寿终,先生已八十,而孺慕毁瘠杖而后兴。弟病瘵,终年与同卧起。馆嫠妹,抚孤侄,皆有恩义。尤喜奖掖后进,有当其意者,为延举不已。先生娶于陈,生子曰云鸿,官昆山县阴阳训术,早卒。庶子复、孙履,皆郡学生。先生以正德四年八月二日卒,寿八十有三。复相履治丧,以壬申十二月二十一日,葬相城西牒字圩之原。所著有《石田稿》《石田文抄》《石田咏史补忘》《客坐新闻》《沈氏交游录》若干卷,独其诗已大行于时。文徵明曰:"石田之名,世莫不知。知之深者,谁乎?宜莫如吴文定公及公。阐其潜而掩诸幽,则唯公在。"予诺焉。铭曰:

  或隆之位,而悭其受。或敦之秩,而侈其有。
  较是二者,吾其奚取?嗟嗟石翁,掇众众弃。
  发为浑锽,震惊一世。彼荣而庸,磨灭皆是。
  相城之墟,湖水云云。於戏邈矣!我怀其人。

【浅析】此志铭作于正德七年(1512)。沈周,字启南,号石田,世人尊称其曰"石田先生"。王鏊同沈周为忘年交,友情极为深厚。正德四年(1509)王鏊致仕东归,刚到家,闻相城八十三岁高龄的石田公病重,即派人送书问候。病危间的沈周闻王公信至,急令人扶起索阅。欲作回书,奈无腕力,不能运笔,只得由人持手执笔而书曰:"黄鹤白云瞻宰公,此机超出万人中。归来车马忙如海,先有闲怀问病翁。"信使足未出户,而沈周已与世长辞。是年九月十六日,王鏊携唐寅、徐祯卿、师邵、卢襄等门生和友人,乘舟十二小时至相城,凭吊沈周。三年后的十二月二十一日,沈周遗骨安葬于相城西牒字之原,王鏊为之撰墓志铭,文徵明撰行状。

亡妹故叶元在室墓志铭

先少傅所生子女六人,而先夫人出者四:伯铭仲鏊、叔铨,与归南濠叶氏,妹也。王氏世家太湖之东洞庭,先少傅尝知襄之光化,累赠光禄大夫、柱国、少傅兼太子太傅、户部尚书、武英殿大学士。先夫人始封孺人,累赠一品夫人。鏊承乏内阁,预闻政事。叶之先,以居积富。元在之祖讳嘉善,考讳文实,皆隐吴之市门而有行义,实始起其家。叶之先,亦家洞庭,而元在之幼以颖敏闻,故妹归于叶。生子一人,曰森。孙男二、女一。予妹尝侍先少傅于光化,及予归自朝,岁时来宁,愉愉如也。人谓吾妹生长纨绮,不见其骄。叶氏故富南濠,尤以华丽相矜。吾妹居之,不见其侈;而赈恤单寒,不见其啬。居家事父母敬也,推之事舅姑,著肃雝之美;处兄弟和也,推之待姻族,成姻睦之行。性又开敏解事,治内御外,罔不称宜。故一时大家多中衰,而森独能持其家不替焉。吾妹素无疾,意其寿也,而一病遽不起,实正德辛未五月十七日。於戏!衰门多衅,哀酷继缠。前年哭元在,今吾妹又继之,且年皆五十而止,其可哀也夫,其亦命也夫?森以癸酉三月二十八日奉其柩,葬横山西仓坞，祔元在兆。铭曰：

温柔端嬺，妹之良兮。嫔于叶宗，佐蒸尝兮。
内外归贤，宜寿康兮。倐焉宝谢，吁其伤兮。

【浅析】 此志铭作于正德八年(1513)。叶元在室，王鏊胞妹。光化公王琬生二女，一适苏州南濠叶元，一适通安顾元庆。叶元，又名叶璇，同王氏生一子，甫二岁，问名于二舅王鏊，曰森，字君玉。特作《森甥字说》。正德六年(1511)五月十七日，王氏卒，其子叶森于正德八年三月二十八日葬母于横山西仓坞。

河南彰德知府严君经墓志铭

君讳经，字道卿。母梦一星陨于庭，已乃生君。少贾于沛，故按察副使贺公见而异之，曰："曷不应进士举？"因从之至京游学，已又至南京，从太常卿陈瞆庵学得《三百篇》奥义。间试乌坛不利，奋曰："吾不径取科第非夫也。"日夜淬砺，为文烨烨有奇气，遂中应天乡试，丙辰登进士，授南京刑部主事，进员外郎郎中。君性开敏，遇事剖决无滞，如老法家。安城张简肃总北宪言于吏部，以君知安吉守。命下以忧不赴。服阕，改授彰德。彰德频年旱荒，民多流徙。君至，乃群望祷雨，雨随车至。又发仓廪赈给，民大悦，闻风多来归。郡有疑狱，前守刘、后守罗、皆不能决，君至立断，两造心服而去，民间有"罗一斛，严一升"之谣，言其狱无淹击，民不宿炊而事解也。

藩府每召守盛供张酒醋，或出妓乐。前守为所饵，嘱无弗从。君知之，峻拒不往。藩府知其意亦不复召。时流贼猖獗，所至残破，至彰德辄敛兵以过知其有备也。政声流闻众期且大用，忽以病告归矣。初冢宰杨公自陕西召还檄郡县迎送，无出境，君心以为信，郊迎赠赆无敢过礼，不悦。及为吏部流辈皆擢用，到君则曰：徐徐。

他日选司以君名，上又曰：徐徐。君知其意，不去且为所中，时以足疾不良行，遂乞归。归六年卒，春秋五十又五。君亦好长生，久视之说，方士自远去，皆谓已得内丹，竟不起，正德丙子十月十日也。十四年二月十九日葬俞坞之先茔。

严氏世家吴县之东洞庭，祖讳世杰，父文瑛封刑部郎中。取黄氏，赠宜人，继陆氏，封宜人。子男四：滂、淳、濡、冲。女二。孙男四。孙女一。铭曰：

一奋而升，乃惟其能。一跌而踬，亦非其悔。

升孰为之，踬孰为之？噫嘻道卿，而止于斯。

【浅析】 此志铭作于正德十二年(1517)。严经，字道卿，号芥舟，东山花墙门务本堂人。弘治九年(1496)进士，授刑部主事，历员外郎郎中，江西吉安、河南彰德知府。在任遇灾年，及时开仓赈济，民感其德，在豫民间有"严一升"之歌谣。后因拒索得罪权贵，挂印而归。崇祯《吴县志》卷四十五载："(严经)致政归，长林绿野，萧然自适，卒，年仅五十五。"严经次子严濡，娶王鏊五女妙员为妻，两家为姻亲。

云南按察司副使贺公元忠墓志铭

云南按察副使贺公，讳元忠，字泽民。其先自宋南渡来，家吴包山之阳。曾祖孟安、祖文昌，世有隐德。考廉，以易学魁应天解试，历官镇江学训、福建按察知事。以刚直不能随时，告归，授徒吴中。今吴中易学最盛，其渊源盖有自云。公得家学之秘，成化辛酉，占解试高等。壬辰，登进士，授行人司行人。擢江西道监察御史，巡视漕河，河道为通。出按广西，风裁凛然，剔奸振滞，黜污崇良，名声大振。当道者多才之，而亦有不悦者。乃除河南按察司佥事，以忧去。改佥云南按察司，抚夷剿寇，茂著勋绩。镇守黔国公、巡抚、巡按、佥举公资望不当尚滞卑官，遂进按察副使、兵备金齿。腾冲时木邦孟养举兵相攻,累岁不解。公躬冒岚瘴,谕以威德,事且就绪,而固以病乞归矣。帐下千人以金赆,不受。夷人为作却金亭,以旌其廉云。公归林下凡二十四年,岁乙丑,诏进亚中大夫。正德丙子八月十日,以疾卒,春秋七十有八。其年十二月廿有六日,葬山之西坞。配邹恭人祔。子男六:泰,以进士历官御史,直言被谪,叙迁南京刑部郎;晋,郡庠生;艮、渐、异、孚。孙男二、安节、安世。公为人操执坚定,面目严冷。在道时独持宪纪,辈类御史抑首娓娓,不敢出一语;亲旧或有嘱,则厉声曰:"吾知有国法,不知有他。"他曰有言"迹",言事当有"迹",则又厉声曰:"御史以风闻言事。必俟发而后举,则焉用御史为?"家居久矣,虽子弟不敢蹀见。泰以御史按闽中,还,侍立左右,惴惴如也。近世仕者多崇第宅,广田园,以侈相高。公少能以其家富,迄老所居,狭隘卑陋,终不肯覆一瓦,增一廛,曰:"无为子孙累也。"冠服敝旧,饮饱菲薄,能甘之。虽宴享宾客,亦不

王鏊撰、文林书《一舟居士墓志铭》

肯随俗奢靡。值伎乐，必望望然去之。出入坐一小航，人不知其当有官也。於乎！其可谓笃于自信，不为流俗所变者耶？铭曰：

去古逾远侈日滋，滔滔末俗止者谁？

嗟允夫子矜独持，毅然不惑行不随，后有考不在于斯。

【浅析】此志铭作于正德十四年（1519）。贺元忠，字泽民，东山槎湾人。明成化八年（1472）进士，历官行人、御史、广西、河南金事、云南按察副使。元忠父贺廉，子贺泰祖孙三人同在卯年登第，弘治年间在所居槎湾村建有"三卯堂"，以志庆贺。贺元忠在云南为官清廉，离任时乡人聚千金相送，不受，乡人筑"却金亭"纪念其德。元忠在林下凡二十四年，正德十一年（1516）八月十日以疾卒，春秋七十有八。

亡弟杭州府经历中隐君墓志铭

於乎！吾弟今竟安之！仪容謦咳，仿佛犹在，而遂不可见。后余而来，先余而往，能不深邵子之悲？敦今世之好，结来生之因，能无苏子之望乎？於乎已矣！吾尚忍言之？而平生所存，非余又孰能言之？故扪泪而书之。吾弟讳铨，字秉之，赠光禄大夫、柱国、少傅兼太子太傅、户部尚书、武英殿大学士。讳彦祥，曾祖也。初赠资善大夫、户部尚书、文渊阁大学士，继赠光禄大夫、柱国、少傅兼太子太傅、户部尚书、武英殿大学士。讳逮，祖也。前知光化县，累赠光禄大夫。讳朝用，考也。吾弟少多病，资亦不甚敏，而志甚笃。从先少傅于光化，犹未甚知学。乙未春，予入翰林，自光化驰省予于京邸，自以学后时，发愤淬励，日夜不辍。每余起朝，犹于窗间闻吾伊声。余每戒勿使过苦，而不能从也。及归矣，居先太夫人丧，哀毁之馀，学亦不废。兄弟自相师友。余时年壮，亦锐于学。余每觉有进，弟辄已追及之，若与余争先焉者。时人因有"二苏"之目。及余还朝，余弟入郡胶，学行为一时冠，部使者皆推重。至科场，

王鏊撰、祝允明书《思静处士陆君墓志铭》

辄不利。最后,以年例贡入京。值逆瑾盗政,叹曰:"此岂求仕时耶?"遂告入太学。久之,乃授迪功郎、杭州府经历。空名告身,亦不之官。时余亦自内阁归,日从余相羊山水间,扁其堂曰"遂高",更号曰"中隐"。每佳山胜地,花朝月夕,有会必从,有倡必和。然余性懒而弟好吟,故弟倡余和者十九,若《梦草集》所载是矣。今则吟无倡也,会无从也,独行而无徒也,余其何以为心也?余性寡谐,而与弟独气合。以天伦之亲而加以契,我弟以余为师,余以弟为友,非但世之兄弟而已也,今其忍独舍余而去耶?吾弟虽无官守,恒以国家生民为念。每闻朝廷用一正人,行一善政,欣欣见于色,或形于诗,不然,则戚然以忧,若切于身者。吾尝论天理人事相符,世固未有不耕而获,亦未有耕而不获者,随所积之厚薄而辄有报焉。若吾弟者,勤一生于学,曾不获一日之用;砺一生之行,曾不获一命之沾,而又不得其寿以殁,天可问耶?吾弟生天顺己卯正月十二日,以正德十六年八月初四日卒,以嘉靖元年十月二十五日葬洞庭东山曹坞之原。春秋六十有三。娶郑氏,贤淑知礼。子男二:延望、延觐。女二。望,学已有闻,觐,亦志于学。天之报之,其在是乎?铭曰:

是为杭州府经历中隐君之墓。生不逢时,死或有知之者。百千万年,尚勿毁也。

【浅析】此志铭作于嘉靖元年(1522)。中隐君,即王鏊之弟王铨。正德十年(1515),铨以年例贡入京,官杭州府经历。不赴,乃空名告身。王铨卒于正德十六年(1521)八月初四日,明年十月二十五日葬东山曹坞,春秋六十有三。

亡女翰林院侍读徐子容妻墓志铭

於乎!天降割于我躬,何其酷耶?期年之间,二女接天,长女仪又继之耶?长女之生,吾始筮仕,而吴夫人不禄,呱呱在襁褓。余时尚未有子,戚之甚,爱之甚,闵闵焉日望其长也。余在翰林日多暇,长女之幼也,日侍予学,翻阅濡染,不离一室,因是渐识经史大义,且通知时事得失、人才高下。及归徐氏,委子容,于学从臾之,淬砺之,以底于成。余自内阁告归,相子容居京,有警戒相成之道。子玄度稍长,日与坐一室讲习。玄度学有成绪,而吾女之学亦益进。间习为五字诗,辄自书之,有楷法意义。集曰"芸阁",然未尝闻于人,人亦无由知也。归子容二十余年,及见其占乡荐,登甲第,入翰林,由庶吉士兼侍读。今子容名位且日显,而余女亡矣。子容官考三年,例得封典,以姑未及,不敢先焉,竟不及封而卒,年仅四十有二。子男二:玄度、玄成。成化丙申十月十二,其生之日。正德丁丑三月二十四,卒之日。己卯三月廿八,葬之日。墓在阳山华鹿之原。以地卑湿,嘉靖二年十二月十八日,改葬光福凤皇山之阳。铭曰:

  子之媦兮,又贤且慧兮。

  归值其良兮,而年不长兮。

  於乎!孰知余之伤兮?

  去华鹿而之凤山,福尔后其安且昌兮。

【浅析】此志铭作于嘉靖二年(1523),即王鏊去世的前一年。王鏊共生有五女,长女王仪生于成化十二年(1476),原配吴氏出。明年吴夫人即卒,甚爱之,日望其长。适洞庭西山徐缙,字子容,弘治十八年(1505)进士,时为翰林院侍读,后官至吏部左侍郎摄尚书事。嘉靖帝曾赐"味顺从容"匾,悬于西山东河徐祠。王仪卒于正德十二年(1517)三月二十日,十四年(1519)三月廿八日,葬阳山华鹿之原,以其地卑湿,嘉靖二年改葬光福凤山,父亲王鏊为之作墓志铭。

文

百姓足，孰与不足？

民既富于下，君自富于上。盖君之富,藏于民者也，民既富矣，君岂有独贫之理哉？……诚能百亩而彻，恒存节用爱人之心，什一而征，不为厉民自养之计，则民力所出,不困于征求；民财所有，不尽于聚敛……百姓既足，君何为而独贫乎？

这是王鏊为考生所作的一篇范文,《震泽先生集》中未载,见于《名家状元八股文》一书(光明日报出版社1999年版)。题目出自《论语·颜渊》:"哀公问于有若:'年饥,用不足,如之何?'有若对曰:'百姓足,君孰与不足?百姓不足,君孰与足?'"王鏊在文中阐明了一个道理:既然民间的百姓富裕了,在朝廷上的国君自然就会富裕,哪有百姓富而国君贫穷之理。

《王鏊诗文选》文选中最后一部分选录其文章十篇,分别取自《山居杂著》以及《震泽长语》的《题跋》与《奏疏》等卷中,为这些卷中的代表作。《南人不可为相论》作于正德三年(1508),是王鏊对刘瑾、焦芳之流不悦南人、妄图独霸朝政的驳斥。王鏊在《相论》中云:"闻宋祖之言曰:'宰相须用读书人。'不闻其曰'须用北人'也。是时南北相诋,则斯言也,安知非北人者伪为之而谬传之耶?"《教太子议》为正德十三年(1518)所著,文中有"人君之学与不学,系天下之治乱。太子之学与不学,系日后之治乱,其重可知也"之句。

《讲学篇》作于嘉靖元年(1522)。是年二月,嘉靖帝登基,遣行人柯维熊赍敕至王鏊家存问。王鏊陈谢上疏《讲学篇》《亲政篇》两文,其《讲学篇》建议朝廷"于便殿之侧修复宏文馆,选天下文学优者七八人,更番入直,上有疑则必问,下有见则必陈。日改月化,有不知其然而者"。此疏被嘉靖帝嘉纳。《吴中税赋书与巡抚李司空》两文作于同年秋,所作的还有《与李司空论均徭赋》一文,此两文实为王鏊同应天巡抚李充嗣的书信,在信中王鏊极言吴中赋税徭役之苦,并提出了自己的解决方案:"使官田无大半之税,内府无出纳之艰,有司无侵刻之扰,则诸弊可一扫而去。"李亦如鏊之议奏疏举行之,万民称便。

王鏊一生心系天下,晚年仍忧国忧民,关心百姓生计,可谓"先天下之忧而忧,后天下之乐而乐"之典范。

南人不可为相论

近世有为宋人之言者曰："南人不可为相，有诸？"曰："有之，然窃以为过矣。昔者舜生于东夷，禹生于西羌，如以其羌且夷也，将舜、禹亦不可为相耶？汤之立贤，曰：'无方。'周官之命三公，曰'唯其人'；三孤曰'唯其人'，不闻曰'唯其地'也。春秋时，楚与吴、越未能通于上国，然是时，楚之相有若令尹子文、孙叔敖，皆能以其国霸。其余若子胥往吴，蠡、种往越，而仕晋者尤多，故曰'唯楚有材，晋实用之'。于时吴亦有若季札、公孙圣，越有若计然，亦能以其君显。彼数君者，岂尝借才于上国耶？自汉以来，其名相有若萧何、曹参（沛人）。唐有若张九龄（曲江人）、陆贽（嘉兴人）、宋有若范仲淹、范纯仁、范成大（苏州人）、欧阳修、周必大（庐陵人）、杜衍（杭州人）。若此者，为贤耶？为不贤耶？相得若人焉，其亦可矣，文章、事业亦有可观者矣。以其南也，将尽废之耶？当晋、宋之季，偏安江左，亦安得北人而相之？然晋有谢安、谢玄，吴有陆逊、陆抗，宋有宗泽、李纲、文天祥之数人者，可以将，可以相。假而生今之世，将用之乎？将以其南而不用乎？夫物之产于南者多矣，锦绮罗纨、南金珠玑、象犀孔翠、梗楠豫章，馀若橘苞竹

王鏊《名臣经济录·论内阁》

箭、山之珍、海之错,裋载而北,人皆悦之赏之。至于人才,何独不然?为北者留,为南者去,可乎?不可也。"议者又曰:"天下将治,地气自北而南;将乱,自南而北。故南人不可用也。"予又非之:"南北对立于天下,南主生,北主杀,故人君向明而治。孔子曰:南者,生育之乡。北者,幽阴之地。南何以为乱乎?邵子之言可信,然则孔子非欤?"议者又曰:"宋用丁谓、王钦若、王安石,卒以亡宋。是三人者,皆南产也。"予又非之:"亡宋者,果三人乎?果三人也,罪止三人,可也。今夫一家之中,有贤有不肖,又安得以三人而概一方?自汉以来,窃国之盗,无若王莽、曹操、司马懿、杨坚、朱温;误国之奸,无若孔光、卢杞、李林甫、韩侂胄之数人者,出于南乎?北乎?北也。亦将以其人而废其地乎?大抵天地之开也有渐,气之盛也无常。三代以上,南、东未尽辟也,故周之人才盛于西,汉以来盛于北,晋、唐以后渐转而南。至宋南渡,则中原文献皆在南矣。故国朝之兴,奋自南服,一时元勋皆出濠、定之间。其后名臣硕辅,如'三杨'、蹇、夏。近世名臣出于南者,不可缕数。由是观之,南人亦何负于天下乎?而必欲废之耶?昔六朝分裂,南以北为'索虏',北以南为'岛夷'。今天下一家,同为王臣,奚不相悦如是哉?亦是其不广也。""然则宋祖曷为而有是言?"曰:"宋祖之言,果可为万世法乎?然尝闻宋祖之言曰:'宰相须用读书人。'不闻其曰'须用北人'也。是时南北相诋,则斯言也,安知非北人者伪为之而谬传之耶?"议者曰:"如子之言,则南人皆可用乎?"曰:"非然也。惟贤与佞,何地无之?南贤用南,北贤用北,亦在人君审择之而已。""然则如之何而择之?"曰:"在至公。"

【浅析】此文作于正德三年(1508),十三年(1518)归入《山居杂著》一书中。是年二月,王鏊被朝廷命主考会试,又为廷试读卷官。次辅阁臣焦芳欲置其子黄中一甲,鏊不允,后置二甲第一名。遂大恨,中伤鏊等考官。言与瑾曰"南人不可以为相",芳始不悦南人。王鏊作《南人不可为相论》驳之,云:"闻宋祖之言曰:'宰相须用读书人。'不闻其曰'须用北人'也。是时南北相诋,则斯言也,安知非北人者伪为之而谬传之耶?"议者曰:"如子之言,则南人皆可用乎?"曰:"非然也。惟贤兴佞,何地无之?南贤用南,北贤用北,亦在人君审择之而已。"

仙 释

世有恍惚不可知者三:鬼神也,神仙也,善恶之报应也。若神仙者,谓之有,则平生未之见;谓之无,则古今所传,奇踪异迹,不可胜纪。国初周颠仙、张铁冠、张三丰,灼灼在人耳目。颠仙之事,太祖亲立碑于庐山,入火不爇,入水不濡,不可诬也。三丰则太宗命胡忠安旁求者数年。又有冷启敬者,传闻颇不经,余不敢信。今见其《仙弈图》,三丰题识,则其事不可谓无也,因识之:

《蓬莱仙弈图》者,龙阳子湖湘冷君所作。君,武陵人,名启敬。龙阳,其号也。中统初,与邢台刘秉忠仲晦从沙门海云。书无不读,尤邃于《易》及邵氏《经世》。天文、地理、律历,以至众技,多通之。至元中,秉忠参预中书省事,君乃弃释从儒。游雪川,与故宋司户参军赵孟頫子昂,于四明史卫王弥远府,睹唐李思训将军画,顷然发之胸臆,遂效之。不月馀,其山水、人物、窠石等,无异将军。其笔法傅彩,尤加纤细。神品幻出,由此以丹青鸣当时。隶淮阳,遇异人授中黄大丹,出示平叔悟真之旨,颖然而悟,如己作之。至正间,则百数岁矣,其绿发童颜,如方壮不惑之年。时值红巾之暴,君避地金陵,日以济人利物,方药如神。天朝维新,君有画鹤之诬,隐璧仙逝,则君之墨本绝迹矣。此卷乃至元六年五月五日为余作也,吾珍藏之。予将访冷君于十洲三岛,恐后人不知冷君胸中丘壑三昧之妙,不识其奇仙异笔,混之凡流,故识此。特奉遗元老太师、淇园丘公,览此卷则神清气爽,飘然意在蓬瀛之中,幸珍袭之,且以为后会云。时永乐壬辰孟春三日,三丰遯老书。

冷谦,字启敬。国初为协律郎。郊朝乐章,多其所撰。谦有友人,贫不能自存,还应济于谦。谦曰:"吾指汝一所往焉,慎勿多取过分。"取之。乃于壁间画一门,一鹤守之。令其人敲门,门忽自开。入其室,金玉斓然盈目。其人恣取以出,而不觉遗其引。它日内库失金,守藏吏以闻。引有人姓名,曰:"必此人所盗也。"命所在执其人讯之,词及谦,因并逮谦。谦将至城门,谓逮者曰:"吾死矣,安得少水以救吾渴?"守者以瓶汲水与之,谦且饮且以足插入瓶中,其身渐隐。守者惊曰:"汝无然,吾辈皆坐汝死矣。"谦曰:"无害。汝但以瓶至御前。"至御前,上问之,辄于瓶中应如响。上曰:"汝出见朕,朕不杀汝。"谦对:"臣有罪,不敢出。"上怒,击其瓶碎之,片片皆应,终不知所在,与左慈事绝相类。三丰所谓画鹤之诬者,非谓是耶?

邵子有元、会、运、世之说。寅上为开物,戌为闭物。其论甚奇。然佛氏已有此论矣。佛之言曰:"过去世界,磨灭之后,经无量时,起大重云,遍覆梵天。注大洪雨,滴如车轴。历百千万年,彼雨水聚,渐渐增长,乃至梵天。雨止之后,水还自退。有大风起,吹彼水聚,波涛沸涌。生大沫聚,吹置空中,从上至下,依旧见立。天地自此始也。"非开物之论乎?又云:"大三灾时,有大黑风,吹使海水两披。取日宫殿,置须弥半山。缘此,世间有二日出,河渠流竭。久久大风,取第三日出,大恒河竭。四日出,阿耨池竭。五日出,大海干枯。六日出,天下烟起。七日出,天下洞然。直至梵天,仍旧建立。"此非闭物之论乎?其事不可知,与邵子之说亦略相似。

须弥山东有天下,名东弗于逮,人三百岁。山西有天下,名西瞿陀尼,人二百岁。山南有天下,名南阎浮提,人百岁。山北有天下,名北郁丹越,寿千岁。其亦邹衍"九州之外有九州"之意乎?

须弥山下复有三级:下级坚守天住,中级持鬘天住,上级常憍天住。须弥山半有四天王宫殿,上有三十三天宫殿。三十三天以上,一倍夜摩天,又一倍兜率陀天、向日重重化乐天、他化自在天、梵众天、梵辅天、大梵天、少光天、无量光天、光音天、少净天、无量净天、遍净天、福生天、福寿天、广果天、无想天、无烦天、无热天、善见天、善现天、色竟究天、无边空处天、无边识处天、无所有处天、非想非非想处天。其亦列子"天地之外复有大天地"之意乎?三十三天又分三界:自在天以上为欲界,未离贪欲,故梵众以上至色竟究天为色界,空无边至非非想为无色界,皆名为有,有生有死,故曰不同凡夫,永没三界。又不同二乘。求出三界,唯学佛人无生死可勉,无三界可出。

日绕须弥半,常行不息。南阎浮提,日正中。东弗婆提,日则始没。西瞿陀尼,日初出。北郁单越,正夜半。

日宫有影,以阎浮提树高大,影现月轮,故有此影。又云:此树有鸡王栖其上,彼鸣,则天下鸡皆鸣(世谓日中乌也)。

海有八德:大海渐深,潮不过限,不宿死尸,百川来会而无异称,万流悉归而无增减,出真宝珠,众生皆住其中,同一咸味。

过去名庄严劫,现在贤劫,未来星宿劫,谓之三世。有问佛劫为何量?佛答:有如全段石山,百年一拂,山已磨灭,此劫未始。又言:兜率天人,一百年以六铢衣一拂,至石销尽,以为一劫。

庄严劫坏,交贤劫初,严浮人物,八万四千岁,身长八丈。过百年命减一年,身减一寸。如是递减至十岁,身长一尺,则减劫之极也。过尔之后,复入增劫。凡遇百年,命增一年,身增一寸。如是递增至八万四千岁,身八丈,则增劫之极也。一增一减,共一千六百八十万年,名一辘轳劫。凡二十辘轳,共三万三千六百万年,为一成劫。自成劫之后交往劫,已经八减八增,今当第九减劫。每劫有一佛出世,至今减人年一百岁。时释迦文佛出世,已得一万四千二百七十九万三千年也。此去更过七千年,为减劫之极。复入第九增劫,渐增至二万岁,时铁轮王出世,此增劫之极也。复入第十减劫,至八万岁,时弥勒下降,是时阎浮真金为地。地平如掌,秔稻自生,思衣衣来,思食食至,无量快乐,男女五百岁乃方婚嫁。所有一切世界,缘具此四种相劫,谓成坏空。成而即住,住而复坏,坏而复空,空而又成。

　　世界初成,光音天人下来,各有身光,飞行自在。见有地肥,极为香美,取食多者,即失神足,体重无光,日月始生。因贪食故,地肥灭没,复生婆罗。婆罗灭没,复生粳米,朝割暮生。食彼米故,才分男女形相,行不净行,下而从之。虽然,与吾圣人亦异矣。

【浅析】 此文作于正德十年(1515),为《震泽长语》中的一篇。王鏊自序云:"余久居山林,不能嘿嘿,阅载籍有得则录之,观物理有得则录之,有关治体则录之,有稗闻则录之,久而成帙,名曰《震泽长语》。"《震泽长语》共两卷,分经传、国猷、官制、食货、象纬、文章、音律、字学、姓氏、杂论、仙释、梦兆十三类。鏊文词醇正,又生当明之盛时,士大夫犹崇实学,故持论颇有根据。其文云:"世有恍惚不可知者三:鬼神也,神仙也,善恶之报应也。若神仙者,谓之有,则平生未之见;谓之无,则古今所传,奇踪异迹,不可胜纪。"

梦　兆

　　《周礼》六梦,有献吉梦、赠恶梦之说。《诗》亦有熊罴、蛇虺、旄旌、众鱼之兆，其占审矣。然后人日之所为，扰扰昏乱，夜之所梦，亦何能准？其有应验者书之，亦可见人事之有定数也。

徐文定公初试京师，梦至一所，若今文渊阁者。上有三老立焉，授公以钥匙一握。公出至门，密数之，其匙得六。后公入仕司经局、左右春坊、詹事府、吏部，至内阁，司印果六。又，公为詹事时，服阕，至苏城，闻王时勉名医也，令诊之。时勉既诊，以公脉有歇至，不敢言。公曰："吾脉素有异。"时勉曰："如是则无妨。"然终不乐。次谒范文正廊，少憩，忽坐睡。梦一衣冠伟人来谒曰："勿忧也。公之寿年，还有'两干'。"觉而思之，以为二十年也。其后二十二年卒。盖'干'之为字，两十两一，合为二十二云。其神验如此。庚戌会试，公与汪伯谐学士为主考，余为同考。一夕，余送卷至堂，汪对余谓公日来不怡。某问何也，汪曰："以不得好卷。"既而曰："公昨梦人馈一大钱，何也？"某曰："昔人谓文如青钱，万选万中。其有异卷乎？"汪曰："公又梦人馈黄牡丹三大本，何也？"余未有以应。

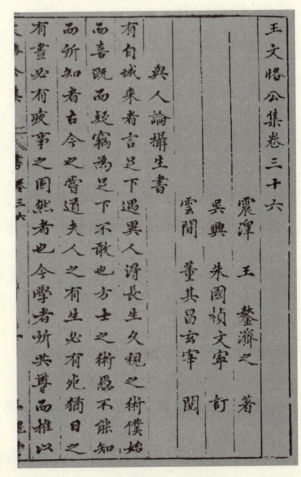

《王文恪公集》书影

时钱福有名场屋,某退而思之,大钱之兆,其在福乎?独牡丹之说未得。杨介夫曰:"此亦福之兆也。不闻'洛阳相君忠孝家,可怜亦进姚黄花',为钱惟演故事乎?斯人也,高科兆矣,而非端士。"是科会试、殿试,福皆第一,而不克终。

乙未会试,公与丘文庄公主考。久之,未得魁选。公与文庄约,夕各默祷于天,以祈梦兆。明日,公语文庄曰:"公有梦乎?"丘曰:"无也。"丘问公何梦,公曰:"余梦至一所,大浸茫茫,不见水端。忽有一物若鼋焉,昂首登岸。余以三箭插其上。"梦如是,人颇异之,而未详所主。或以大浸渺漫,其湖广洞庭之间乎?公不谓然。鳌时新发解,家在太湖,公以为其应也。及揭榜,某果忝第一,谓三箭者,三元也,深以状头望余,而余不克副其意,终未知梦之所属。后余在翰林久,以公荐,为学士;又荐,为少詹事。余诣谢,乃言于公曰:"所谓三箭者应矣。某不才,辱公荐会试,一也;学士,二也;詹事,三也。非三箭而何?"公曰:"不然。盖吾当时梦有异,其插箭也,为'品'字之象。其一品之兆乎?"某不敢当而退。公不禄后,余以非才谬登政府,虽不久,秩一品。

公一日问余曰:"'君德以刚为主,'何所出?"余对在汉监。因问公,问此何为?公曰:"吾梦科场出此题耳。"明日,果然。公又言:"吾应举时,梦庭有枯木复生,其颠木之有由櫱乎?"与同舍生言之。入,果是题也。岂其心静而生明乎?抑公将大贵,神明有告之者乎?

进士淞江张黼言于余曰:"黼未第时,当梦中有人言:'若登第在状元前。'觉而思之,世岂有科名先状元者乎?吾殆无科名之望矣。及丁未会试,名在十五,铅山费宏十六。是科宏状元及第。计得梦时,宏尚未生也。"

唐寅,字子畏。少有逸才,发解应天第一。横遭口语,坐废。自吴至闽,诣九仙蕲梦。梦有人示以"中吕"二字。归以问余曰:

"何谓也?"余亦莫知所指。一日过余,于山中壁间偶揭东坡《满庭芳》,下有"中吕"字。子畏惊曰:"此余梦中所见也!"试诵之,有"百年强半,来日苦无多"之句,默然。后卒,年五十三,果应"百年强半"之语。

【浅析】 此文作于正德十年(1515),为《震泽长语》中的一篇。"《周礼》六梦,有献吉梦、赠恶梦之说。"实似梦非梦,所载均有据。成化十一年(1475)会试,主考丘俊"梦至一所,大浸茫茫,不见水端。忽有一物若鼋焉,昂首登岸。余以三箭插其上。"后古吴王鏊官居一品,位至三公,如其梦也。唐子畏自吴至闽,九鲤山得梦。梦有人示以"中吕"二字。一日至王鏊府第,见壁间偶揭东坡《满庭芳》,下有"中吕"字。子畏惊曰:"此余梦中所见也!"试诵之,有"百年强半,来日苦无多"之句,默然。后卒,年五十三。

教太子议

人君之学与不学,系天下之治乱。太子之学与不学,系后日之治乱,其重可知也。贾谊曰:"天下之命,悬于太子。太子之善,在于早谕教、慎选左右。"今夫庶民之家有子焉,则必择保姆以保护之,择良师傅以教道之,而况神器所属,系宗社之安危,生民之休戚者乎?昔者成王幼在襁褓,召公为太保,周公为太傅,太公为太师,所以保其身体,传之德议,道之教训,此三公之职也。又置三少,曰少保、少傅、少师,与太子宴者也。又选天下端正孝弟、博闻有道术者,以翼卫之,所与居处出入者也。逐去邪人,不使见恶行。故太子生而见正事,闻正言,行正道。前后左右皆正人也,其身有不正者乎?古之教太子者,其制如此。今国家东宫之官,师、保而下,有庶子、谕德、洗马、校书等官,亦既备矣。然官以序进,未必皆天下之选。学之日,晨而授书,授毕而退;日中进讲,讲毕而退。凡祈寒暑雨,学皆间歇。间歇之日,所与宴游者谁欤?所与居处出入者谁欤?不可得而知也。又近世之弊,患在上下不交。然为太子,亦且未同于君。而今也则已俨然端默,有言且不敢进,又况为君之日乎?求上下交而德业成,胡可得也?昔者三王之教世子,必齿于学。国人观之,曰:"将君我,而与我齿让,何也?"曰:"有父在,则礼然。"然而众知父子之道矣。其二曰:"将君我,而与我齿让,何也?"曰:"有君在,则礼然。"然而众知君之义矣。其三曰:"将君我,而与我齿让,何也?"曰:"长长也。"然而众知长幼之节矣,此所以学为父子、君臣、长幼之道,而与人同如此。下至汉、唐,此意泯矣。然明帝授《尚书》于桓荣,及为天子矣,执酱而馈,执爵而酳。唐刘洎、岑文本、马周,递日往东宫,谈论治道。李泌与肃宗为布衣交,出则联辔,寝则对榻。

国朝洪武初,建大本堂,取古今图书充牣其中,延四方名儒教太子,亲王分番夜直,才俊之士充伴读。时时赐宴赋诗,商确古今,评论文学,无虚日。仁宗于潜邸,臣当伏睹其教。令长至燕劳东宫之臣,如家人父子;又从学诗,学为表,至有"以暗逐明"之喻。则本朝之初,亦未当如今制也。英宗幼冲,当时大臣无深识远虑,阿时所好,务为尊君卑臣,非祖宗之法本然也。今虽未能如古之制,亦宜稍略君臣之仪,敦师友之分,使宫僚日侍左右,从容讲读。讲读之暇,宴饮、出入、居处,皆得周旋其间,至暮乃退。或有剪桐之戏,随事谏止。游戏翰墨,惟其所嗜。宫僚有不法,从三师纠正之,甚者斥逐,不使邪人得预其间。如此,所谓一人元良,万邦以贞。三代所以久长者,用此道也。

汉宣帝时,欲使外家许氏监护太子家。疏广以为太子师友,必于天下英俊,不宜独亲外家;太子官属已备,复使舜监护视陋,非所以广太子德于天下也。

贞观中,撰太子接三师之仪:出殿门迎,太子先拜,三师答拜。每门,让三师,坐。与三师书,前名"惶恐",后名"惶恐,再拜"。

宋天禧二年,庶子张士逊等言:臣等日诣资善堂参见皇太子,虽令升阶列坐,然后跪受,望令皇太子坐受参见。诏不许。至道元年,皇太子每见宾客,必先拜迎,送常降阶及门。

乾道七年,讨论东宫开讲并庆贺、辞谢礼仪。官僚讲读,当依仿讲筵,稍杀其礼。詹事以下至讲读官,上堂,并用宾礼参见,依官职序坐。皇太子正席,讲读官迭起,如仪延英,讲罢复位。节朔不受官僚参贺。元日、冬至,詹事以下,笺贺。谢辞,初以常见之礼,后离位致词,复位就坐,茶汤罢。詹事初上,参见,拜,皇太子答拜。庶子等初上,参见,皇太子受拜。庶子、谕德及讲读,虽有坐受之礼,止是五礼。定三师朝贺东宫仪。上以东宫师傅皆勋旧大臣,当待以殊礼,朝贺难同庶僚,乃命考定其仪。曰:唐制,群臣朝贺东宫,行四拜礼,皇太子答后二拜。三公朝贺,前后俱答拜。

近代答拜之礼不行,而三师之礼不可不重。今拟:凡大朝会,前期设太子坐于大本堂,设答拜褥位于堂中。三师、宾客、谕德拜位于堂前。至日,太子常服升座,三师、宾客常服入就位,北向立;皇太子起立,南向。赞四拜,太子受前二拜,答后二拜,乃退。

【浅析】此文作于正德十三年(1518),为《山居杂著》中的一篇,亦可能成文于此之前。弘治十一年(1498),皇太子将出阁,兵部尚书马文升上疏,请选正人辅导,以端国本。时正人艰得,上诏官议于东宫,有大臣举及王鏊,众齐声曰:"此真正人也!"王鏊遂以翰林侍读学士右谕德,升詹事府少詹事,辅导东宫太子。其文云:"人君之学与不学,系天下之治乱。太子之学与不学,系后日之治乱,其重可知也。贾谊曰:'天下之命,悬于太子。太子之善,在于早谕教。'"后太子登基,为武宗朱厚照,在位十六年,宠信奸佞,专事游乐,大败朝纲,万民涂炭,几乎葬送了大明王朝的基业。时王鏊致仕已多年,也许作此文深为愧也。

性善对

秉之问于拙叟曰:"自昔言性者多矣,至孟子而定,至程子、朱子而明。后世言性者不能易也。子亦有异闻乎?"曰:"无以异也。子思子曰:'天命之谓性。'《记》曰:'人生而静,天之性也。'《易》曰:'继之者善也,成之者性也。'是皆性善之谓也。吾又何言乎?"曰:"性,吾知其善也。其所以善,吾不知也。子其有以喻之。"曰:"而欲知而之性之善乎?盍反而内观乎?寂然不动之中,而有至虚至灵者存焉,湛兮,其非有也;窅兮,其非无也;不堕于中边,不杂于声臭。当是时也,善且未形,而恶有所谓恶者哉?恶有所谓善恶混者哉?恶有所谓三品者哉?"曰:"性惟虚也,惟灵也,所谓仁、义、礼、智者安从生?"曰:"性,其犹鉴乎?鉴者,善应而不留。物来则应,物去则空,鉴何有焉?鉴无有,而能有其有者也?"曰:"性惟虚也,改灵也,则惟其善者也,而恶安从生?"曰:"其生于蔽乎?气质者,性之所寓也,亦性之所由蔽也。气质异而性随之。譬

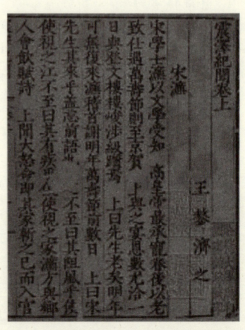

嘉靖《震泽纪闻》书影

之珠焉,碌于澄渊则明,碌于浊水则昏,碌于污秽则秽。碌于澄渊,上智是也,碌于浊水凡庶是也,碌于污秽,下愚是也。故曰:'气质异而性随之。'"曰:"朱子曰:气以成形,理亦赋焉。天果物物而付之耶?"曰:"天地间偪塞充满,皆气也。气之灵,即性也。人得气以生,而灵随之。譬之月在天,物各随其分而受之。江湖淮海此月也,池沼此月也,沟渠此月也,坑堑亦此月也,岂必物物而授之?亦随其所受而不同。"曰:"所谓虚,灵者,果性乎?是心也,非性也。"曰:"子以心、性为二乎?心者,月之魄也。性者,月之光华也。情者,光华之发于物者也。非有异也。"曰:"子之言性也,与诸儒同,而亦有不同焉者。将非韩愈氏所谓'杂佛、老而言'之者乎?"曰:"非也。孔子曰心之神明,是谓性。"

【浅析】此文作于正德十三年(1518),亦可能成文于此之前,是《山居杂著》中的一篇。秉之,即鏊之弟王铨。拙叟,乃作者晚年之自号,其文《拙叟自赞》云:"噫嘻先生,何如其人?穷年劼书,结发砺行。"其文采用一问一答,阐述人性之理。王鏊晚年探讨群书,洞邃理学,深入道奥。《善性对》论性乃虚灵,本为善,然性寓于气质,因气质异而分高下;心性则为一,心之神明是为性。另有《人心道心论》诸篇,亦阐述:"气之灵,则性也。人得气以生,而灵随之,非物而有之也。"

讲学篇

国家经筵之设,其盛矣乎。天子自正朝辇御文华,公侯九卿大臣,盛服侍列,羽林之士,亦皆环列以德。经筵一开,天下欣欣焉传之,以为希阔之典,故曰其盛矣乎。然一岁之间,寒暑皆歇,春秋月分,日不过三,三日之间,风雨则免,政事有妨则免,讲之日,凤具讲章,至期讲讫,纶音赐宴,俨然而退,上下之情，未见其亲且密也。至于日讲，可谓亲矣。然体分犹过于严，上有疑焉，未尝问也；下有见焉，未尝献也。昔傅说之告高宗曰，学于古训乃有获，惟学逊志务时敏，厥修乃来。逊者逊其志，如有所不能；敏者敏于学，如有所不逮。成王访落于群臣曰，学有缉熙于光明，弼时仔肩。缉熙者，继续而光明之。示我显德行者，冀群臣有以开示之也。商周之君，其学如此之切，夫人主一日万几，固不暇如儒生学士，日夜孜孜。然而帝王精一之传，治天下之大经大法，古今治乱之迹，天人精祲之际，自非逊敏缉熙，亦要望其有得。而今也阔略如是，暴之之日少，寒之之日多，传之之人寡，哜之之人多，未见其能得也。且不独商宗周成为然也。汉光武虽在军中，投戈讲艺，息马论道，至夜分乃罢。唐太宗延四方文学之士，房、杜、褚、薛辈十八人，分番直宿，讨论经籍，或至夜分。今《贞观政要》与魏徵所论，亦可见矣。宋世贤主，宫中消日，惟是观书。居常禁中，亦有日课，翰林侍从，日寓直禁中，以备顾问。我太祖高皇帝甫得天下，开礼贤馆，与宋濂、刘基、章溢辈，日相讲论，其后圣学高明，诏告天下，皆出御制，睿翰如飞，君臣拱视，今《御制文集》是也。仁宗皇帝临御，建弘文馆于思善门之右，文学之臣数人入直，时于馆中讲论。孝宗皇帝经筵之外，每观《永乐大典》，又尝索《太极图》《西铭》等书于宫中玩之。尤嗜故学士沈度之书，日临数过。夫自古帝王之学如此，祖宗之学如此。陛下睿哲自天，春秋鼎盛，讲明圣学，正其时也。臣愚特望于便殿之侧，修复弘文馆故事，妙选天下文学行艺著闻者七八人，更番入直，内阁大臣一人领之，如先朝杨溥故事。陛下万几有暇，时造馆中，屏去法从，特霁天威，从容访问，或讲经，或讲史传，或论古今成败，或论民间疾苦，间则游戏翰墨，虽诗文之类，亦惟所好而不禁。盖亦日讲之意，而加亲焉，大略如家人父子。上有疑则必问，下有见则必陈，日改月化，有不知其然而者。时御经筵，所以昭国家之盛典,日造弘文,所以崇圣学之实功。如是不已,则圣德日新又新,高宗成王,不得专美于前矣。

【浅析】 此文作于嘉靖元年(1522)。是年二月,嘉靖帝登基,遣行人柯维熊赍敕至王鏊家存问。鏊上疏陈谢,附献《讲学篇》《亲政篇》两文,被嘉靖帝嘉纳。《讲学篇》大旨建议世宗"于便殿之侧修复弘文馆故事,妙选天下文学行艺著闻者七八人,更番入直,内阁大臣一人领之","大略如家人父子,上有疑则必问,下有见则必陈,日改月化,有不知其然而者"。时王鏊居林下已十五年,誉望日隆,朝野士林咸望其复起,世宗亦眷注,召用有期,惜王鏊于三年(1523)三月十一日病逝。

吴中赋税书与巡抚李司空

古者什一而税,使民岁不过三日,故天下和平而颂声作。后世未能遽行也,然亦当稍仿其意,使法较然画一而可守。今天下财赋多出吴中,吴中税法未有如今日之弊者也,请备言之。吴中有官田,有民田。官田之税,一亩有五斗、六斗至七斗者,其外又有加耗,主者不免多收,盖几于一石矣。民田五升以上,似不为重,而加耗愈多,又有多收之弊也。田之肥瘠不甚相远,而一丘之内,咫尺之间,或为官,或为民,轻重悬绝。细民转卖,官田价轻,民田价重。贫者利价之重,伪以官为民;富者利粮之轻,甘受其伪而不疑。久之,民田多归于豪右,官田多留于贫穷。贫者不能供,则散之四方,以逃其税;税无所出,则摊之里甲。故贫穷多流,里甲坐困,去住相率,同入于困。又有奸民以熟作荒,岁以为例,谓之"积荒""板荒";马役、义冢之类,悉摊之于众,此加耗之所以日重者也。又,官、民之田,只不过十馀则,近则乃至千馀,自巧历者不能算,唯奸民积年出没其中,轻重高下在其手。或以其税寄之官宦,谓之"诡寄";或分散于各户,谓之"飞寄"。有司拱手听其所为而不去,非不欲去,不能去也。其弊起于则数之细碎故也。田之税即重,又加以重役。今之所谓均徭者,大率以田为定。田多为上户,上户则重,田少则轻,无田又轻,亦不计其资力之如何也。故民惟务逐末,而不务力田,避重役也。所谓重役者,大约有三:曰解户,解军须颜料,纳之内府者也;曰斗库,供应往来使客及有司营办者也;曰粮长,督一区之税,输之官者也。颜料之入内府亦不为多,而出纳之际,百方艰阻,以百作十,以十作一,折阅之数,不免出倍称之息,称贷于京以归,则卖产以偿,此民之重困者一也。使客往来,厨传不绝,其久留地方者日有薪炭、鲑菜、膏油之供,加以馈送之资、游宴之费,罔不取给,此民之重困者二也。自前代无所谓粮长者,我太祖患有司之刻民也,使推殷实有行义之家,以民管民,最为良法。昔之为是役者未见其患,顷者朝廷之征求既多,有司之侵牟滋甚,旧惟督粮而已,近又使之运于京。粮长不能自行,奸民代之行,多有侵牟;京仓艰阻,亦且百方,又不免称贷以归。不特此也,贪官又从而侵牟之。公务有急则取之,私家有需则取之,往来应借则取之,而又有常例之输、公堂之刻、火耗之刻。官之百需多取于长,长又安能不多取于民?及逋租积负,官吏督责如火,则拆屋伐木,鬻田鬻子女,竟不免死于搒掠之下,此民之重困者三也。三役之重,皆起于田。一家当之则一家破,百家当之则百家破。故贫者皆弃其田以转徙,而富者尽卖其田以避役。近年吴下田贱而无所售,荒而无人耕,职此之故也。夫有田则有租,有身则有庸,有家则有调,今田既出重租,又并庸、调而归之,此民之所以轻弃其田者也。古之为政者驱末作归之田。今之为政,驱农民而归之末作。使民尽归末作,则国之赋税将安出哉?时值年丰,小民犹且不给;一遇水旱,则流离被道,饿殍塞川,甚可悯也。惟朝廷轸念民穷,亦当蠲免荒数,冀以宽之,而有司不奉德音,或因之为利,故有"卖荒""送荒"之说,以是荒数多归于豪右,而小民不获沾惠。于乎!民之患极矣!有仁心者忍坐视而不思所以拯之?而拯之实难。鏊日夜思惟,莫知所以为计。孟子有言:"盍亦反其本矣?"意者今日之弊,亦当先端其本乎?使官田无太半之税,内府无出纳之艰,有司无侵刻之扰,则诸弊可一扫去,而民有息肩之年。然官田之税,国有定法,未敢轻议。昔宣宗皇帝亦当敕减其数,因是再损削细碎之数,并为一二则,或四五则,或如旧例十一则,其亦可乎?出纳之艰,则在明主加之意,时察之,而重为之禁。贪官之弊,则抚、巡之责,而乃使之晏然在位?或幸而见黜,又晏然梱载而归,曾不究其赃?如此,后何所惩而不为乎?於乎!三者之弊,及今治之犹可。不然,民日以困,田日以芜,国家之财赋日以益缺。数十载之后,吾未知其所税驾也。

【浅析】 此文作于嘉靖元年(1522)。李司空,名充嗣,字士修,四川内江人。成化二十三年(1487)进士,为王鏊同考会试所取之士。正德十六年(1521),李充嗣升工部尚书兼管水利,总理粮储巡抚应天。明代工部尚书以大司空称之,故称李司空。王鏊与巡抚李充嗣书信往来反复,极言吴中赋税徭役之苦,并提出了自己的解决方案,"使官田无大半之税,内府无出纳之艰,有司无侵刻之扰,则诸弊可一扫而去,而民有息肩之所"。李亦如鏊之议举行之,万民称便。李司空先被诏治吴中水利,至是功成,请鏊文碑之河上。继又荐王鏊于朝,鏊复书云"久伏林下,衰老多病"而却之。

与李司空论均徭赋

鏊居乡数年,见民意甚苦均徭,富者或至毁家,贫者多至卖田、鬻产、伐树,继以逃亡,前此未有也。访其故,起于吴县尹郑轼。轼，良吏也，轻变旧法，贻祸至今。盖旧法计里不计户。姑以长、吴二县论之。二县共一千二百五十二里，岁额共一千一百五十五役，里分役数，大略相当。即有参差，自可随宜消息。每里共当一役，虽有重费，十户共之，不为甚苦；人户贫富，里长素谙，略为重轻，人亦能堪。自轼为县，谓里长不能无弊也，悉召人户至县，人人面审，家家着役。役少人多，则储为公用，谓之"馀剩""均徭"。轼之为此，亦甚均也。继其职者不能如轼，多因之为利。人人面审，恣意酷派，一户有至百余两者，严刑痛箠，敢有不承？其余细役似不为重，而交纳之际百方艰阻，多至一倍、二倍、三五倍者有之，民吞声而不敢言。所谓"馀剩"者，竟不知何在？故民间争言旧法之便。旧法似疏而民悦，均其利于下也；今法似密而民怨，专其利于上也。以愚计之，役之大者，莫若解户、斗库之类，宜别为一项，推上户有名，众所知者当之，而下下户特为侵免。其余一甲止当一役，按里可定，不必人人面审，骚动一县。盖面审之际，不免询人。人恐重役，多方行贿。询之粮、塘，则贿粮、塘；询之里老，则贿里老；无所不询，则无所不贿。故有以富为贫，以贫为富，有司又从而高下其手。名曰"均徭"，实不均之大者也。曷若旧法，不询而自均乎？或言旧法善矣，官府之用不足，如之何？曰："此自为役法耳，非为财用设也。"赋之与役不相涉入，如有公用，赃罚之类，尚多有之；必不得已，与其豫储均徭，不若别为科派。科派多及富右，不及贫下也。执事体国爱民之心至矣，近效一得之愚，亦不自知其可用与否？而公以为必可行，复询远谋足利永世者，于此见公之心何如也？民间利害未能悉举，而徭役实其大者，愿公不惑群议，断而行之，符下州县，照里定役，一年足一年之用，更不许金"馀剩"。若有"馀剩"，即同赃论。如此，数十年之害一旦除去，吴下人人欢呼相庆。不特此也，田无重役，民皆务本，不至轻弃其田而逃亡，是本末均利矣。然须刊定大榜，昭示远近，永

苏州西山惠泉王鏊残碑

为定例。不然,公去吴之后,贪官污吏又将如前之为,吴人之弊,吾未知所税驾也。近考苏州志文襄役法,一里出银一两,其轻如此。其后知府汪虎变为前例,当时尚以为重,不知今日流弊至于此极也。今役额颇增,若仿文襄之法,虽一里十两,亦甚轻且均也。执事以为何如?

【浅析】此文作于嘉靖元年(1522)。王鏊关心吴中百姓疾苦,在致应天巡抚李充嗣书中,苏州地区均徭现状及其根源,并提出了自己的看法,"愿公不惑群议,断而行之,符下州县定役,一年足一年之用,更不许佥馀剩,若有馀剩,即同赃论。如此,数十年之害,一旦除去"。李司空把王鏊之书上奏,朝廷复户部:"总理粮储工部尚书李充嗣言苏州、松江、常州、嘉兴、湖州五府,正德间以内府新添小火者五千三十一名,岁用食粮各府赠派共二万四千一百四十八石……岁比不登,小民重困。"户部题复从之。

风闻言事论

华亭顾君士廉为礼侍,众称得人。忽言者巘以暧昧事,士谦不辩,自引去。或以问于王子曰:"若是者,盍廷辩之,可乎?"应之曰:"可。凡物不得其平则鸣。如所言者有之,是天下之大恶也;无之,是天下之大冤也。恶得而不辩哉?"曰:"朝廷以耳目寄之言官,许以风闻言事,虽有不实,不当辩也。"曰:"朝廷以耳目寄之言官,许以风闻言事,岂不欲是非之得其实乎?而以暧昧不实之事巘人,可乎?且所谓风闻者,何所始乎?考之于经,质之于史,籍之于国家之典,无有也。唐时御史台不受讼,有诉可闻者,略其姓名,托以风闻,此非风闻之所始乎?凡前世所谓风闻者,亦必事关安危,利害迫切,势不可缓。故虽不实,莫之罪也。今乃以之攻讦阴私,何哉?吾闻圣主外屏,不欲窥人之私,故前旒蔽明,黈纩塞耳。有坐不廉而废者,曰簠簋不饰;坐淫乱废者,曰帷薄不修。古人之君待臣下如此,其忠且厚也。今乃以此为名,何哉?且百官之贤愚邪正,较若白黑,乃有所阿避不敢言。舍昭昭之白,过掇暧昧之浮言,以自沽其直也,是果得为直乎?自昔小人之害君子,多为流言飞语以中伤人,或为歌诗,以传播于众,而不知其所自来。盖多出于怨家之言,妒者之口。若是者,当为辩明禁止,庶几抑遏逸邪,保全良善。今反据之以加诸人,人谁不可加者?如此,在位者人人自危矣,谁肯为国任怨,直道而行哉?律:匿名文书不得施行。风闻之事何以异于匿名者乎?虽朝廷不行,而所损多矣。昔汉相王商持正不阿,王凤恶之,使人上书,言商闺门事。天子以暧昧之过,不足以伤大臣。有张匡者,承凤旨复责之。上知匡言多险,诏勿治。而凤固争,商遂免相,呕血死。宋欧阳修以濮议,引蒋之奇为御史,众目为奸邪。之奇思所以自解,乃造帷薄不根之谤,以劾修。修力辩,之奇词穷,被黜。修亦因自引去。故忍而不辩,王商不免于死；辩之而明，欧阳修亦不免于去。故人臣被诬，有死与去而已，是恶可泛泛以加诸人哉？今朝廷保全臣子，爱惜名节，每为留中不下。不知外议喧传，已快怨者之心，堕妒者之计，而亦不能安于位矣。进言如是，是为无名子报仇也，安取其直哉？如臣之愚，凡以风闻讦人者，莫若下其章，根究所从来。从来果实邪，自归伏法，以谢言者。若诬焉，言者亦安得无罪哉？"曰："如是，则于言路有阻。朝廷不问所以，示含容而广言路也。"曰："拒之而不纳，则于言路有阻。因所言而根究之，是行其言也，何名为阻哉？今民间有讼，亦必两造具备而后听，必不以偏辞成狱也。恶有搢绅士夫受恶名，不一湔洗，受黜黜之愆以去哉？若皆不辩，人有恶于在位，造饰恶语以闻于言官；言官有恶于人，自为谤语以闻于上，其曰：我得之风闻也，而可乎？舜圣逸说，震惊朕师，孔门恶讦以为直。《诗》云：'营营青蝇，止于樊。岂弟君子，无信谗言。'又曰：'萋兮斐兮，成是贝锦。彼谮人者，亦已太甚！'盖伤之也。昔马援以薏苡来谤，李泌以饧狮致谗，直不疑无兄盗嫂，第五伯鱼娶寡女而挝妇翁，自古受诬者多矣。幸当时为能辩之，不然，至今含冤于地下矣。昔陶安事我太祖，御史黄瑾论安隐过，上问何由知之？瑾曰：'闻之路人。'上曰：'御史但取路人之言以毁誉人，为尽职乎？'黜之。安叩头谏，不听，竟黜之。大哉皇言！可以为万世法矣。伊川程子之言曰：'人臣进言，当于有过者求无过，不当无过者求有过。'司马光亦曰：'彼汲汲于名，犹汲汲于利也。'范镇亦曰：'伺大臣之细过，发其隐微，以沽己直，实不能也。'天下之事可言者多矣，亦何必以暗昧中伤人之为快哉？""然则所谓风闻者固当禁乎？"曰："禁之，非；续之，非。故尝为之说曰：'许以风闻言事者，人主求言之心；不以风闻中伤人者，人臣进言之体。'"

【浅析】此文作于嘉靖元年（1522）。华亭顾君，即顾清，字士廉，松江府人。王鏊主考乡试所取解元，时为礼部右侍郎。是年，十三道御史李献等上疏论劾顾清，说其与吏部尚书陆完弟陆和卿结亲，交通请托，陆完事败之后，将银两寄在臣家；又劾其纵子杀人、强买田地、不纳税粮、把持官府、包揽钱粮等罪，顾清遂致仕。其事仅属风闻，然公论嚣然，内阁亦持之不下。王鏊作《风闻论》以驳之，曰："朝廷以耳目寄之言官，许以风闻言事，岂不欲是非之得其实乎？而以暧昧不实之事巇人，可乎？且所谓风闻者，何所始乎？"其文一出而舆论益定。

百姓足，孰与不足？

民既富于下，君自富于上。

盖君之富，藏于民者也，民既富矣，君岂有独贫之理哉？有若深言君民一体之意，以告哀公。

盖谓：公之加赋，以用之不足也；欲足其用，盍先足其民乎？诚能百亩而彻，恒存节用爱人之心，什一而征，不为厉民自养之计，则民力所出，不困于征求；民财所有，不尽于聚敛。

闾阎之内，乃积乃仓，而所谓仰事俯育者无忧矣。田野之间，如茨如梁，而所谓养生送死者无憾矣。

百姓既足，君何为而独贫乎？

吾知藏诸闾阎者，君皆得而有之，不必归之府库，而后为吾财也；蓄诸田野者，君皆得而用之，不必积之仓廪，而后为吾有也。

取之无穷，何忧乎有求而不得？用之不竭，何患乎有事而无备？

牺牲粢盛，足以为祭祀之供；玉帛筐篚，足以资朝聘之费。借曰不足，百姓自有以给之也，其孰与不足乎？饔飧牢醴，足以供宾客之需；车马器械，足以备征伐之用。借曰不足，百姓自有以应之也,又孰与不足乎?

吁!彻法之立,本以为民,而国用之足,乃由于此,何必加赋以求富哉!

【浅析】 此文入选《名家状元八股文》(光明日报出版社1999年版)。王鏊为明文学大家,这篇八股文是他为考生作的范文。王鏊在文中阐明了一个道理:既然民间的百姓富裕了,在朝廷上的国君自然就会富裕。因为国君的财富,均来自百姓的积累,哪有百姓富而国君贫穷之理?此文可谓王鏊忠君爱国、关心民瘼之典文。

附录

王鏊与官员、师友酬诗明细表

年号	作者	诗题	官员或师友简况	年代
成化	王 鏊	自都下还吴寄翰林刘景元、谢二乔同年	刘景元,明成化乙未科榜眼,翰林院侍讲。谢二乔,成化乙未科状元,官阁臣。	戊戌 1478年
	张 泰	王济之索诗赠洞庭郑克温	张泰,明天顺八年进士,时任翰林院庶吉士。	戊戌 1478年
	邱 濬	椿桂图序（赠王鏊父光化公）	邱濬,景泰五年进士,户部尚书,弘治朝阁臣。	戊戌 1478年
	傅 瀚	光化公寿诗	傅瀚,天顺七年进士,礼部右侍郎,尚书。	戊戌 1478年
	程敏政	光化公寿诗	程敏政,成化二年榜眼,翰林学士,礼部右侍郎。	戊戌 1478年
	邵 宝	光化公寿诗	邵宝,成化二十年进士,户部侍郎,礼部尚书。	戊戌 1478年
	王 鏊	陪夏宪副正游石湖	夏正夫,名寅,正统十三年进士,山东右布政使。	己亥 1479年
	王 鏊	登莫厘峰	文贵,成化十一年进士,时任吴县令。	己亥 1479年
	王 鏊	陪夏宪副正夫游石湖	夏寅,字正夫,正统十三年进士,时任江西按察副使。	辛丑 1481年
	王 鏊	桧轩	吴氏思复、思德、思政三兄弟,皆王鏊外家舅氏。	辛丑 1481年
	吴 宽	次韵济之谢送决明	吴宽,成化八年状元,时任翰林院侍读学士。	甲辰 1484年
	王 鏊	春日应制、夏日应制	王鏊应成化帝诏令而作。	乙巳 1485年

续表

年号	作者	诗题	官员或师友简况	年代
成化	赵宽	次王济之先生赏桃花四绝句韵	赵宽,成化十七年进士,时任刑部主事。	乙巳 1485年
	吴宽	谢济之送银杏	吴宽,成化八年状元,时任翰林院侍读学士。	乙巳 1485年
	王鏊	赠黄和仲	黄和仲,王鏊府学时同窗,时以贡上太学。	丙午 1486年
	吴宽	同年会散夜赴济之	吴宽,成化八年状元,时任翰林院侍读学士。	丙午 1486年
	王鏊	送陆汝昭通守东昌	陆汝昭,王鏊同乡,以贡入太学,时东昌通判。	丁未 1487年
	王鏊	送戚时望佥宪之湖广	戚时望,成化十一年进士,佥都御史,都察院官员。	丁未 1487年
	王鏊	送吴汝器下第归吴江	吴汝器,苏州府吴江乡贡进士。	丁未 1487年
	王鏊	李承芳承箕下第以诗投赠酬之	成化二十二年,李承芳、李承箕兄弟同乡举。	丁未 1487年
	王鏊	送杨侍读维立之南京	杨维立,成化十四年进士,时擢南京吏部右侍郎。	丁未 1487年
	王鏊	送曾侍读士美之南京	曾士美,成化十四年状元,时升南京翰林院侍读。	丁未 1487年
	王鏊	送彭阁老还江西	彭时,正统十三年状元,吏部尚书,文渊阁大学士。	丁未 1487年
	王鏊	送杨尚絧、杨名甫、毛贞甫、陆全卿四进士归省	杨锦、杨名甫、毛珵、陆完均成化二十三年进士。官知府、太仆、兵部尚书。	丁未 1487年
	王鏊	送赵宽归吴江	赵栗夫,名宽,成化十七年进士,时任刑部主事。	丁未 1487年
	王鏊	寄严守邵文敬	邵文敬,成化五年进士,时任严州知府。	丁未 1487年

续表

年号	作者	诗 题	官员或师友简况	年 代
成化	王 鏊	送杨琴士	杨云翰,吴中琴士,与王鏊友善。	丁未 1487年
	王 鏊	送同年范以贞还任宁国	范以贞,名希正,成化十一年进士,宁国知府。	丁未 1487年
	王 鏊	试院赠外帘吕推官	吕推官,名卤,成化十七年进士,乡试考官。	丁未 1487年
	王 鏊	送吴编修克温归省宜兴	吴克温,名俨,成化二十三年进士,时礼部侍郎。	丁未 1487年
	王 鏊	送陈进士恪知宿松	陈恪,成化二十三年进士,宿松知县,江西左布政使。	丁未 1487年
	罗 玘	《壑舟图》咏	罗玘,字景鸣,翰林院学士。	丁未 1487年
	白 钺	《壑舟图》咏	白钺,成化二十年榜眼,翰林院学士,礼部侍郎。	丁未 1487年
	涂 瑞	《壑舟图》咏	涂瑞,成化二十三年探花,翰林院学士,户部主事。	丁未 1487年
	李 旻	《壑舟图》咏	李旻,成化二十年状元,翰林院学士,吏部侍郎。	丁未 1487年
	王 鏊	送陈郎中一夔录囚	陈一夔,名章,成化十四年进士,黄州知府。	丁未 1487年
	王 鏊	送张学士廷祥之南京	张元桢,天顺四年进士,授编修,吏部左侍郎。	丁未 1487年
	王 鏊	赠梁都宪巡抚四川	梁璟,天顺八年进士,南京吏部尚书。	丁未 1487年
弘治	王 鏊	送刘侍讲景元使交南	刘侍讲,名戬,成化十一年榜眼,翰林院侍讲。	戊申 1488年
	王 鏊	送吕丕文给事使交南	吕丕文,成化十年进士,时任刑部给事中。	戊申 1488年

续表

年号	作 者	诗 题	官员或师友简况	年 代
弘治	王鏊	送蔡进之还洞庭	蔡进士,苏州西洞庭人,儒商,王鏊友人。	戊申 1488年
	王鏊	寄福建戴方伯	戴珊,曾为御史提学南畿,时任福建左布政使。	戊申 1488年
	王鏊	送刑部员外郎王存敬省祖	王存敬,成化十一年进士,时任刑部员外郎。	戊申 1488年
	王鏊	送袁进士翱纂修	袁翱,成化二十三年进士,时任翰林院编修。	戊申 1488年
	王鏊	送石邦彦知汜水	石邦彦,成化二十三进士,时任翰林院修撰。	戊申 1488年
	王鏊	送徐季止还南雍	徐季止,南京国子监生,王鏊好友徐源之弟。	戊申 1488年
	王鏊	送吴禹畴副使还吴江觐省	吴禹畴,名洪,成化乙未进士,工部左侍郎。	戊申 1488年
	王鏊	陈给事玉汝羞鳖见邀,作诗谢之	陈璚,成化十四年进士,户部给事中,左副都御史。	戊申 1488年
	王鏊	送陈汇之正郎出知曹州	陈汇之,弘治八年进士,时任山东曹县知县。	戊申 1488年
	王鏊	谢尚书挽词	谢尚书,名一夔,天顺四年状元,工部尚书。	戊申 1488年
	王鏊	送周院判原已还任南京得杲字	周庚,吴中名医,时任太医院院判。	戊申 1488年
	王鏊	送御史刘规致仕	刘规,成化五年进士,时为江西新淦县令致仕。	戊申 1488年
	王鏊	和匏庵谢橘三首	匏庵,即吴宽,时任翰林院侍读学士。	戊申 1488年
	程敏政	寿王济之侍讲乃尊令君	程敏政,成化二年进士,时任翰林院侍读学士。	戊申 1488年

附录

续表

年号	作者	诗 题	官员或师友简况	年 代
弘治	夏鍭	寄谢座主王先生书	夏鍭,成化二十三年进士,时诏放归家。	戊申 1488年
	王鏊	送杨润卿给事按贵州边储	杨润卿,成化二十三年进士,时任兵科给事中。	己酉 1489年
	王鏊	送冯原孝知扬州	冯原孝,成化十四年进士,时任扬州知府。	己酉 1489年
	王鏊	送郑进士恪知宿松	郑恪,成化二十三年进士,时任宿松知县。	己酉 1489年
	王鏊	哭张修撰享父谢祭酒韵	张泰,天顺八年进士,曾任翰林院侍讲。	己酉 1489年
	王鏊	李学士释服诸公有诗,入史馆因次	李杰,成化二年进士,南京礼部尚书。	己酉 1489年
	王鏊	赠河南巡抚杨贯之	杨理,成化二年进士,时任河南巡抚。	己酉 1489年
	王鏊	送高良新知归州	高良新,成化七年举人,时任归州知州。	己酉 1489年
	王鏊	送僧如海还金泽	如海,松江金泽僧人,在云游燕地,与王鏊友善。	己酉 1489年
	王鏊	送建德尹蒋文广致仕还光福	蒋文广,吴县光福人,建德知州,时致仕归里。	己酉 1489年
	王鏊	题竹陈御史瑞卿	陈璧,字瑞卿,成化八年进士,时任监察御史。	己酉 1489年
	王鏊	天昭子希周失解	朱希周,弘治九年状元,南京吏部尚书,卒谥恭靖。	己酉 1489年
	王鏊	送汝行敏知南安	汝行敏,名讷。景泰四年举人,入史馆,南安知府。	己酉 1489年
	王鏊	赠全卿	陆完,字全卿,成化二十三年进士,时任职兵部。	己酉 1489年

续表

年号	作者	诗题	官员或师友简况	年代
弘治	王鏊	寄严守邵文敬	邵珪，成化五年进士，严州知府。	己酉 1489年
	王鏊	送刘世熙任四川佥宪序	刘世熙，成化进士，刑部员外郎，四川右佥都御史。	己酉 1489年
	王鏊	送毛检讨归省序	毛维之，成化二十三年进士，翰林院庶吉士。	己酉 1490年
	王鏊	送刘学谕之鲁山序	刘锡玉，弘治三年进士，山东鲁山知县。	己酉 1490年
	王鏊	送员外郎于章分司芜湖	陈绮，成化十四年进士，工部员外郎。	己酉 1490年
	王鏊	送傅中舍曰会分封鲁府	傅中舍，即傅潮，成化十七年进士，时任中书舍人。	己酉 1490年
	王鏊	送刘以初下第还常熟	刘以初，南畿举人，在京三年，会试落第，鏊以诗相送。	己酉 1490年
	吴宽	谢济之送橘二首	吴宽，成化八年状元，时翰林院侍读学士。	己酉 1489年
	王鏊	送陈员外于章分司芜湖	陈绮，字于章，成化十四年进士，时升工部副郎。	庚戌 1490年
	王鏊	送陈尧弼知会稽	陈尧弼，弘治三年任浙江会稽知县。	庚戌 1490年
	王鏊	送张时学知遂安、任叔顺知定海	张时学，弘治三年任浙江遂安县令，任定海知县。	庚戌 1490年
	王鏊	送白廷臣知崇仁	白廷臣，名晟，成化举人，抚州府崇仁知县。	庚戌 1490年
	王鏊	送刘世熙任四川佥宪序	刘世熙，成化十一年进士，时任四川按使佥事。	庚戌 1490年
	王鏊	送周民则同知袁州	周民则，名楷，弘治进士，袁州同知。	庚戌 1490年

附录

395

续表

年号	作者	诗 题	官员或师友简况	年 代
弘治	王 鏊	送钱正术还姑苏	钱正术,阴阳学家,从九品官职,与王鏊友善。	庚戌 1490年
	王 鏊	送谢祭酒之任南雍	谢祭酒,即谢铎,时任南京国子监祭酒。	庚戌 1490年
	王 鏊	赠毛给事序	毛给事,即毛珵,成化二十三年进士,时任给事中。	庚戌 1490年
	王 鏊	送周进士炯还常熟觐省	周木,成化十一年进士,时任工部主事。	庚戌 1490年
	王 鏊	徐詹端原载词	徐詹端,即徐溥,鏊座师,时任文渊阁大学士。	庚戌 1490年
	王 鏊	奉和博庵读白集二首	博庵,即吴宽,时任翰林院侍讲学士。	辛亥 1491年
	王 鏊	博庵和乐天"五十八归来"因同赋	博庵,即吴宽,时任翰林院侍讲学士。	辛亥 1491年
	王 鏊	恭毅章公挽词	章纶,南京礼部尚书,杖卒于景泰年,后赠谥号。	辛亥 1491年
	王 鏊	送张学士廷祥之南京	张廷祥,天顺四年进士,时任南京翰林院侍讲学士。	辛亥 1491年
	吴 宽	招济之观吴穆写竹	博庵,即吴宽,时任翰林院侍讲学士。	辛亥 1491年
	王 鏊	赠杨君谦	杨君谦,名循吉,成化二十年进士,礼部主事。	壬子 1492年
	王 鏊	郊祀斋宫次仲山韵	仲山,即徐源,成化十一年进士,时任兵部主事。	壬子 1492年
	王 鏊	送白主事辅之还任南京	白圻,成化进士,户部郎中,浙江参议。	壬子 1492年
	王 鏊	送严太守永浚知西安	严永浚,成化二十三年进士,西安知府。	壬子 1492年

续表

年号	作者	诗题	官员或师友简况	年代
弘治	王鏊	送张汝勉知祁州	张汝勉,弘治三年进士,时任祁州知县。	壬子 1492年
	王鏊	赠梁都宪巡抚四川	梁都宪,名梁璟,八顺八年进士,时任四川巡抚。	壬子 1492年
	王鏊	兴济阻风速遇沈方伯	沈晖,天顺四年进士,时任工部侍郎。	壬子 1492年
	王鏊	哭同年刘景元谕德三首	刘景元,成化十一年榜眼,卒时任翰林院谕德。	壬子 1492年
	吴宽	济之招看梨花,复次赏桃花韵四绝	吴宽,成化八年状元,时任礼部侍郎。	壬子 1492年
	吴宽	怀济之	吴宽,成化八年状元,时任礼部侍郎。	壬子 1492年
	吴宽	读济之南都纪行诗	吴宽,成化八年状元,时任礼部侍郎。	壬子 1492年
	王鏊	送薛金下第江阴	薛金,弘治五年举人,十五年进士,户科给事中。	癸丑 1493年
	王鏊	送华昶下第归无锡	华昶,弘治九年进士,户部给事中,太仆寺少卿。	癸丑 1493年
	王鏊	送姜太守改任宁波府	姜昂,成化八年进士,时调任宁波府任知府。	癸丑 1493年
	王鏊	送陈瑞卿之临清兵备	陈瑞卿,名壁,弘治六年进士,时任南京太仆寺卿。	癸丑 1493年
	王鏊	送盛进士应期归吴中	盛应期,弘治六年进士,副都御史、兵部侍郎。	癸丑 1493年
	王鏊	送仲山之任广东参政	徐仲山,名徐源,成化十一年进士,副都御史。	癸丑 1493年
	王鏊	送欧阳子履董广东学政	欧阳皙,成化二十年进士,时升按察佥事提督使学。	癸丑 1493年

续表

年号	作 者	诗 题	官员或师友简况	年 代
弘治	王 鏊	送张叔亨御史按云南	张泰,成化二年进士,工部侍郎,户部尚书。	癸丑 1493年
	王 鏊	送人之南丰	张经,成化十九年举人,弘治四年南丰教谕。	癸丑 1493年
	王 鏊	送吴克温还宜兴	吴大章,成化二十三年进士。官至南京吏部尚书。	癸丑 1493年
	王 鏊	送同年俞副使潹之四川兵备	俞潹之,名深,成化十一年进士,时赴四川任宪副。	癸丑 1493年
	王 鏊	送夏璪下第还江阴	夏璪,弘治五年举人,鏊门生,时下第还乡。	癸丑 1493年
	王 鏊	白进士金归省	白金,弘治五年举人,鏊门生。六年进士,时归省。	癸丑 1493年
	王 鏊	送李文选唯诚册封岷府	李文选,名赞,成化二十年进士,时任右布政使。	癸丑 1493年
	王 鏊	送僧方册归善权寺	方册,宜兴善权寺僧人,云游京都,与鏊友善。	甲寅 1494年
	王 鏊	赠朱相之分司芜湖	朱相之,弘治三年进士,时任工部主事。	甲寅 1494年
	王 鏊	和杨介夫得子	杨介夫,名廷和,成化十四年进士,大学士及阁臣。	甲寅 1494年
	王 鏊	程、李二学士承命教庶吉士	程、李二学士,侍读学士程敏政,内阁李东阳。	甲寅 1494年
	王 鏊	送周驸马告祭孝陵	周景,河南安阳人,英宗元女重庆公主驸马。	甲寅 1494年
	王 鏊	送吴禹畴之广东兼柬仲山	吴洪,徐仲山均成化十一年进士,吴洪擢广东副使。	甲寅 1494年
	王 鏊	和莫曰良早朝之作	莫曰良,成化二十年进士,时任兵部车驾郎。	甲寅 1494年

续表

年号	作 者	诗 题	官员或师友简况	年 代
弘治	王 鏊	次韵马少卿经筵经胜	马绍荣,成化元年试书中选,时任太常寺少卿。	甲寅 1494年
	王 鏊	送王懋伦佥事蜀	王懋伦,名王敕,成化二十年进士,时擢四川提学。	甲寅 1494年
	王 鏊	天昭御史家藏王朋梅画屡失而得	朱天昭,即朱文,时任云南监察道御史。	甲寅 1494年
	王 鏊	沈石田寄《太湖图》	沈石田,即沈周,吴门画派首领,鏊早年老师。	乙卯 1495年
	王 鏊	过南夫内翰于玉延亭	吴一鹏,字南夫,弘治六年进士,时任翰林院庶吉士。	乙卯 1495年
	王 鏊	冢宰三原王公寿词	王恕,时任太子太保、吏部尚书,年八十岁。	乙卯 1495年
	王 鏊	和周少宰伯常得孙	周伯常,名经,天顺四年进士。时任户部尚书。	乙卯 1495年
	王 鏊	宜兴张氏双桂堂	张邦祥、张邦瑞兄弟弘治七年同中进士,鏊以诗贺。	乙卯 1495年
	王 鏊	送李茂卿大理还嘉鱼	李茂卿,名承芳,弘治进士,大理寺评事。	乙卯 1495年
	王 鏊	送刘祭酒之南京序	刘震,成化八年探花,时擢南京国子监祭酒。	丙辰 1496年
	王 鏊	送苏伯诚编修佥江西佥事提学政	苏伯诚,弘治九年进士,同考会试,佥事提督学政。	丙辰 1496年
	王 鏊	送倪尚书之南京	倪尚书,即倪岳,天顺八年进士,时任南京吏部尚书。	丙辰 1496年
	王 鏊	送彭都指挥督饷南还	彭清,弘治初任参将分守肃州,时迁左都总兵。	丙辰 1496年
	王 鏊	送钟钦礼还会稽	钟钦礼,工诗,成化间召入京师侍太庙,时还会稽。	丙辰 1496年

续表

年号	作 者	诗 题	官员或师友简况	年 代
弘治	王 鏊	送王参政还河南	王珣,原官湖州知府时擢右布政使。	丙辰1496年
	王 鏊	送同年何汝玉知赣州府	何汝玉,成化十一年进士,时升江西赣州知府。	丙辰1496年
	王 鏊	赠陈御医公尚	陈公尚,名庆,世代名医,时任京城宫廷御医。	丙辰1496年
	王 鏊	赠少傅徐公序	徐溥,景泰五年进士,华盖殿大学士,内阁首辅。	丙辰1496年
	王 鏊	送存道	姚存道,弘治九年贡生,游京城,鏊相送。	丙辰1496年
	王 鏊	送杨应宁副使还秦中	杨应宁,名一清,成化八年进士,时擢陕西学政。	丙辰1496年
	王 鏊	送同年袁德宏还任汉中	袁德宏,成化十一年进士,时升陕西汉中知府。	丙辰1496年
	王 鏊	送玉汝使长沙	陈玉汝,成化八年进士,时任大理寺右少卿。	丙辰1496年
	王 鏊	和马少卿见慰独居之韵	马少卿,名中锡,成化十一年进士,时任副都御史。	丙辰1496年
	王 鏊	送史进士巽仲归省溧阳	史巽仲,弘治九年进士,时任刑部给事中。	丁巳1497年
	王 鏊	寿徐少傅二首	徐文靖,名溥,景泰五年进士,在内阁十二年。	丁巳1497年
	吴 宽	答济之次前韵	吴宽,成化八年状元,时任礼吏侍郎。	丁巳1497年
	吴 宽	和济之次玉汝过饮园居韵	吴宽,成化八年状元,时任礼吏侍郎。	戊午1498年
	吴 宽	读济之撰贡士顾伯谦墓铭	吴宽,成化八年状元,时任礼吏侍郎。	戊午1498年

续表

年号	作者	诗题	官员或师友简况	年代
弘治	王鏊	林屋洞次傅水部韵	傅水部,名傅潮,中书舍人,时任工部郎中。	己未 1499年
	吴宽	送济之归省	吴宽,成化八年状元,时任礼吏侍郎。	己未 1499年
	杨一清	送王詹事守溪先生归省	杨一清,成化八年进士,时擢陕西学政。	己未 1499年
	李东阳	光化公八十寿诗序	李东阳,天顺八年进士,礼部尚书,内阁学士。	己未 1499年
	谢迁	光化公八十寿诗	谢迁,成化十一年状元,兵部尚书,内阁大学士。	己未 1499年
	吴宽	光化公八十寿诗	吴宽,成化八年进士,礼部尚书,卒谥文定。	己未 1499年
	杨廷和	光化公八十寿诗	杨廷和,成华十四年进士,正德朝阁臣,卒谥文忠。	己未 1499年
	王鏊	饮德州郑主事分司园亭	郑主事,名郑洪,弘治进士,时任户部主事。	庚申 1500年
	王鏊	送徐司空致仕	徐司空,名徐贯,天顺元年进士,工部侍郎。	庚申 1500年
	王鏊	送王尚书之南京户部	王轼,天顺八年进士,时擢南京户部尚书。	庚申 1500年
	王鏊	韩亚卿贯道见示屠冢宰唱和之作	韩亚卿,即韩文。屠冢宰,名屠滽,时任吏部尚书。	庚申 1500年
	王鏊	庚申长至有事于东陵,倪冢宰、吴、韩两少宰俱有诗赠行和之	倪冢宰,倪岳。吴、韩两少宰,指吴宽、韩文。四人奉朝命同道东陵朝祭。	庚申 1500年
	王鏊	寄萧给事文明	萧给事,名萧显,成化八年进士,宁州同知。	庚申 1500年

附录

401

续表

年号	作者	诗 题	官员或师友简况	年 代
弘治	王 鏊	调韩侍郎	韩侍郎，即韩文，时任户部侍郎。	庚申 1500年
	吴 俨	次守溪少宰夜饮韵	吴俨，弘治十三年进士，时任左春坊左中允。	庚申 1500年
	王 鏊	郊祀次斋居次韵倪冢宰	倪冢宰，即倪岳，天顺八年进士，时任南京吏部尚书。	辛酉 1501年
	王 鏊	贺李谕德子阳五十得子	李子阳，成化二十年状元，时任左春坊左谕德。	辛酉 1501年
	王 鏊	送马良佐学士还南京	马良佐，名廷用，成化十四年进士，南京礼部侍郎。	辛酉 1501年
	王 鏊	孟秋夜陪飨太庙，惟予与亚卿同之	谢亚卿，即谢铎，时任礼部右侍郎国子监祭酒。	辛酉 1501年
	王 鏊	中元朝陵值雨，次韵倪、韩二长官韵	倪、韩二长官，即倪岳、韩文，与鏊同陪祭太庙。	辛酉 1501年
	王 鏊	送郭挥使宏守备永平	郭宏，金吾右卫指挥使，时镇守永平城。	辛酉 1501年
	王 鏊	匏庵作板屋，以诗落之（再次、三次）	匏庵，即吴宽，成化八年状元，时任礼部尚书。	辛酉 1501年
	王 鏊	尹冢宰寿词二首	尹冢宰，即尹旻，成化二十年状元。时任吏部尚书。	辛酉 1501年
	王 鏊	顾都宪竹间书屋	顾佐，成化五年进士，时任都察院副都御史。	辛酉 1501年
	王 鏊	赠戴大宾	戴大宾，福建莆田人，正德三年探花。	辛酉 1501年
	王 鏊	赠刘司马时雍	刘时雍，名大夏，天顺八年进士，兵部尚书。	辛酉 1501年
	王 鏊	送刘都宪廷式巡抚宁夏	刘都宪，名刘宪，成化十四年进士，右都御史。	壬戌 1502年

续表

年号	作者	诗 题	官员或师友简况	年 代
弘治	王 鏊	送全卿赴浙江宪副	陆全卿,名陆完,成化二十三年进士,时浙江副使。	壬戌 1502年
	王 鏊	奉和屠侍郎元勋谒陵	屠勋,成化五年进士,时任刑部左侍郎。	壬戌 1502年
	王 鏊	和刘司马失子二首	刘司马,即刘大夏,时任兵部尚书。	壬戌 1502年
	王 鏊	送沈世隆	沈世隆,工书,时任中书舍人,直入内阁。	癸亥 1503年
	王 鏊	倪同知加冠服致仕	倪文烜,苏州府通判,时保升同知。	癸亥 1503年
	王 鏊	王御侍应爵访兄弟于山中	王应爵,名王俸,弘治三年进士,时任监察御史。	癸亥 1503年
	王 华	祭光化公(诗)	王华,成化十七年进士,南京吏部尚书。	癸亥 1503年
	靳 贵	祭光化公(诗)	靳贵,弘治三年探花,户部尚书,正德朝阁臣。	癸亥 1503年
	王 鏊	与秉之登城楼	秉之,名王铨,鏊之胞弟,杭州府经历,未赴任。	甲子 1504年
	王 鏊	赠郭孟丘	郭孟丘,名医,曾医愈王鏊三女之病。	乙丑 1505年
	王 鏊	凤雏行赠毛锡朋	毛锡朋,毛珵之子,时鏊送锡朋赴乡举。	乙丑 1505年
	王 鏊	与李旻、朱文游虎丘,作诗二首	李旻,时任南京太常寺少卿,朱文,按察副使致仕。	乙丑 1505年
	王 鏊	送唐子畏之九仙山祈梦	唐子畏,即唐寅,著名画家,鏊门生。	乙丑 1505年
	王 鏊	题月桂赠邵节夫进士	邵天和,字节夫,弘治十八年进士,时吏科给事中。	乙丑 1505年

附录

续表

年号	作者	诗题	官员或师友简况	年代
正德	王鏊	海塘谣、燕巢叹	靳瑜,温州府经历,夫人范氏。二诗为靳贵而作。	丙寅 1506年
	王鏊	五月七日陪祀泰陵二首	泰陵,明孝宗之陵。鏊陪驸马林岳祭陵。	丙寅 1506年
	王鏊	入阁次仲山见寄之韵	仲山,即徐源,成化十一年进士,右副都御史。	丙寅 1506年
	谢迁	和答王守溪少傅、又一首	谢迁,成化十一年状元,时任内阁宰辅。	丙寅 1506年
	费宏	和守溪韵送史少参文鉴之蜀	费宏,成化二十三年状元,时任任礼部侍郎。	丙寅 1506年
	王鏊	文渊阁独坐有怀秉之	秉之,即王铨,鏊之胞弟,时居家经商与读书。	丁卯 1507年
	祝允明	上阁老座主太原相公书	祝允明,明四子之一,南京通判,时致仕居家。	丁卯 1507年
	王鏊	十四日庆成宴上作	朝廷大祀天地于南郊,王鏊参与祭祀,主持庆成宴。	己巳 1509年
	王鏊	次谢少傅韵	谢少傅,即谢迁,正德初阁臣,时已致仕归乡。	己巳 1509年
	王鏊	春波书屋为屠司寇赋	屠司寇,即屠勋,刑部尚书,因与刘瑾不和,致仕居家。	己巳 1509年
	王鏊	次韵蔡九逵投赠	蔡九逵,名蔡羽,西山人,鏊之学生,吴中名士。	己巳 1509年
	王鏊	再游林屋洞	与王铨、蔡羽同游。	己巳 1509年
	王鏊	访元德	王应贤,字元德。从父自吴江徙吴,品行皆优者。	己巳 1509年
	杨循吉	贺王鏊六十寿诗	杨循吉,成化二十年进士,礼部主事。	己巳 1509年

续表

年号	作者	诗题	官员或师友简况	年代
正德	浦应祥	贺王鏊六十寿诗	浦应祥,成化十三年举人,高州同知。	己巳 1509年
	卢雍	贺王鏊六十寿诗	卢雍,字师邵,正德六年进士,御史,提学副使。	己巳 1509年
	王鏊	宿秀芝堂留别师邵、师陈二首	师邵、师陈皆从王鏊游,秀芝堂在吴县越溪。	庚午 1510年
	王鏊	和钱元抑投赠	钱元抑,即钱贵,弘治十一年举人,曾任吴县令。	庚午 1510年
	王鏊	访子畏别业	子畏,即唐寅,王鏊门生,时居苏州桃花坞。	庚午 1510年
	王鏊	次韵贺宪法副泽民会老诗	贺泽民,成化八年进士,时任云南按察副使。	庚午 1510年
	王鏊	盛汝弼得孙	盛汝弼,家世医,时苏州医学正科。	庚午 1510年
	李东阳	与王公守溪书	李东阳,弘治、正德朝阁臣,时致仕居家。	庚午 1510年
	王鏊	送王守会试	王守,嘉靖五年进士,南京副都御史。	庚午 1510年
	王鏊	谢贺宪副泽民示摄生书	贺泽民,成化八年进士,时任云南按察副使。	辛未 1511年
	王鏊	送李给事贯使占城	李贯,弘治十五年进士,时任左给事中。	辛未 1511年
	王鏊	送尤宗阳进士之京	尤宗阳,正德三年进士,时擢吏部主事。	辛未 1511年
	王鏊	赠南京兵部尚书林公	林泉山,弘治进士,南京兵部尚书。	辛未 1511年
	王鏊	次韵林都宪侍用蜀中行师二首	林俊,进士,时任右副都御史。	壬申 1512年
	王鏊	贺师邵初授御史次师陈韵	师邵,即卢雍,正德六年进士,时任监察御史。	壬申 1512年

续表

年号	作者	诗 题	官员或师友简况	年 代
正德	王 鏊	访徐季止于瓜泾	徐季止,即徐澄,徐源弟家长洲县尹山瓜泾。	壬申 1512年
	王 鏊	登阳山大石、游天池山和仲山韵	徐仲山,即徐源,成化十一年进士,副都御史。	壬申 1512年
	王 鏊	徵明饮怡老园有诗次其韵	文徵明,明四家之一,鏊门生。	壬申 1512年
	王 鏊	送吴县簿董仁之任鄞县	董仁之,吴县主簿,时升浙江鄞县丞。	壬申 1512年
	王 鏊	登猫鼠山	郑秉元,东山武山人,王鏊友人。	壬申 1512年
	王 鏊	六十三初度君谦以词为寿和之	杨君谦,即杨循吉,成化二十年进士,礼部主事。	壬申 1512年
	王 鏊	吴惟谦同年寿词	吴愈,字惟谦,成化十一年进士,布政使参议。	壬申 1512年
	文徵明	上守溪先生书	文徵明,明四家之一,鏊门生。	壬申 1512年
	王 鏊	留别王浚之和文定公韵	王浚之,即王涞,吴中相城人,三吴缙绅,鏊友人。	癸酉 1513年
	王 鏊	邹道士听雨堂	邹道士,名炳之,吴中术士,鏊之友。	癸酉 1513年
	王 鏊	与严太守道卿同登莫厘峰	严道卿,即严经,弘治十二年进士,河南彰德尹。	癸酉 1513年
	王 鏊	秉之北上,与范文英饯之虎丘	范文英,吴中文士,王铨之婿。	癸酉 1513年
	王 鏊	云间曹宪副时中梦予抱病,作诗见及。	曹时中,即曹节,成化五年进士,浙海道副使。	癸酉 1513年
	王 鏊	癸酉六月,客有过,淡海虞胡令之为政者	海虞胡令,即胡巍,正德三年进士,时任常熟县令。	癸酉 1513年
	王 鏊	户部正郎钱世恩乞归养母,予为赋诗。	钱世恩,即钱荣,鏊学生,弘治六年进士,户部郎中。	癸酉 1513年

续表

年号	作 者	诗 题	官员或师友简况	年 代
正德	王 鏊	赠钱元抑	钱元抑,弘治十一年进士,鏊同年,吴县令。	癸酉 1513年
	王 鏊	同年汤侍御用之自寿春来访予,赋诗二首	汤侍御,即鼐,成化十一年进士,时任监察御史。	癸酉 1513年
	王 鏊	金泽僧辨如海年八十,莼菜并诗见矣	如海,金泽僧人,曾云游京师,与鏊友善。	癸酉 1513年
	王 鏊	送萧九成	萧九成,即萧韶,正德五年举人,擢户部主事。	癸酉 1513年
	王 鏊	次韵文徵明失解兼九逵	文徵明,明四家之一;九逵,即蔡羽,均鏊门生。	癸酉 1513年
	王 鏊	苦雨施鸣阳	施鸣阳,即施凤,东山名士,鏊好友。	甲戌 1514年
	王 鏊	与宜兴邵天赐小饮象鼻岭	邵天赐,宜兴名士,曾恩授七品散官,其子銮,鏊婿。	甲戌 1514年
	王 鏊	东山图寄谢少傅	谢少傅,即谢迁,时阁臣致仕居家。	甲戌 1514年
	王 鏊	与谢琛登阳山,游西洞庭山	谢琛,弘治十二年进士,时任苏松兵备副使。	甲戌 1514年
	王 鏊	奉次杨、靳二阁老见寿之韵	杨、靳二阁老,即杨一清、靳贵,正德朝阁臣。	甲戌 1514年
	王 鏊	送工部正郎蒋君抡材还朝	蒋抡材,弘治进士,工部正郎。	甲戌 1514年
	王 鏊	乙亥新正十日过陈湖二绝	陈璚,成化十一年进士,副都御史。	乙亥 1515年
	谢 迁	和九逵见招山行	九逵,蔡羽,洞庭西山人,吴中名士,鏊学生。	乙亥 1515年
	王 鏊	喜玄敬少卿致仕	玄敬,即都穆,弘治十二年进士,太仆寺少卿。	乙亥 1515年

续表

年号	作者	诗题	官员或师友简况	年代
正德	王鏊	赠况山人	况山人，宣德年间苏州知府况钟之孙。	丙子 1516年
	王鏊	览王省曾《明水集》	王省曾，吴中名士，曾从王鏊游，《明史》有传。	丙子 1516年
	王鏊	送吴文之会试	吴文之，正德十六年进士，翰林院庶吉士。	丙子 1516年
	王鏊	游陆元泰园林，作诗杏林	陆元泰，字长卿，昆山名士，赀雄一邑，志书史。	丁丑 1517年
	王鏊	董谕德文玉归省其父太守初德，诗以寄之	董文玉，弘治十八年进士，朝林院左谕德。	丁丑 1517年
	王鏊	侄延学作亭湖上，甚至壮，率成二首	王延学，鏊兄王铭之子。	丁丑 1517年
	王鏊	再次曹定庵宪法副见寄之韵	曹时中，成化五年进士，浙海道副使。	丁丑 1517年
	王鏊	和秉之药枕诗	秉之，即王铨，鏊胞弟，杭州经历不赴，儒商。	戊寅 1518年
	王鏊	双湖诗为佥宪谢廷柱作	谢廷柱，弘治十二年进士，时任湖广按察使佥事。	戊寅 1518年
	王鏊	东湖书院为吴献臣都宪赋	吴献臣，成化二十三年进士，时任都察院副都御史。	戊寅 1518年
	王宠	慰东冈失子	东冈，即施凤，王鏊东山友人。	戊寅 1518年
	谢迁	同年王守溪少傅寄梁州序为寿，依韵奉答	谢迁，正德初阁臣，时致仕居浙江余姚家中。	戊寅 1518年
	王鏊	朱半山挽词	朱半山，名朱彬，吴中昆山人，文士。	己卯 1519年
	王鏊	虎丘陆羽泉埋没荒翳久矣，高君尹长洲，始命疏浚	高君，即高第，绵州人，进士，时任苏州知府。	己卯 1519年

续表

年号	作者	诗 题	官员或师友简况	年 代
正德	王 鏊	至乐楼诗大学士费宏赋	费宏,成化二十三年状元,时入内阁为阁臣。	己卯 1519年
	王 鏊	次韵沈方伯良臣为余七十之寿	沈方伯,名沈杰,成化二十年进士,时河南布政使。	己卯 1519年
	谢 迁	守溪明年亦七十,中秋后二日其初度也	谢迁,正德初阁臣,时致仕居浙江余姚家中。	己卯 1519年
	蒋 冕	寄寿少傅先生王公	蒋冕,字敬所,进士,时任户部尚书,阁臣。	己卯 1519年
	王 鏊	赠叶巡按忠	叶忠,正德六年进士,时任江西道监察御史。	己卯 1519年
	王 鏊	陆长卿为三山甚伟,因赋	陆长卿,名元泰,昆山人,赀雄邑中,专志书史。	己卯 1519年
	王 鏊	送王守会试	王守,嘉靖五年进士,户科给时中,时尚从王鏊游。	己卯 1519年
	王 鏊	送贺志同少参之官广东	贺志同,即贺泰,弘治十二年进士,擢广东右参议。	己卯 1519年
	邵 宝	守溪公惠洞庭新茶,侑以长句奉谢	邵宝,弘治进士,时南京礼部尚书。	己卯 1519年
	王 宠	侍燕大学士守溪王公作	王宠,工书画,吴中名士,《明史》有传。	己卯 1519年
	王 鏊	白岩歌为乔希大司马赋	乔希大,即乔宇,成化二十年进士,南京兵部尚书。	庚辰 1520年
	王 鏊	闻尚书泉山林公讣	泉山林公,即林瀚,南京兵部尚书致仕。	庚辰 1520年
	王 鏊	荆山小景为王维纲兵侍赋	王维纲,即王宪,弘治三年进士,时任兵部侍郎。	庚辰 1520年
	王 鏊	送高德元还越	高德元,居浙江钱塘,王鏊友人。	庚辰 1520年

续表

年号	作 者	诗 题	官员或师友简况	年 代
正德	王 鏊	寄韩尚书贯道	韩贯道,韩文,户部尚书,致仕居家。	庚辰 1520年
	王 鏊	卢师邵侍御建范文穆公祠于湖旁,次其韵	师邵,名卢襄,嘉靖二年进士,陕西右参议。	庚辰 1520年
	顾 清	奉守溪少傅书	顾清,王鏊主考壬子乡试取士,时任吏部侍郎。	庚辰 1520年
	黄省曾	酬少傅太原王公见赠	黄省曾,吴县名士,曾从王游,嘉靖十一年中举人。	庚辰 1520年
	王 鏊	送颜楫,楫同年水部澄之之子也	颜澄之,成化十一年进士,时任南京工部郎中。	辛巳 1521年
	王 鏊	杜允胜偕陆子潜兄弟擕酒至园亭	杜允胜,陆子潜,皆吴中名士,时从王鏊游。	辛巳 1521年
	王 鏊	邵二泉申诏许终养韵	邵二泉,即邵宝,时南京礼部尚书,奏母老乞终养。	辛巳 1521年
	王 鏊	月夜与客饮千人石	严嵩,字维中,弘治十八年进士,时翰林院编修。	辛巳 1521年
	王 鏊	钱汝砺院使八十	钱钝,字汝砺,时任南都院判。	辛巳 1521年
	王 鏊	次韵文徵明见赠之作	文徵明,明四子之一,时从王鏊游。	辛巳 1521年
	王 鏊	和谢少傅晚步见寄之韵	谢少傅,即谢迁,阁臣,正德元年致仕居家。	辛巳 1521年
	王 鏊	毛都宪七十,邵二泉以前韵为寄复次之	毛都宪,名毛珵,成化二十三年进士,时副都御史。	辛巳 1521年
	邵 宝	暑坐追次文正公韵怀守溪先生	邵宝,时南京礼部尚书,奏母老乞终养。	辛巳 1521年
	黄省曾	与文恪王公论撰述书一首	黄省曾,吴县名士,曾从王游。嘉靖十一年中举人。	辛巳 1521年

续表

年号	作者	诗题	官员或师友简况	年代
嘉靖	王鏊	和林见素次苏子卿见寄之韵四首	林俊,名见素,时任南京工部尚书。	壬午 1522年
	王鏊	寄韩司徒	韩司徒,即韩文,户部尚书。	壬午 1522年
	王鏊	陆粲访余于山中	陆粲,嘉靖五年进士,工科给事中,时尚从王鏊游。	壬午 1522年
	王鏊	次木斋阁老见寄之韵	木斋阁老,即谢迁,时致仕居浙江余姚家中。	癸未 1523年
	王鏊	送盛斯征都宪巡抚江西	盛斯征,弘治六年进士,时任副都御史,巡抚江西。	癸未 1523年
	王鏊	和东冈憎蝇	东冈,即施凤,王鏊山中友人。	癸未 1523年
	杨廉	贺守溪阁老寿旦	杨廉,字方震,成化二十三年进士,南京礼部尚书。	癸未 1523年
	方鹏	寿守溪座主	方鹏,字时举,正德三年进士,文选司郎中。	癸未 1523年
	方凤	呈守溪座主和伯兄韵	方凤,字时鸣,正德三年进士,广东提学佥事。	癸未 1523年
	王鏊	丹阳孙思和访余于洞庭,诗以次之	孙思和,居江苏丹阳,王鏊之友人。	癸未 1523年
	王鏊	和见素尚书得谢之韵二首	林俊,字见素,刑部尚书。	癸未 1523年
	王鏊	胡太守孝思奉诏存问,过太湖有作	胡缵宗,字思孝,正德四年进士,时任苏州知府。	癸未 1523年
	王鏊	毛给事玉高祖刘、曾祖母魏双节诗	毛玉,字国珍,时任吏科左给事中。	癸未 1523年
	王鏊	岁暮有怀木斋阁老因寄	木斋阁老,即谢迁,时致仕居浙江余姚家中。	癸未 1523年
	邵宝	谢守溪翁致洞庭新茶及罗纹笺	邵宝,南京礼部尚书。	癸未 1523年

附录

411

后　记

"王鏊研究系列"之《王鏊诗文选》按计划出版了,就如一场历时多年的马拉松赛跑完了第二站,心情好像轻松些,但我一天也不敢怠慢,因为还有很长一段路要跑。该系列的第三部《莫厘王氏人物传》虽然已近结尾,但能否按期完成和出版,还有许多的未知数。

"王鏊研究系列"是一套研究王鏊及其家族的综合性著作,一共有一百多万字,收集了近三百张历史图片,要完成这样一套巨著,任务的难度可想而知。因为它们是纪实的,必须要以翔实的史料为依据,远比创作一些文学作品要艰难得多,况且所有书稿我全部是自己在键盘上完成的,这整整花去了我十年的时间。人的一生有几个十年?但是我知道,有了目标就要为它的实现去不断奋斗,否则就会遗憾终生。

这部《王鏊诗文选》资料的收集以及诗文浅析,我2004年就开始了。就在去年准备与《王鏊传》一起出版时,从互联网上得知,《王鏊集》《王鏊年谱》先后出版了,还有《王鏊诗集详注》也刊印后在族亲中分发。这些书籍资料丰富,考证严谨,注解翔实,都是好书。这使我一度打消了出版这本书的念头。但是敝帚自珍,何况里面也有不少我独家的材料,很有资料价值,考虑再三还是按原计划出版吧。于是我对所选诗文重新补充和浅析,尤其是收集了一些王鏊诗歌的书法作品图片,使之图文并茂,力求与已出版的有关王鏊的书籍相比,更有特色,或者说内容更全面些。就像其他产品一样,人无我有,人有我优。需要说明的是王鏊《震泽集》中,有些诗题目太长,现集中把一些诗题进行了缩写,如《虎丘陆羽泉埋没荒翳,久矣。高君尹长洲,始命疏浚,且作亭其上以表之。予贺兹泉之遭也,赋诗纪之》,诗题长达

38个字,现更名《陆羽泉》,以方便阅读和检索。

  最后我要感谢王卫平、吴建华、刘俊伟、王义胜先生,是他们出版的著作给了我一定的帮助,在此向他们深表谢意。同时更要感谢吴中区档案局的领导和工作人员,是在他们的支持下,这本书才得以出版。还要感谢著名书法家席时珞先生、苏州大学出版社的倪浩文先生和张修龄教授,祝他们"积善留香",好人一生平安。

杨维忠

记于东园书屋

2015年6月